W0467548

Chris Hadfield

The Defector

Die Jagd beginnt

Für Henry und Poppy,
meine unverbrüchlichen Schreibgefährten.

Ein Mann, der sich selbst belügt und
seinen eigenen Lügen Glauben schenkt,
wird irgendwann die Wahrheit nicht mehr erkennen.

FJODOR DOSTOJEWSKI, *Die Brüder Karamasow*

Das Wesen des Krieges beruht auf Täuschung.

SUNZI, *Die Kunst des Krieges*

Viele der auftretenden Personen sind real. Viele der beschriebenen Ereignisse sind tatsächlich geschehen.

PROLOG

Nordvietnam, Juni 1965

»Kontakt auf zehn, links unten, Kaz!« Die Stimme vom hinteren Sitz der F-4B Phantom klang drängend. »Sieht so aus, als würde er sich nach Westen bewegen, also von uns weg.«

»Welche Entfernung, Toad?«

Kaz Zemeckis, der Pilot der Maschine, drehte den Kopf, um durch das dicke Glas an dem rundlichen schwarzen Bug der Phantom vorbeizusehen. Er führte den Stoßtrupp vom Flugzeugträger *USS Independence* an, der zurzeit hundert Meilen vor der Küste von Vietnam im Golf von Tonkin vor Anker lag, um den Feind mit der nötigen Luftraumüberwachung in Schach zu halten.

Pedro Tostado, Rufzeichen Toad, war hinten ganz auf seinen Monitor konzentriert. »Kriege kein konstantes Signal, da unten ist zu viel los.« Als Kaz' Waffensystemoffizier war Toad auch für das Radar zuständig.

Kaz schaute nach links. Sein Wingman hielt die zweite hellgraue F-4B mit dem Jolly Roger am Heck in loser Formation knapp unterhalb von Kaz' Flügelspitze. Der Pilot blickte zu ihm hoch und wartete auf Anweisungen.

Mit erhobener Stimme meldete Toad: »Er kommt jetzt direkt auf uns zu, Kaz, habe ihn erfasst! Unidentifiziertes Flugzeug, Entfernung achtzehn Meilen!«

»Verstanden.«

Kaz wandte sich seinem Wingman zu und strich mit seinem linken Handschuh über seinen Unterarm, während er den Bug seiner Maschine gleichzeitig kurz auf und ab gleiten ließ. Ein eindeutiges Signal. Sofort glitt die andere Phantom seitlich weg und zeigte kurz ihre weiße Unterseite, bevor der Pilot sie auf eine Höhe brachte und seine taktische Position einnahm – noch immer neben Kaz, aber mit einer Meile Abstand: nah genug, um in Sichtweite zu bleiben, aber mit ausreichend Raum, um unabhängig agieren zu können, falls es zu einem Luftkampf kam.

Kaz drückte den Funkknopf und gab auf ihrer gesicherten Frequenz durch: »Victory Flight, Tanks abwerfen.« Mit einem unidentifizierten Flugzeug vor sich waren das zusätzliche Gewicht und der Luftwiderstand der externen Tanks für die Jets nur hinderlich, wenn es zu einer Auseinandersetzung kam. Und auf dem Flugzeugträger lagerten jede Menge Ersatztanks. Kaz betätigte einen Schalter in der Mitte der Cockpitanzeigen und drückte dann den roten Knopf an seinem Steuerknüppel, um den Tank abzuwerfen. Toad und er spürten den Ruck, als die Maschine plötzlich an Gewicht verlor.

Knisternd meldete sich ihr Wingman in ihren Helmlautsprechern zu Wort: »Zwei hat Sichtkontakt auf elf unten, sieht aus wie zwei Maschinen, kommen zu uns hoch!«

Kaz richtete den Bug seiner Phantom in die Richtung aus, in der er den Feind vermutete; eine Meile links von ihm tat sein Wingman dasselbe. Die beiden F-4B flogen mit Mach 0,9, also neunzig Prozent Schallgeschwindigkeit, was bedeutete, dass sie in sechs Sekunden eine Meile zurücklegten. Ihre Raketen waren abschussbereit, doch das Luftkampfreglement der US Navy schrieb vor, dass sie ihr Ziel visuell identifizieren mussten, bevor sie sie abfeuern durften. Außerdem wussten sie, dass die Maschinen sowjetischer Bauart nicht mit Raketen ausgerüstet waren, sondern lediglich mit 20- und

30-Millimeter-Maschinengewehren; die Bedrohung war also minimal.

Trotzdem suchten beide Piloten angespannt den feuchttrüben Himmel vor sich ab und hielten Ausschau nach dem verräterischen Glanz der silbernen MiGs über der grün-braunen Vegetation von Nordvietnam.

Toad meldete sich: »Der auf meinem Radar scheint in den Sinkflug zu gehen, Kaz! Offenbar wollen sie sich wieder in den Büschen verkriechen!«

Warum sollten sie das tun?

Und plötzlich begriff Kaz. Er fuhr herum und starrte blinzelnd in das helle Licht, suchte im Blau neben und hinter ihnen nach einer Bewegung. Gerade als er mit der Linken seine Augen abschirmen wollte, bemerkte er das metallische Funkeln.

»Feind auf sieben Uhr oben!«, schrie er in sein Mikro. »Zwei, ausscheren, ich breche links aus!«

Flammen schossen aus dem Triebwerksauspuff der Phantom, als der Wingman den Nachbrenner aktivierte und seinen Steuerknüppel nach vorne schob, um die Maschine quasi schwerelos zu machen: der Luftwiderstand wurde minimiert, die Beschleunigung maximiert. So konnte er sich einem möglichen Beschuss durch den Feind entziehen und sich in Stellung bringen, um seine Raketen abzufeuern.

Kaz hingegen vergrub seinen Steuerknüppel quasi in seinem Schoß und reizte seinen Nachbrenner vollkommen aus. Seine Arme und sein Rücken protestierten, als er den riesigen Jet herumriss, um sich der Bedrohung zu stellen. Toad und er ächzten hörbar, während sie die Muskulatur in Beinen und Unterleib anspannten, um trotz der erdrückenden 8 *g* möglichst viel Blut in ihre Köpfe zu pressen.

Am Rande seines sich eintrübenden Gesichtsfeldes bemerkte Kaz kleine Feuerpunkte, die auf sein Cockpit zuflogen. »Leuchtspurmunition!«, brüllte er und rollte die Maschine herum, um den Geschossen der nordvietnamesischen Jets zu entgehen. Die Phantom stieg auf, sodass die feindlichen Maschinen unter ihr hindurchglitten.

»MiG 17!«, riefen Kaz und Toad gleichzeitig, nachdem sie die gepfeilten Flügel, die abgerundeten Flügelspitzen, die dreifachen Grenzschichtzäune und das hohe T-Leitwerk des sowjetischen Kampfjets identifiziert hatten. Im Geiste gingen sie hastig die Farben und Markierungen durch; Kaz kam als Erster zu einem Ergebnis: »Keine Chinesen, keine Nordvietnamesen«, stellte er fest und versuchte, noch einen Blick auf die hinter ihnen absinkenden Maschinen zu erhaschen. »Ich sehe zwei, im Sinkflug!« Er rollte die Maschine herum und versuchte sie so auszurichten, dass er seine Raketen einsetzen konnte.

Sie waren ein klassisches Luftkampfmanöver geflogen, choreographiert durch die Bodenkontrolle der vietnamesischen Volksarmee: Erst abwarten, bis die amerikanischen Jets landeinwärts fliegen, dann zwei Maschinen in möglichst geringer Höhe losschicken, um sie abzulenken, während zwei weitere Jäger mit der Sonne im Rücken von oben herabsteigen und im Vorbeiflug mit ihren Bordwaffen angreifen. Zum Schluss lassen sich alle vier so weit absinken, dass die Amerikaner ihre Raketen nicht mehr zum Einsatz bringen können.

Kaz starrte den immer kleiner werdenden silbernen Silhouetten nach und brachte die Phantom in Stellung, damit Toad sie auf dem Radar erfassen konnte. Sobald er das Okay von ihm bekam, schickte Kaz den beiden MiGs eine seiner AIM-7D Sparrow-Radarraketen hinterher.

Mehr konnte er nicht tun. Stumm verfluchte Kaz die Arroganz der Politiker, die entschieden hatten, dass die F-4 kein Bordgewehr bräuchte. Verteidigungsminister McNamara hatte gesagt, Kampfjets mit Maschinengewehren auszurüsten sei so, als wolle man »einen modernen Krieg mit Pfeil und Bogen ausfechten«. *Arschloch*, dachte Kaz nun nicht zum ersten Mal, während er auf den Blitz der explodierenden Rakete wartete.

Nichts. Entweder waren die MiGs schon zu tief, oder die Sparrow hatte nicht gezündet.

Doch während er weiter nach unten starrte, sah Kaz den funkelnden Umriss einer MiG vor dem grünen Untergrund – und er kam eindeutig auf sie zu. »Die eine MiG kommt zu uns zurück, Toad!«

»Habe sie erfasst. Schieß!«, schrie Toad. Wieder drückte Kaz den Knopf, und eine zweite Sparrow schoss davon, gekoppelt an das Radarsignal der Phantom, sodass ihr kleines Elektronengehirn in Windeseile die eigene Flugbahn berechnen konnte. Die MiG befand sich direkt vor ihnen, und Kaz beschwor die Rakete, diesmal ihren Dienst zu tun. Grelles Weiß zeigte an, dass sie explodiert war, doch der sich nähernde sowjetische Jet blieb davon unberührt. »Spätzünder!«, meldete Toad, während bereits die ersten Leuchtspurgeschosse links an Kaz' Cockpit vorbeizogen. In einem hastigen Ausweichmanöver ließ er die Maschine um neunzig Grad herumrollen und biss abwartend die Zähne zusammen, spürte aber keinen Einschlag. Nachdem er die Phantom wieder ausgerichtet hatte, sah er, wie die MiG seitlich wegglitt und erneut abzusinken schien.

Doch sie ließ sich nicht fallen. Anstatt die verbliebene Geschwindigkeit zu nutzen, um den Bug abzusenken und sich anschließend in Sicherheit zu bringen, stellte der Pilot mit seiner MiG etwas an, das Kaz noch nie zuvor gesehen hatte: Zunächst ließ er die Maschine abrupt aufsteigen, um dann erst hart in die eine Richtung zu gieren und danach ebenso hart gegenzulenken, sodass sich der Jet quasi umdrehte und wieder genau auf Kaz zuflog – ein wildes, scheinbar kaum zu kontrollierendes Manöver. Und schon glitten wieder leuchtende Geschossspuren zwischen ihnen durch die Leere.

»Scheiße!«

Kaz reagierte, indem er etwas tat, was Kampfpiloten eigentlich niemals tun: Er presste seinen Steuerknüppel ruckartig nach vorne. Die Phantom war nicht nur bis zu 8 *g* positiv belastbar, sondern auch bis 3 *g* negativ, was die Piloten aber nicht gerne nutzten, da die Maschine dann mit der Rumpfunterseite voran abfiel, sodass sie nicht sehen konnten, wohin sie flogen. Kaz' Manöver ließ sämtliche losen Karten, Checklisten und den gesammelten Dreck vom Boden an die Cockpitdecke fliegen, während die Schienbeine der beiden Männer schmerzhaft von unten gegen die Instrumententafeln schlugen. Ihnen stieg das Blut in den Kopf, und die Welt schien einen Moment aus dem Gleichgewicht zu geraten. Drei endlos lange Sekunden hielt Kaz den Steuerknüppel in dieser Position und ignorierte die Tatsache, dass Benzin- und Ölzufuhr der Maschine dadurch empfindlich gestört wurden. Dann ließ er die Phantom um neunzig Grad wegkippen und riss den Steuerknüppel zurück.

Los doch, schießt ruhig!

Toad und er blickten nach hinten und suchten den Himmel ab. Erleichtert stellten sie fest, dass die MiG sich tief unter ihnen schnell entfernte.

Ihr Wingman meldete sich über Funk: »Zwei kommt rein. Konnte keine gute Schussposition finden.« Bei der hohen Flugzeugbeteiligung und dem enormen Tempo der Auseinandersetzung wunderte das Kaz nicht.

»Verstanden, Victory Two«, antwortete er. »Sie ziehen sich zurück, irgendwo unter euch. Stabiler Kurs One-Zero-Zero bei vierundzwanzig Knoten, Höhe fünftausend Fuß. Ihr könnt euch uns wieder anschließen.« Der Wingman bestätigte durch einen Doppelklick im Mikrofon. Kaz und Toad sahen sich noch immer wachsam um, da sie sichergehen wollten, dass die MiG sie nicht doch wieder verfolgte. Aber eigentlich rechneten sie nicht damit: Durch ihren Nachbrenner fraß die MiG-17F extrem viel Sprit und war deswegen für ihre geringe Reichweite bekannt.

Während die beiden Phantoms im Tiefflug über den Golf von Tonkin glitten und sich möglichst treibstoffsparend der relativen Sicherheit ihrer Fangkabel auf dem Deck der *USS Independence* näherten, dachte Kaz über das Manöver nach, das er gerade beobachtet hatte.

Wo hat dieser Pilot das nur gelernt?

SEITENWECHSEL

1

Syrien, 5. Oktober 1973

Für einen Mann mit seinen Fähigkeiten war es eine einfache Mission.

Sorge dafür, dass du für die richtige Maschine eingeteilt wirst, folge der ausgearbeiteten Route, spare ausreichend Treibstoff, vermeide es, unter Beschuss zu geraten, und finde einen Landeplatz.

Raz plyunut, hatte er sich gedacht. Das reinste Kinderspiel.

Er hasste Syrien. Im Vergleich zu Moskau war es ein Höllenloch. Alles war braun und dreckig, sogar die felsigen, in Dunst gehüllten Hügel rings um den T-4-Luftwaffenstützpunkt von Tiyas. Selbst wenn es einmal regnete, wie es am Abend zuvor der Fall gewesen war, fiel dabei nur schmutziger Nebel auf Sand. Die Feuchtigkeit kam wie warmer, klebriger Schweiß vom Himmel herab und hinterließ dicke Schlieren auf allem, was draußen parkte.

Was allerdings nicht für seinen Jet galt, der stand gut geschützt unter einer hohen Kuppel, die sogar Raketeneinschlägen standhielt und mit einer dicken Sandschicht bedeckt war, um sie vor den neugierigen Blicken der Satelliten zu verbergen. Der Hangar hatte keine Türen, damit man möglichst schnell die Triebwerke zünden, hinausrollen und aufsteigen und nach der Landung ebenso eilig wieder nach drinnen verschwinden konnte.

Die Sohlen seiner Pilotenstiefel ließen ein merkwürdiges

Echo von den gewölbten Wänden widerhallen, als er auf den riesigen silber-schwarzen Jet zuging. Eine schmale gelbe Leiter führte zum Cockpit hinauf. Er hängte seinen Helm an den seitlich angebrachten Haken und trat ein paar Schritte zurück, um sich das Flugzeug anzusehen. Dann ging er einmal langsam um die Maschine herum, um vor dem Start ein letztes Mal alle Systeme zu überprüfen.

Zwei Dinge fielen ihm an der MiG-25 jedes Mal ins Auge: Zunächst einmal die fast schon absurd hohen und schmalen Reifen. Sie sahen aus, als hätte man sie von einem zu groß geratenen Geländemotorrad abgeschraubt und dann versehentlich an ein Flugzeug montiert. Die leuchtend grünen Felgen verstärkten dieses Missverhältnis nur. Im Vorbeigehen versetzte er den schwarzen Gummireifen wie immer einen leichten Tritt.

Das brachte Glück.

Die zweite Auffälligkeit war die übermäßige Größe der Lufteinlässe. Die riesigen schwarzen Rechtecke – größer als bei jedem anderen Jet, den er je geflogen war – ragten wie gigantische Schulterpolster knapp hinter dem Cockpit aus den Seiten der Maschine hervor. Diese klaffenden Mäuler konnten die Luft schnell genug verschlingen, um die beiden unersättlichen Tumansky R-15B–300-Triebwerke im Inneren zu füttern. Nachdem er nun schon seit einigen Jahren die MiG-25 flog, kannte er ihr ohrenbetäubendes Pfeifen ebenso gut wie seine eigene Stimme.

Als Testpilot hatte er die Maschine gnadenlos ausgereizt, um ihre Grenzen in Bezug auf Geschwindigkeit und Höhe auszuloten, und war dabei rekordverdächtige siebenunddreißig Kilometer weit in den Himmel über Moskau aufgestiegen, bis sich über ihm nur noch Schwärze und unter ihm die durch die Erdkrümmung verzerrte Sowjetunion ausbreiteten. Die

Kameraden in seiner Einheit hatten ihm daraufhin den Spitznamen »Griffon« – Geier – gegeben, da der Sperbergeier den Höhenflugrekord unter den Vögeln hielt. Der Name war bald auf eine einzige harte russische Silbe verkürzt worden. »Grief.«

Grief

Die Kälte der Wüstennacht war langsam durch die verstärkten Wände des Hangars gekrochen und in das Metall des Flugzeugs eingedrungen, wurde aber schon wieder durch die Tageshitze verdrängt, die durch die Toröffnungen hereinwehte. Er spürte sie nur an seinen Händen und im Gesicht. Der Rest seines Körpers war von dem geschnürten Druckanzug bedeckt, der ihn vor der dünnen Luft in den extremen Höhen schützen sollte, die von der MiG erreicht werden konnten. Es war dieselbe Art von Anzug, die auch Kosmonauten trugen. Er mochte den sanften Druck auf seiner Haut.

Nachdem er seine Vorflugkontrolle beendet hatte, nahm Grief den Helm vom Haken, setzte ihn auf, ohne ihn zu schließen, und stieg die schmale Leiter hinauf.

Die Amerikaner hatten dem Jet den Namen Foxbat gegeben. Im militärischen Bezeichnungssystem des Westens wurden Kampfflugzeuge immer mit F-Namen versehen, weshalb die Vorgängermodelle der MiG ziemlich plump als Fagot, Fresco, Fishbed und Flogger bezeichnet worden waren. Grief hatte die Namen in amerikanischen Berichten gesehen und war enttäuscht gewesen von so wenig aviatischer Sprachkunst. Umso erfreuter war er, dass sie diesmal besser gewählt hatten. Schließlich waren Flughunde sehr geschickte Flieger und gehörten zu den größten Fledermausarten der Welt, die über eine ausgezeichnete Sehkraft verfügten und unbemerkt weite Strecken fliegen konnten.

Und auch die MiG-25 Foxbat war die Beste in dem, was sie tat. Die Ingenieure von Mikojan-Gurewitsch waren schon

1959 damit beauftragt worden, etwas zu entwickeln, womit man die amerikanischen Überschallbomber und Spionageflugzeuge vom Himmel holen konnte, die im Kalten Krieg als Neuheit zum Einsatz kamen. Das gesamte Design war auf diesen tödlichen Zweck ausgerichtet worden: von der großen Radarschüssel im Bug und den übergroßen Flügeln, die in dünner Höhenluft für optimalen Auftrieb sorgten, über die an der Unterseite der Flügel angebrachten Luft-Luft-Raketen bis hin zu den großen Treibstofftanks, die eine enorme Reichweite ermöglichten. Michail Gurewitsch höchstpersönlich hatte gegen Ende seiner Karriere die Leitung des Projekts übernommen und war sehr stolz gewesen auf das Endprodukt. Die Foxbat war ein strahlender Triumph, der bis in die Stratosphäre aufsteigen und Mach 2,8 erreichen konnte, also beinahe dreifache Schallgeschwindigkeit. Im Notfall sogar noch mehr.

Als er die Leiter halb erklommen hatte und auf Höhe der großen auf den Rumpf schablonierten *18* angekommen war, hielt Grief kurz inne und wandte sich nach links. Während er sich mit der Rechten an der Leiter festhielt, streckte er die Linke so weit aus, dass er die silberne Außenhaut der Maschine berühren konnte. Er genoss die Kälte der Edelstahlverkleidung an seiner Haut, wusste er doch, dass das Metall auch der enormen Hitze des anstehenden Hochgeschwindigkeitsfluges gewachsen sein würde. Die scharfen Vorderkanten der Flügel würden sich am stärksten erhitzen und die Luft dadurch mit aller Kraft von sich schieben; sie waren aus Titan gefertigt.

Im Cockpit waren alle Metallelemente grün gestrichen, in dem verlässlichen Rostschutzgrün, das die Montageeinheiten der Flugzeugfabrik 21 in Gorky auch für die Radfelgen verwendet hatten. Die Instrumente und Kontrollanzeigen waren schwarz, die Knöpfe der Waffensysteme gelb, blau und rot.

Nachdem Grief sich hatte in den Sitz fallen lassen, überprüfte er die Einstellungen. Als Testpilot hatte er am Cockpitaufbau mitgearbeitet und empfand die vertraute Funktionalität des Ganzen inzwischen als beinahe tröstlich.

Problemlos fanden seine Hände die vier schweren Gurte, mit denen er sich in dem KM-1-Schleudersitz festschnallen konnte. Er zog sie zu sich heran, ließ sie einrasten und zog sie fest. Anschließend schloss er Kühl- und Sauerstoffschlauch und das Funkgerät seines Helms an und sicherte den Verschluss. Wie immer hatte er dabei das Gefühl, sich sozusagen mit einem viel kraftvolleren Wirtskörper zu verbinden: wie der legendäre Greif, der über den Körper eines Löwen und Kopf, Schwingen und Krallen eines Adlers verfügte. Der ultimative neue Sowjetmann.

Um ihn herum erwachte die Foxbat bereits zum Leben. Bis die Navigationstechnik eingerichtet war, dauerte es immer eine Weile, weshalb die Bodencrew schon vor einer Stunde ein dickes Stromkabel angehängt hatte, damit die Kreiselgeräte und Vakuumschläuche sich aufwärmen konnten. Griefs Blick huschte über die Instrumententafel des Cockpits; alle Lämpchen zeigten leuchtend Funktionsbereitschaft an.

Die sowjetische Luftwaffe hatte entschieden, dass im Kampfeinsatz keine Checklisten erlaubt waren, da es ja möglich war, dass ein Flugzeug abgeschossen wurde und der Pilot aussteigen musste. Deshalb holte er nun das eine Blatt aus seiner Beintasche, auf dem er in verschlüsselter Form Funkzeiten, Frequenzen und Navigationskoordinaten festgehalten hatte, außerdem eine detaillierte Karte der Region zwischen Kairo und der türkischen Grenze. In der Mitte des Ganzen: Israel. Der Fluganzug, den er über seinem Druckanzug trug, verfügte über eine Metallklammer am rechten Oberschenkel, wo er die beiden Blätter nun sicher einhakte.

Dann verglich er die Anzeige seiner Armbanduhr mit der auf der Instrumententafel, die sich knapp über seinem linken Knie befand – noch zwanzig Minuten bis zum Start. Also blieben ihm bis zum Triebwerksstart und dem Verlassen des Hangars noch fünf Minuten. Er hob die rechte Hand, damit die Bodencrew seine ausgestreckten Finger sehen konnte, und nickte einmal. Die Männer nickten verstehend zurück. Fingen sie vor dem festgesetzten Zeitpunkt an, würden sie nur Treibstoff verschwenden.

Grief war heute früh aufgewacht und um fünf aufgestanden, um seinen üblichen Morgenlauf um den Flugplatz zu absolvieren; sein Blut floss schneller, und sein Geist wurde leer, während er das Tempo immer weiter anzog. Anschließend frühstückte er in der behelfsmäßigen *leotchick stolowaja* des syrischen Stützpunktes, also der Pilotenkantine. Lammeintopf mit Reis und Fladenbrot, dazu süßer Tee, mit dem er die gelben Vitamintabletten runterspülte, die er von dem sowjetischen Militärarzt bekommen hatte, der ihn auch dem üblichen Gesundheitscheck unterzog. Alles wie immer.

Vier Minuten bis zum Start. Schon seit Monaten bereitete er sich auf diesen Tag vor. Als er dann auf dem Dienstplan gesehen hatte, dass er die Nummer 18 mit ihren einzigartigen Fähigkeiten fliegen sollte, hatte sich nach und nach eine glühende Vorfreude in ihm ausgebreitet. Nun spürte er, wie sein Herz schneller schlug; zum Glück stand er nicht mehr unter ärztlicher Beobachtung.

Drei Minuten. Seine Anwesenheit hier in Syrien ging auf ein direktes Ersuchen des hiesigen Präsidenten Hafiz al-Assad beim sowjetischen Generalsekretär Leonid Breschnew zurück. Die Spannungen zwischen seinem Land und Israel hatten einen neuen Höhepunkt erreicht, weshalb Assad heimlich um Flugzeuge und Piloten gebeten hatte, die fotografisch dokumentieren sollten, was die Israelis so trieben. Sadat hatte im Jahr zuvor aus taktisch-nationalistischen Überlegungen heraus alle sowjetischen Piloten und Ingenieure aus seinem Land verbannt, doch Assad kümmerte es nicht, ob er die Amerikaner gegen sich aufbrachte. Es braute sich ein Krieg zusammen, und er wollte wissen, was ihm die MiG-25 liefern konnte.

Zwei Minuten. Mit einem Finger schob Grief das obere Blatt an seinem Bein so auseinander, dass er sich die Karte noch einmal ansehen konnte. Er ließ die Fingerspitze über die Route gleiten, die in das Navigationssystem der Foxbat eingespeichert war: südlich von Homs über den See von Qatina, dann an der Nordgrenze des Libanon entlang und an der Küste scharf links, um Israel der Länge nach abzulichten. Über dem Mittelmeer wenden, um eine zweite Ansicht der Küstenlinie einzufangen, anschließend zurück nach Tiyas T-4. Er beugte sich vor, um sich den Verlauf der libanesischen Grenze genau einzuprägen.

Sechzig Sekunden. Zeit, sich der Maschine zu widmen. Im Kopf ging er das Startprozedere und die Liste möglicher Fehlerquellen wie Triebwerksbrand oder Abweichungen im Öldruck und seine nötigen Reaktionen darauf durch. Er kannte dieses Flugzeug in- und auswendig.

Der Sekundenzeiger seiner Uhr schob sich über die zwölf. Grief hob die rechte Hand, reckte einen Finger in die Höhe und ließ ihn kreisen: das Signal, die Triebwerke zu zünden.

Es wurde Zeit, die Maschine in die Luft zu bringen.

2

An der Küste Israels

Die einsetzende Flugkörperwarnung war eine angenehme Überraschung.

Eigentlich hätte Grief bei einer Flughöhe von 73 000 Fuß – was ungefähr zweiundzwanzig Kilometern entsprach – und mit beinahe dreifacher Schallgeschwindigkeit über der Mittelmeerküste außerhalb der Reichweite jeder Waffe sein sollen, die Israel auf ihn hätte abfeuern können. Doch die große Radarschüssel im Bug seiner Maschine hatte tief unter ihm zwei feindliche Flugzeuge lokalisiert, die schneller flogen als üblich, und er hatte mit einem gewissen Interesse verfolgt, wie die Punkte auf dem Bildschirm plötzlich die Richtung wechselten und stetig steigend auf ihn zuhielten. Der Warnton in seinem Helm wurde immer höher und schriller.

Er beugte sich nach links und starrte in die Tiefe, suchte das blaue Wasser und das braune Land nach verräterischen hellen Rauchspuren ab.

Ja, da war etwas. Unverwechselbar. Eine fahle Linie zeichnete sich über dem Erdboden ab, hinterlassen vom heißen Triebwerk einer AIM-7 Sparrow, die gerade dabei war, die richtige Flugbahn zu berechnen, um möglichst viel Schaden anzurichten. Um nah genug heranzukommen, damit die Zünder an den Seiten der Rakete seine Maschine registrieren und den neunzig Pfund schweren Sprengkopf in einer zerstörerischen Welle aus Metallsplittern explodieren lassen konnten.

Eine schlichte und tödliche Konstruktion, die ihm nun hartnäckig entgegenflog.

Grief legte drei Schalter um und machte sich bereit. Plötzlich kam ihm ein Gedanke, und seine Finger schlossen sich fester um den Gasgriff.

Konzentriert starrte er durch die dicke Plexiglasscheibe des Cockpits. Genau in dem Moment, als die Rakete ihm am nächsten war und er das Licht auf der Sparrow schimmern sah, die nun ebenfalls mit Überschallgeschwindigkeit heranraste, handelte er.

Seltsamerweise lag dabei ein Lächeln auf seinem Gesicht.

3

Tel Aviv, Israel

Es war das perfekte Strandwetter.

Vom Mittelmeer wehte ein sanfter Wind herein, und die Wellen brachen sanft am Strandufer. Der Himmel war strahlend blau, und das große Thermometer an der Mole zeigte bereits 28 °Celsius an. Kaz rechnete nach: zweiundachtzig Grad Fahrenheit. Angenehm. Außerdem war am Strand auch weniger los als sonst, was er sehr begrüßte. Es war der Tag vor Jom Kippur, dem letzten der Hohen Feiertage des Judentums, weshalb viele Menschen zu Hause geblieben waren, um den Festtag zu begehen.

»Möchtest du noch etwas trinken, Laura?«

Die Frau in dem gestreiften Liegestuhl wandte sich ihm zu. Ihr Gesicht war hinter der großen runden Sonnenbrille und dem ausladenden Strohhut kaum zu erkennen. Erfreut streckte sie ihm ihr leeres Glas entgegen.

»Klar doch! Noch eine Limonade wäre prima.«

Kaz tappte über den sich stetig erwärmenden Sand zur Strandbar des Hilton hinüber und holte die Getränke. Dabei blieb er kurz stehen und beobachtete, wie ein Drachen mit langem Schwanz über den Himmel tanzte. Unten am Strand rannte ein Kind mit seinem Vater hektisch hin und her, um ihn in der sanften Brise in der Luft zu halten.

Als er zu Laura zurückkehrte, stellte er fest, dass sie ebenfalls den Drachen musterte. Lächelnd nahm sie ihr Glas von ihm entgegen. »Ich bin wirklich froh, dass wir hierhergekommen sind, Kaz.«

Er erwiderte ihr Lächeln, denn er empfand genauso. Kaz hatte Familie in Israel, entfernte Verwandte, die während des Krieges aus Litauen geflohen waren – doch weder dieses Land noch diese Menschen hatte er jemals kennengelernt. Also hatten Laura und er sich ein Auto gemietet und waren über die engen Straßen gekurvt, um Cousins und Cousinen zweiten Grades und alte Tanten zu besuchen, die ihn Kazimieras nannten und lächelnd zuhörten, wie er mit seinen spärlichen Hebräischkenntnissen kämpfte, während sie sich mit ihm alte Fotoalben ansahen. Überall war ihnen starker Kaffee serviert worden, und sie hatten mit Pflaumengeist die neu entstandenen Familienbande begossen.

Dieser Urlaub war eine Belohnung für sie beide. Kaz und Laura arbeiteten im texanischen Houston und waren dort in die Apollo-18-Mission involviert gewesen, den letzten, schicksalhaften Flug zum Mond, den die NASA ausgerichtet hatte. Dabei waren sowohl amerikanische Astronauten als auch sowjetische Kosmonauten umgekommen – unter Umständen, die zum Schutz der nationalen Sicherheit geheim gehalten werden mussten. Und als die schier endlosen Nachbesprechungen und wissenschaftlichen Auswertungen endlich ein Ende fanden, hatten sie beide dringend eine Auszeit gebraucht.

Doch sie waren vor allem nach Israel geflogen, um Zeit miteinander zu verbringen. Inzwischen gingen sie seit fast acht Monaten miteinander aus, und als sie in New York die große, nagelneue El Al-Maschine bestiegen hatten, die sie nach Tel Aviv bringen sollte, hatte es sich angefühlt, als wäre das der nächste wichtige Schritt in ihrer Beziehung.

Kaz nippte an seinem Drink und beobachtete Laura, die

noch immer den Flug des Drachens verfolgte. Ihr hochgewachsener, schlanker Körper war nur mit einem knappen weißen Bikini bedeckt, und unter ihrem Sonnenhut quoll ihr dichtes schwarzes Haar hervor. Noch nie hatten sie so viele Tage am Stück miteinander verbracht, und Kaz hatte jeden einzelnen davon genossen.

»Was ist das, Kaz?«, fragte sie plötzlich.

Sie zeigte auf eine Stelle knapp oberhalb des Drachens. Blinzelnd versuchte Kaz, trotz der grellen Sonne etwas zu erkennen, und sein gesundes Auge begann wegen der Helligkeit zu tränen. Während seiner Zeit als Testpilot der Navy hatte er sein linkes Auge durch einen Vogelschlagunfall verloren. Nun erkannte er einen hohen, schnurgeraden Kondensstreifen, der sich schnell die Küste entlangbewegte, allerdings nicht das Flugzeug, das ihn erzeugte.

Als Laura bemerkte, in welche Richtung er blickte, korrigierte sie ihn: »Nein, da drüben. Du musst etwas tiefer schauen.«

Dort zog sich kaum sichtbar eine zweite Linie durch das Blau, die sich in einem Bogen dem höher gelegenen Kondensstreifen näherte. Kaz suchte den Himmel ab, konnte aber nirgendwo einen Jet entdecken, der die Rakete abgeschossen hätte. *Vermutlich eine F-4.*

»Das scheint etwas Ernstes zu sein, Laura«, erklärte er ihr, während er weiter die beiden Streifen im Auge behielt. »Wahrscheinlich hat da eine israelische Phantom eine AIM-7 auf ein sowjetisches Spionageflugzeug abgeschossen. Eine MiG-25, würde ich schätzen.«

Auch wenn sie die nie erreichen wird, fügte er in Gedanken hinzu. Er hatte schon AIM-7-Raketen eingesetzt und wusste daher, wo die Grenzen ihrer Leistungsfähigkeit lagen. In Vietnam hatte sich dieser Raketentyp als große Enttäuschung entpuppt. *Da will die israelische Luftwaffe den Russen wohl einen Schuss vor den Bug verpassen.*

Nun kam hinter dem Kondensstreifen die Rakete in Sicht, die – automatisch gelenkt von kleinen, aerodynamischen Steuerschwänzen – aufstieg und ihren radargestützten Kurs auf das Ziel immer weiter korrigierte. Kaz zählte im Kopf die Sekunden, versuchte Höhe und Entfernung einzuschätzen. Wenn es zu keiner Explosion kam, bis er die zwanzig erreichte, hatte die Rakete ihr Ziel wohl verfehlt.

»Was siehst du da, Kaz?«

Er hob wortlos die Hand und bat sie so, zu warten, bis er fertig gezählt hatte.

Als er bei siebzehn war, stieß er einen unterdrückten Fluch aus. Der Kondensstreifen der MiG-25 war merklich dicker geworden, dann brach er ab.

Stirnrunzelnd drehte sich Kaz zu Laura um. »Wir müssen los«, verkündete er.

4

Östliches Mittelmeer

Katharina die Große war die Erste gewesen, die vor der Küste Israels russische Schiffe stationiert hatte. Von ihrer subarktischen Hauptstadt Sankt Petersburg aus hatte sie 1769 angeordnet, dass die russische Flotte durch die Meerenge von Gibraltar ins Mittelmeer vordringen sollte, um dort bei einer entscheidenden Landschlacht im Osten taktische Unterstützung zu leisten und letztlich den Sieg zu bringen.

Und an diesem Freitag im Oktober, zwei Jahrhunderte später, wurde Griefs Richtung Tel Aviv fliegende MiG-25 von einer Hochleistungsantenne auf einem sowjetischen Schiff mit dem Namen *Krasny Krim* erfasst, die das bekannte Radarsignal nun eifrig verfolgte.

Der großen MR-310 Angara-A-Radarantenne war es möglich, ein in 72000 Fuß Höhe fliegendes Flugzeug trotz der sichtbaren Erdkrümmung am Horizont im Blick zu behalten. Und so hörte sich der Kapitän der *Roten Krim*, der bisher sorgsam darauf geachtet hatte, sich nur in internationalen Gewässern zu bewegen, nun den Bericht seines Leitenden Technischen Offiziers an.

»Das Flugzeug bewegt sich in konstanter Nord-Süd-Richtung, Kapitän, in einer Höhe von zweiundzwanzig Kilometern und mit einer Geschwindigkeit von 825 Metern pro Sekunde.« Er warf noch einmal einen Blick auf seine Umrechnungstabellen. »Also Mach 2,8.«

Der Kapitän nickte. *Eines von unseren, keine Frage.* Abwägend trommelte er mit den Fingerspitzen auf der Kunstlederarmlehne seines Kommandostuhls herum. Auch die Seestreitkräfte waren den heiklen Katz-und-Maus-Spielen des Kalten Krieges unterworfen, und dafür brauchte man Geduld. Das sowjetische Mittelmeergeschwader umfasste 52 Schiffe und U-Boote, die aufgrund der arabisch-israelischen Spannungen bereits in Alarmbereitschaft versetzt worden waren. Ihnen gegenüber standen die 48 Schiffe der Sechsten Flotte der US Navy, darunter zwei Flugzeugträger. Eine Einsatzmöglichkeit, die der Sowjetunion fehlte.

»Wird es aktuell bedroht?«

»*Da*, Kapitän. Die Israelis haben wie üblich mehrere Kampfflugzeuge in der Luft.« Aufmerksam musterte der Offizier seine Anzeigen und suchte unter den aufleuchtenden Punkten nach Hinweisen. Ein Strom neuer Daten ging ein, als eine neue Dopplerwelle erschien. »Einer der israelischen Jets hat eine Rakete abgefeuert«, verkündete er gelassen. Bislang hatte noch keine Luft-Luft-Rakete je eine MiG-25 erreicht.

Der Kapitän blickte durch das große Seitenfenster Richtung Osten, konnte aber nichts erkennen außer Meer und Himmel. *Nicht weiter überraschend, immerhin sind wir hundertfünfzig Kilometer entfernt.* Er wartete ab.

»Hier gibt es eine Auffälligkeit, Kapitän.« Plötzlich klang die Stimme des Technikers beunruhigt.

Mehrere Sekunden vergingen. »Was ist es denn?«, hakte der Kapitän schließlich angespannt nach.

»Ich empfange nun zwei Signale, mit abrupter Verzögerung.« Stirnrunzelnd starrte der Offizier auf den Bildschirm, als wollte er ihm so bessere Daten abpressen. Andere Daten. »Und sie verlieren an Höhe, Kapitän.«

Er drehte sich zu seinem Vorgesetzten um.

»Ich glaube, die Israelis haben unser Flugzeug abgeschossen!«

5

Washington DC

Zehn Uhr morgens in Tel Aviv bedeutete vier Uhr morgens in Washington, weshalb Kaz nur mit der Nachtschicht verbunden wurde, als er eilig ein Ferngespräch zu Sam Phillips' Büro anmeldete. Die männliche Stimme mit dem nuschelnden Michigan-Akzent klang monoton und gelangweilt.

»Andrews Air Force Base, United States Air Force Systems Command, bitte nennen Sie Ihren Namen und Dienstgrad.« Standardprotokoll der USAF: zunächst die Fakten.

»Hier spricht Commander Kazimieras Zemeckis, US Navy. Ich habe schon mit General Phillips zusammengearbeitet und muss ihm so schnell wie möglich etwas mitteilen.«

Pause. General Sam Phillips war der Big Boss. Eine solche Anfrage per Telefon zu stellen, war eher unüblich.

»Verstanden, Commander Zemeckis. Hier spricht Master Sergeant Henderson. Haben Sie Zugang zu einer sicheren Leitung?«

»Ich befinde mich in einem Hotelzimmer in Tel Aviv, Master Sergeant.« Kaz las Telefon- und Zimmernummer von der Wählscheibe des Apparats ab. »Bitte richten Sie dem General aus, dass es dringend ist. Ich wurde hier gerade Zeuge eines Luftkampfes.« Schon während Laura und er hastig ins Hotel zurückgekehrt waren, hatte sich Kaz die nächsten Schritte überlegt. »Ich werde die amerikanische Botschaft hier in Tel Aviv kontaktieren, es dürfte nicht länger als fünfzehn Minuten dauern, bis ich dort bin.« Bei einem ihrer Ausflüge hatte er das Botschaftsgebäude bemerkt und wusste daher, dass es nicht weit entfernt war.

»Das klingt gut, Commander. Bitte rufen Sie wieder an, wenn Sie dort sind. Bis dahin müsste ich über weitergehende Informationen verfügen.«

*

Laura fuhr ihn zur Botschaft. Als Kaz nicht sofort ausstieg, sondern sich erst noch zu ihr hinüberbeugte und sie küsste, wurde ihr klar, dass sie offenbar sehr besorgt aussah. »Ich rufe dich an, sobald ich hier fertig bin«, versprach er.

Sie blickte ihm hinterher, als er zu dem Uniformierten an der Tür hinüberging und ihm seinen Pass und seinen Navy-Dienstausweis entgegenstreckte. Der Marine prüfte beides gründlich, salutierte dann und drückte auf einen Knopf. Die Tür der Botschaft öffnete sich, und Kaz ging hinein.

Während sie losfuhr und sich umdrehte, um mit einem U-Turn wieder Richtung Hilton zu fahren, fluchte Laura laut. »Verdammt!« Es wurde ständig über Konflikte in Israel berichtet, was sie zunächst vor dieser Reise hatte zurückschrecken lassen. Und ganz bestimmt hatte sie nicht gewollt, dass ihr erster gemeinsamer Urlaub sich so entwickelte.

Seufzend beschleunigte sie auf der schmalen Straße. *Aber was soll man schon anderes erwarten von einem Mann, der sich immer sofort auf die nächste Krise stürzt?*

*

Kaz musste mehr als eine drängende Erklärung vorbringen, um sich die botschaftsinterne Befehlskette hinaufzuarbeiten, sodass er besorgt auf seine Uhr sah, als ein Mitarbeiter ihn schließlich in einen gesicherten Raum führte, ihm einen übergroßen Telefonhörer in die Hand drückte und eine Nummer wählte. Es war bereits 10:45 Uhr. Nach einer Reihe von Klicklauten und Störgeräuschen hörte er schließlich wieder die Stimme von Master Sergeant Henderson – durch die Verschlüsselung leicht verzerrt, dafür wesentlich weniger gelangweilt als beim ersten Mal.

»General Phillips erwartet Ihren Anruf bereits, Commander. Ich stelle Sie jetzt durch.« Wieder drangen leise Geräusche an Kaz' Ohr, gefolgt von einem Freizeichen. Dann zeigte ein scharfes Klicken an, dass der General abnahm.

»Guten Morgen, Kaz. Wie ich höre, sind Sie in Israel.« Obwohl die ausdrucksstarke, ruhige Stimme irgendwie künstlich klang, war sie noch immer unverkennbar.

»Jawohl, Sir. Bitte entschuldigen Sie die frühe Störung. Ich mache hier gerade Urlaub, habe aber vor knapp einer Stunde am Strand von Tel Aviv etwas beobachtet, das für Sie und Washington von Interesse sein dürfte.« Dann beschrieb er genau, was er gesehen und wie er das Geschehen eingeschätzt hatte.

Phillips war früher der Leiter der National Security Agency gewesen. Nachdem ein Vogelschlag Kaz ein Auge gekostet und seiner Karriere als Testpilot ein Ende bereitet hatte, war er von Phillips abgeworben worden und hatte für ihn im Bereich Elektrooptik und Höhenaufklärung gearbeitet. Auf seinem erst kürzlich angetretenen Posten als Leiter des USAF Systems Command war Phillips nun für die Erforschung und Entwicklung sämtlicher neuen Waffensysteme der US Air Force und ihrer Abteilung für die Überwachung ausländischer Technologien verantwortlich. Die MiG-25 Foxbat galt hier noch immer als eine der größten Bedrohungen von sowjetischer Seite.

Nun stieß der General einen leisen Pfiff aus. »Definitiv ein hinreichender Grund, um mich wecken zu lassen, Kaz.« Er hielt kurz inne und dachte nach. Phillips war im Zweiten Weltkrieg selbst Kampfpilot gewesen. »Haben Sie anschließend Rauchentwicklung oder Zeichen gesehen, die auf einen Absturz hindeuten?«

»Nein, Sir, allerdings könnte sie einfach weit draußen im Wasser gelandet sein, oder ein ganzes Stück weiter landeinwärts. Die Foxbat erreicht Höhen über siebzigtausend, das ist ein ganz schön langer Weg nach unten.« Er unterbrach sich kurz, fügte dann aber noch hinzu: »Und ich habe auch keinen Fallschirm gesehen.«

»Ich werde meine Kontakte bei der israelischen Luftwaffe aktivieren und Washington die Neuigkeiten zum Frühstück servieren. Falls Israel eine Möglichkeit gefunden hat, die MiG-25 vom Himmel zu holen, müssen wir das wissen. Und falls sich unter den Wrackteilen irgendetwas Interessantes findet, will ich es sehen.« Phillips verlangte weiter: »Geben Sie mir die Kontaktdaten Ihres Hotels.« Nachdem er sie aufgeschrieben hatte, fragte er zögernd: »Möglicherweise müssen Sie sich die Sache vor Ort für mich ansehen, Kaz. Hätten Sie Zeit dafür?« Obwohl es als Frage formuliert war, kam das einem Befehl gleich.

»Jawohl, Sir. Mit den Verwandtenbesuchen hier bin ich durch, und wir hatten sowieso nur noch ein paar Tage Strandurlaub geplant. Bei Bedarf kann ich meinen Aufenthalt auch verlängern.«

»Gut. Vermutlich wird mir das State Department die Angelegenheit zwar ziemlich schnell aus den Händen reißen, aber ich melde mich wieder.«

6

Kommandozentrale der israelischen Luftwaffe

Die Luftwaffe hatte ganz nach Vorschrift auf den Eindringling am Himmel reagiert.

Sobald die MiG-25 in den israelischen Luftraum eingedrungen war, hatte die für die nördlichen Regionen zuständige Luftabwehrtechnikerin sie auf ihrem grün-schwarzen Radarbildschirm erfasst, ihre absehbare Richtung und Fluggeschwindigkeit berechnet und sie mit einer feindlichen Kennnummer versehen, um anschließend sofort die IAF-Operationsbasis bei Tel Aviv zu informieren. Darauf bekamen zwei F-4 Phantom, die gerade nördlich der Stadt in großer Höhe auf Patrouillenflug waren, von ihrem taktischen Lotsen sofort eine entsprechende Einweisung. Sie wendeten und stiegen auf, um das Radarsignal zu erfassen, und brachten sich mithilfe ihrer Nachbrenner in einen günstigen Winkel zum Raketenabschuss. Der Feuerbefehl folgte umgehend, sodass der führende F-4-Pilot im perfekten Moment den Auslöser an seinem Steuerknüppel drücken und »Fox One, Fox One, Fox One« melden konnte, während er zusah, wie die radargesteuerte Sparrow unter seinem Flügel hervorglitt und in einer steilen Kurve in den Himmel über ihm aufstieg.

Im abgedunkelten Kontrollraum verfolgte der taktische Lotse der F-4 auf seinem Radar die Flugbahn der Hochgeschwindigkeitsrakete. Seit das erste Mal eine MiG-25 über Israel hinweggeflogen war, hatte das gesamte Luftwaffenentwicklungsteam an einer Möglichkeit gearbeitet, sie vom Himmel zu holen, bisher aber ohne Erfolg. Nun beobachtete er, wie sich die beiden Punkte auf seinem Bildschirm immer weiter annäherten, und zählte lautlos, während er Geschwindigkeit und Flughöhe abschätzte. Auch jetzt rechnete er mit einem Fehlschlag, da es einfach nicht im Bereich des Möglichen lag, mit dieser Rakete einen Treffer zu erzielen.

Diesmal aber kam es anders.

Wo er eben noch zwei Punkte gesehen hatte, waren plötzlich drei. Die Geschwindigkeitsmesswerte des russischen Jets fielen rapide ab, und der Lotse beobachtete verblüfft, wie die zwei Signale in die Tiefe stürzten. Mit dem Fuß betätigte er den Sendeknopf, während er den Bildschirm gleichzeitig so drehte, dass er seine maximale Schärfe erreichte.

»Kurnas, ich sehe einen möglichen Treffer. Was sehen Sie?«

In beiden Jets hatten sowohl die Piloten vorne als auch die Waffenoffiziere hinten angestrengt nach oben gestarrt.

»Wir haben keine Explosion gesehen, aber der Kondensstreifen der MiG ist abgerissen«, meldete der führende Pilot und holte sich schnell die Rückversicherung seines Hintermannes. »Auf dem Bildschirm sieht es so aus, als würde sie abstürzen, wir versuchen Sichtkontakt für visuelle Bestätigung herzustellen.« Während er die Verfolgung aufnahm, warf er einen Blick auf die Treibstoffanzeige. »Der Sprit wird knapp, beende Nachbrenner.« Er zog die Gashebel zurück, da die Treibstoffmenge einen kritischen Punkt erreicht hatte, der es ihnen nicht länger erlaubte, Manövergeschwindigkeit zu fliegen. »Aber für einen kurzen Blick sollte es noch reichen.«

»Verstanden, Kurnas, melden Sie, was Sie sehen.« Einer Eingebung folgend, fügte der Lotse hinzu: »Sagen Sie Bescheid, falls Sie einen Fallschirm sehen.«

Die beiden Phantoms flogen Richtung Westen aufs Meer

hinaus und näherten sich der Signalquelle. Die Besatzung hielt angestrengt Ausschau.

»Wir haben sie! Elf dreißig links, unter uns, fällt stark ab.« Der Führungspilot korrigierte seinen Kurs und ließ den Bug absinken, um noch näher heranzukommen. »Sie scheint größtenteils intakt zu sein, aber buglastig.« Hastig sah er sich nach der zweiten Signalquelle um, konnte aber nichts finden. Er warnte seinen Wingman: »Komme von rechts rein, dann hochziehen und runterstoßen, Abfangkurs.« Er ließ seine Phantom aufsteigen, drehte sie und schätzte die Relativbewegung ab, um anschließend abrupt herabzustoßen. »Nähere mich.«

Der Lotse beobachtete, wie die zwei Punkte auf seinem Bildschirm verschmolzen; die zweite Phantom blieb auf Abstand und in Schussposition. Krampfhaft unterdrückte er den Drang, nachzufragen, was die Männer dort sahen; er musste sie ihre Arbeit machen lassen und malte sich stattdessen aus, was geschah.

Endlich erstattete der Pilot Bericht.

»Okay, die MiG scheint intakt zu sein, Cockpit unbeschädigt, ich kann den Piloten sehen. Er rührt sich nicht, und wir sinken weiter.« Mit einem Blick auf seine Instrumente schätzte er Geschwindigkeit und Höhe ab. »Ich muss bald hochziehen.«

»Verstanden. Bleiben Sie so lange auf Position, wie der Treibstoff es zulässt.« Falls die MiG ins Meer stürzte, mussten sie so schnell wie möglich Boote hinschicken, um möglicherweise nützliche Wrackteile zu bergen.

»Moment, die MiG hat sich gefangen!«, meldete der Pilot überrascht. Durch die *g*-Kräfte in der F-4 leicht gepresst fügte er hinzu: »Ich hänge mich an sie dran. Der Pilot hat die Maschine neu ausgerichtet, er fliegt jetzt Richtung Küste!«

Tausend Gedanken schossen dem Lotsen durch den Kopf. *Was hat diese MiG vor?* Sein Vorgesetzter hatte das Ganze vom Kontrollzentrum aus verfolgt und schaltete sich nun ein: »Kurnas, ist die MiG bewaffnet?«

So weit hatte der Pilot auch schon gedacht. »Unter den Flügeln und am Rumpf ist nichts zu sehen – sie ist sauber.« Er beschleunigte ein wenig, um sich dichter heranzuschieben. *Ist der Pilot auf Kamikazemission und hat es auf ein Ziel am Boden abgesehen?*

Mit drängender Stimme befahl der Vorgesetzte: »Machen Sie Ihre AIM-9 scharf und warten Sie auf den Befehl zum Abschuss.«

Auf dem Rücksitz der Phantom hatte der Waffenoffizier bereits die Triebwerke der MiG als Wärmequelle eingegeben und meldete nun ruhig: »Roger, Ziel ist eingegeben, sind schussbereit.«

Auf den Bildschirmen in der Kommandozentrale wurde der neue Kurs der MiG immer klarer erkennbar. Der leitende Offizier sprach es schließlich aus: »Das sieht so aus, als wollte er zum Flughafen in Lod! Vielleicht ein Tieffliegerangriff, oder er will sie dort zum Absturz bringen. Sobald Sie feindliche Aktivitäten bemerken, schießen Sie.«

Wieder prüfte der Pilot seine schwindenden Treibstoffreserven. »Abschussbefehl erteilt, verstanden.«

Überraschend groß tauchte die MiG plötzlich in seinem Cockpitfenster auf, sodass er den Gashebel ruckartig zurückschieben und mit dem Daumen die Luftbremsen aktivieren musste, um einen Zusammenprall zu vermeiden. Dann öffneten sich die Fahrwerksklappen des sowjetischen Jets, und die Räder wurden ausgefahren.

»Er hat das Fahrwerk ausgefahren! Die MiG setzt zur Landung an, auf Landebahn Null-Acht in Lod!«

7

Israelischer Luftraum, westlich von Tel Aviv

Schockwellen sind launisch.

Solange die MiG-25 Foxbat von ihren riesigen Nachbrennern getrieben durch die dünne Höhenluft geschossen war, hatte sie beinahe dreifache Schallgeschwindigkeit erreicht und eine Meile in zwei Sekunden zurückgelegt. Ein Beobachter in einem hoch fliegenden Ballon hätte den Jet nicht gehört. Erst nachdem er vorbeigeflogen gewesen wäre, hätte der Lärm von Wind und Triebwerken eingesetzt, den er wie eine ohrenbetäubende Woge hinter sich herzog.

Und angeführt wurde diese Woge von dem unsichtbaren Hammerschlag der Schockwelle. Was dem Ballonfahrer als Überschallknall in den Ohren gedröhnt hätte, war die Druckveränderung, bei der sich die angestaute Energie auf einen Schlag entlud.

Aber die mächtigen Triebwerke der MiG brauchten eine Mischung aus Luft und Treibstoff, um auf Temperatur zu kommen, und diese Luft musste bei Schallgeschwindigkeit abgebremst werden, bevor sie die Motoren erreichte, da sie sonst das Feuer im Inneren erstickte. Die sowjetischen Ingenieure der Tumansky-Entwicklungsabteilung OKB-300 in Moskau hatten sorgsam an den riesigen eckigen Lufteinlässen gefeilt und sie im Windkanal der Fabrik getestet. Dabei fanden sie heraus, dass die Schockwelle, wenn man die scharfe Metallkante genau richtig ausrichtete, kontrolliert und vor dem Triebwerk gehalten werden konnte, sozusagen als Schutzschicht gegen den heulenden Wind. Im Inneren der Lufteinlässe brachten sie eine Metallrampe an, die sich automatisch möglichen weiteren Schockwellen anpasste und die Luft weiter entschleunigte und dadurch verdickte. Wenn sie dann die rotierenden Blätter des ersten Triebwerkskompressors erreichte, bewegte sich die Luft wesentlich langsamer als der Schall und war bereit für einen sauberen Verbrennungsprozess.

Zumindest bis Grief mit der linken Hand den Gashebel betätigte.

Genau davor hatten ihn seine Ausbilder während seiner Qualifikation zum Überschallfliegen gewarnt. Abrupte Veränderungen der Hebelposition bei Mach-Geschwindigkeiten verlangten den träge arbeitenden mechanischen Lufteinlässen möglicherweise mehr ab, als sie leisten konnten. Dadurch konnte es zu einer Verlagerung der sorgsam kontrollierten Schockwellen kommen, sodass die komprimierte Luft im Inneren der Triebwerke falsch zündete und nach vorne ausgestoßen wurde, wodurch der Kompressor ins Stocken geraten und die Rotorblätter so starken Schwingungen unterworfen werden konnten, dass sie in einem wirbelnden Sturm der Selbstzerstörung auseinanderbrachen.

Seit Iwan Fjodorow 1948 das erste Mal die Schallmauer durchbrochen hatte, wurde diese Lektion allen sowjetischen Kampfpiloten immer wieder eingetrichtert: Wenn du mit Überschallgeschwindigkeit fliegst, musst du sorgfältig mit deinen Hebeln umgehen, sonst passieren schlimme Dinge.

Und trotzdem riss Grief, als die israelische Rakete seiner Einschätzung nach nah genug herangekommen war, beide Gashebel der Maschine bis zum Anschlag zurück.

Sofort wurde er nach vorne geschleudert, und trotz der dämpfenden Schichten von Helm und Kopfhörer hörte er ein wiederholtes tiefes Wummern, mit dem die Kompressoren ihren Protest kundtaten. Der Schleudersitz unter ihm vibrierte, als sich die ganze Maschine gegen diese Misshandlung aufbäumte. Ohne weiter darauf zu achten, drückte er seinen Rücken wieder gegen die Lehne, um sich Halt zu verschaffen, dann streckte er die rechte Hand aus, schob eine rote Schutzkappe zurück und drückte den darunter verborgenen Knopf.

Für ausgedehnte Spionageflüge entlang der ägyptischen Grenze konnte die Foxbat in ihren internen Tanks nicht genügend Treibstoff mitführen. Deshalb war an der Rumpfunterseite ein großer, an beiden Seiten spitz zulaufender Zylinder angebracht worden, aus dem zusätzlicher Treibstoff eingespeist werden konnte. Als Grief nun den Knopf drückte, löste er damit für den Notfall vorgesehene kleine Sprengladungen aus, die den externen Tank von der Maschine abstießen. Aus den so hastig durchtrennten Schläuchen quoll eine feine weiße Qualmspur, als der Tank kopfüber in die Tiefe stürzte.

Hoffentlich reicht das aus, um ihr Radar zu täuschen. Und jetzt flieg die Kiste, dachte Grief.

Er prüfte Geschwindigkeit und Höhenmesser. Die Maschine hatte sich in der oberen Atmosphäre bereits auf ein Tempo verlangsamt, bei dem sie sich kaum noch fliegen ließ, weshalb er nun langsam den Steuerknüppel nach vorne schob und den Bug absenkte, während er gleichzeitig beschleunigte. Durch seine Testflüge hatte er genug Erfahrung gesammelt, um mit einiger Sicherheit davon ausgehen zu können, dass die Triebwerke die abrupte Bremsung aushalten und die beiden großen Seitenflossen dafür sorgen würden, dass er sich gerade in der Luft hielt; doch den schweren Jet nun wieder unter Kontrolle zu bringen, erforderte einige Raffinesse. Und so hielt er den Bug der Maschine gesenkt, bis er sicher war, wieder stabil in der Luft zu liegen.

Mit einem Blick nach links musterte Grief die israelische Küstenlinie. Von hier aus konnte er außer dem blau schimmernden Mittelmeer gerade noch einen schmalen sandfarbenen Strand und das bräunlich-grau gesprenkelte Tel Aviv ausmachen.

Er brauchte einen Landeplatz. Und zwar schnell.

Während früherer Überflüge hatte er sich Israel von oben angesehen und dabei ein Dreieck aus großen Landebahnen an einem zentralen Flughafen in der Nähe von Tel Aviv entdeckt. Er schien sowohl militärisch als auch zivil genutzt zu werden; auf dem Vorfeld waren mehrere Jets geparkt, und es gab einige große Hangars.

Bei einem von denen werden die Türen schon offen sein.

Er verlor immer mehr an Höhe. Inzwischen hatte ihn das israelische Luftabwehrsystem erfasst, und das Radarwarnsignal kreischte in seinem Kopfhörer. Er ließ die große Maschine weiter sinken, drehte sie aber noch nicht Richtung Küste, da er so harmloser zu wirken hoffte. Als er beinahe vertikal die Fünftausendmetermarke passierte, hielt er den richtigen Zeitpunkt für gekommen. Er schob den Knüppel nach links und zog, um die Maschine auf die längste der anvisierten Landebahnen auszurichten, die in Ost-West-Richtung verlief.

Dabei ging er im Kopf die größten Risikofaktoren durch: Würden die Israelis ihn mit Boden-Luft-Raketen beschießen? Würde es ihm gelingen, dem restlichen Flughafenverkehr aus dem Weg zu gehen? Wehte der Wind direkt über dem Boden zu stark oder aus der falschen Richtung, kam er vielleicht zu schnell rein. Würde die Länge der Landebahn dann ausreichen? Alle drei Szenarien hatte er im Vorfeld durchgespielt und alles versucht, um das Risiko so weit wie möglich zu minimieren. *Jetzt ist nicht der richtige Zeitpunkt für Grübeleien.*

Jetzt muss ich auf das reagieren, was tatsächlich geschieht. Und mich als herausragender Flieger beweisen.

Schon bei mehreren Flugtests hatte er Maschinen mit beschädigten Triebwerken geflogen, die im Landeanflug nicht mehr zuließen als einen kontrollierten Gleitflug mit anschließendem Bodenkontakt, ohne Aussicht auf einen zweiten Versuch. Heute bestand seine beste Option seiner Meinung nach darin, Höhe und Geschwindigkeit visuell abzuschätzen und daraus abzuleiten, an welcher Stelle er aufsetzen würde. Da er den Triebwerken bereits eine Menge zugemutet hatte, wollte er sich nicht darauf verlassen müssen, dass sie den Anflug stützten oder verlängerten. Nur, wenn es unbedingt sein musste.

Grief nickte entschlossen. Das Tempo, in dem die Häuser von Tel Aviv unter ihm größer wurden, fühlte sich vertraut an, was ein schneller Blick auf Höhen- und Geschwindigkeitsmesser bestätigte. *Pakah vsyo horashow.*

So weit, so gut.

*

»El Al Zero Two, wir schicken Sie auf Ten Back, kein weiterer Verkehr, Wind two-four-zero bei one-six, Höhe one-zero-one-three-point-two. Landeerlaubnis erteilt für Bahn two-six«, gab der Lotse des Flughafens in Lod gelassen durch. Das schöne Wetter und die vertraute Szenerie vor den Fenstern seines Lotsenturms wirkten entspannend auf ihn.

»Tel Aviv Tower, El Al hat verstanden, Freigabe für Landebahn two-six.« Da der Wind mit einer Geschwindigkeit von sechzehn Knoten vom Mittelmeer hereinwehte, spürte der Kapitän der Boeing 747, wie seine große Maschine leicht ruckelte. Lächelnd nahm er es zur Kenntnis. Nach dem eintönigen Vierzehnstundenflug von New York hierher ließen die leichten Stöße die Maschine unter seinen Händen nun wieder zum Leben erwachen. Er prüfte die Anzeigen des Landesystems, die ihm seinen Sinkweg zur Landebahn verrieten, und blickte dann wieder nach vorne, um das zweihundert Tonnen schwere Flugzeug mit seinen vierhundert Passagieren möglichst sanft auf der zwölftausend Fuß langen Landebahn aufzusetzen. Das Fahrwerk hatte er bereits ausgefahren, und der zusätzliche Luftwiderstand ließ die Maschine rumpeln.

Plötzlich meldete sich der Tower wieder: »El Al Zero Two, durchstarten! Ich wiederhole: durchstarten!«

Stirnrunzelnd sah der Kapitän zu seinem Co-Piloten hinüber, doch er schob die vier Gashebel nach vorne und wartete ab, bis Höhe und Geschwindigkeit ausreichten, um das Fahrwerk wieder einzuziehen. Der Co-Pilot setzte die Landeklappen zurück und funkte dann den Tower an: »El Al Zero Two ist durchgestartet.«

»Tower bestätigt, El Al Zero Two, Linkskurve auf two-three-zero, aufsteigen bis fünftausend.« Leicht verspätet erklärte der Lotse den Grund für den Abbruch: »Uns wurde ankommender Gegenverkehr gemeldet, anscheinend soll auf zero-eight eine Notlandung vorgenommen werden. Tut uns leid, dass es erst in letzter Minute reinkam, aber die funken auf einer anderen Frequenz.«

Die vier Personen im Cockpit der 747 spähten angestrengt nach rechts, während der Kapitän die Maschine nun nach links zog; alle suchten nach dem Störenfried. Der Co-Pilot entdeckte ihn als Erster und meldete: »Haben den Gegenverkehr gesichtet, Tower, El Al Zero Two außer Reichweite.« Mit der rechten Hand zeigte er auf den kleinen silbernen Umriss. »Sieht aus wie ein Kampfjet, und er kommt verdammt schnell rein.«

Alle fuhren herum, als die Maschine sich näherte; der Kapitän wich aus, indem er die Boeing seitlich wegneigte, bevor er sie wieder stabilisierte. »Was war das?«, fragte er schließlich. Die Piloten hatten alle in der israelischen Luftwaffe gedient und versuchten nun, diesen so unerwartet auftauchenden Jet zu identifizieren.

Der Co-Pilot hatte den besten Blickwinkel.

»Der Jet hat zwei Seitenflossen! Ich glaube, das ist eine MiG-25!«

*

Grief sah, wie der Jumbojet die Richtung änderte und nach oben auswich. Bis jetzt war er möglichst schnell geblieben, um der denkbar nervösen Luftabwehr nur kurz ein Ziel zu bieten. Nun aber fuhr er das Fahrwerk und die Landeklappen aus. Der Gashebel befand sich im Leerlauf, und er schob nun den Bug Richtung Boden, um vor der Landebahn noch einmal Tempo rauszunehmen. Die andere Maschine hätte in der entgegengesetzten Richtung landen sollen, daher wusste er, dass er Rückenwind haben würde, was die Geschwindigkeit bei der Landung weiter erhöhte. Hier waren die Räder der Schwachpunkt; er konnte nicht riskieren, dass die Gummireifen während der Landung zerfetzt wurden. Er glitt tief über einige Straßen und Felder hinweg, dann blitzte unter ihm der Stacheldrahtzaun auf, der das Flughafengelände umgab. Kurz sah er die riesige *08* auf der Landebahn vorbeigleiten, während er versuchte, die Maschine abzufangen; noch immer war sie viel zu schnell. Mühsam hielt er den Jet knapp über dem Boden, zwang ihn, langsamer zu werden. Seine linke Hand wanderte zu dem Griff, der den Bremsschirm auslöste.

Die Kontrollschilder neben der Landebahn zeigten an, dass

ihm noch fünftausend Fuß blieben, die er auch voll und ganz ausnutzen würde.

Jetzt, entschied er. Indem er den Druck auf den Hebel verringerte, ließ er die Maschine den letzten Meter bis zur Landebahn absinken. Gleichzeitig aktivierte er die Luftbremse und den Bremsschirm. Der Massenträgheit unterworfen, schlingerte die Maschine hin und her, der Bug wurde erst nach links, dann nach rechts gedrückt, während sich der kreuzförmige Bremsschirm entfaltete und mit einem Knall spannte. Grief packte den Bremshebel fester, versuchte, nicht ins Rutschen zu geraten. Sobald er spürte, dass er die Kontrolle zurückgewann, zog er an. Viel zu schnell kam das Ende der langen Landebahn auf ihn zu, aber er hatte sich nicht verschätzt: Als die Bahn in einer weiten Rechtskurve auslief, hatte er bis auf hohe Rollgeschwindigkeit heruntergebremst. Vorsichtig betätigte er das rechte Ruderpedal, und der Jet reagierte, wenn auch träge. Kurz schaukelte er wie eine Schubkarre, geriet aber nicht außer Kontrolle.

Zufrieden atmete Grief auf. *Und jetzt parken, und zwar schnell.*

Zu seiner Rechten sah er mehrere Maschinen auf einer breiten Betonfläche, dahinter ragten einige Hangars auf. Die Tore des ersten waren geöffnet, und Grief konnte sehen, dass dort gerade ein Flugzeug gewartet wurde. Er richtete die MiG genau auf das offene Tor aus und drückte gegen den Gashebel – diesen einen Gefallen musste er dem Triebwerk noch abverlangen. Das Pfeifen der Motoren wurde lauter, und er spürte den leichten Druck, als die Maschine auf maximale Rollgeschwindigkeit beschleunigte.

Mit einem Ruck verfing sich der Wind im Bremsschirm und zerrte ihn zur Seite. Durch einen filigranen Tanz auf den Pedalen versuchte Grief, die Maschine mithilfe der Seitenruder, der Bugradsteuerung und der Bremse auf Kurs zu halten. Solange es ging, behielt er seine Geschwindigkeit bei und glitt diagonal über den betonierten Platz, dann schob er den Gashebel in den Leerlauf und betätigte die Handbremse. Als der Jet ins Halbdunkel des Hangars eintauchte, lenkte er ihn auf einen freien Platz neben der bereits dort geparkten Maschine. Dann schob er die Schutzklappen hoch, schaltete die Drosselung ab, und der Jet stand.

Für den Moment war er in Sicherheit, verborgen vor neugierigen Blicken hier auf der Erde – und vor im All vorbeiziehenden Satelliten.

Nun wurde es Zeit, die Hände zu heben, aus der sich langsam abkühlenden Maschine zu steigen und die Israelis davon zu überzeugen, dass sie einen möglichst überzeugenden Flugzeugabsturz fingieren sollten.

8

Hauptquartier der israelischen Streitkräfte, Tel Aviv

Golda Meir war besorgt.

Auch so war es schon einer der nervenaufreibendsten Tage ihrer langen politischen Karriere gewesen, an dem sie sich eine Zigarette nach der anderen angesteckt hatte. So ernst war die Lage während ihrer vier Jahre als Israels Premierministerin noch nie gewesen. Und offenbar sollte es sich schon bald dramatisch verschlimmern.

Noch einmal zog sie so lange und fest an ihrer Chesterfield ohne Filter, dass ihre weichen, mit feinen Fältchen überzogenen Wangen regelrecht einfielen. Neben einem rapiden Anstieg feindlicher Streitkräfte an Israels Grenzen hatte der Mossad außerdem berichtet, dass die Sowjets Transportmaschinen nach Syrien entsandt hatten, um ihr Botschaftspersonal samt Familien aus Damaskus zu evakuieren. Das letzte Mal war das kurz vor dem Sechstagekrieg geschehen, der nun sieben Jahre zurücklag.

Wenn sie sich das Ausmaß der Bedrohung vor Augen führte, der ihr Land nun ausgesetzt war, wurde ihr übel. *Ich brauche Klarheit!*, dachte sie, während sie auf einem Stuhl in der »Grube« Platz nahm, der tief unter der Erde gelegenen Einsatzzentrale der Regierung.

Fragend blickte Meir die versammelten Männer an.

»Mosche – was würdest du empfehlen?«

Mosche Dajan war ihr Verteidigungsminister: ein schlanker, langsam kahl werdender Kriegsveteran, der 1941 ein Auge verloren hatte, nachdem eine Kugel in Vichy sein Fernglas durchstoßen hatte und in seine linke Augenhöhle eingedrungen war. Mittlerweile verbarg er die hässliche Wunde unter einer schwarzen Augenklappe.

»Es ist alles in Ordnung, Golda«, versicherte er mit einem entspannten Lächeln, das rund um sein gesundes Auge kleine Fältchen in die Haut grub. »Die Araber spielen sich bloß auf und tun so, als wären sie noch echte Soldaten.« Syrien und Ägypten hatten auf den Golanhöhen im Nordosten und am Suezkanal im Südwesten verstärkt Truppen zusammengezogen. »Das sind ihre üblichen Militärübungen, die sie immer im Herbst abhalten, weil es dann bei ihnen nicht so heiß ist. Sie werden ein wenig mit den Schwertern rasseln, sich gegenseitig versichern, wie tapfer sie sind, und dann wieder nach Hause gehen.« Mit einem abfälligen Schnauben verzog er die Lippen, sodass seine schiefen Zähne aufblitzten. »So wie immer.«

Und warum spüre ich dann diese leise Panik in mir? Bedächtig schüttelte Meir den Kopf. Es war der Vorabend von Jom Kippur, dem heiligsten aller Tage, und ihr Land kam zur Ruhe. Bald wären alle zu Hause oder in der Synagoge. Das militärische Personal an den Grenzen war auf ein Minimum reduziert, und wenn sie jetzt die Reserve anforderte, würde sie einen hohen politischen Preis dafür zahlen. Vor allem, da am Monatsende Wahlen anstanden.

Ihr Generalstabschef Dado Elazar beobachtete sie aufmerksam. Wie die übrigen Männer hier im Raum gehörte er dem Militär an, hatte jedoch gelernt, auch auf ihre anders gepolte, sozusagen zivile Intuition zu vertrauen. Außerdem war sie der Boss. Er beschloss, ihr eine Alternative vorzuschlagen.

»Kriegsgetrommel hin oder her, Golda, unser Geheimdienst wird uns mindestens vierundzwanzig Stunden vor einem möglichen Angriff eine Warnung schicken. Aber wir könnten ja vorsichtshalber einen Teil der Reservisten mobilisieren. Und zwar jetzt sofort, bevor sich alle für Jom Kippur eingerichtet haben.«

Sie wich seinem Blick aus, da ihr klar war, was das bedeuten würde: Junge Männer und Frauen würden abrupt von ihren Familien und allen Festtagsplänen fortgerissen werden, in einem großen Durcheinander, dem eine ungewisse Bedrohung gegenüberstand. Im Mai hatten sie das schon einmal getan, als Reaktion auf Ägyptens Frühjahrsmanöver, und hatten auf der politischen Bühne ernsthaften Schaden davongetragen, da man das als unnötige Panikmache betrachtet hatte.

Ganz langsam stieß sie den Rauch aus, der ihr prompt in die Augen stieg, sodass sie blinzeln musste. *Ein Tag Vorlaufzeit garantiert. Okay. Aber die Regierungsmitglieder werden dann alle zu Hause sitzen und nicht verfügbar sein.*

Schließlich fällte sie ihren Entschluss und wandte sich, ohne auf Dajan einzugehen, an Elazar: »Vorerst unternehmen wir nichts, aber ich brauche eine Sondererlaubnis, um im Zweifelsfall ohne den üblichen Prozess die Reservisten mobilisieren zu können.« Sie deutete mit dem Kinn auf den Mann mit der Augenklappe. »Volle Befehlsgewalt nur für Mosche und mich.«

Elazar sah sich am Tisch um, stieß bei der versammelten Führungsspitze aber auf keinen sichtbaren Widerstand. »Ich werde einen Beschluss aufsetzen und unterzeichnen lassen.«

Golda dachte noch einen Schritt weiter. »Und ich möchte, dass die Amerikaner für uns die Sowjets in Schach halten. Schlimm genug, dass Breschnew unseren Feinden so viele Waffen liefert, da will ich auf keinen Fall auch noch russische Soldaten oder Berater an unseren Grenzen vorfinden. Lasst

Kissinger die Bitte so schnell wie möglich zukommen, am besten durch den amerikanischen Botschafter. Wie hieß der neue noch gleich? Keating?«

Nickend streckte Elazar die Hand nach dem Telefonhörer aus, doch bevor er danach greifen konnte, begann der Apparat zu klingeln. Er hob ab, und Golda beobachtete, wie ihr Stabschef zunächst überrascht die Brauen hob, um sie dann skeptisch zusammenzuziehen. Seine Sitznachbarn lauschten konzentriert, während er hastig eine Reihe von Fragen stellte, aber Golda selbst saß zu weit weg, um alles zu verstehen.

»Was ist los, Dado?«, fragte sie deshalb ungeduldig, sobald er aufgelegt hatte.

Er sah sie an und antwortete voller Ungläubigkeit, aber laut genug, dass alle ihn hören konnten: »Am Flughafen von Lod ist ein syrischer Aufklärungsjet notgelandet, eine MiG-25.«

Stille senkte sich über den Raum, während alle versuchten, die Tragweite dieser Information zu erfassen. Die altgediente Politikerin Golda gewann das Rennen.

»Streicht den letzten Punkt! Dado, bestell mir diesen Keating ein, und zwar so schnell wie möglich!« Sie nahm einen letzten, tiefen Zug von ihrer Zigarette und hielt den Atem an, während sie den Stummel in ihrem übervollen Aschenbecher ausdrückte. Als sie fortfuhr, quoll der Rauch aus Mund und Nase hervor.

»Und schafft mir diesen Piloten her!«

9

Israel Aircraft Industries Hangar 4, Flughafen Lod

»Was zum …?«

Der schrille Triebwerkslärm draußen auf dem Vorfeld war ja noch normal gewesen, doch als im Inneren des Hangars ein merkwürdiges Bremsgeräusch ertönte, zog der Flugwerksmechaniker seinen Kopf aus dem Fahrwerksschacht der Nesher und blickte hoch. Er hatte gerade eine Hydraulikleitung in dem israelischen Kampfjet gewechselt, wischte sich jetzt aber hastig die Hände an seinem Overall ab und steckte sich dann die Finger in die Ohren, um den Krach abzumildern. Stumm beobachtete er, wie der Pilot bei der endgültigen Bremsung im Cockpit nach vorne gedrückt wurde und dann einige schnelle Handbewegungen machte, woraufhin das Dröhnen der Triebwerke verstummte. Ohne den stützenden Abgasstrahl fiel der Bremsschirm am Hangartor in sich zusammen. Verblüfft starrte der Mechaniker das Flugzeug an.

Es war groß und hellgrau, mit einem roten Stern am Heck.

Wie alle Israelis hatte der Mann drei Pflichtjahre beim Militär absolviert, weshalb er den Jet sofort als MiG-25 Foxbat identifizierte. Da er allein im Hangar gearbeitet hatte, wich er nun hastig bis an die Wand zurück, an der ein rotes Telefon hing. Während er sich den Hörer schnappte und ungeduldig darauf wartete, dass am anderen Ende der Leitung abgenommen wurde, öffnete sich die Cockpithaube.

Aus dem Hörer drang inzwischen auf Hebräisch die Forderung: »Lod Airport Notfallzentrum, bitte nennen Sie Ihr Anliegen.«

Nachdem er die Situation hastig umrissen hatte, riet ihm die Stimme im Hörer, sich fernzuhalten und auf das Sicherheitspersonal zu warten, das bereits vom Tower losgeschickt worden war. Und tatsächlich hörte er, schon während er auflegte, mehrere Sirenen von draußen. Bremsen quietschten, schwere Schritte polterten, mehrere Stimmen ertönten, dann stürmten Bewaffnete in den Hangar. Einer von ihnen näherte sich vorsichtig dem Bug der MiG und rief dem Piloten auf Russisch etwas zu.

Inzwischen war die Cockpithaube vollständig geöffnet, und der Pilot hatte das Visier seines Helms hochgeklappt. Nun hob er langsam die Hände.

Der bewaffnete Soldat schrie noch einmal etwas, und diesmal antwortete der Pilot. Nach ein paar Sekunden sah sich der Soldat um, bemerkte den Mechaniker und winkte ihn zu sich heran. »Schaffen Sie eine Cockpitleiter her!«

Die Maschine ist aber höher als unsere, dachte der Mechaniker irritiert, lief dann jedoch in eine Ecke des Hangars, wo gerade Malerarbeiten stattgefunden hatten. Als er mit der ausziehbaren Leiter der Handwerker zurückkehrte, deutete der Soldat nur mit dem Kinn auf die MiG. Nervös stellte der Mechaniker die mit Farbspritzern übersäte Leiter so auf, dass sie von der Rundung des fremden Flugzeugrumpfes gestützt wurde. Zum Glück war sie hoch genug. Wieder zuckte der Soldat mit dem Kopf, und der Mechaniker zog sich dankbar auf seinen Platz an der Wand zurück.

Nun stellten sich die Soldaten so um die Leiter herum auf, dass sie einander Deckung geben konnten, während ihr Anführer weiter auf Russisch Befehle brüllte. Der Mechaniker beobachtete, wie der Pilot kurz nickte und dann seinen Gurt löste. Anschließend zog sich der Sowjet an der Haubenkante hoch, bis er aufrecht auf seinem Schleudersitz stand; auf ein weiteres Brüllen des Soldaten hin hob er die Hände über den Kopf. Ein zweiter Soldat stapfte scheppernd die Leiter hinauf, warf einen kurzen Blick in das Cockpit und drehte den Piloten dann grob hin und her, um seinen Druckanzug zu untersuchen. Schließlich blickte er zu seinem Anführer hinunter und nickte.

Offenbar haben sie nach versteckten Sprengsätzen gesucht, dachte sich der Mechaniker.

Der Soldat stieg wieder herunter, zog seine Uzi vom Rücken, richtete sie auf den Piloten und wartete.

*

Grief ließ die Arme sinken, drehte sich um und kletterte vorsichtig die schmale Leiter hinunter, etwas behäbig durch den steifen Anzug. Sobald seine Füße den Boden des Hangars berührten, wurde er an der Schulter gepackt und gezwungen, sich flach auf den Bauch zu legen. Dabei drehte er den Kopf, sodass seine Wange gegen die Polsterung seines Helms gedrückt wurde. Mit einem Tritt schoben sie seine Beine auseinander, anschließend durchsuchten sie seine Taschen und konfiszierten unter anderem die Pistole, die sowjetische Kampfpiloten grundsätzlich immer mit sich führten. Als der Soldat fertig war und zurücktrat, schoben sich die Stiefel des Anführers in Griefs Gesichtsfeld. Sein Russisch klang hart, mit einem deutlichen Akzent. *Ein Jude von der Moldau*, dachte Grief.

»Wie lautet Ihr Name, und warum sind Sie auf israelischem Territorium gelandet?«

Trotz seiner unbequemen Haltung antwortete Grief laut und

deutlich: »Abramowitsch, Alexander Wasiljewitsch, Colonel der russischen Luftwaffe, dekorierter Testpilot der UdSSR.«

Er unterbrach sich kurz und achtete darauf, das Folgende besonders langsam und nachdrücklich zu sagen, damit der Soldat die Tragweite seiner Antwort erfasste.

»Ich verfüge über geheimes Wissen von hohem Wert und möchte zu den Vereinigten Staaten von Amerika überlaufen. Lassen Sie mich umgehend mit Ihrem Vorgesetzten sprechen.«

Zum Schluss fügte er noch den einen Satz hinzu, von dem er wusste, dass er hundertprozentig eine Reaktion hervorrufen würde.

»Und ich bin Jude.«

10

Amerikanische Botschaft, Tel Aviv

Nur mit Mühe gelang es Botschafter Kenneth Keating, den Zusammenhang herzustellen.

Er war im August auf den Posten in Israel berufen worden und hatte gerade erst angefangen, sich einigermaßen unter den Menschen und in den labyrinthartigen Gängen der amerikanischen Botschaft mit ihren abgeriegelten Sicherheitsbereichen und abgeschotteten unterirdischen Besprechungszimmern zurechtzufinden. In seiner Botschaft. Vom israelischen Stabschef telefonisch mit höchster Dringlichkeit um ein Treffen gebeten zu werden, war äußerst ungewöhnlich, weshalb er hastig seinen engsten Kreis in seinem Büro im ersten Stock versammelt hatte, um den Ratschlag seiner Mitarbeiter einzuholen, bevor er darauf reagierte.

Sein zweiter Staatssekretär begann: »Wie du ja heute Morgen beim Briefing gehört hast, Ken, haben die Ägypter und die Syrer an den israelischen Grenzen außergewöhnlich viele Truppen zusammengezogen. Laut unseren Satellitenbildern sind es deutlich mehr als bei ihren bisherigen Herbstmanövern.« Sein Blick wanderte ziellos über die Kaffeetassen und Aschenbecher auf dem Tisch, während er nachdachte. Als er den Botschafter schließlich wieder ansah, kam er achselzuckend zu einer Schlussfolgerung: »Meir will, dass Nixon etwas dagegen unternimmt, und bittet dich nun, ihr dabei zu helfen.«

Keating nickte. Er hatte während des Zweiten Weltkrieges in Indien gedient und war bis zum Brigadegeneral aufgestiegen, bevor er sich der Politik zugewandt und in New York als Richter am Berufungsgericht gearbeitet hatte. Zuletzt war er für Nixon als Botschafter in Indien gewesen, was ihm viel darüber beigebracht hatte, wie der Einfluss Amerikas im Ausland einzusetzen war.

»Irgendwelche Vermutungen, was sie konkret verlangen könnte?«

Wieder meldete sich der Zweite Staatssekretär zu Wort: »Höchstwahrscheinlich soll Kissinger die Sowjets an die Kandare nehmen. Seit Sadat die Russen vor einem Jahr aus Ägypten verbannt hat, wollen sie ihren Einfluss im Mittleren Osten unbedingt wieder ausbauen. Meir geht davon aus, dass die israelischen Streitkräfte alleine mit den Arabern fertigwerden, allerdings nur, solange sich die Sowjets nicht direkt beteiligen.«

Keating blickte durch das Fenster seines Büros auf das blaue Mittelmeer hinaus. Noch heute trug er – wie bereits zu Teenagerzeiten – einen strengen Mittelscheitel, und nun fuhren seine Finger unbewusst erst auf der einen, dann auf der anderen Seite durch das dicke Haar, das inzwischen schlohweiß war.

Der Leiter der Konsularabteilung runzelte nachdenklich die Stirn. »Wir hatten heute Morgen einen unangekündigten Besucher, Ken: einen Navy-Offizier, der gerade hier Urlaub macht und eine sichere Leitung zur Zentrale des Air Force Systems Command brauchte. Anscheinend hatte er etwas beobachtet, das er melden musste. Der Mann schien über gute Verbindungen zu verfügen.«

»Und du denkst, da gibt es einen Zusammenhang?«

»Könnte sein. Er hat etwas von einem ungewöhnlichen

Kondensstreifen und einer möglicherweise signifikanten Erhöhung der Luftkampfstärke gesagt.« Nachdenklich legte er den Kopf schief. »Das könnte auch die Dringlichkeit von Premierministerin Meirs Anruf erklären. Vielleicht weiß sie, was passiert ist, und verfügt damit über ein Druckmittel, das wir einsetzen könnten.« Er warf einen Blick auf seine Armbanduhr. »Möglicherweise ist dieser Navy-Mann sogar noch im Gebäude.«

Ken Keatings schwarze Augenbrauen wanderten bis unter seinen weißen Haaransatz. »Dann bringt ihn zu mir, und zwar flott.«

*

Zum Sinn und Zweck der Botschaft gehörte es auch, die amerikanischen Werte im Ausland zur Schau zu stellen, was unter anderem durch Botschafter Keatings Dienstwagen geschah. Sein Fahrer – ein Marine – lenkte den langen schwarzen Ford LTD geschickt durch die engen Straßen von Tel Aviv, während der Botschafter sich auf dem Rücksitz mit Kaz beriet. Im Laufe ihres eiligen Meetings in der Botschaft hatte das State Department angerufen und auf General Sam Phillips' Anraten hin die nachdrückliche Empfehlung ausgesprochen, dass Kaz den Botschafter zu dem Gespräch mit Premierministerin Meir begleiten solle.

»Erklären Sie mir noch einmal, was so bedeutend daran ist, dass ein solches Flugzeug abgeschossen wurde«, bat Keating nun.

»Die MiG-25 Foxbat ist einzigartig, Sir: ein Hochgeschwindigkeitsaufklärungsflugzeug, das außerdem die größte Bedrohung für die SR-71 Blackbird darstellt, also unsere Aufklärungsmaschinen. Wenn man es genau betrachtet, wird die neueste Entwicklung der Air Force, die F-15, nur gebaut, um der MiG etwas entgegensetzen zu können.« Um es Keating noch weiter zu verdeutlichen, fügte Kaz hinzu: »Die MiG-25 fliegt so hoch und so schnell, dass wir bisher einfach nicht an sie herangekommen sind. Wenn Israel eine Möglichkeit gefunden hat, sie vom Himmel zu holen, müssen wir wissen, wie sie das geschafft haben. Das könnte unserem taktischen Vorgehen weltweit eine neue Richtung geben.«

Keating nickte, während er den Mann neben sich musterte. Mit seiner Baumwollhose, den Slippern und dem kurzärmeligen Hemd war er zwar wie ein Urlauber gekleidet, doch es stand außer Zweifel, dass er hier einen Navy-Offizier vor sich hatte.

Sie fuhren zu einer Adresse, die Keating nicht kannte – vermutlich ein Safe House des Mossad, also von außen unauffällig und drinnen voller Sicherheits- und Abhörtechnik. Als der Fahrer schließlich vor einem frei stehenden Haus in einem Vorort von Tel Aviv hielt, wurde sein Verdacht bestätigt. Ein Wachmann beugte sich zum Wagenfenster hinunter, um ihre Papiere zu prüfen, dann winkte er sie durch das bewachte Tor. Wenig später signalisierte eine zweite Wache dem Fahrer mit erhobener Hand, dass er anhalten solle, und öffnete die hintere Wagentür, damit der Botschafter und Kaz aussteigen konnten.

»Bitte folgen Sie mir.«

Kaz sah sich aufmerksam um, während sie zum Haus gingen. In der kurzen Einfahrt waren mehrere amtlich wirkende Fahrzeuge geparkt, darunter auch ein Land Rover mit der Aufschrift *Lod Airport Security.*

Interessant.

Die Wache führte sie ins Haus und durch einen mit Fliesen ausgelegten Flur in einen Nebenraum, wo der Mann sie bat,

Platz zu nehmen und zu warten. Sein Englisch war gut, wenn auch mit starkem israelischem Akzent. Alle anderen Türen in diesem Korridor waren geschlossen gewesen, und als die Wache nun hinausging, zog sie ebenfalls die Tür hinter sich zu.

Schweigend setzten sich die beiden Männer hin.

Nach ein paar Minuten wurde die Tür abrupt aufgerissen, und eine großmütterliche Frau in einem tristen, verwaschenen Kleid und klobigen Schuhen betrat den Raum. Ihr folgte ein fast kahler Mann in Arbeitsuniform mit einer schwarzen Augenklappe. Die Amerikaner erhoben sich, woraufhin die Frau Keating grüßend zunickte. »Ich danke Ihnen, dass Sie es so kurzfristig einrichten konnten, Botschafter.« Ihr Blick wanderte weiter zu Kaz, und sie musterte ihn kurz, bevor sie vorschlug: »Setzen wir uns doch.« Überrascht stellte Kaz fest, dass ihr Englisch so klang, als stamme sie aus dem Mittleren Westen der USA.

Man servierte Kaffee, und die Premierministerin nahm sich einen Aschenbecher und zündete sich eine Zigarette an. Nachdem sie einen langen Zug genommen hatte, stieß Meir den Rauch wieder aus und sagte: »Ich werde nicht lange um den heißen Brei herumreden, Botschafter. Israel sieht sich momentan einer ernsthaften Bedrohung gegenüber. Sicherlich hat Ihr Geheimdienst Sie bereits darüber aufgeklärt, dass die Araber entlang unserer Grenzen ein massives Truppenaufgebot zusammenziehen. Mein Land macht eine schwere Zeit durch, und wir müssen uns darauf verlassen können, dass die Vereinigten Staaten von Amerika als unser engster Verbündeter fest an unserer Seite stehen.«

Wieder zog sie an ihrer Zigarette und sah dabei zu Mosche Dajan hinüber, dessen eines Auge konzentriert auf Kaz gerichtet war.

Ein feines Lächeln umspielte ihre Lippen. »Wie ich sehe, sind Sie nicht allein gekommen, Botschafter.«

»Ganz recht, Frau Premierministerin, das ist Kazimieras Zemeckis, er wurde mir kürzlich zugeteilt und dient mir in dieser Angelegenheit als Berater.« Alles wahr, unter Auslassung jedes militärischen Ranges.

Meir musterte Kaz genauer. »Den Namen Zemeckis findet man oft unter litauischen Juden.« Abwartend sah sie ihn an.

»Das stimmt, Ma'am, meine Eltern sind kurz vor dem Krieg nach New York ausgewandert und haben sich dort der Litvak-Gemeinde angeschlossen.«

Mit einem verstehenden Nicken sagte Meir: »Willkommen in Israel.«

Dann wandte sie sich wieder Keating zu: »Botschafter, ich möchte, dass Ihr Präsident mit der Sowjetunion spricht, mit Breschnew persönlich, und ihn davon abhält, sich an dem zu beteiligen, was die Araber planen.« Nach einer effektvollen Pause fügte sie hinzu: »Eine Vereinbarung zwischen Supermächten.«

Keating sah demonstrativ auf seine Armbanduhr. »In Washington ist es jetzt gerade einmal acht Uhr morgens, Frau Premierministerin. Ich werde Ihre Nachricht weiterleiten, sobald ich wieder in der Botschaft bin. Sicherlich wird Mr Nixon vollstes Verständnis haben für Ihre Situation und alles tun, was ihm als Präsidenten der Vereinigten Staaten möglich ist.«

Meir nickte. »Mehr kann ich nicht verlangen. Vielen Dank.« Damit sah sie wieder Mosche Dajan an – nun war er dran.

Dajan wandte sich direkt an Kaz: »Als ein Mann mit einer Augenklappe bemerke ich manchmal Dinge, die anderen entgehen. Dürfte ich fragen, wie Sie Ihr linkes Auge verloren haben?«

Achselzuckend erklärte Kaz: »Bei einem Unfall, Sir. Aber

zum Glück konnten die Ärzte die Augenhöhle wiederherstellen, sodass das Glasauge ganz gut sitzt.« Während seiner langen Genesungszeit hatte er etwas über Mosche Dajan gelesen und wusste deshalb, dass dessen Augenverletzung um einiges schlimmer gewesen war. »Es ist wirklich höchst bedauerlich, dass man für Sie nicht das Gleiche tun konnte.«

Nun war es Dajan, der mit den Schultern zuckte, und sein rechter Mundwinkel hob sich zu einem angedeuteten Lächeln. »Das ist lange her, und meine neue Frau meint, mit der Augenklappe sähe ich noch verwegener aus.« Das Lächeln verblasste, und er neigte leicht den Kopf. »Ich muss Sie das fragen, Commander: Welche Sicherheitsfreigabe haben Sie?« Indem Dajan Kaz' Dienstgrad erwähnte, stellte er klar, dass der israelische Geheimdienst seine Hausaufgaben gemacht hatte, sobald Kaz von der US-Botschaft auf die Liste der Gesprächsteilnehmer gesetzt worden war.

Ruhig erwiderte Kaz seinen Blick, von Auge zu Auge. »Die höchste, Sir, genau wie der Botschafter.«

Dajan drehte sich zu Golda Meir um, die gerade mit nachdenklicher Miene ihre Zigarette ausdrückte.

»Ich hätte noch eine weitere Bitte an Ihren Präsidenten, Herr Botschafter«, begann sie. »Sollten die Araber diesmal tatsächlich angreifen, wird Israel bald mit neuen Rüstungsgütern versorgt werden müssen. Unsere Ausstattung ist nicht auf ausgedehnte Konflikte ausgelegt, vor allem nicht auf einen Zweifrontenkrieg.« Mit einem angedeuteten Schulterzucken fasste sie zusammen: »Wir sind ein sehr kleines Land, und Amerika ist ein sehr großes.«

Als Keating zu einer Antwort ansetzte, hob sie abwehrend ihre nikotinfleckige Hand und fuhr fort: »Ich bitte hier nicht um Almosen. In meinem Besitz befindet sich etwas, das für Ihr Land von großem Wert sein könnte, ein einzigartiger Aktivposten, den ich nötigenfalls einzutauschen bereit wäre. Bitte richten Sie das Präsident Nixon von mir aus.«

Golda Meir verstummte.

Als Kaz begriff, was sie damit meinte, richtete er sich abrupt auf.

Meir sah erst Kaz an, dann wieder Keating, und wartete mit einem kaum merklichen Lächeln darauf, dass auch der Botschafter ihre Nachricht entschlüsselte.

Als Keating nicht reagierte, beendete sie das Meeting. »Minister Dajan und ich müssen zurück zu unserer Kabinettsbesprechung und uns wieder der dringlichen Aufgabe der Landesverteidigung widmen. Ich danke Ihnen, dass Sie gekommen sind, Botschafter. Und bitte informieren Sie uns umgehend, wenn Sie etwas von meinem guten Freund Mr Nixon hören.«

Dajan war bereits aufgestanden und hielt Meir die Tür auf, die sich nun ebenfalls erhob und den Amerikanern noch einmal zunickte, bevor sie hinausging. Er selbst verabschiedete sich mit einem breiten Lächeln, bevor er die Tür hinter sich schloss.

*

Sobald sie wieder sicher in ihrem Wagen saßen, wandte sich der Botschafter an Kaz: »Was hat sie damit gemeint? Etwas, das von großem Wert sein könnte. Ich hatte den Eindruck, Sie hätten es verstanden.«

Kaz zeigte auf den Land Rover in der Einfahrt, bevor sie durch das Tor fuhren. »Der sowjetische Jet ist nicht abgestürzt. Er ist *gelandet*. Es hat mich sowieso verwirrt, dass ich keinen Raketeneinschlag oder Rauch gesehen habe, als der Jet runterging. Aber ich bin einfach davon ausgegangen, dass er ohne Explosion oder Feuer außer Gefecht gesetzt wurde.«

Verblüfft schüttelte Kaz den Kopf. »Aber es ist auch kein Qualm von einer möglichen Absturzstelle aufgestiegen. Egal ob über Land oder auf dem Wasser: Wenn so viel Treibstoff und Metall aufprallen, hätte es zu einer Explosion kommen müssen.«

Er sah Keating an. »Die beiden haben sich nicht wie Menschen verhalten, die um einen nicht gerade kleinen Gefallen bitten. Sie schienen vielmehr aus einer Position der Stärke heraus zu verhandeln. Da ich vorher den Wagen von der Airport Security draußen gesehen hatte, hat es sofort Klick gemacht. Ich denke, sie haben diese MiG-25 irgendwo am Flughafen von Lod versteckt.« Er drehte sich noch einmal zu dem Haus um, das sie gerade verlassen hatten. »Und der Pilot befindet sich in diesem Safe House.«

11

Hauptquartier der sowjetischen Luftwaffe, Moskau

Pawel Stepanowitsch Kutachow, Hauptmarschall der Flieger, Fliegerass des Großen Patriotischen Krieges und Kommandant der sowjetischen Luftstreitkräfte, saß an seinem breiten Mahagonischreibtisch und blickte mit finsterer Miene auf die beiden windigen Zettel hinab, die er in seinen dicken Fingern hielt.

Eine seiner MiG-25 war über Israel verschollen. Der Kapitän eines im Mittelmeer stationierten Zerstörers hatte in einer verschlüsselten Eilmeldung beschrieben, was er beobachtet hatte. Und eine Stunde später war – streng nach Vorschrift – ein verschlüsseltes Fax vom Leiter des Bodenpersonals auf dem syrischen Luftwaffenstützpunkt eingetroffen, in dem er Meldung machte, dass einer der Kampfjets nicht zurückgekehrt war.

Wie konnte das passieren?

Kutachow spürte Trauer und Wut in sich aufsteigen, wie immer, wenn ein Flugzeug abstürzte. Und in diesem Fall war es noch viel schlimmer, weil ausgerechnet dieser Jet auch noch der Geheimhaltung unterlag.

Was zuerst? Er blickte aus dem Fenster in den grauen Moskauer Oktoberhimmel hinauf. *Bestätigung holen*, entschied er.

Seit die Sowjetunion nach dem Sechstagekrieg 1967 die diplomatischen Beziehungen zu Israel abgebrochen hatte, war die israelische Botschaft in Moskau nicht mehr besetzt. Es wäre also schwierig, sich die Informationen direkt von dort zu holen, da die Angelegenheit dann sofort zu einem Politikum würde. Besser eine unabhängige Quelle anzapfen.

Kutachow griff zum Hörer und ließ sich zum Kommandanten des Zenit-Spionagesatellitennetzwerks durchstellen. Um herauszufinden, was passiert war, brauchte er so schnell wie möglich detaillierte Aufnahmen des möglichen Absturzgebietes. War die MiG-25 über dem Meer abgestürzt, würden sich der daraus resultierende Ölfleck und das Trümmerfeld schnell auflösen. War es über Land geschehen, waren die Israelis sicher schon dabei, die Unfallstelle abzugrasen.

Die Zenit-Satelliten waren so schlicht gehalten, wie es nur möglich war: eine robuste Kugel von zweieinhalb Metern Durchmesser und gut zwei Tonnen Gewicht, ausgestattet mit hervorragenden Kameras und Linsen, die jeweils bis zu zwei Wochen die Erde umkreisten. Aus einer Höhe von zwei- bis dreihundert Kilometern konnten sie auf der Erdoberfläche Details von bis zu einem Meter Radius erfassen – also genau genug, um Trümmerteile zu identifizieren.

Der Kommandant erklärte Kutachow, dass vor zwei Tagen ein Zenit-2M ins All gestartet sei und in vier Tagen wieder herunterkommen solle. Und morgen werde ein Exemplar des moderneren und in geringerer Höhe agierenden Zenit-4MK hochgeschossen, der in einer Woche mit seinen Bildern zurückkehren werde.

Zu spät!

Als er weiter drängte, wurde ihm zu seiner Erleichterung mitgeteilt, dass ein dritter Zenit-4MK vor knapp zwei Wochen das Kosmodrom in Plessezk verlassen habe, erst kürzlich über Israel geflogen sei und gerade für den Wiedereintritt in die Atmosphäre vorbereitet werde. Kutachow verlangte, dass das Bildmaterial im Eilverfahren entwickelt und ihm dann persönlich zugestellt werden solle. Dann legte er zufrieden den Hörer auf.

Sein nächster Anruf galt seinem Amtskollegen vom KGB. Vielleicht verfügten ihre Spione in Israel ja über relevante Informationen und hatten Zugang zu gemeldeten Absturzstellen. War der Pilot mit dem Schleudersitz ausgestiegen oder gab es noch brauchbare Überreste der Maschine, war es essenziell, vor Ort einzugreifen. Sobald der Herr aller Spione sich meldete, erklärte ihm Kutachow, was er von ihm brauchte, und gab die ungefähre Lage der vermuteten Absturzstelle an ihn weiter. Im Gegenzug versprach er, den KGB umgehend zu informieren, falls es neue Erkenntnisse gab.

Nachdem Kutachow auch dieses Gespräch beendet hatte, atmete er einmal tief durch, bevor er den unangenehmsten aller nötigen Anrufe tätigte.

Dumpfes Tuten im Hörer zeigte ihm an, dass das Telefon auf dem Schreibtisch seines *zampolit* klingelte – des für die sowjetischen Luftstreitkräfte zuständigen Politoffiziers. Nach dessen brüsker Begrüßung fasste Kutachow die Neuigkeiten möglichst knapp zusammen, legte dar, was er bereits unternommen hatte, und umschrieb die seiner Meinung nach drohenden Folgen der jeweiligen Szenarien. Die Stimme am anderen Ende der Leitung bat den Marschall, den einen oder anderen Punkt zu wiederholen, und unterbrach ihn des Öfteren, um sich Notizen zu machen. Dann folgten einige bohrende Nachfragen, in denen hörbare Enttäuschung darüber mitschwang, dass der Kommandant der sowjetischen Luftstreitkräfte so etwas zugelassen hatte. Nachdem der Politoffizier Kutachow noch das klare Versprechen abgenommen hatte, alle relevanten Informationen zu der Sache sofort zu melden, legte er ohne ein Abschiedswort auf. Nur ein Klicken ertönte, dann das Freizeichen.

Kopfschüttelnd legte Kutachow den Hörer auf. Das war eine heikle Angelegenheit, die noch einige Meetings mit einigen Wichtigtuern nach sich ziehen würde.

Bevor er die beiden Blätter in die mit STRENG GEHEIM markierte Akte zurückschob, stellte er sich kurz vor, wie es dem Piloten der MiG ergangen sein musste. Kutachow liebte das Fliegen und sorgte dafür, dass ihm seine Pilotenlizenz erhalten blieb, indem er einmal wöchentlich auf dem nahegelegenen Flugplatz von Ramenskoje die zweisitzige L-39 flog. War der Pilot sofort tot gewesen, wie so viele seiner Kriegskameraden? Oder hatte er den Ausstieg trotz der enormen Geschwindigkeit und Höhe überlebt und war irgendwo gelandet? Versteckte er sich vielleicht schwer verletzt in den Hügeln der israelischen Wüste oder trieb hilflos auf hoher See? Oder war er gefangen genommen worden und musste nun das Schlimmste über sich ergehen lassen, was der Mossad aufbieten konnte, da sie ihm die Geheimnisse der MiG-25 und der sowjetischen Flugdoktrin abpressen wollten?

Tot, entschied er. *Ich hoffe, er hatte einen schnellen Tod.*

Kutachow schloss und versiegelte die Akte und wandte sich dem nächsten Notfall in seinem Posteingang zu.

12

Safe House des Mossad, Tel Aviv

Äußerst freundlich klang die Frage, beinahe sanft. »Erklären Sie es mir noch einmal, Colonel Abramowitsch. Warum haben Sie sich dazu entschlossen, Ihr Flugzeug auf dem Flughafen von Lod zu landen?«

Ohne eine Regung musterte Grief den lächelnden, sanftmütigen Mann, der ihn befragte. Schlank war er, und er wirkte sehr entspannt in seiner formlosen Zivilkleidung. *Das ist ein Verhör*, rief er sich ins Gedächtnis. *Lass dich nicht von seiner Freundlichkeit einlullen.* Dann wiederholte er, was er bereits jedem der immer bedeutender werdenden israelischen Beamten gesagt hatte, von denen er bisher befragt worden war.

»Ich bin Jude und möchte zu den Vereinigten Staaten von Amerika überlaufen. Im Gegenzug biete ich ihnen die MiG-25 und mein Wissen an.«

Man hatte ihm Zigaretten und Wasser gebracht, doch beides war unangerührt geblieben bei diesem von beiden Seiten anerkannten Balztanz.

»Aber warum ausgerechnet die USA?« Das Lächeln seines Gegenübers wurde breiter, und mit einer weit ausholenden Geste erklärte der Mann: »Israel ist ein wundervolles junges Land, in dem sowjetische Juden jederzeit willkommen sind.« Er sprach fließend und akzentfrei Russisch.

Grief erwiderte sein Lächeln mit einer gewissen Anspannung. »Amerika behauptet von sich, das Land der unbegrenzten Möglichkeiten zu sein. Das ist sogar schon bis nach Moskau vorgedrungen.« Achselzuckend fügte er hinzu: »Sie haben einem Mann mit meinen Fähigkeiten einfach mehr zu bieten. Ich möchte dort ein neues Leben anfangen.«

Die Soldaten am Flughafen von Lod hatten ihn systematisch bis auf die Unterwäsche durchsucht, um sicherzustellen, dass er keine versteckten Waffen oder Sprengfallen am Körper trug. Dann hatte man ihn in einen schlecht sitzenden Overall gesteckt, ihm Handschellen angelegt und eine Kapuze über den Kopf gezogen, bevor er in einen Laster gesetzt wurde. Kapuze und Handschellen hatte man ihm erst wieder abgenommen, als er in diesem Raum ankam.

»Ein neues Leben«, wiederholte der Verhörspezialist des Mossad nun. »Und was wollen Sie in diesem neuen Leben tun?«

Grief reckte das Kinn. »Was ich will?« Er gestattete sich den Anflug eines Lächelns. »Schon als kleiner Junge wollte ich einfach nur fliegen. Und zwar die besten Maschinen der Welt. Unsere sowjetischen Flugzeuge haben ihre Stärken, aber letztlich sind es krude Kopien, gebaut von geistlosen Bürokraten.« Gelassen hob er die Hände. »Ich bin durch und durch Pilot. Ich habe viel zu bieten, und Amerika baut die besten Flugzeuge.«

Der Mossadbeamte nickte bedächtig. *Da mag ein Körnchen Wahrheit drinstecken, aber freiwillige Überläufer gefallen mir nicht.* Er versuchte es anders.

»Und was ist mit Ihrer Familie, Alexander? Darf ich Sie Alexander nennen?«

Griefs Lächeln erlosch. »Meine Eltern sind schon lange tot, ich bin ein Einzelkind und alleinstehend.«

Wieder ein bedächtiges Nicken. Der Beamte hatte an seinem Finger auch keinerlei Hinweise auf einen Ehering gefunden. »Aber was ist mit Russland? Mit Ihrer Heimat, der Sowjetunion?«

Kopfschüttelnd stieß Grief den Atem aus. »Ich habe die Nase voll von der ständigen politischen Einmischung bei der Luftwaffe, von einem System, in dem Inkompetenz belohnt wird und eine ignorante zentrale Macht immer wieder die falschen Entscheidungen trifft.« Nun sah er den Mossadbeamten direkt an und fügte hitzig hinzu: »Das musste ich schon mein ganzes Leben ertragen, jetzt will ich etwas Besseres.«

Skeptisch zog der israelische Beamte die Augenbrauen hoch. »Amerika ist auch nicht frei von Problemen. Deren Präsident hat gerade ein Verfahren wegen Korruption und illegaler Machenschaften am Hals.«

Mit einem abfälligen Schnauben erwiderte der Russe: »Alle Politiker sind korrupt. Aber in Amerika gibt es wenigstens die *Möglichkeit*, ihn deswegen anzuklagen.«

Wieder ein Wechsel. »Was genau wissen Sie eigentlich über Amerika, Alexander?«

Grief nickte verstehend, senkte den Blick und erklärte: »Ich wurde als einer unserer Piloten für die Flugshow von Paris im Juni ausgewählt. Dort habe ich unsere Flugzeuge das erste Mal im direkten Vergleich zu ihren gesehen. Unsere haben daneben so plump gewirkt wie Zolushkas hässliche Stiefschwestern.« Angewidert schüttelte er den Kopf. »Ich habe gesehen, was für erstaunliche Dinge ein Navy-Pilot mit seiner F-14 getan hat, und die Modelle ihrer neuen F-15 und F-16. Und dann musste ich mit ansehen, wie unsere inkompetenten Bauerntölpel eine wunderschöne neue Tu-144 zerstörten und dabei nicht nur sich selbst, sondern auch einige Zuschauer getötet haben, vor den Augen der Welt.«

Er wird emotional, halt ihn da. Ein betroffenes Stirnrunzeln. »Wie kam es zu dem Absturz?«

»Sie hatten die Flugsteuerung der Tupolew manipuliert, ohne es vorher zu testen – in dem kläglichen Versuch, sie besser aussehen zu lassen. Sie haben sich von den Politikern in Moskau vorschreiben lassen, was sie mit ihrem Flugzeug machen sollten!« Griefs Empörung war echt. »Dadurch hat sich die Reaktion auf den Canard verändert, und die Drehgeschwindigkeit um die Querachse hat die Maschine überzogen. Und ihre Flughöhe hat nicht ausgereicht, um das wieder zu korrigieren.« Grief sammelte sich kurz. »Ich kannte den Piloten natürlich, Koslow. Bei seinem Rettungsversuch hat er sie so brutal rumgezogen, dass der linke Flügel abriss. Und die ganze Welt wurde Zeuge dieser Idiotie. Damit will ich nichts mehr zu tun haben.«

Unruhig rutschte Grief auf seinem Stuhl herum, als sei ihm plötzlich bewusst geworden, dass er sich wieder unter Kontrolle kriegen musste.

»Wie werden Sie den Absturz meines Jets simulieren, damit Moskau nicht dahinterkommt?«

Der Mossadbeamte nickte knapp. »Wir kümmern uns darum. Ihre Flugbahn verlief so weit vor der Küste, dass wir uns für einen Absturz über dem Meer entschieden haben. Momentan umkreisen dort draußen einige israelische Schiffe einen Ölfleck, außerdem wird man einige kleinere verbrannte Teile Ihrer Maschine finden, die wir Moskau vorlegen können.« Er lächelte. »Das Meer ist dort über tausend Meter tief, und wir haben die Kontrolle über unsere Gewässer inne.«

Grief nickte. Ein Absturz über dem Meer war plausibel, er hätte es ebenso gemacht. An Land gab es zu viele Spione.

Er wartete ab.

»Wie sieht es mit Geld aus, Alexander? Möchten Sie reich werden?«

Diesmal huschte ein wirklich breites Lächeln über Griefs

Gesicht. »Die Amerikaner haben über Korea Flugblätter abgeworfen, auf denen sie jedem Piloten, der ihnen eine MiG-15 bringt, fünfzigtausend Dollar geboten haben. Die Geschichte kennt jeder Sowjetpilot. Das war vor über zwanzig Jahren, und ich habe ihnen ein wesentlich wichtigeres Modell geliefert. Reichtum interessiert mich nicht sonderlich, doch ich bin mir sicher, dass man mich gut versorgen wird.«

»Und das Thema Religion? Gut, die Vereinigten Staaten sind nicht so offen antisemitisch wie Ihre russischen Herren, aber glauben Sie mir: Für einen Juden mit Ihren ehrgeizigen Zielen wird es da auch nicht gerade leicht.«

»Mit dem Wissen, das ich anbieten kann, und der Möglichkeit, ihre Flugzeuge zu fliegen, bin ich bereit, das Risiko einzugehen.«

Scheinbar besorgt runzelte der Mossadbeamte die Stirn. »Es wird nicht einfach sein, meine Vorgesetzten dazu zu bringen, Sie zu den Amerikanern gehen zu lassen. Das wird eine Weile dauern, denn das muss ich mir von höchster Stelle absegnen lassen.«

Grief nickte knapp. »Ich weiß.«

Doch er wusste noch mehr, denn er hatte den Zeitpunkt für seinen Seitenwechsel sehr sorgfältig gewählt.

Bald würde er in Amerika sein, denn Israel würde gar nichts anderes übrig bleiben, als ihn gehen zu lassen.

*

Im Nebenraum saßen Golda Meir und Mosche Dajan Seite an Seite und verfolgten das Verhör durch einen Einwegspiegel. Die Stimmen der Männer wurden durch den kleinen Wandlautsprecher so stark verzerrt, dass es den Politikern schwerfiel, dem Gespräch zu folgen, obwohl sie beide mit russischsprachigen Eltern aufgewachsen waren. Doch die genauen Worte waren unwichtig, sie hörten vielmehr zu, um ein Gespür für das Wesen und die Authentizität des russischen Piloten zu bekommen. Hinter ihnen stand sowieso ein Übersetzer, der ihnen leise mitteilte, was genau gesagt wurde.

Nach ein paar Minuten hatte Golda sich ein Bild gemacht und fragte Dajan: »Was denkst du, Mosche?«

Er wandte sich ihr zu, lauschte noch ein paar Sekunden und nickte dann. »Seine Geschichte klingt überzeugend. Langfristig würde ich ihm noch nicht trauen, aber das lässt sich regeln. Tatsache ist, dass er uns ein einzigartiges Goldstück gebracht und sicher noch eine Menge wertvolle Informationen anzubieten hat.«

Während die Stimmen weiter aus dem Lautsprecher drangen und der Übersetzer gedämpft murmelte, sah die Premierministerin ihn noch immer unverwandt an. »Glaubst du, er ist Jude?«

Dajan zuckte nur mit den Schultern. »Ich bin Pragmatiker, Golda. Er behauptet, sein Familienname sei Abramowitsch, und er spricht es so aus, wie ein russischer Jude es tun würde. Aber nach Stalins Säuberungsaktionen und Chruschtschows und Breschnews Schulterschluss mit den Arabern konnte er innerhalb der Sowjetunion wohl nicht sonderlich jüdisch werden, insbesondere als Kampfpilot.« Mit einem schmalen Lächeln fügte er hinzu: »Ich hätte an seiner Stelle auch behauptet, Jude zu sein. Wieso auch nicht?«

Golda seufzte schwer. Dem konnte sie nicht widersprechen. »Sein Flugzeug und er sind aus verschiedenen Gründen für uns von Wert. Bei uns haben schon so viele vertriebene russische Juden eine neue Heimat gefunden, dass er sich hier sicher schnell wohlfühlen würde, falls er denn wirklich Jude ist. Aber wie so viele will er lieber nach Amerika.«

Wieder musterte sie durch die dicke Scheibe den Russen mit dem schwindenden Haaransatz: ein schlanker Mann mittlerer Größe mit einem prägnanten Kinn und breiten, beinahe feminin wirkenden Lippen. Ein vollkommen unauffälliger Mann in einer extrem exponierten Lage.

»Und vielleicht ist es für Israel sogar das Beste, ihn dorthin zu schicken.«

13

Am Strand von Tel Aviv, Israel

Tief in Gedanken versunken wanderte Kaz die Strandpromenade von Tel Aviv entlang. Er hatte beschlossen, die eine Meile von der Botschaft zum Hilton zu Fuß zu gehen; nachdem er noch einmal mit General Phillips in Washington gesprochen und gemeinsam mit dem Botschafter einen Bericht über die Ereignisse für Präsident Nixon entworfen hatte, brauchte er Zeit zum Nachdenken. Auf seinem Weg wich er entspannt dahinschlendernden Paaren und einigen Jugendlichen aus, die den Abend vor Jom Kippur offenbar am Strand feiern wollten.

Im Hotel angekommen, stieg er im zwanzigsten Stock aus dem Fahrstuhl, ging den mit blauem Teppich ausgelegten Flur hinunter und klopfte an die ebenfalls blaue Zimmertür. Drinnen rief Laura gedämpft: »Einen Moment, bitte!« Dann verdunkelte sich der Türspion, die Kette rasselte, anschließend öffnete sich die Tür. Laura trug jetzt Jeans und T-Shirt, und das Licht in ihrem Rücken ließ ihr gegen die Feuchtigkeit rebellierendes Haar wie eine dunkle Wolke erscheinen.

»Du warst lange weg«, stellte sie fest.

Kaz nickte. »Ja, und das tut mir ehrlich leid, Laura. Es war alles wesentlich komplizierter, als ich gedacht hatte.« Er betrat das Zimmer, zog sie an sich und küsste sie, während er gleichzeitig mit dem Fuß die Tür hinter sich zuschob. »Hast du schon zu Mittag gegessen?«

»Ich habe uns etwas beim Zimmerservice bestellt, aber als

es dann zwei wurde, habe ich allein angefangen.« Sie löste sich von ihm und zeigte auf den Balkon hinaus. »Es ist noch etwas da.«

»Großartig, vielen Dank.« Nachdem er das Zimmer durchquert hatte und in die Nachmittagssonne hinausgetreten war, schenkte er sich erst einmal Kaffee ein; er war kalt.

»Soll ich frischen bestellen?«

Entschieden schüttelte Laura den Kopf und nahm gegenüber von ihm Platz. »Erzähl mir, was passiert ist!«

Während er seinen Kaffee trank und ein paar Bissen von einem leicht angetrockneten Clubsandwich nahm, brachte er sie auf den neuesten Stand.

»Du hast Golda Meir getroffen? Heiliger Bimbam! Wie ist sie denn so?«

»Sie sieht aus wie die typische jüdische Großmutter, inklusive Kittelkleid und Strickjacke, ist dabei aber genauso brillant wie erwartet. Und offenbar ist sie es gewöhnt, am Drücker zu sein.« Wieder biss er in sein Sandwich und fügte dann mit vollem Mund hinzu: »Und Geheimnisse zu wahren.«

Er sah Laura in die warmen braunen Augen. Sie war Zivilistin, arbeitete aber als Geologin für die NASA; sie war für die Untersuchung der Proben zuständig, die von der Apollo-Mannschaft auf dem Mond eingesammelt worden waren. »Ich kann dir nicht sagen, was genau besprochen wurde, da vieles davon der Geheimhaltung unterliegt.«

Laura nickte. »Natürlich. Aber du kannst mir doch sicher sagen, wie es jetzt weitergeht? Zumindest für uns?«

Stirnrunzelnd nippte Kaz an dem kalten Kaffee und stellte dann die Tasse weg. »Sicher nicht so, wie ich es gerne hätte, aber daran kann ich leider nichts ändern. Washington hat mich gebeten, hierzubleiben und bei der Aufklärung der Sache zu helfen. Das wird vermutlich einige Tage dauern.« Mit einem bedauernden Achselzucken fasste er zusammen: »Es tut mir leid, Laura, aber du wirst morgen Abend ohne mich nach Hause fliegen müssen.«

»Ja, das hatte ich mir schon gedacht.« Sie lächelte. »Das ist wohl der Preis dafür, wenn man mit dem Sechs-Millionen-Dollar-Mann ausgeht.« Zu Hause in Texas hatten sie sich zusammen die Fernsehserie angesehen, und Laura hatte ihn damit aufgezogen, dass er ebenfalls ein Ex-Astronaut war, der bei einem Flugunfall ein Auge verloren hatte. Nun blickte sie auf das Meer hinaus und fragte: »Bleibt denn noch etwas Zeit für Pool oder Strand?«

Botschafter Keating hatte versprochen, sich zu melden, sobald es etwas Neues gab, doch bis dahin hatte er frei. Und er konnte schließlich an der Rezeption Bescheid geben, wo er zu finden war.

Mit einem breiten Grinsen antwortete er: »Na klar! Soll ich dir vielleicht mit deinem Bikini zur Hand gehen?«

14

Jom Kippur, 6. Oktober 1973

Das Telefon auf Golda Meirs Nachttisch läutete schrill. Wie immer am Sabbath hatte sie in ihrer Dreizimmerwohnung in der Baron Hirsch Street Row in Ramat Aviv übernachtet. Da Jom Kippur war, hatte sie vor Sonnenuntergang mit der Familie ihres Sohnes zu Abend gegessen, die gleich nebenan wohnte, um dann noch lange aufzubleiben und mit ihrer Tochter zu sprechen. Nun tastete sie fluchend im Dunkeln nach dem Hörer und schaltete blinzelnd die kleine Nachttischlampe ein.

»Ja?«

»Es tut mir wirklich leid, Sie so früh aus den Federn zu holen, aber es gibt wichtige Neuigkeiten.« General Israel Lior, ihr oberster Militärreferent, wartete kurz, um sicher zu sein, dass sie komplett wach war.

Mit einem unguten Gefühl im Bauch stemmte sie sich auf ihrem Kissen hoch. »Schießen Sie los, General, ich höre.«

»Wir haben gesicherte Erkenntnisse darüber, dass die Araber heute angreifen werden. Sie planen eine Invasion bei Sonnenuntergang.«

»Gesichert? Aus welcher Quelle?«

»Tzwi hat lange mit dem Engel gesprochen. Er ist davon überzeugt.« Tzwi Zamir war der Direktor des israelischen Geheimdienstes Mossad.

Golda schüttelte den Kopf, um ihre trägen Gedanken auf Trab zu bringen. Die Strahlenbehandlung, der sie sich heimlich unterzog, um gegen ihren sich immer weiter ausbreitenden Lymphdrüsenkrebs anzukämpfen, sorgte dafür, dass ihr Gehirn oft wie in Nebel gehüllt war. »Ist Tzwi nicht gerade in Paris?«

»Das war er, ist aber gestern Abend nach London geflogen, um sich persönlich mit dem Informanten zu treffen.«

Bei dem Informanten mit dem Codenamen Engel handelte es sich um Ashraf Marwan, den Schwiegersohn des ägyptischen Ex-Präsidenten Gamal Abdel Nasser; ein echter Lebemann. Als äußerst gut vernetzte Quelle hatte er dem Mossad gegen die entsprechende Bezahlung schon öfter wertvolle Informationen zugespielt.

Golda blickte zum Fenster, während sie ihre Gedanken ordnete. Draußen war es noch dunkel. »Wie spät ist es?«

»Vier Uhr morgens.«

Sie holte tief Luft und musste husten. *Tzwi Zamir ist sich sicher, dass es Krieg geben wird, das reicht mir*, dachte sie. *Es wird Zeit, zu handeln.*

»Berufen Sie ein Treffen der Führungsspitze in meinem Büro ein. Ein Wagen soll mich in fünfundvierzig Minuten hier abholen. Aktivieren Sie die Reserve und mobilisieren Sie die Truppen, sofort. Dann kontaktieren Sie Botschafter Dinitz und setzen ihn so schnell wie möglich in die nächste Maschine, die in die Staaten fliegt. Er muss direkt mit den Amerikanern verhandeln. Und richten Sie Tzwi aus, dass er zurückkommen muss. Und der amerikanische Botschafter, dieser Keating, soll sich zusammen mit seinem Berater bei mir einfinden, sobald er aufgestanden ist.«

»Jawohl, Frau Premierministerin.«

Golda überlegte, wie die Offiziere in ihrem Beraterstab wohl reagieren würden. Die Männer, auf die sie baute, die aber letztendlich ihrem Befehl unterstanden.

»Und, General, das ist äußerst wichtig: Betonen Sie gegenüber jedem, mit dem Sie sprechen, dass wir keinesfalls zuerst angreifen. Das wäre zwar sehr verlockend, aber der Engel hat früher auch schon falschgelegen, und wir dürfen in dieser Angelegenheit unter keinen Umständen als der Aggressor dastehen. Das könnte uns sonst die Unterstützung durch die Amerikaner kosten.«

Lior las ihre Anweisungen noch einmal vor, dann beendete er das Gespräch.

Meir schlug die dünne Bettdecke zurück und genoss das Gefühl der noch immer warmen Nachtluft auf ihren geschwollenen fünfundsiebzig Jahre alten Beinen. Unter Schmerzen rollte sie sich auf die Seite und setzte sich am Bettrand auf. Nachdem sie kurz Kraft gesammelt hatte, drückte sie sich mit beiden Armen hoch, bis sie unsicher auf ihren nackten Füßen stand. Übelkeit packte sie.

Der Tag hatte begonnen.

15

Büro der Premierministerin, Tel Aviv

Ich befinde mich in einer Geisterstadt, dachte Kaz.

Der Anruf aus der Botschaft hatte ihn viel zu früh geweckt, und bereits zwanzig Minuten später war der Wagen des Botschafters am Hilton vorgefahren, um ihn abzuholen. In einer Ecke der Windschutzscheibe hing eine große, auf Hebräisch und Englisch bedruckte Plakette, laut der es diesem Wagen gestattet war, auch am höchsten Feiertag des Landes – Jom Kippur – in den verlassenen Straßen von Tel Aviv unterwegs zu sein.

Nun besetzte Kaz mit Botschafter Keating die Rückbank, währenddessen Stellvertreter Nicholas Veliotes vorne beim Fahrer saß. Eine ganze Weile schwiegen sie einfach und nahmen den außergewöhnlichen Anblick einer nahezu verlassenen Stadt in sich auf: Sämtliche Geschäfte waren dunkel, und nur ganz vereinzelt sah man Menschen, die auf dem Weg zur Synagoge waren.

Schließlich fragte Keating: »Was haben die Israelis am Telefon genau gesagt, Nick?«

»Sie meinten, im Laufe der Nacht seien ihnen entscheidende neue Geheimdienstinformationen vorgelegt worden, und dass die Premierministerin dich dringend zu sprechen wünscht.« Er deutete mit dem Kopf auf Kaz. »Commander Zemeckis wurde ebenfalls dazugebeten.«

Keating ließ sich das durch den Kopf gehen. »Hast du irgendeine Ahnung, welche Art von Geheimdienstinformation das sein könnte?«

Eigentlich war Veliotes der Meinung, dass sich der Botschafter das, auch wenn er neu im Amt war, selbst denken konnte. Doch als professioneller Diplomat wusste er, wie hilfreich es war, sich dem aktuellen Mann aus Washington gegenüber respektvoll zu geben.

»Die Israelis verfügen über ein ausgedehntes Netz aus Horchposten und Telefonüberwachungsanlagen, das bis weit nach Syrien und Ägypten hineinreicht. Vielleicht haben sie etwas Konkretes über einen möglichen Angriff erfahren. Aber mit dem höchsten Heiligen Tag auf dieser und den Einschränkungen durch das Fasten an Ramadan auf der arabischen Seite ist es nicht sehr wahrscheinlich, dass es heute zu einem Militärschlag kommt.« Es war der zehnte Tag des muslimischen Fastenmonats Ramadan, in dem sich die Gläubigen vor allem auf Gnade und Wohltätigkeit konzentrieren sollten. *Ein sehr ungewöhnlicher Zeitpunkt, um einen Krieg zu beginnen*, dachte Veliotes.

Kaz meinte: »Irgendetwas muss vorgefallen sein. Sonst hätten sie uns nicht so früh am Morgen einbestellt, ausgerechnet an diesem Tag. Und es muss etwas mit der MiG-25 zu tun haben, sonst hätten sie nicht nach mir verlangt.«

Keating nickte. »Gleich werden wir es wissen.« Er spähte über Veliotes' Schulter hinweg nach vorne. »Das ist der Vorteil von Jom Kippur, wir sind in Rekordzeit durchgekommen.«

Der Wagen hielt vor einem Gebäude, das besser ins Europa des 19. Jahrhunderts gepasst hätte. Nachdem er ausgestiegen war, blieb Kaz kurz stehen, um die grauen Gipsputzwände unter dem roten Ziegeldach zu bewundern, an denen sich stellenweise dicker Efeu emporrankte; dazu cremefarbene Fenster mit hellgrünen Läden. Im ersten Stock gab es einen kleinen, überkragenden Balkon mit schmiedeeisernem Geländer, in das die jüdische Menora eingelassen war, flankiert von runden Fenstern. Veliotes bemerkte seine Verblüffung.

»Es wurde ursprünglich von einem deutschen Templerorden errichtet, so um 1930«, erklärte er mit einem nachsichtigen Lächeln. »Israel hat eine wirklich komplizierte Geschichte.«

Kaz entdeckte auf dem Balkon zwei Männer, die sich bei einer Zigarette lebhaft unterhielten, und hinter den Fenstern zeichneten sich noch mehr Gestalten ab. Ein junger Soldat bemerkte die amerikanische Flagge an ihrem Wagen und glich ihre Pässe mit der Liste auf seinem Klemmbrett ab, bevor er sie durch die Rundbogentür eintreten ließ.

Drinnen herrschte Chaos.

Als stellvertretender Botschafter war Veliotes schon mehrmals hier gewesen, weshalb er sie nun sicher durch die dicht gedrängten Menschen zu einer schmalen Seitentreppe führen konnte. Oben im ersten Stock betraten sie ein ähnlich überfülltes Konferenzzimmer. Sobald der Chef des Mossad gesicherte Informationen über den bevorstehenden Krieg geliefert hatte, hatte General Dado Elazar die Telefonkette aller Kommandanten der israelischen Streitkräfte aktiviert. Und so saßen an dem langen Tisch in der Raummitte nun eine Menge wütend klingender, größtenteils unrasierter Männer, von denen die meisten sich nur hastig eine Arbeitsuniform übergezogen hatten. Keating und Kaz quetschten sich auf zwei freie Plätze nahe am Fenster, während Veliotes sich einen Weg zum Büro der Premierministerin bahnte, das sich am anderen Ende des Raums befand.

Als er ganz in der Nähe einen Kaffeespender entdeckte, ging Kaz hinüber und füllte zwei Styroporbecher, während er gleichzeitig die große Pinnwand an der Wand musterte. Eine Frau ergänzte sie gerade um ein weiteres Blatt. An der linken

Seite des Bretts hing eine Karte der Region, die mit hebräischen Symbolen und Schriftzeichen übersät war, vor allem entlang der syrischen und ägyptischen Grenzen. Im Nordwesten die Golanhöhen, im Südosten die Wüste Sinai und der Suezkanal: Israel war ein kleines, schmales Land, das zwischen Jordanien und dem Meer eingezwängt war. *Schwer zu verteidigen*, dachte Kaz.

Da offenbar jeder hier rauchte, hing ein gelblich-grauer Dunst über dem Raum. Mit brennenden Augen kehrte Kaz zum Botschafter zurück. Er war dankbar, dass durch das offene Fenster zumindest ein wenig frische Luft in den Raum wehte. Während er Keating seinen Kaffee reichte, fragte er: »Können Sie Hebräisch lesen?«

Keating schüttelte den Kopf. »Ich habe die einzelnen Zeichen des Alphabets gelernt, aber es blieb keine Zeit für einen Sprachkurs, als Nixon mich im August hier herberufen hat.« Er deutete mit dem Kopf auf seinen Stellvertreter, der sich gerade mit jemandem unterhielt, der in der halb geöffneten Bürotür stand. »Nick spricht natürlich fließend.« Konzentriert blickte er zu den beiden Männern hinüber. »Ich wünschte, ich könnte verstehen, was sie sagen.«

Kaz nippte an dem starken und extrem heißen Kaffee. In den hektischen Gesprächen ringsum tauchten zwar immer wieder englische Begriffe auf, doch das reichte nicht aus, um ihnen zu folgen. Der Ton allerdings schwankte zwischen drängend und rechthaberisch – Führungskräfte, die einander und sich selbst davon überzeugen wollten, was nun zu tun sei, welche Befehle erteilt werden sollten.

Drüben an der Bürotür winkte Veliotes ihnen zu. Das nächste Treffen mit Premierministerin Meir konnte beginnen.

*

Sie saß hinter einem rechteckigen braunen Schreibtisch mit Glasplatte, die verschwommen ihre ernste Miene spiegelte. Als die Männer eintraten, hob sie den Kopf.

»Herr Botschafter, danke, dass Sie so kurzfristig kommen konnten.« Meir nickte Veliotes und Kaz kurz zu, bevor sie sich wieder Keating zuwandte. »Ich denke, Sie kennen die meisten Anwesenden.«

Das kleine Büro verfügte zwar über eine Ledercouch und Stühle für Besucher, doch keiner der versammelten Männer hatte Platz genommen. Indem sie jeweils kurz mit dem Kinn auf den Besagten deutete, erklärte Meir: »Mordechai und Avraham, meine Berater, und Abba Eban, mein Außenminister.« Die Männer begrüßten einander mit einem Nicken. *Alles Zivilisten*, fiel Kaz auf. Hinter Meirs Schreibtisch und damit direkt neben ihr stand ein stämmiger Mann mit klobiger Brille, einem schmalen Oberlippenbart und Seitenscheitel. »Und Ihr Amtskollege, mein Botschafter in den Vereinigten Staaten, Simcha Dinitz.«

Keating und Dinitz waren sich im Rahmen ihres Amtes bereits begegnet und nickten sich nun grüßend zu. Der israelische Botschafter blinzelte angespannt hinter seinen dicken Brillengläsern, und auf seiner Stirn zeigten sich tiefe Sorgenfalten.

Meir fuhr fort: »Lassen Sie mich gleich zur Sache kommen, Herr Botschafter. Unser Geheimdienst ist sich sicher, dass die ägyptischen und syrischen Streitkräfte planen, Israel heute bei Sonnenuntergang gemeinsam anzugreifen.« Diese Nachricht schlug ein wie eine Bombe, doch Meir sah Keating unverwandt an. »Das wurde uns von mehreren Quellen bestätigt. Seit heute Morgen bereitet sich mein Land auf einen drohenden Krieg vor.«

Keating war sprachlos, während Nick Veliotes große Augen machte.

Meir deutete mit dem Kopf Richtung Bürotür. »Meine militärischen Berater wollen jetzt angreifen, solange der Vorteil noch auf unserer Seite liegt.« Ihr Blick wanderte zu der Zigarettenschachtel und dem bereits vollen Aschenbecher auf ihrem Schreibtisch, doch sie griff nicht danach. »Der Präventivschlag im Krieg von 1967 hat entscheidend dazu beigetragen, unsere Verluste gering zu halten und den Krieg schnell für uns zu entscheiden.« Diese Worte ließ sie einen Moment so stehen.

Keating setzte zu einer Erwiderung an, aber Meir hielt ihn mit erhobener Hand davon ab. Dann nahm sie sich eine Zigarette und zündete sie an. Als sie den Rauch in ihre Lunge sog, betonte das Aufflackern der Glut die tiefen Ringe unter ihren zusammengekniffenen Augen. Nachdem sie die Rauchwolke ausgestoßen hatte, sagte sie: »Aber ich habe das abgelehnt. Eines möchte ich Ihrem Präsidenten und der Welt gegenüber eindeutig klarstellen: Die Araber sind hier der Aggressor, und Israel wird nicht zuerst angreifen. Dieser Befehl ist bereits ausgegeben.«

Keating nickte. »Verstanden.«

Inzwischen versuchte Kaz hastig, die Situation zu analysieren. Hatte der sowjetische Überläufer mit der MiG-25 irgendetwas damit zu tun?

»Ich habe die Familien der Golanhöhen heute Morgen aufgefordert, ihre Kinder nach Süden zu bringen, wo sie sicher sind.« Meir warf einen Blick auf die schmale Uhr an ihrem aufgequollenen Handgelenk. »Und auch wenn heute Jom Kippur ist, der Tag der Versöhnung, werden in den Synagogen die Reservisten zum Dienst gerufen.« Offenbar angewidert davon, dass so etwas nötig war, schüttelte sie den Kopf. »Ich reiße damit an unserem heiligsten Tag junge Männer von ihren Familien fort, und wahrscheinlich werden viele von ihnen bald tot sein.«

Mit ihrer Zigarette zeigte sie auf ihre Armbanduhr. »Doch es besteht noch eine winzige Möglichkeit, diesen Krieg vielleicht zu verhindern. In Washington ist es erst 3:45 Uhr. Ich bitte Sie, umgehend eine Nachricht an Ihren Präsidenten und Mr Kissinger zu schicken, damit sie versuchen, den Arabern diese Dummheit auszureden. Sie müssen alle ihnen möglichen Strippen ziehen, um unnötiges Blutvergießen zu verhindern. Bitte nutzen Sie Ihren heißen Draht zu den Sowjets, damit auch die umgehend Druck ausüben auf Syrien und Ägypten.«

Ein müdes Lächeln huschte über ihr Gesicht. »Doch wer Jude ist, ist auch immer Realist. Wahrscheinlich ist dieser Krieg unausweichlich, und wir *werden* kämpfen, um uns und unsere Heimat zu verteidigen. Diese Schlacht – die nicht wir beginnen werden – wird für die arabischen Aggressoren schlimm enden.«

Kaz hörte die eiserne Entschlossenheit in ihrer Stimme.

Nun sah Meir zu Veliotes hinüber. »Dieser Angriff ist das Werk des Ägypters Sadat. Er will den Kampf, er braucht ihn, um die Ehre seines Landes wiederherzustellen und die Gebiete zurückzuerobern, die sie 1967 verloren haben. Und um das Machtgefüge im Mittleren Osten zu seinen Gunsten zu verschieben.« Sie zog noch einmal an ihrer Zigarette, drückte sie aus und fügte sie dem wachsenden Berg in ihrem Aschenbecher hinzu. »Und im Norden giert Assad nach Land und dem taktischen Vorteil, den es Syrien einbringt, wenn sie die Golanhöhen kontrollieren.«

Sie wandte sich wieder an Keating: »Alles in allem lässt sich daraus schließen, dass uns wahrscheinlich ein langer Krieg bevorsteht. Wie ich Ihnen bereits gestern sagte, kann Israel sich zunächst alleine verteidigen, aber wir werden bald zusätzliche Waffen brauchen. Mehr Boden-Luft-Raketen, mehr

Sidewinder-Raketen und mehr Kampfjets. Sogar zusätzliche Panzer.« Für einen Moment schloss sie die Augen, da ihr das grauenvolle Bild eines brennenden Panzers durch den Kopf schoss, mit jungen israelischen Soldaten, die darin gefangen waren. Schnell schüttelte sie den Kopf, um das Bild wieder loszuwerden. »Wir sind in diesem Teil der Welt Amerikas stärkster Verbündeter, und Mr Kissinger wird bestimmt einsehen, dass es nur von Vorteil sein kann, Israel aufzurüsten. Aber unsere ölfördernden Nachbarn werden das sicher als Ausrede benutzen, um die Ölreserven der Welt zu beschneiden und damit ihre Macht auszubauen.« Meir holte tief Luft und musste dabei ein Husten unterdrücken. »Das ist viel verlangt, ich weiß. Und in den Vereinigten Staaten wird es sicher Stimmen geben, die sich gegen eine Unterstützung Israels aussprechen.«

Zum ersten Mal sah sie nun Kaz direkt an. »Deshalb habe ich Commander Zemeckis gebeten, sich uns anzuschließen. Wie ich gestern bereits erwähnte, befindet sich etwas von großer militärischer Bedeutung in unserem Besitz, das wir im Gegenzug anbieten könnten.« In knappen Worten fasste sie die Details bezüglich des russischen Überläufers mit der MiG-25 zusammen und schilderte, wie eine Absturzstelle fingiert worden war, um die Sowjets in Sicherheit zu wiegen.

Fast schon bedauernd schloss Meir: »Meine Luftwaffengeneräle sind bereits sauer auf mich, weil sie das Flugzeug am liebsten in seine Einzelteile zerlegen würden, um alles darüber in Erfahrung zu bringen.«

Was mit Sicherheit bereits passiert ist, vermutete Kaz stumm.

»Aber Sie können Ihrem Präsidenten und der Air Force versichern, dass ich bereit bin, ihnen eine sowjetische MiG-25 und den erfahrenen Testpiloten, der mit ihr übergelaufen ist, auf dem Silbertablett zu servieren.« Mit ernster Miene ergänzte sie: »Die Aufrüstung muss aber sofort in die Wege geleitet werden.«

Sagte sie gerade, der Überläufer sei ein erfahrener Testpilot? Kann das sein?

Nachdem sie ihn noch einen Moment durchdringend angesehen hatte, lehnte sich Golda Meir zurück und zündete sich eine neue Zigarette an. Mit einem kurzen Seitenblick zu Botschafter Dinitz erklärte sie abschließend: »Simcha wird mit der nächsten Maschine von Lod aus nach Washington fliegen, um Mr Kissinger das alles persönlich darzulegen und um während des Krieges als unser Hauptkontaktmann vor Ort zu bleiben. Trotzdem sollten Sie bitte unser Gespräch für Ihren Präsidenten zusammenfassen und ihm mitteilen, dass ich gerne für ein direktes Gespräch zur Verfügung stehe.« Frischer Rauch stieg um ihren Kopf herum auf, was Dinitz resigniert blinzeln ließ. »Gibt es noch Fragen?«

Keating schüttelte den Kopf, aber Kaz war noch ein Gedanke gekommen, weshalb er die Gelegenheit nutzte: »Dürfte ich Botschafter Dinitz vielleicht um einen kleinen Gefallen bitten?«

16

Amerikanische Botschaft, Tel Aviv

- GEHEIM -

EILMELDUNG
061033Z OKT. 73
VON: BOTSCHAFT TEL AVIV
AN: SECSTATE WASHDC EILMELDUNG 9988
BETREFF: GOI BESORGNIS WEGEN MÖGLICHEN ANGRIFFS DURCH SYRIEN UND ÄGYPTEN HEUTE

1. Auf dringende Bitte der Premierministerin hin habe ich mich heute Morgen um 09:45 in ihrem Büro in Tel Aviv mit ihr getroffen. Anwesend waren außerdem: DCM, USNCDR Zemeckis, Botsch. Dinitz, Mordechai Gazit aus dem Stab der PM und Avraham Kidron sowie AM Eban.

2. Mrs Meir begann das Gespräch mit der Feststellung, dass die Lage bzgl. Syrien und Ägypten sich innerhalb der letzten 12 Stunden rapide verschärft habe. Israel lägen »gesicherte Informationen aus verschiedenen Quellen« vor, laut denen Syrien und Ägypten am heutigen Tag bei Sonnenuntergang einen koordinierten Angriff auf

Israel planten. Daraus resultierend bereite sich Israel nun »auf einen drohenden Krieg« vor.

3. Infolgedessen, so Mrs Meir, brauche Israel nun dringend die Hilfe der Vereinigten Staaten, um diesen Angriff noch abzuwenden. Sie bat darum, dass wir den Sowjets ebenso wie den Ägyptern schnellstmöglich mitteilen, dass Israel keinerlei Präventivschlag gegen Syrien oder Ägypten plane. Um im Falle eines Angriffs verteidigungsfähig zu sein, mobilisiere man aber die Truppen und berufe mittels Notstandsgesetz auch die Reserve ein.

4. Mrs Meir bittet dringlichst um unverzügliche Kampfmittellieferungen. Sie ist bereit, im Gegenzug einen kürzlich übergelaufenen sowjetischen Piloten und seine MiG-25 Foxbat im Eilverfahren auszuliefern.

5. Botschafter Dinitz wird mit der ersten Maschine nach Washington fliegen. Er sollte spätestens morgen Details zu den gewünschten Lieferungen vorlegen können.

6. Falls möglich, würde ich der PM gerne innerhalb der nächsten Stunden eine Antwort zukommen lassen.

Keating

BT

- Geheim -

17

Hotel Waldorf Astoria, New York

Die Tür des Hotelzimmers wurde abrupt aufgerissen.

»Zeit zum Aufstehen, Sir, uns steht ein Krieg ins Haus!« Henry Kissingers Assistent Joe Sisco tastete nach dem Lichtschalter und drückte ihn.

Der Außenminister der Vereinigten Staaten blinzelte gegen das helle Licht an und suchte blind auf dem Nachttisch nach seiner Brille. Dann schob er sich wortlos ein zweites Kissen in den Rücken, zog die Beine an und griff nach der Akte, die Sisco ihm entgegenstreckte. Nachdem er sie auf seinen angewinkelten Beinen abgelegt und aufgeschlagen hatte, las er konzentriert die Eilmeldung. Sein kräftiger Finger glitt langsam unter den schwer lesbaren Fernschreiberzeilen entlang. Ohne den Blick von dem Text abzuwenden, dachte er ganze fünfundvierzig Sekunden nach, dann hob er den Kopf.

»Befindet sich Botschafter Dobrynin noch hier im Hotel, Joe?«

Sisco nickte. Der Sicherheitsrat der Vereinten Nationen hatte getagt, und der sowjetische Botschafter war ebenfalls im Waldorf abgestiegen, das nur wenige Fahrtminuten vom UN-Hauptquartier entfernt lag.

»Jawohl, das habe ich bereits an der Rezeption erfragt. Er plant, heute nach Washington zurückzufliegen.«

»Dann klopfen Sie bitte bei ihm, entschuldigen sich für die frühmorgendliche Störung und bitten ihn, sich, so schnell es ihm möglich ist, in unserem Konferenzraum mit mir zu treffen.«

Kissinger warf einen Blick auf den Wecker auf seinem Nachttisch und begann stirnrunzelnd zu rechnen: Mittagszeit in Israel, Nachmittag in Moskau. In der Nachricht hatte es geheißen, der arabische Angriff sei für Sonnenuntergang geplant.

»Ich werde mich dort ans Telefon hängen, sobald ich mir etwas angezogen habe.«

18

Nördlich von Kairo, Ägypten

Anwar Sadat, der sich zurzeit in seiner offiziellen Residenz am Nilufer aufhielt, hatte sein Outfit sorgfältig gewählt. Obwohl er der demokratisch gewählte Präsident von Ägypten und als solcher Zivilist war, hatte er beschlossen, dass ein Tag wie dieser nach einer Militäruniform verlangte. Jedoch nicht der formellen Paradeuniform mit den dunklen Farben und der Schirmmütze – nein, jetzt galt es, sich wie ein Soldat aus dem Feld zu kleiden –, auch wenn auf den Schulterklappen seiner Arbeitsuniform der goldene Lorbeer und die Krummschwerter des obersten Kommandanten der ägyptischen Streitkräfte prangten. Außerdem zeugten drei Reihen verschiedenster Orden von seiner angehäuften Tapferkeit. Er musterte sich mit einem trockenen Lächeln. Seine Tage als Kadett der Königlichen Militärakademie lagen lange zurück. Genau wie seine Zeit in einem britischen Gefängnis.

Seine Frau Jehan hauchte ihm einen besorgten Kuss auf die Wange und drückte noch einmal seinen Arm, bevor er das Haus verließ. Sie hatte mit angesehen, wie sich die Miene ihres Gatten immer stärker verspannte: von seiner Warnung gegenüber den Sowjets vor ein paar Tagen bis hin zu der geheimen Kabinettssitzung gestern. Jahrelange Vorbereitungen hatten sie zu diesem Tag hingeführt.

Sadats Chauffeur wartete draußen, um ihn zum zentralen Hauptquartier der Armee zu fahren. Über seinen militärischen Führungsstab hatte der Präsident bereits verkünden lassen, dass die Männer das Ramadanfasten brechen und wieder essen durften; sie würden Kraft brauchen.

Auch den Namen der Operation hatte er sorgfältig gewählt: Badr. Eine Hommage an die historische Schlacht von 624, in der Mohammed und seine junge Muslimarmee die Quraisch besiegt hatten. Bedeutsamerweise ebenfalls während des Ramadan.

Während sich der gepanzerte Wagen in die uralten und stets verstopften Straßen von Kairo schob, sah Sadat auf seine Armbanduhr: zehn Minuten vor zwei. Aus einem Impuls heraus drückte er den Knopf, mit dem man das Seitenfenster herunterlassen konnte. Neben dem Brummen des Automotors hörte er das leise Grollen der Kampfjets, die gerade in einiger Entfernung aufstiegen und bald über die Stadt hinwegrasen würden, um sich in Stellung zu bringen, damit sie die israelischen Befestigungsanlagen entlang des Suezkanals attackieren konnten. Die Juden nannten sie auch ihre Bar-Lev-Linie – eine sichtbare ständige Kränkung seit dem Krieg von 1967.

Sadat schloss das Fenster und lächelte. Seine Generäle und er hatten jahrelang geplant und geprobt, hatten zahllose Übungen durchgeführt, um den heutigen Tag zu einem Erfolg zu machen. Ägyptens schwer bewaffnete Truppen waren in Stellung gebracht worden, und sie verfügten über massenhaft Reserven in Form von Panzern, Artillerie und Boden-Luft-Raketen – alles sowjetischer Bauart. Außerdem hatten sie noch diverse Asse im Ärmel, um die verhassten Juden zu überrumpeln. Nach einer Zeit als Revolutionär, einer Phase der Machtanhäufung, unzähligen politischen Ränkespielen und langer, akribischer Vorbereitung hatte er sein Land nun an den Rand eines Krieges geführt. Eines Krieges, den sie gewinnen würden.

Operation Badr konnte beginnen.

19

Hotel Hilton, Tel Aviv

Lauras Koffer lag geöffnet auf dem Bett, und Kaz war dabei, ihre Kleider aus dem Schrank zu holen. Sie selbst versuchte gerade, schnell noch einige der zerbrechlicheren Souvenirs zu verpacken, damit sie auf dem Heimflug nicht kaputtgingen.

»Weißt du, mit was für einer Maschine ich fliegen werde?«

Kaz kam zu ihr und legte einen Kleiderstapel neben dem Koffer ab. »Das hat Botschafter Dinitz nicht gesagt. Aber ich schätze mal, es wird eine 707–320. Ihre Luftwaffe nutzt diesen Typ, genau wie die El Al. Und sie hat die nötige Reichweite für die Strecke nach Washington.«

Laura nahm ihre Urlaubskleider, legte sie flach ausgebreitet auf die gefüllte Kofferhälfte und stopfte sie an den Seiten fest. »Wir hatten so wenig Zeit, ich konnte sie gar nicht alle tragen«, stellte sie leise fest. Dann klappte sie den Koffer zu, und Kaz half ihr mit dem Reißverschluss. Dabei fragte sie weiter: »Wo bekomme ich die Informationen zu meinem Anschlussflug nach Houston?«

»Sobald du unterwegs bist, fahre ich zurück zur Botschaft und rufe General Phillips an. Er wird dafür sorgen, dass jemand am Flughafen ist, wenn du landest, der dich zu deinem Terminal begleitet und dir das Ticket nach Houston besorgt. Ich werde darum bitten, dass sie ein Schild mit deinem Namen hochhalten.« Plötzlich kam ihm ein Gedanke, und er kramte in seinem eigenen Gepäck herum, bis er schließlich die Autoschlüssel fand. »Hätte ich fast vergessen, die wirst du für die Heimfahrt brauchen. Der Wagen steht auf dem Langzeitparkplatz am Langstreckenterminal.« Er gab ihr die Schlüssel und sah auf die Uhr. »Hast du alles? Pass, Führerschein, Kulturbeutel?« Sein Blick wanderte Richtung Badezimmer.

Laura war irritiert. Ihr war bewusst, dass der Wagen der Botschaft unten vor dem Hotel wartete, um sie zum Militärflughafen zu bringen, aber sie ließ sich nicht gerne hetzen. Gereizt zog sie eine Augenbraue hoch. »Jawohl, Dad«, erwiderte sie patzig, riss sich dann aber zusammen und schenkte Kaz ein Lächeln. »Okay, gehen wir. Ich möchte den israelischen Botschafter schließlich nicht warten lassen.«

*

Kaz winkte, als sich die schwarze Limousine mit den kleinen US-Flaggen in den Verkehr einfädelte. *Gut*, dachte er. *So kommt sie hier weg, bevor der Krieg losbricht.* Sobald der Wagen außer Sichtweite war, marschierte er über die Uferpromenade Richtung Botschaft, wobei er im Kopf seine Liste durchging und sich versicherte, dass er alles Nötige erledigt hatte.

Der Strand war voller als erwartet, doch dann wurde Kaz bewusst, dass die meisten Israelis vermutlich keine Ahnung hatten, was bei Sonnenuntergang an den Grenzen ihres Landes geschehen würde.

Während er weiterging, drang ein gedämpftes Heulen an sein Ohr, das aus Richtung Stadtmitte kam. Im nächsten Moment griff ein Lautsprecher an einem Betontelefonmast den Alarm auf, gefolgt von einer ganzen Reihe Sirenen, die auf der gesamten Länge des Strandes verteilt waren. Die Menschen am Strand standen auf und blickten Richtung Uferpromenade, einige packten bereits eilig ihre Sachen zusammen.

Sie haben Fliegeralarm ausgelöst! Kaz schaute auf seine Uhr. Gerade mal zwei. Dabei hatten die Quellen doch von Sonnenuntergang gesprochen.

Er blieb einen Moment stehen, um den Himmel über der Stadt und über dem Meer abzusuchen. Erst vor ein paar Minuten hatte er Laura in den Wagen gesetzt, der sie zum Flughafen Lod bringen würde. Galt der Angriff Tel Aviv direkt? Welche Ziele würden sie ins Visier nehmen?

Kaz rannte los.

20

Über dem Mittelmeer

Der ägyptische Pilot umklammerte das Steuerhorn, während er konzentriert das leere blaue Wasser unter sich absuchte. Dann prüfte er den Höhenmesser.

»Konstant bei fünfhundert Metern!«

Sein schwerer Tu-16-Bomber war nicht dafür gedacht, so schnell oder so tief zu fliegen. Das machte es nicht einfacher, die richtige Höhe zu halten: gerade so hoch, dass der Navigator das Ziel anvisieren konnte, aber doch so tief, dass sie nicht zu früh vom Radar der Israelis erfasst wurden. Zum Glück gab es kaum Turbulenzen. So konnte er sich ganz auf die exakte Geschwindigkeit und Höhe konzentrieren, wie seine russischen Ausbilder es ihm beigebracht hatten.

Er und seine Mannschaft hatten nur einen Versuch, um es hinzubekommen. Es war schon fast zwei Uhr, und ganz Ägypten beobachtete ihr Tun.

»Ziel erfasst!«

Hinter ihm betätigte der Navigator sein Steuerungsrad und aktivierte vorsichtig den Markierer, um die Steuerungsdaten an die Rakete weiterzugeben, die unter dem rechten Flügel des Bombers hing. Dabei behielt er aufmerksam sein Display im Blick, während sie weiter mit achthundert Stundenkilometern auf die Küste zuflogen und auf die Auslöselinie warteten, von der ab die Rakete ihr Ziel selbstständig finden würde. Trotz der heftigen Vibrationen des Jets und des heulenden Windes schienen die Zeiger der Stoppuhr kaum merklich dahinzukriechen.

Dann war der Zeitpunkt plötzlich gekommen. »Abwurf in zehn Sekunden, stelle scharf!« Der Navigator hob eine Klappe an und legte den Schalter um, dann stützte er seine Hand mit den Fingern und streckte den Daumen aus. Nur noch ein Schritt.

»Drei, zwei, eins, Feuer!« Mit aller Kraft drückte er den roten Knopf. Das elektronische Signal schoss durch das simple Leitungssystem hinaus zu der Halterung unter dem Flügel. Schwere Magnetspulen erwachten zum Leben und schalteten ganz durch bis zur Löseposition. Haltearme schoben sich zurück, Leitungen koppelten sich ab, und die AS-5-Luft-Boden-Rakete fiel in die Tiefe.

Der Bomber brach abrupt aus, als sich plötzlich über zwei Tonnen Gewicht von seiner rechten Seite lösten. Doch der Pilot hatte damit gerechnet und nutzte den Schub, um die Maschine in eine Linkskurve zu ziehen, die sie wieder nach Ägypten zurückbringen sollte. In Sicherheit.

Während er das tat, sah er sich nach dem zweiten Bomber der Formation um und beobachtete, wie auch er seine Rakete abfeuerte. *Hervorragend!*, dachte er. *Wir waren beide erfolgreich.*

Im Inneren der AS-5-Raketen hatte sich ein kleiner Zeitzünder aktiviert, sobald sich die Leitungen gelöst hatten. Nun blieben den Raketen drei Sekunden, um sich von den Maschinen zu entfernen. Nach diesen drei Sekunden wurden die Triebwerke der Rakete gezündet, die sie auf eine Geschwindigkeit von eintausendzweihundert Stundenkilometern beschleunigten. Anschließend schaltete sich die Hälfte der Triebwerke ab, der Rest brachte genug Schub, um die Geschwindigkeit zu halten und dabei Treibstoff zu sparen.

Zwei flugzeuggroße Marschflugkörper, jeweils mit einer halben Tonne Sprengstoff bestückt, unerbittlich gesteuert von ihren internen Systemen.

Mit Kurs auf Tel Aviv.

*

»Eidechse, wir haben mehrere unidentifizierte Flugkörper, Steuerkurs zwei-zwei-null, Entfernung drei-null Meilen, geringe Höhe, fliegen in nordöstlicher Richtung bei Mach 0,7. Sie haben die Erlaubnis, anzugreifen.«

Die auf Hebräisch erteilten Anweisungen der Lotsin der israelischen Luftwaffe waren knapp und nachdrücklich. Ihr vorgesetzter Offizier, der in der Mitte der Leitzentrale seinen Platz hatte, telefonierte gerade mit der Luftabwehr in Tel Aviv, damit dort der Luftalarm aktiviert wurde.

»Eidechse hat verstanden, greifen an.« Major Eitan Carmi schob den Steuerknüppel seiner Mirage III sanft nach links, um seinem Wingman die Richtung anzuzeigen, dann riss er seinen Jet herum. Bei Schallgeschwindigkeit waren dreißig Meilen schnell überwunden. Prüfend blickte er auf seinen Radarschirm.

Sein Wingman meldete es als Erster: »Habe Kontakt. Zwei Ziele dicht hintereinander, Entfernung zwanzig Meilen.«

»Verstanden.« Jetzt waren die beiden grünen Punkte auch auf seinem Bildschirm aufgetaucht. »Ich übernehme den vorderen, du den hinteren.«

»Roger.« Beide Männer konzentrierten sich auf ihre Radaranzeigen, während sie gleichzeitig ihre Luft-Luft-Raketen scharfschalteten.

Sobald sie die Küste hinter sich ließen und auf das Meer hinausflogen, meldete Major Carmi: »Meine Tanks sind leer, werfe sie ab, falls es zu Feindkontakt kommt.« Die großen externen Treibstofftanks unter den Flügeln der Maschine konnten zur Belastung werden, wenn es zu einem Luftkampf kam. Sein Wingman bestätigte mit zwei Klicks.

Carmi schaute nach links, um sich zu vergewissern, dass die andere Mirage in einer Meile Entfernung an seiner Seite war. Dann kam die nächste Meldung: »Mein Ziel lässt sich zurückfallen.«

Ein Blick auf den Radarbildschirm zeigte ihm, dass zwar eines der Ziele weiterhin auf sie zuraste, das andere aber rapide an Geschwindigkeit verlor. *Merkwürdige Taktik*, dachte Carmi.

»Dranbleiben, Zwei. Ich bin beim Ersten fast in Reichweite.«

Klick, klick.

»Ziel zwei ist verschwunden. Sind wahrscheinlich Kelts, und meine ist abgestürzt.« *Kelt* war der Name, den die westlichen Streitkräfte den sowjetischen AS-5-Raketen gegeben hatten, die berühmt dafür waren, gerne mal abzuschmieren.

»Roger, Zwei. Trotzdem Augen offen halten.« Carmi wollte keine bösen Überraschungen erleben. Er starrte konzentriert nach vorne, bis er einen weißen Punkt über dem blauen Wasser entdeckte, der sich ihnen näherte.

»Sichtkontakt, unter uns auf zwölf Uhr.« Er sah genauer hin. »Ja, sieht aus wie eine einzelne Kelt.« *Es geht los.* Er legte den Aktivierungsschalter auf der anderen Seite des Cockpits um, dann drückte er den Knopf. Sein Jet ruckte und wurde spürbar leichter, als die beiden leeren Treibstofftanks hinunter ins Meer stürzten.

Weiter außen hing an jedem Flügel eine Sidewinder, deren Wärmesensoren die hohen Temperaturen an den Triebwerken der AS-5 erfassen konnten. Carmi zog seine Maschine in die

Senkrechte, rollte sie herum und wendete sie dann so, dass der Bug direkt auf den Triebwerksstrahl der Kelt ausgerichtet war. Als die Sensoren ihr Ziel gefunden hatten, ertönte ein unverkennbares Knirschen in seinem Helmlautsprecher.

»Eidechse Eins meldet Fox Two«, gab er über Funk durch, während sein Daumen den roten Knopf an seinem Steuerknüppel drückte. Sofort bildete sich unter seinem Flügel eine weiße Rauchfahne, die schnell zum Meer hinunter abfiel und dabei eine charakteristische Spur zurückließ. *Genau wie die Sidewinder-Schlange*, dachte Carmi.

Ein greller Blitz zeigte an, dass die Rakete ihren Näherungssprengkopf gezündet hatte, gefolgt von einer zweiten Explosion und dichtem schwarzem Rauch. Trümmerteile regneten auf das Wasser hinab.

»Hier Eidechse Eins. Ein unidentifizierter Flugkörper gesprengt, halte Ausschau nach dem zweiten. Visuelle Bestätigung – eine Kelt.«

Die Radartechnikerin, die bis jetzt geschwiegen hatte, damit die Piloten ihre Arbeit machen konnten, antwortete: »Roger, Eidechse. Haben beim zweiten Ziel einen deutlichen Rückgang der Geschwindigkeit registriert, bevor es verschwunden ist. Gehen von einer Fehlfunktion aus. Anderer Flugkörper als Kelt identifiziert, verstanden. Ansonsten kein Verkehr in Ihrem Gebiet. Gute Arbeit.«

»Danke.« Carmi ließ seine Flügel mehrmals auf und ab wackeln, um seinem Wingman zu signalisieren, dass er wieder aufschließen sollte, dann nahmen sie Kurs auf ihren Heimatstützpunkt Hatzor. »Was seht ihr sonst noch?«

Die Radartechnikerin hatte ihre übrigen Monitore überprüft und sich die hektischen Meldungen angehört, die über Funk hereinkamen. »Eidechse, sofort zur Basis zurückkehren für Hot Pit und Nachladen.« Verblüfft schüttelte sie den Kopf.

Eigentlich war sie davon ausgegangen, dass während der Jom-Kippur-Schicht nichts los sein würde.

»Auf Befehl von General Peled wurde Alarmstart für alle Maschinen ausgegeben. Das ganze Land steht unter Beschuss.«

21

Flughafen Lod

Angespannt starrte Kaz durch die Windschutzscheibe nach vorne. Die überraschende Einberufung von 100 000 Soldaten verstopfte die Straßen von Tel Aviv, in denen die Menschen hektisch nach Taxis und Bussen suchten. Viele hatten sich mit Fahr- oder Motorrädern auf den Weg zu ihren Sammelstellen gemacht, manche sogar zu Fuß. Ein ganzes Land reagierte auf den dringenden Aufruf, der über das Radio verbreitet worden war.

Keine MiGs und kein Rauch, stellte Kaz erleichtert fest, als der Wagen sich dem großen Hangar am Flughafen von Lod näherte. Neben ihm saß der amerikanische Luftwaffenattaché Colonel Billy Forsman.

»Bestimmt geht es ihr gut«, versicherte Forsman. »Die Israelis wissen, wie man im Kriegsfall den Luftverkehr aufrechterhält. Darin haben sie viel Übung.« Forsman, der als Kampfpilot in Korea und Vietnam gewesen war, hatte im Jahr zuvor seinen Posten in der amerikanischen Botschaft angetreten. In seinen Verantwortungsbereich fiel der gesamte militärische Luftverkehr, in den die USA involviert waren, also auch die Versorgungsflüge, die nun bald beginnen sollten.

Und die Frage, wie man die MiG-25 und ihren Piloten sicher in die Vereinigten Staaten bringen sollte.

Sobald er die Botschaft erreicht hatte, hatte Kaz General Phillips auf seinem Privatanschluss in Washington angerufen und erfahren, dass Präsident Nixon auf Kissingers Anraten hin bereits den diskreten Befehl an die Air Force ausgegeben hatte, die ersten Rädchen in Bewegung zu setzen, um die von Golda Meir erbetene militärische Luftbrücke anzuleiern. Bis man wirklich anfangen konnte, würden ein paar Tage vergehen, aber vorerst konzentrierte sich Kaz sowieso nur auf ein ganz bestimmtes Flugzeug.

Noch bevor der Fahrer den Wagen richtig geparkt hatte, hatte Kaz bereits die Tür aufgerissen und marschierte auf die Flugzeuge zu, dicht gefolgt von Forsman. Ein israelischer Soldat mit Maschinenpistole hielt sie auf, um zu überprüfen, ob sie zu den aufgelisteten Personen gehörten, die den abgeriegelten Hangar betreten durften. Während der Soldat sich via Walkie-Talkie die Angaben bestätigen ließ, hörte Kaz das ansteigende Dröhnen von Flugzeugtriebwerken, das zwischen den Gebäuden widerhallte. Sehen konnte er die Startbahnen von hier aus nicht, außerdem blockierte der riesige Hangar vor ihnen den Blick auf den Himmel fast vollständig.

»Verdammt, hebt die Maschine des Botschafters etwa jetzt erst ab?«

Obwohl gerade durch das rauschende Funkgerät des Soldaten die Hangarfreigabe erteilt wurde, hörte der junge Mann Kaz' Frage.

»Ja, da startet gerade der Botschafter.« In einer Lücke zwischen den Hangars sahen sie die silbergraue 707 aufsteigen. Sie hielt sich relativ niedrig, schwenkte aber in Richtung Nordwesten ab. Schnell führte sich Kaz die Landkarte vor Augen: erst raus aufs Meer, um nicht in ägyptischen oder syrischen Luftraum zu geraten, dann südlich an Zypern vorbei und schließlich direkt nach Westen Richtung USA.

Er atmete einmal tief durch, um die Anspannung abzuschütteln. Laura war sicher rausgekommen.

Billy Forsman hatte ihn aufmerksam beobachtet. »Bereit für das nächste Problem?«

Kaz nickte, woraufhin die beiden Männer dem Soldaten zur Seitentür des Hangars folgten.

*

»Ist das zu glauben?«

Kaz und Billy standen oben auf dem breiten Rücken der MiG-25, genau zwischen den beiden hoch aufragenden Stabilisatoren am Heck der Maschine. Diverse Leitern waren am Rumpf des Flugzeugs aufgestellt worden, und auf beiden Seiten standen provisorische Lagergestelle.

Wie ein frischer Kadaver im Dschungel wurde der sowjetische Jet von herumwuselnden Parasiten auseinandergenommen; es hatte sich ein hungriges Ökosystem gebildet, das sich nun an dieser unverhofften Gabe labte. Techniker von Israel Aerospace Industries hatten vorsichtig sämtliche Montagedeckel abgeschraubt, und die Elektronikexperten der israelischen Luftwaffe hatten jeden Winkel des Jets unter die Lupe genommen, ergründeten den Sinn und Zweck jeder Aussparung, versorgten ihn vorsichtig mit Strom und entlockten ihm Codierungseinstellungen und Funkfrequenzen. Kurz gesagt: Sie brachten alles über eine Bedrohung in Erfahrung, die sie bisher nur aus der Ferne beobachtet und gefürchtet hatten.

Diese Arbeiten waren allerdings für Jom Kippur unterbrochen worden, weshalb sich die beiden Amerikaner nun abgesehen von einer Wache allein im Hangar aufhielten.

Kaz kniete sich hin und strich mit einer Hand über die Außenhaut des Rumpfes. Er klopfte gegen das Metall, betastete es mit den Fingerspitzen. »Das ist reiner Edelstahl, handverschweißt!«

Auch Billy Forsman bückte sich und strich über eine Unebenheit. Die knotigen Stellen, an denen die sowjetischen Schweißer die Stahlplatten miteinander verbunden hatten, waren nur grob geglättet worden, bevor man sie grau lackiert hatte.

Kopfschüttelnd stellte Forsman fest: »Ich hätte gedacht, sie wäre aus Titan!« Verblüfft ließ er den Blick über das Flugzeug wandern, das sich so sehr von der F-80 und den Phantoms unterschied, die er geflogen war. Und auch von dem, was er bislang über die Technologie sowjetischer Abfangjäger erfahren hatte. »Und die Nieten und Schrauben sind nicht bündig.« Überall auf der Maschine wölbten sich doppelreihige Befestigungselemente empor wie die Nähte eines achtlosen Chirurgen.

Kaz musterte die gesamte Länge der MiG und versuchte sich vorzustellen, wie die Luft über diese Oberfläche strömte und welcher Logik die russischen Ingenieure wohl gefolgt waren. »Sie wollten Geld sparen und haben deshalb alles ganz schlicht gehalten.« Sein Blick wanderte an der Vorderseite des Flügels entlang. Er streckte den Arm aus. »Dort haben sie Titan verwendet, an der Vorderkante, die sich bei Mach 3 erhitzt.« Nun blickte er auf das Metall zu seinen Füßen. »Aber hier, wo die Luft nur vorbeigleitet, war es ihnen egal.« Er sah noch genauer hin. »Wie diese Stahlplatten geformt und verschweißt sind … das ist die Arbeit einer technisch kaum versierten, aber handwerklich sehr begabten Truppe, die diese Monster am Fließband zusammenbaut.«

Er drehte sich zu Billy um. »Und wie sollen wir dieses Biest in sein neues Zuhause schaffen?«

Mit der Taschenlampe, die er sich aus einer Werkzeugkiste geborgt hatte, leuchtete er in die Lücken, die entstanden waren, als die Israelis die Abdeckungen von Flügel und Schwanz entfernt hatten. Dort sah er wuchtige Bügel und Zapfen, außerdem ein Gewirr aus Drähten und Hydraulikschläuchen. Doch das ließ sich alles abklemmen. Im Geist schritt er die Breite der MiG ab und versuchte gleichzeitig, sich das größte Transportflugzeug der Air Force bildlich vorzustellen.

»Denken Sie, die passt in eine C-5?«

»Das werde ich nachprüfen, um ganz sicherzugehen, aber ich glaube schon. Bei einer möglichen Ladung von einer Viertelmillion Pfund dürfte zumindest das Gewicht kein Problem darstellen.« Billy ging zum Heck der Maschine und blieb kurz vor den Nachbrennerdüsen stehen, dann drehte er sich um und schritt die Länge bis zum Cockpit ab. Nachdem er auch noch die verbliebene Länge bis zur Spitze des Pitotrohrs abgeschätzt hatte, rechnete er alles zusammen.

»Ich würde sagen, sie ist insgesamt zwischen fünfundsiebzig und achtzig Fuß lang. Entfernt man die Flügel, die Stäbe und den Schwanz, sollte sie sich problemlos in einer C-5 transportieren lassen.« Mit einem breiten Grinsen fügte er hinzu: »Da könnten wahrscheinlich sogar zwei reinpassen, falls die noch eine abzugeben haben.«

Kaz warf ihm einen fragenden Blick zu. »Waren Sie schon einmal an dem Standort in Nevada, wo die Maschine hingebracht wird?« General Phillips hatte Kaz verraten, wohin die Reise der MiG gehen würde.

Forsman schüttelte den Kopf. »Nein, ich bin nur ein einfacher Kampfpilot. Mit dem Geheimkram hatte ich nie etwas zu tun.« Er lächelte wehmütig. »Und heutzutage steuere ich sowieso nur noch meinen Schreibtisch.«

Kaz nickte, schob sich an Billy vorbei und warf einen Blick ins Cockpit. Beinahe gedankenverloren murmelte er: »General Phillips hat mit diesem Vogel noch viel vor.«

22

Kosmonautenausbildungszentrum Gagarin,
Swjosdny Gorodok, Sowjetunion

Heute war Zentrifugentag, was Svetlana Gromova nicht ausstehen konnte.

Sie war früh aufgewacht in ihrer Wohnung im sechsten Stock der Kosmonautenunterkünfte Dom 2 in Swjosdny Gorodok – der Sternenstadt vierzig Kilometer östlich von Moskau. Nachdem sie ihre allmorgendlichen Sport- und Dehnübungen in ihrem Wohnzimmer absolviert hatte, ging sie unter die Dusche, zog ihren blauen Trainingsanzug an und machte sich auf den fünfminütigen Marsch durch den Wald zur Cafeteria der Flieger, die sich direkt neben dem Hauptgebäude befand. Für jene Kosmonauten, die sich aktiv auf eine Mission vorbereiteten, gab es reservierte Plätze, doch da sie gerade erst aus dem All zurückgekehrt war, saß sie allein an ihrem Tisch. Und als einziges weibliches Mitglied des sowjetischen Kosmonautencorps war ihr das sogar lieber so.

Svetlana aß nur wenig. Die Zentrifugen konnten ziemlich brutal sein.

Jede Trainingseinheit begann mit der täglichen medizinischen Untersuchung, und so zogen sie und die zuständige Schwester im Sanitätsgebäude mit gelangweilter Effizienz das übliche Programm durch: Thermometer unter die Zunge, Blutdruckmanschette, Stethoskop für Herzschlag und Atmung, dann die EKG-Pads, einige Fragen und zum Schluss die nötige Unterschrift im grünen Buch.

Wird dieses Buch eigentlich jemals kontrolliert?, fragte sich Svetlana nicht zum ersten Mal. Egal. Die Krankenschwester machte nur ihren Job, und als Testpilotin beim Militär war es gut, bestätigt zu bekommen, dass sie gesund war. Wieder einmal.

Die Techniker der TsF-7-Zentrifuge erwarteten sie bereits und hielten ihr den ständig gleichen Vortrag: Zunächst würde man das Programm eines normalen Wiedereintrittsszenarios abfahren, dann eine Extremsituation, in der ein Ausfall des Kontrollsystems der Sojus-Kapsel simuliert wurde. Sie betonten, dass sie in der ersten Runde bei 4 *g* mit dem Vierfachen ihres Normalgewichts in den Sitz gedrückt werde, während der Extremmodus auf bis zu acht oder neun *g* hochgehe. In ihren strengen Mienen spiegelte sich die Ernsthaftigkeit ihrer Aufgabe wider.

Wenn ihr wüsstest, was ich schon alles mitgemacht habe, dachte Svetlana. Die sowjetischen Medien hatten einen Riesenzirkus um ihre Heldentaten während ihres Raumfluges gemacht: die erste Russin und Frau überhaupt, die den Mond betreten und den Amerikanern ein Schnippchen geschlagen hatte. Breschnew persönlich hatte ihr einen goldenen Orden an die Brust geheftet: Heldin der Sowjetunion. Doch über die brutalen *g*-Kräfte beim Wiedereintritt und über die Landung der Apollo-Kapsel im Pazifischen Ozean wurde kaum etwas gesagt. Und auch als Testpilotin der sowjetischen Luftwaffe war sie bei ihren MiG-Flügen schon oft 8 *g* ausgesetzt gewesen. Aber wenn man dabei passiv in einer Zentrifuge saß, war es irgendwie schlimmer, fand sie, da man da die Steuerung nicht unter Kontrolle hatte. Und bei jemandem mit ihrer Vorgeschichte diente die Übung doch sowieso nur dazu, einen Punkt im Trainingsplan abhaken zu können.

Nachdem er seinen Vortrag beendet hatte, fragte der Techniker: »*Gatowa*? Sind Sie bereit?«

»*Da, gatowa*«, versicherte Svetlana nickend.

Das Anschnallprozedere war der realistischste Teil des Ganzen. Sitz und Gurte waren recht genaue Nachbildungen der echten Sojus-Ausstattung, und sie fand es gut, dass sie sich so wieder mit den Riemen und Schnallen vertraut machen konnte. Mit geübten Bewegungen ließ sie alles einrasten und zog straff, was gespannt werden musste. Dann überprüfte sie, ob die Kabel für Funkgerät und Biometriekontrolle richtig angeschlossen waren.

Nachdem er auch noch einmal alles geprüft hatte, verabschiedete sich der Techniker mit einem Nicken, schloss die Luke und verriegelte sie. Anschließend schob er die Einstiegsleiter an den Rand des runden Raums und verschwand durch eine unauffällige Tür. Nach einer kurzen Pause hörte Svetlana seine Stimme in dem in ihre Lederkappe integrierten Lautsprecher.

»Normalprofil beginnt.«

»*Gatowa.*«

Hinter ihrem Sitz erwachten die großen Elektromotoren zum Leben. In dem Simulator roch es nach dem Ozon von Starkstromleitungen und nach altem Männerschweiß. Svetlana konzentrierte sich auf die Lämpchen und fingierten Instrumente vor sich, spürte aber trotzdem den Ruck, als es losging. Das vereinfachte Sojus-Cockpit wurde an einem langen Arm im Kreis gedreht und die Aufhängung nach und nach immer weiter nach außen geschoben, um die Beschleunigung anzugleichen und das Ganze so realistisch wie möglich zu gestalten.

»2 *g*«, meldete die Stimme. Svetlana spürte, wie sie langsam in den Sitz gepresst wurde, der an Hals und Steißbein unangenehm drückte. Wie die gesamte Ausrüstung war er an den männlichen Körperbau angepasst und damit nicht an ihren. Sie sagte nichts.

»3 *g*.« Eigentlich empfand sie die *g*-Kräfte nicht als unangenehm. Es war eher so, als würde man in eine schwere Decke gehüllt.

»4 *g*, Dauer neunzig Sekunden.« Sie sah sich im Cockpit um und hob den Arm, als wollte sie verschiedene Knöpfe drücken. Durch die *g*-Kräfte wurde es schwieriger, die Finger genau zu platzieren, da konnte ein wenig Übung nie schaden.

»Tempo wird gedrosselt.«

Der Druck ließ spürbar nach, als hätte jemand plötzlich den Fuß vom Gas genommen. Wie immer schien eine Art Ruck durch ihr Gehirn zu gehen, und die Welt vor Svetlanas Augen wurde für einen Moment unscharf, als der Simulator wieder zur Ruhe kam. Scheppernd hielt er an, und das leise Summen der Motoren verstummte.

Stille.

Es folgte eine ungewöhnlich lange Pause, dann wurde die in die Wand eingelassene Tür aufgerissen. Der Techniker schob eilig die Leiter heran, kletterte hinauf und öffnete die Luke. Mit hektischen Bewegungen fing er an, Svetlanas Gurte zu lösen.

Verwirrt runzelte sie die Stirn. War die Maschine etwa kaputtgegangen? Das passierte regelmäßig, und sie hatte keine Lust, sich noch einmal die langatmige Einweisung anzuhören. »Was ist los? Warum starten Sie nicht die Extremsimulation?«

Der Techniker löste das letzte Kabel und warf ihr einen kurzen Seitenblick zu.

»Das Hauptquartier hat angerufen. Man will Sie sehen. Sofort.«

*

Der Korridor vor dem Büro des Leiters der Sternenstadt hatte eine hohe, gewölbte Decke und große Fenster an beiden Enden, sodass der abgenutzte rote Paisleyläufer auf dem Hartholzboden in helles Licht getaucht wurde. Auf den Fensterbänken wucherten Topfblumen, die von in die Wand eingelassenen Heizkörpern gewärmt wurden. Die große, helle Buchenholztür, die zu General Beregowois Büro führte, war geschlossen.

Während Svetlana vom Zentrifugengebäude hierhergeeilt war, hatte sie versucht, sich mögliche Gründe für diese Abkommandierung zu überlegen. Seit ihrem Raumflug hatte sie unzählige öffentliche Auftritte absolvieren müssen, und sie konnte nur hoffen, dass der Kreml nicht ein weiteres Mal verlangte, dass sie irgendwo herumstand, Blumen überreicht bekam und die immer gleiche bescheidene Ansprache hielt. Und das alles mit dem siegesbewussten und zugleich ernsten Lächeln der Neuen Sowjetbürgerin im Gesicht.

Sie konnte sich ein Grinsen nicht verkneifen. *Leb damit. Mädchen – du warst auf dem Mond!*

Als sie die Treppe hinaufging und in den Korridor einbog, warteten bereits zwei weitere Kosmonauten vor dem Büro: Alexei Leonow, der seinen fast vollständigen Haupthaarverlust durch breite Koteletten auszugleichen versuchte, und der zurückhaltende Waleri Kubassow, dessen dunkles Haar zu einer hohen Tolle gekämmt war.

Sehr interessant, dass sie auch hier sind, dachte Svetlana.

Alexeis Gesicht verzog sich wie immer zu einem breiten Grinsen. »*Priwjet*, Sveta«, begrüßte er sie mit funkelnden Augen; offenbar hatte er eine Ahnung, was hinter der Vorladung steckte. Drei Kosmonauten wurden überraschend zum Boss gerufen. Scherzend stellte er fest: »Vielleicht bekommen wir ja alle einen Orden.«

Die Tür öffnete sich, und Direktor Beregowois Sekretärin entschuldigte sich leise dafür, dass sie hatten warten müssen. Hinter ihr ertönte eine tiefe Männerstimme.

»Nur herein, nur herein. Und, Vera: Bringen Sie uns Kaffee.«

Generalleutnant Georgi Beregowois in der Uniform besonders breitschultrige Gestalt schob sich hinter einem ausladenden Schreibtisch hervor und ging den Kosmonauten entgegen, um sie zu begrüßen. Er schüttelte Leonow und Kubassow die Hand und deutete Svetlana gegenüber eine knappe Verbeugung an.

»Setzen Sie sich, setzen Sie sich!« Mit einer Hand wies er auf den hellen Konferenztisch, der neben seinem Schreibtisch stand.

Der General war Kampfeinsätze im Großen Patriotischen Krieg geflogen und hatte als Testpilot gedient, was ihn bereits zu einem Helden der Sowjetunion gemacht hatte, bevor er fünf Jahre zuvor einen Soloflug ins All absolviert hatte. Oft empfand er seine neue Position als Leiter des Kosmonautenzentrums als zu politisch und problembeladen, aber nicht heute.

Während Vera ihnen Instantkaffee servierte, musterte er die drei Kosmonauten eingehend.

»Alexei, Waleri, Svetlana«, begann er schließlich, unterbrach sich dann aber noch einmal, um den Moment auszukosten. »Sie erinnern sich ja sicher noch an den Besuch des amerikanischen Präsidenten Richard Nixon in Moskau, letztes Jahr im Mai?« Ein breites Lächeln umspielte seine Lippen. »Wie die meisten Staatsbesuche war das vor allem *pokasukha* – viel Show und Getöse. Allerdings haben der Präsident und Ministerpräsident Kosygin während dieses Besuchs ein Dokument unterzeichnet, das bald eine wesentliche Rolle in Ihrem Leben spielen wird.«

Breit grinsend sah er die drei der Reihe nach an.

»Ich ernenne Sie drei heute zur Besatzung einer Raummission, wie es bislang noch keine gegeben hat. Sie werden mit einer Sojus in die Umlaufbahn fliegen, dort an einem amerikanischen Apollo-Raumschiff andocken und im Weltall mit drei NASA-Astronauten zusammentreffen, im Sinne von Frieden und Freundschaft!« Nun wandte er sich an Leonow. Um der Bedeutung des Anlasses gerecht zu werden, sprach er ihn mit seinem vollen Patronym an: »Alexei Archipowitsch, Sie werden der Kommandant der Mission sein, der wir den Namen Sojus-Apollo gegeben haben!« Schwungvoll öffnete er die unterste Schreibtischschublade und holte eine Flasche mit einer goldbraunen Flüssigkeit daraus hervor. »Bringen Sie unsere besten Kristallgläser, Vera!« Liebevoll betrachtete er die Flasche. »Ich habe diesen Cognac für eine ganz besondere Gelegenheit aufgehoben, und die ist nun gekommen!«

Während der General ihnen einschenkte, musterte Svetlana die Gesichter ihrer neuen Mannschaftskameraden. Sie mochte die beiden Männer, vor allem Alexei. Er war der erste Mensch gewesen, der frei im Weltall geschwebt hatte, und wurde überall respektiert. Ingenieur Waleri, ein Zivilist, war bisher noch nicht im All gewesen, doch er war ihr immer mit großer Höflichkeit begegnet.

Svetlana hob das langstielige Glas zum ersten von sicherlich vielen Trinksprüchen. Als sie es an die Lippen führte, spürte sie, wie sich Vorfreude und eine tiefe Zufriedenheit in ihr ausbreiteten. Der beste Tag im Leben eines Kosmonauten.

Ich werde wieder ins All fliegen!

23

Auf dem Weg zur Nellis Air Force Base bei Las Vegas, Nevada

Warum ist es in Transportmaschinen nur immer so verdammt kalt?

Kaz wickelte sich fester in die kratzige Air-Force-Decke und versuchte, eine etwas weniger unbequeme Position auf seinem heckwärts ausgerichteten Sitz zu finden. Da der Metallboden besonders eisig war, hatte er die Füße angezogen und saß im Schneidersitz.

Und der Gestank! Angewidert stieß er die Luft durch die Nase aus, um ihn loszuwerden. In der C-5A Galaxy befanden sich die Toiletten direkt vor den drei Sitzreihen, sodass jedes Mal, wenn die Toilettentür geöffnet wurde, eine Mischung aus Chemikaliendämpfen und dem Geruch menschlicher Ausscheidungen durch den höhlenartigen Rumpf des Flugzeugs wehte.

Die gigantische Transportmaschine der US Air Force war die erste von vielen gewesen, die in Israel eingetroffen waren, beladen mit Sidewinder- und Flugabwehrraketen, die Nixon für den inzwischen vollständig ausgebrochenen Krieg lieferte. Die Galaxy war direkt zum Hangar von Israel Aircraft Industries gerollt, so weit, bis sich der Bug ins Innere des Hangars geschoben hatte. So konnte sie ohne neugierige Zuschauer be- und entladen werden – und war vor allem vor den Kameras der sowjetischen Satelliten geschützt. Die gesamte Front der Maschine konnte wie ein gigantisches Fischmaul nach oben geöffnet werden, was das Beladen erleichterte, während der untere Teil des Hecks als Fahrzeugrampe heruntergeklappt wurde. Nachts hatten Arbeiter dann die Gestelle mit den Raketen herausgerollt und den breiten Laderaum für die Rückreise geleert.

Als der Lademeister sah, dass er auf dem Rückweg eine MiG-25 transportieren sollte, hatte er zwar den Kopf geschüttelt, letztlich aber doch eine Möglichkeit gefunden, den sowjetischen Jet an Bord zu ziehen und zu sichern. Die Flügel und Stabilisatoren, die zuvor entfernt und in von israelischen Ingenieuren improvisierten Gestellen verstaut worden waren, hatte man an beiden Seiten festgezurrt. Und da die C-5 keine Fenster hatte, war die Foxbat auch das Einzige gewesen, was Kaz sich während des langen, von Kampfjets eskortierten Fluges hatte ansehen können: Erst über das Mittelmeer von Tel Aviv nach Lajes auf den portugiesischen Azoren, wo sie nachgetankt hatten, und dann auf der viertausend Meilen weiten Strecke nach Las Vegas. Für die C-5A war das eine extrem große Distanz, die sie fast an ihre Grenzen brachte.

Trotzdem war es gut, nach Hause zu kommen.

Kaz ließ seinen Blick über die anderen Passagiere wandern, die sich – ebenfalls mit Decken – auf den leeren Sitzen ausgestreckt hatten und größtenteils schliefen. Da man bei der Air Force nicht sicher gewesen war, was einen erwartete, hatte man die normale Flugbesatzung um ein wenig Muskelmasse ergänzt. In der Reihe vor ihm saßen vier kräftige Vertreter der Militärpolizei der Air Force, die abwechselnd schliefen und die beiden Männer im Auge behielten, die zwischen ihnen saßen: den russischen Überläufer, der sich ruhig und selbstsicher zurückgelehnt hatte, und seinen CIA-Betreuer mit der dicken Brille. Kaz beobachtete, wie Letzterer unruhig auf seinem Platz herumrutschte; das hatte er schon während des gesamten Fluges getan. *Der Druck des wichtigen Auftrags lastet auf ihm*, vermutete Kaz.

Schließlich wandte sich Kaz wieder seinem Buch zu. Der Titel lautete ›Очень Приятно – Russisch für Anfänger‹, und man hatte es ihm auf seine Bitte hin noch in der Botschaft in Tel Aviv besorgt. Seine litauischen Eltern hatten während seiner Kindheit zu Hause nur einen jiddischen Dialekt gesprochen, was ihn aber hoffen ließ, dass sein Gehirn vielleicht schon ein wenig darauf vorbereitet war, die russische Sprache aufzunehmen. Die kyrillischen Schriftzeichen hatte er als eine Art Code betrachtet, den es zu knacken galt. Zu seiner Erleichterung stellte er dann fest, dass zumindest die Aussprache sehr phonetisch war. *Noch eine nützliche Fähigkeit, die man sich aneignen kann*, versicherte er sich. Allerdings hatte er bisher kaum Fortschritte gemacht.

Der Mossad hatte den Russen erst kurz vor dem Start an Bord gebracht, und der CIA-Agent hatte Kaz und die Besatzung angewiesen, auf Abstand zu bleiben, ja nicht einmal mit ihnen zu sprechen. Doch nach einigen Stunden, als sie sich während ihres Tankstopps auf den Azoren die Beine vertreten hatten, war der Betreuer etwas aufgetaut und hatte sich als Bill Thompson vorgestellt. Diesen Auftrag hatte er bekommen, weil er ein Spezialist für das Sowjetreich war, erklärte er ihnen. Die Militärpolizisten hatten den russischen Piloten nicht aussteigen lassen, doch der hatte sich sehr gefügig und kooperativ gezeigt.

Da er es leid war, sich nur mit der Theorie zu beschäftigen, beschloss Kaz, nun die Gelegenheit beim Schopfe zu packen und seine wenigen russischen Vokabeln testweise anzuwenden. Er legte das Buch weg, stand auf und ging mit der Decke über den Schultern zur Sitzreihe des CIA-Agenten hinüber. Zunächst dachte er, Bill Thompson wäre kurz davor, einzuschlafen, da die Augen hinter den dicken Brillengläsern wie blind ins Leere starrten. Dann aber bemerkte er, wie Thompson abwechselnd die Fäuste ballte und sich die Hände rieb. *Eindeutig wach und gedanklich mit etwas beschäftigt, das ihn umtreibt.* Mit einem entschlossenen Schritt schob sich Kaz in Thompsons Gesichtsfeld, lenkte seinen Blick auf sich und deutete dann auf den leeren Platz neben ihm. Da Thompson lediglich mit den Schultern zuckte, quetschte sich Kaz an den Wachleuten vorbei und setzte sich. Er musste beinahe schreien, um sich über das stete Dröhnen des Flugzeugs hinweg Gehör zu verschaffen. Zwei Plätze weiter saß der Russe und döste offenbar.

»Ist Ihnen langweilig, Bill?«

Ein resigniertes Lächeln huschte über das Gesicht des CIA-Betreuers. »Und wie.« Thompson sah auf seine Armbanduhr. »Sechs Stunden geschafft, noch ungefähr drei weitere.«

Kaz nickte. Er war zwischendurch ein paarmal im Cockpit gewesen – zuerst, als sie das Mittelmeer hinter sich ließen, und dann noch einmal kurz vor der Küste von Nova Scotia, als sie den amerikanischen Kontinent erreichten.

»Ist schon gut, wenn wir endlich in Vegas sind.« Er hatte beobachtet, wie der CIA-Mann sich leise mit dem Russen unterhalten hatte. »Sie sprechen doch bestimmt Russisch.«

Bill Thompson wandte sich ihm zu. Hinter der klobigen Brille verbarg sich ein intelligentes, kantiges Gesicht mit einem dicken braunen Oberlippenbart. Das relativ lange Haar war aus der Stirn gekämmt und unterschied ihn deutlich von den Soldaten, die rechts und links von ihnen saßen.

»Ein wenig.« *Typische CIA-Untertreibung*, dachte Kaz. Aber offenbar hatte Thompson zuvor schon Kaz' Lektüre bemerkt. »*Ty govorish?*«

Die fremdartigen Worte verhallten unverstanden in Kaz'

Kopf, doch der fragende Tonfall ließ ihn vermuten, dass Bill sich danach erkundigt hatte, ob er ebenfalls Russisch sprach. Mit einem bedauernden Lächeln antwortete er: »*Njet.*«

Als er seine Muttersprache hörte, öffnete der sowjetische Pilot die Augen und beugte sich langsam vor, um sie mit ausdrucksloser Miene zu mustern. Immer wieder wanderte sein Blick zwischen den beiden Männern und seinen Bewachern hin und her.

Kaz fragte weiter: »Würde es Ihnen etwas ausmachen, wenn ich ein wenig mit dem Russen spreche? Versteht er Englisch?«

Wieder zuckte Thompson mit den Schultern; sein Blick war undurchdringlich. »Er spricht nur Russisch. Wenn es nötig wird, kann ich als Übersetzer einspringen.«

Kaz grinste breit. »Und wie das nötig sein wird.« Damit beugte er sich vor und suchte den Blick des fremden Piloten. Er beschloss, dem Rat seines Buches zu folgen und mit der klassischen Gesprächseröffnung aller Anfänger zu beginnen.

»*Menya zovut Kaz.*« Mein Name ist Kaz.

Noch immer mit starrer Miene stellte sich der Russe in seiner Muttersprache vor: »Ich heiße Alexander.« Nach kurzem Zögern fügte er achselzuckend hinzu: »Sascha.« Die übliche Kurzform des Namens.

Kaz fuhr recht vorhersehbar mit der nächsten Lektion aus seinem Buch fort – dem Wetter. »Es ist kalt, Sascha.«

Mit einem schmalen Lächeln antwortete der: »*Da*, Kaz.«

Nun deutete Kaz mit dem Kopf auf die MiG-25 und wandte sich an Bill, damit er ihm half. »Das ist ein wundervolles Flugzeug«, sagte er auf Englisch, und der CIA-Agent übersetzte. Pilotengespräche. Wie eine gemeinsame Sprache.

Der Blick des Russen wanderte nun ebenfalls zu der Maschine hinüber. »Stimmt.«

Da er Wortschatzübungen für eine einfache Methode hielt,

um den Mann ein wenig kennenzulernen, zeigte Kaz auf die Flügel und fragte: »Wie heißen die auf Russisch?«

Da sie nach den vielen Stunden der Langeweile selbst für diese kleine Ablenkung dankbar waren, unterhielten sich die beiden Piloten nun immer ausführlicher über das Flugzeug, das sie die ganze Zeit anstarrten. Kaz prägte sich einige einfache russische Worte ein und stellte technische Fragen, die der Russe ihm bereitwillig beantwortete. Dann erzählte Kaz von seinen eigenen Flugerfahrungen, woraufhin Alexander ihm die frühen Testflüge mit der Foxbat beschrieb und erklärte, wie sich die Maschine flog.

Der CIA-Agent übersetzte geduldig, wenn auch sichtlich gelangweilt. Während einer kurzen Gesprächspause stichelte er: »Uncle Sam wird höchst erfreut sein, dass wir uns so viel Mühe machen, um einem Navy-Piloten einen russischen Nachhilfelehrer zu besorgen.«

Als das Gespräch mit dem Russen dann endgültig zum Erliegen kam, folgte Thompson Kaz zu dem großen Kaffeespender in der Bordküche. Auf dem schmalen, glänzenden Aluminiumtresen waren noch einige Fertigmahlzeiten festgeschnallt, die sie auf den Azoren an Bord genommen, aber nicht gegessen hatten.

»Wo wird er hingebracht, wenn wir Vegas erreichen?«, erkundigte sich Kaz.

»Wir verfügen über eine Einrichtung in der Nähe«, antwortete der CIA-Mann so wenig informativ, wie Kaz es sich vorgestellt hatte. Da hatte es wohl wenig Sinn, ihn nach seinem Eindruck von dem Russen zu fragen.

Thompson fuhr mit einer Gegenfrage fort: »Werden Sie in Nellis aussteigen?«

Kaz schüttelte den Kopf. Zwar würden sie den Überläufer und seine Begleiter auf der Nellis Air Force Base bei Las Vegas abliefern, damit die CIA mit der Befragung und Auswertung beginnen konnte; Kaz aber blieb auf Weisung von General Phillips an Bord. Als Chef des USAF Systems Command war der nun sozusagen der neue Besitzer der MiG-25.

Kaz deutete mit seinem Styroporkaffeebecher auf die Foxbat. »Nein, ich begleite die Hauptfracht bis zu ihrem Bestimmungsort.«

Welcher siebzig Meilen nordwestlich von Nellis lag, auf einem Luftwaffenstützpunkt in einem ausgetrockneten See in der Wüste Nevadas.

Groom Lake.

24

Groom Lake, Nevada

Eigentlich war dort nichts.

Ein kleines, flaches Tal mitten in der trockenen Wüste von Nevada, knapp eine Meile über dem Meeresspiegel. Nichts außer Klapperschlangen und Staubwolken.

Wenn es hier einmal regnete, konnte das Wasser nirgendwo hin. Also rieselte es schubweise in eine zentrale salzige Senke, wo es unter der gnadenlosen Sonne verdampfte und nichts außer einem hart gebackenen Talkessel aus Salz und Sand zurückließ.

Da hier kein gutes Wasser zu finden war, war das hochgelegene Tal vom indigenen Volk der Newe gar nicht erst als Siedlungsort in Betracht gezogen worden. Schließlich floss schon eine Kammlinie weiter östlich der Pahranagat Richtung Süden und bot ihnen wesentlich angenehmere Bedingungen. Die Newe näherten sich dem salzverkrusteten Seebett höchstens auf ihren Jagdausflügen, wenn sie in den umliegenden Hügeln Gabelböcke, Dickhornschafe oder mit etwas Glück auch mal einen Elch erlegten.

Die ersten Europäer dort waren Schürfer der English Groome Lead-Minengesellschaft gewesen, deren ironischem Geist dann der Name Groom Lake entsprungen war. In ihren staubigen Zelten erhoben sie ihre schmutzigen Whiskygläser zu einer altehrwürdigen Namensgebungstradition, der die Welt auch Bezeichnungen wie Grönland oder Kap der Guten

Hoffnung verdankt. Namen, mit denen man die Anwesenheit an einem Ort fern der Heimat rechtfertigt und die dem Unbekannten einen gewissen Reiz verschaffen sollen.

Rund um Groom Lake gab es kaum Leben. Alles, was hier überlebte, hatte gelernt, mit glühend heißen Sommern, eiskalten Wintern und ständiger Trockenheit zurechtzukommen. Hier und da ragten Kreosotbüsche mit winzigen wachsartigen Blättern und langen Wurzeln aus dem graubraunen Sand auf. Jeder dieser Büsche wurde von einer kleinen Krötenechse bewohnt, die ihr bisschen Schatten vehement verteidigte. Faustgroße Schaufelfußkröten gruben sich nach jedem Regen fast einen halben Meter tief im Schlamm ein und überlebten die ewige Dürre, indem sie die Feuchtigkeit des Bodens über die Haut aufnahmen und in ihr salzhaltiges Blut weiterleiteten.

Kein Ort, der es einem leicht machte. Kein Ort, an dem viel zu finden gewesen wäre. Aber ein guter Ort, um Geheimnisse zu wahren.

*

Die Central Intelligence Agency musste eine Menge Geheimnisse wahren, und manche davon waren so groß, dass sie sich nur schwer verstecken ließen. Während des nuklearen Wettrüstens in der Zeit des Kalten Krieges hatte die Agency ihre Leute überall in Amerika nach guten Örtlichkeiten für ihre verstohlenen Aktivitäten suchen lassen.

Und so entdeckte am 12. April 1955 – acht Jahre nach Gründung der CIA und auf den Tag genau sechs Jahre, bevor der sowjetische Astronaut Juri Gagarin als erster Mensch ins All flog – der CIA-Agent Richard Bissell von einem kleinen Beechcraft Bonanza-Leichtflugzeug aus Groom Lake. Er ließ vom Piloten die genaue Position festhalten und wies ihn an, ein paarmal über der Stelle zu kreisen, während er selbst durch das Seitenfenster mit seiner Kodak Pony 135 mehrere Fotos schoss. In dem ausgetrockneten See erkannte er eine Art natürliche Landebahn, und es gab ausreichend Platz für heimliche Experimente und Tests, weit weg von allen neugierigen Beobachtern. Auch die Hügel ringsum gefielen ihm, da sie einen zusätzlichen Sichtschutz boten.

»Perfekt«, murmelte er vor sich hin, was durch den Lärm im Cockpit allerdings kaum zu hören war. Er war sowieso auf der Suche nach einem Ort gewesen, an dem sich sein neues Projekt umsetzen ließe, das den Codenamen AQUATONE bekommen hatte. Nun konnte er es angehen.

Die Atomenergiekommission verfügte bereits über ein 1400 Quadratmeilen großes Gebiet in der Wüste von Nevada, wo sie seit vier Jahren Nuklearbombentests durchführte. Groom Lake lag am nordöstlichen Rand des AEC-Testgeländes, und nun verlangte Richard Bissell, ausgerüstet mit seinen Fotos, dass die Kommission dieses zusätzliche Land ebenfalls erwarb; ein unschuldig aussehendes Fleckchen, das wie ein nachträglich angenähter Flicken zum Areal der AEC hinzugefügt wurde. Dass Bissells Projekt von höchster nationaler Wichtigkeit war, überzeugte die Kommission. Und so verfügte er einen Federstrich später über die gewünschten 15 500 Hektar.

Bissells Projekt AQUATONE diente nur einem Zweck: ein neues Flugzeug zu entwickeln. Eines, das höher flog als jede Boden-Luft-Rakete und lange Strecken bewältigen konnte. Ein Flugzeug, mit dem detaillierte Luftaufnahmen von geheimen Anlagen tief in feindlichem Gebiet möglich waren. Ein Flugzeug, wie es kein zweites gab.

Dr. Richard M. Bissell Jr. war der leitende Entwickler der U-2. Und nun hatte er Groom Lake.

Geld war kein Thema, und so ging es schnell voran. Bissell schickte sofort Bulldozer los, die Zufahrtsstraßen in der Wüste schaffen sollten, damit Groom Lake einen Anschluss an die Nevada State Route 25 bekam. Außerdem holte er die Air Force mit ins Boot, die ihm dabei half, einen geheimen Flugplatz zu bauen und seine Maschinen zu testen. Bald landeten täglich Frachtflugzeuge in dem ausgetrockneten Seebett, und auf den neu gebauten Straßen rollten ständig Lkws heran. Nach drei Monaten waren Brunnen gegraben worden, es gab eine asphaltierte Start- und Landebahn, in den Boden waren Treibstofftanks eingelassen worden, und man hatte drei Hangars und einen Kontrollturm errichtet und ausreichend Wohnwagen für das Personal aufgestellt. Sogar eine Kantine gab es. Und weil man das bei der Air Force eben so machte, bauten sie auch noch ein Kino und ein Volleyballfeld und hoben einen kleinen Swimmingpool aus. So wurde aus Groom Lake das Testgelände für die U-2.

Allerdings bauten CIA und Air Force selbst keine Flugzeuge, das überließen sie privaten Konstruktionsfirmen. Für die U-2 hatte Richard Bissell den kalifornischen Flugzeugbauer Lockheed unter Vertrag genommen. In deren sogenannten Skunk Works war während des Krieges bereits die P-38 Lightning entstanden, ebenso die revolutionäre, strahlgetriebene P-80 Shooting Star – beides einzigartige Entwicklungen, die in Rekordzeit fertiggestellt wurden. Die Ingenieure der Lockheed Skunk Works und ihr Chef Kelly Johnson arbeiteten nicht nur schnell, sie waren auch absolut verschwiegen.

Aber selbst die Aussicht auf Kino, Schwimmvergnügen und Volleyball konnte nicht viele Lockheedmitarbeiter dazu bewegen, Kalifornien zu verlassen und nach Groom Lake zu ziehen. Fast wie in einem unbewussten Echo der optimistischen englischen Minenarbeiter, die hundert Jahre zuvor diesen Ort entdeckt hatten, fing Kelly Johnson irgendwann an, Groom Lake nur noch die Paradise Ranch zu nennen. Obwohl weder Paradies noch Ranch, blieb der Name hängen und wurde bald zu »die Ranch« verkürzt. Und die poetisch veranlagten und dem Sarkasmus zugeneigten Bewohner bezeichneten sie manchmal sogar als Dreamland.

Bei Lockheed mochten solche Namen funktionieren, doch für den amtlichen Jargon einer Bundesbehörde waren sie wenig passend. CIA und Air Force brauchten eine seriöse Bezeichnung, die in Dokumenten leicht angegeben werden konnte, ohne das geheime Projekt oder seinen Standort offenzulegen. Bissell und sein Team sahen sich an, wie die AEC das bei ihren diversen Testgeländen gehandhabt hatte, und stießen so auf einen vollkommen unverfänglichen Ansatz: Die Gebiete waren in Planquadrate unterteilt worden, die jeweils schlicht »Area« hießen und durchnummeriert waren, beginnend mit Area 1. Besonders gut fanden sie, dass die AEC einige Nummern ausgelassen hatte, um das Ganze noch undurchsichtiger zu machen. Ihnen fiel auf, dass die höchste von der AEC verwendete Nummer die 30 war und dass Groom Lake direkt an Area 15 anschloss. Kurzerhand verdrehten sie die Ziffern, um für zusätzliche Verwirrung zu sorgen.

CIA-Agent Richard Bissell hatte die Area 51 erschaffen.

Groom Lake, Paradise Ranch, Dreamland.

Ein Ort, an dem nichts war.

25

Area 51, Nevada

»Cowboy 446 heavy, hier Dreamland-Bodenkontrolle, exit Runway 32, linke Seite direkt vor dem Becken. Rollfreigabe zu den großen Hangars. Die Tore sind offen. Willkommen auf der Ranch.«

Kaz saß auf dem Notsitz im Cockpit der C-5A und verfolgte den Funkverkehr über einen Ersatzkopfhörer. Für die kurze Strecke von Nellis bis hierher hatten ihn die Piloten nach vorne eingeladen.

»Dreamland-Bodenkontrolle, hier Cowboy 446 heavy, verstanden, danke.« Der Kapitän der C-5 klang ruhig und professionell, aber alle fünf Männer im Cockpit spähten gespannt aus den Fenstern nach unten. Keiner von ihnen war schon einmal in der Area 51 gewesen.

Vorsichtig lenkte der Kapitän seine zweihundertfünfzig Tonnen schwere Maschine zu den Hangars, unterstützt von einem Einweiser, der sie die gelbe Rolllinie entlang und um eine Kurve führte, bis die C-5 ihren Bug schließlich mittig in einen Hangar schob. An den Flügelspitzen liefen Mitarbeiter des Bodenpersonals mit, um sicherzustellen, dass die riesige Maschine auch wirklich durch das Tor passte.

Schließlich hob der Einweiser seine Stäbe auf Schulterhöhe und zog sie in einem weiten Bogen hoch, um sie dann genau im richtigen Moment über seinem Kopf zu kreuzen. Der Kapitän trat ein letztes Mal auf die Bremse, und die C-5 stand. Anschließend ging die Besatzung die Landecheckliste durch, die vier Triebwerke wurden abgeschaltet, und das raue, in dem riesigen Hangar widerhallende Dröhnen verstummte.

Die MiG-25 war sicher in ihrer neuen Heimat Amerika angekommen.

Und noch immer war sie ein Geheimnis.

*

»Ausweise, bitte.« Ein bewaffneter Wachmann war an Bord gekommen und glich nun die Namen der Besatzung mit denen auf seiner Liste ab. Stirnrunzelnd musterte er erst Kaz' Zivilkleidung, dann seinen Pass und seinen Navy-Dienstausweis. Alle anderen, die nicht zur Flugzeugbesatzung gehört hatten, waren in Nellis ausgestiegen.

»Gehören Sie zur Besatzung der C-5?«

Kopfschüttelnd erklärte Kaz: »Nein, ich bin im Auftrag des Air Force Systems Command hier.« Er zeigte auf die MiG-25. »Um dafür zu sorgen, dass die da sicher abgeliefert wird.«

Der Wachmann schaute kurz zu dem Jet hinüber. Er war ein ehemaliger Soldat und arbeitete nun für EG&G. Die Angestellten von Edgerton, Germeshausen & Grier sorgten dafür, dass die Vorschriften in den Atomtestgebieten des Landes strikt eingehalten wurden. Die Area 51 hatte die strengsten Sicherheitsvorkehrungen von allen, und er nahm seinen Job ernst. Deshalb prüfte er nun die Fotos auf Kaz' Ausweisdokumenten und starrte ihm dann mehrere Sekunden lang ins Gesicht, bevor er alles mit seiner Liste verglich. Endlich war er zufrieden und machte ein ordentliches kleines Häkchen auf seinem Klemmbrett. Dann gab er Kaz wortlos seine Papiere zurück.

Wir sind eindeutig nicht mehr in Kansas, Toto, dachte Kaz trocken.

Ein großer Mann mit langen Koteletten und dicken Augenbrauen schob seinen Kopf durch die Flugzeugtür. »Habt ihr den Spießrutenlauf schon hinter euch?«, fragte er grinsend, was der Wachmann mit einem finsteren Blick quittierte. »Sicherheitsüberprüfung abgeschlossen«, erwiderte er steif, schob sich an dem Mann vorbei und stapfte die Fluggasttreppe hinunter.

Der Neuankömmling trug einen orangefarbenen Fliegeroverall und darüber eine blaue Fliegerjacke. Als er sich nun dem Frachtraum zuwandte, wurde sein Lächeln noch breiter. »Und, was habt ihr mir hier Schönes mitgebracht?«

Da die Besatzung der C-5 gerade damit beschäftigt war, die Klappe vorne am Bug hochzufahren, ging Kaz auf den Mann zu und streckte ihm die Hand entgegen. »Navy Commander Kaz Zemeckis, der Babysitter dieser MiG.«

Die Koteletten, die eine ziemlich platte Nase einrahmten, wurden durch langes schwarzes Haar ergänzt. »Colonel Irv Williams, ich bin der Abteilungskommandant der hiesigen MiG-Piloten.« Während sie sich die Hände schüttelten, bemerkte Kaz zwei Aufnäher auf Williams' Jacke: Einer zeigte einen Ultraschalljet und einen Rechenschieber, was bedeutete, dass er ein Absolvent der USAF Test Pilot School war, der andere einen blauen Skorpion auf einer rot umrandeten pilzförmigen Wolke. Darunter stand *DET157FWW*.

»MiG-Piloten?«, hakte Kaz nach und sah sich in dem ansonsten leeren Hangar um. Die Area 51 war selbst innerhalb des Militärs extrem geheimnisumwoben, vor allem in Bezug auf Flieger, die nicht zur Air Force gehörten. »Was für Maschinen haben Sie hier denn so, Colonel?«

Entspannt zuckte Williams mit den Schultern. »Wir können uns ruhig duzen. Offenbar braucht die Mannschaft noch ein paar Minuten, bis sie dein Flugzeug ausladen kann, Kaz. Willst du dich ein wenig umsehen?«

*

Sie verließen den Hangar durch eine Seitentür; die Wüstensonne brannte so grell, dass Kaz schützend den Arm vor das Gesicht hob. Während sie zur Tür des angrenzenden Hangars hinübergingen, überzog sie eine heftige Windböe mit Staub. Williams riss die Tür auf, und sie waren froh, sich ins Innere flüchten zu können.

Sobald Kaz' Augen sich an das Halbdunkel gewöhnt hatten, erkannte er die Umrisse mehrerer Flugzeuge. Das erste trug zwar die vertraute Kokarde der Air Force mit dem Stern in der Mitte und den seitlichen Streifen am Bug, aber seine Silhouette war irgendwie merkwürdig. Verblüfft stellte Kaz fest, dass es sich um eine MiG-21 handelte. Dahinter entdeckte er die charakteristischen, hoch aufragenden Heckstabilisatoren einer MiG-17 und einer MiG-19.

»Die habe ich das letzte Mal über Vietnam gesehen!«

Kaz war unwillkürlich stehen geblieben. Belustigt von seiner Reaktion grinste Irv.

»Jawohl. Die 21 haben wir bekommen, als vor ein paar Jahren ein Iraker zu Israel übergelaufen ist, die 19 und die 17 stammen aus unterschiedlichen Quellen. Sobald sie hier ankamen, haben die Techniker sie auseinandergenommen, um zu sehen, wie sie funktionieren. Dann haben sie sie wieder zusammengeschraubt, vollgetankt und uns gegeben, damit wir anfangen konnten, sie zu fliegen.« Sein Blick wanderte kurz zu seinem Det-1-Aufnäher. »Zuerst durfte nur die Air Force ran, aber irgendwann haben wir angefangen, auch euch Navy-Kotzbrocken mitspielen zu lassen. Dadurch wird das Training natürlich realistischer, und unsere Tötungsrate in Vietnam hat sich deutlich verbessert.« Irv öffnete einen Schaltkasten an der Wand und legte ein paar Hebel um. Mit einem leisen Summen sprangen die Leuchtstoffröhren an der Decke an und wurden langsam hell.

Kaz hatte Navy-Gerüchte gehört, laut denen einige Piloten auch MiGs flogen, und er fand es absolut faszinierend, die Maschinen nun aus der Nähe zu betrachten. Die Außenhaut bestand aus blankem silbernem Metall, und sie trugen noch immer den roten Sowjetstern am Heck. Langsam strich er mit der Hand über die schmale Flügelkante der MiG-21.

»Wie fliegt sie sich?« Die ultimative Frage jedes Piloten.

»Besser, als wir gedacht hatten«, antwortete Irv. »Die Instrumente sind sehr simpel gehalten, und durch die Deltaflügel kriegt sie eine Wendigkeit, die dir Tränen in die Augen treibt.« Er warf Kaz einen Seitenblick zu. »So konnten wir sie schließlich mit der F-4 drankriegen. Antäuschen, damit sie diese Drehung einsetzen, dadurch müssen sie Tempo rausnehmen, dann schnell sein und sie mit den AIM-9 oder der Bordwaffe erwischen.« Er unterbrach sich kurz und fragte: »Bist du Testpilot?«

Kaz nickte. »Navy, Ausbildungsjahrgang 38. Aber ich habe ’68 mit einer F-4 eine Möwe erwischt, kam direkt durch die Scheibe, und dabei habe ich mein linkes Auge verloren.« Achselzuckend schloss er: »Bei der Navy lassen sie mich manchmal noch in einen Zweisitzer.«

Prüfend sah Irv ihm ins Gesicht. »Dann ist das ein künstliches Auge?«

Kaz nickte und wackelte grinsend mit den Augenbrauen. »Sieht gut aus, oder?«

Irv stieß einen leisen Pfiff aus. »Das muss hart gewesen

sein.« Jeder Pilot fürchtete sich davor, dass ihm irgendetwas die Flugtauglichkeit nehmen könnte. Und Blindheit war der absolute Albtraum für jemanden, der auf ein gutes Sehvermögen angewiesen war.

»Stimmt. Aber shit happens, und man macht weiter. Jetzt liefere ich eben MiGs an die Air-Force-Flaschen von Dreamland aus.«

»Touché«, gestand Irv. »Wie lange bleibst du bei uns?«

»Nur bis die MiG-25 ausgeladen und der Papierkram erledigt ist. Ich lebe in Houston und war schon eine ganze Weile nicht mehr zu Hause.« Kurz überlegte er, ob er den sowjetischen Überläufer erwähnen sollte, beschloss dann aber, dass es besser sei, nichts zu sagen, da die CIA noch nicht entschieden hatte, was sie mit ihm anstellen wollten. »Sobald die C-5 entladen und startbereit ist, bin ich weg. Aber Washington hat angedeutet, dass man mich vielleicht noch einmal herschicken wird.«

Sie gingen zur Tür, und Irv schaltete das Licht im Hangar aus. »Wenn es so weit ist, bring deinen Fliegeranzug mit. Wir haben hier auch ein paar Zweisitzer, und du willst dir die MiG doch sicher auch mal in der Luft ansehen.«

26

Johnson Space Center, Houston, Texas

Die medizinische Tauglichkeitsbescheinigung eines Piloten ist eine kostbare und vergängliche Sache. Wird sie vom Arzt erteilt, hat der Pilot die Erlaubnis, zu fliegen – sie ist der nötige Fahrschein. Verweigert man sie ihm, muss der Pilot auf der Erde bleiben und darf nicht tun, was ihn als Piloten überhaupt erst ausmacht. Und Kaz hatte durch den Unfall, bei dem eine Möwe die Cockpithaube seiner F-4 Phantom durchschlagen und er sein linkes Auge verloren hatte, diese medizinische Tauglichkeitsbescheinigung verloren. Da er nun nicht mehr über das binokulare Sehen verfügte, das die Navy-Ärzte für unabdingbar hielten, um Abstände richtig einschätzen und ein Flugzeug führen zu können, musste er unten bleiben.

Allerdings hatte General Sam Phillips, ehemaliger Leiter des Apollo-Programms und nun Chef des USAF Systems Command, beschlossen, das zu ändern. Er hatte Kaz nach dem Unfall in sein elektro-optisches Aufklärungsteam geholt und ihn dann zur Apollo-18-Mission berufen, wo Kaz einen unverzichtbaren Beitrag geleistet hatte. Nun wollte er Kaz für seine gute Arbeit und das hohe Risiko, das er beim Splashdown im Pazifik auf sich genommen hatte, belohnen. Außerdem wollte er, dass sein zuständiger Mann bei der MiG-25 in Groom Lake flugfähig war.

Sam Phillips war während des Zweiten Weltkrieges selbst Kampfpilot gewesen und kannte einige extrem gute einäugige

Piloten. Wiley Post zum Beispiel hatte nicht nur einen Alleinflug um den Erdball geschafft, sondern auch einen Geschwindigkeitsrekord aufgestellt, außerdem war er der erste Mensch gewesen, der in einer Höhe von 50 000 Fuß geflogen war – und das alles mit nur einem gesunden Auge. Adolf Galland war durch Glassplitter in einem Auge halb erblindet und trotzdem 705 Einsätze für die deutsche Luftwaffe geflogen. Der japanische Kampfpilot Saburō Sakai hatte in der Schlacht ebenfalls eine schwere Augenverletzung davongetragen, war aber sicher heimgekehrt und hinterher auch wieder allein im Kampfeinsatz geflogen. Und in Kanada hatte Flying Officer Syd Burrows durch einen Vogelschlag in einer F-86 ein Auge verloren, konnte seine medizinische Freigabe aber behalten und war den Rest seiner Militärlaufbahn weiterhin geflogen.

Sam wusste, dass man nur den richtigen Arzt finden musste, um die Freigabe zu bekommen, und dann würden das Militär und die NASA zustimmen müssen. Hier kam ihm seine große Erfahrung als Macher in Washington zu Hilfe, denn so konnte er eine Reihe von Gefallen bei den Kollegen von der Navy einfordern. Außerdem hatte er mit dem aktuellen Verwaltungschef der NASA, Jim Flectcher, gesprochen. Nach vielen netten Worten einigte man sich darauf, Kaz fliegen zu lassen – nur in der erprobten T-38 der NASA und nur in Friedenszeiten. Und unter der Voraussetzung, dass ein Flugarzt seine verbliebene Sehkraft und Tiefenwahrnehmung als ausreichend bescheinigte.

Nachdem er alle nötigen Strippen gezogen hatte, rief Sam Phillips seinen alten Freund Al Shepard an, Leiter des Astronautenbüros der NASA. Der sollte Kaz, wenn er aus Israel zurückkam, einen Termin bei einem passenden Flugarzt verschaffen. Bevor er zu Amerikas erstem Astronauten geworden und auf dem Mond spazieren gegangen war, war Al Shepard

Navy-Testpilot gewesen, weshalb er sofort begriff, wie wichtig und nützlich es sein konnte, Kaz wieder in einen Jet zu setzen.

Und zwar nicht nur auf den Rücksitz, sondern ans Steuer.

*

Das fünfundzwanzig Meilen südöstlich von Houston gelegene Johnson Space Center war die Heimstatt der bemannten Raumfahrt Amerikas. Dort wurden die Astronauten ausgebildet, dort befand sich das Missionskontrollzentrum, und dort hatte Kaz während des vergangenen Jahres gearbeitet, als er von der Navy und General Phillips zur Apollo-Mission geholt worden war. Wie auf einem Universitätscampus war im Zentrum des Geländes ein großer Park angelegt worden, um dessen Viereck sich die klotzigen, weiß verputzten Gebäude drängten, in denen Simulatoren, Schulungsräume, Entwicklungslabore und das Kontrollzentrum untergebracht waren. Am nördlichen Ende befand sich eine zweistöckige Glaskonstruktion mit dem eher prosaischen Namen Gebäude 8. Hier gehörte der erste Stock der Fotoabteilung, in der sorgfältig jedes bisschen Film entwickelt und ausgewertet wurde, das die Apollo-Astronauten auf dem Mond verschossen hatten. Und direkt darunter, im Erdgeschoss, wurde in der JSC-Klinik die Gesundheit heimkehrender Astronauten überprüft, genau wie die Tauglichkeit künftiger Raumfahrer.

Einige Tage, nachdem er die geheimnisvolle Fracht in der Area 51 abgeliefert hatte, saß Kaz dort in einem Untersuchungsraum, nackt bis auf die Unterhose, weshalb er in der kalten Klimaanlagenluft ein wenig fror. Sein jährlicher Pilotencheck stand an. Gerade drückte Dr. JW McKinley, Flugarzt der NASA, mit einem Holzspatel seine Zunge herunter. »Sag Aaaah.«

Kaz gehorchte.

Mit einem leisen Grunzen zog Dr. McKinley den Spatel zurück, legte ihn auf einem blankgeputzten Aluminiumtischchen ab und begann ihn abzutasten. Während er mit den Fingerspitzen Kaz' Kopf ruhig hielt, drückten seine Daumen unter dessen Kinn an den Lymphknoten herum.

»Man erzählt sich, du hättest einen Geheimauftrag bekommen, Kaz.«

Die beiden Männer hatten sich während ihrer gemeinsamen Arbeit bei Apollo 18 angefreundet. JW McKinley war klein und kräftig gebaut, mit dicken, kurz geschnittenen schwarzen Haaren und einer klobigen Brille. Nun drehte er Kaz' Kopf hin und her und musterte seinen Teint. »Wo auch immer das stattfindet, dort ist es jedenfalls sonnig.«

Lächelnd erklärte Kaz: »Laura und ich haben in Israel Urlaub gemacht, JW. Und ich werde schnell braun.«

Wieder grunzte JW nichtssagend. Da Laura als Planetengeologin ebenfalls für die NASA arbeitete, wusste er, dass sie schon vor knapp einer Woche zurückgekommen war, und zwar alleine.

Nun hob er abwechselnd Kaz' Arme an und ließ sie wieder sinken, wobei er die freie Hand auf seine Schulter drückte, um den Bewegungsablauf zu prüfen. Dann wandte er sich der Narbe an Kaz' linkem Oberarm zu; um sie sich genauer ansehen zu können, musste er den Kopf in den Nacken legen, damit vor seinen Zweistärkengläsern nicht alles verschwamm. Kaz hatte sich die Verletzung während eines Kampfes nach der Wasserung der Apollo-18-Kapsel zugezogen, und es war JW gewesen, der ihn damals in Sicherheit gebracht hatte.

»Hast du noch Schmerzen?«

Unbekümmert schüttelte Kaz den Kopf. Das Ganze lag nun

acht Monate zurück. »Eigentlich hatte ich schon vergessen, dass sie überhaupt da ist.« Typische Pilotenantwort.

JW zog das Stethoskop von seinem Hals, schob die Ohroliven an ihren Platz und rieb das silberne Bruststück ein paar Sekunden an seiner Handfläche, um es anzuwärmen. Dann befahl er Kaz, mehrmals tief ein- und auszuatmen. Aufmerksam hörte er an mehreren Stellen von Kaz' Brust und Rücken dessen Herz und Lunge ab. Blutdruck und Puls hatte eine Schwester bereits gemessen und die Werte sorgfältig auf dem Untersuchungsbogen notiert. Nun grunzte der Arzt ein drittes Mal.

»Du bist fast schon ekelhaft gesund.« Wie auch der Rest seiner Familie nahm JW schnell zu, was er durch eine strikte Diät und viel Bewegung auszugleichen versuchte. Deshalb war er ein wenig neidisch auf den hochgewachsenen, schlanken Körper, den er hier vor sich hatte.

Er zog sich einen Untersuchungshandschuh an und sagte: »Steh auf, damit wir das Pflichtprogramm hinter uns bringen können.« Kaz, der quasi sein gesamtes Erwachsenenleben bei der militärischen Luftfahrt verbracht hatte, kannte das Prozedere. Er stand auf, zog seine Unterhose herunter und drehte den Kopf.

JW befahl: »Husten.«

Kaz hustete, und JW suchte nach Auffälligkeiten oder Hernien. Als er nichts fand, schmierte er etwas Gleitmittel auf seinen behandschuhten Finger und signalisierte Kaz, sich umzudrehen. Ohne weitere Anweisungen beugte der sich vor und umfasste seine Knöchel. JW führte seinen Finger ein und ertastete erfolgreich eine feste, gesunde Prostata. Nachdem er seinen Finger zurückgezogen hatte, streifte er den Handschuh ab, warf ihn in den Mülleimer und reichte Kaz ein Papiertuch, bevor er ihn bat, sich wieder hinzusetzen.

Während er ein kleines Hämmerchen aus einer Schublade nahm, fragte er: »Bist du schon viel mit dieser kleinen Cessna geflogen?« Er klopfte knapp unterhalb der Kniescheibe gegen Kaz' linkes Bein, und der Unterschenkel zuckte entsprechend.

Zu dem Haus, das KAZ in einer Art Flugplatzwohnanlage westlich des JSC gemietet hatte – auf der Polly Ranch –, gehörte auch eine kleine Cessna 170, in der er JW einmal mitgenommen hatte. Im zivilen Privatbereich erlaubte die Luftfahrtbehörde auch Einäugigen, zu fliegen.

»Nicht genug«, seufzte Kaz. »Ich war zu viel auf Reisen.«

JW sah ihn einige Sekunden lang an. »Nun ja, vielleicht können wir heute dafür sorgen, dass du auch mal wieder etwas mit mehr Power fliegen kannst.«

Er schaltete das Licht aus, sodass nur noch die Sehprobentafel an der Wand beleuchtet war. »Ein Auge zuhalten ist bei dir ja überflüssig. Bis zu welcher Reihe kannst du es noch lesen?«

Wie immer konnte Kaz die zweitunterste Reihe mühelos erkennen.

»L P C T Z B D F E O.«

»Jawohl. Und wie steht es mit der untersten?«

Kaz blinzelte und konzentrierte sich.

»Z O.« Nachdem er angestrengt hingesehen hatte, blinzelte er noch einmal. »Möglicherweise C, das Nächste sieht aus wie ein E, dann ein F oder ein P. Dann L D, vielleicht ein F oder ein E, dann ein T.« Er entspannte sich. Für die unterste Reihe gab es sowieso nur Bonuspunkte, das wusste er. Aber heute stand viel auf dem Spiel.

Kopfschüttelnd griff JW nach einem Augenspiegel – einem Gerät, das einer silbernen Taschenlampe ähnelte, allerdings mit einem kleinen schwarzen Kasten am Ende. »Unsereiner kann ohne seine Brille quasi nichts erkennen, und du mit deinem einen Auge erkennst fast alles in der 20/10er Reihe. An deiner Sehschärfe gibt es schon einmal nichts auszusetzen, das ist gut.« Er trat dichter an Kaz heran, stellte den Augenspiegel ein und blickte hindurch, um Kaz' Auge zu untersuchen. Mithilfe seines Daumens regulierte er die Helligkeit.

Plötzlich war Kaz' Blickfeld in grelles Licht getaucht. »Kannst du damit sehen, was ich denke, Doc?«

Ohne darauf einzugehen, befahl JW: »Einfach auf die Sehtafel blicken.« Während Kaz also versuchte, sein Auge möglichst ruhig zu halten, verschob JW die kleinen Linsen in dem Gerät, um sich die Strukturen von Kaz' Auge anzusehen, darunter das Netz der Blutgefäße und das Ende des Sehnervs hinten in der Retina.

Schließlich lehnte er sich zufrieden zurück und schaltete das Licht wieder ein. »Sieht alles gut aus.« Nun nahm er ein anderes Gerät vom Tisch, flach, schwarz und eckig wie eine Kinderschreibtafel. »Hemd und Hose kannst du wieder anziehen, wenn dir kalt ist. Danach überprüfen wir noch deine Tiefenwahrnehmung.«

Kaz stand auf, zog sein Hemd über und schlüpfte in seine Hose. Dann ließ er sich, noch immer barfuß, wieder auf der Untersuchungsliege nieder und sah JW an. Das Gerät in der Hand des Arztes hatte er noch nie zuvor gesehen.

»Wie funktioniert das Ding, Doc?«, fragte er scheinbar entspannt, doch sie wussten beide, wie viel auf dem Spiel stand. Bisher war es die normale Standarduntersuchung gewesen. Dieser Test jetzt war entscheidend, deshalb wollte Kaz so viel wie möglich darüber wissen. Für einen Piloten war der medizinische Check-up wie ein Wettkampf, den es zu gewinnen galt. Zur Not auch, indem man schummelte.

»Das setze ich normalerweise nicht ein.« Er hielt das kleine Fenster in dem Gerät dicht vor Kaz' Gesicht. »Sieh dir die drei

Streifen in der Mitte an und sag mir, welcher am nächsten und welcher am weitesten weg ist.«

Kaz blinzelte, bis er klar sehen konnte, dann konzentrierte er sich auf das beleuchtete Feld in der Mitte des Geräts. Dort waren drei vertikale Balken von unterschiedlicher Dicke vor einem rosafarbenen Hintergrund erschienen. Sie schienen genau in einer Reihe zu stehen.

»Können wir loslegen, Doc?«

JW schwieg kurz und musterte ihn, bevor er sagte: »Jawohl, leg los.«

Vollkommen reglos saß Kaz da und konzentrierte sich. Er riss sein Auge so weit wie möglich auf, dann kniff er es zusammen, aber die Balken blieben unverändert: drei starrköpfige schwarze Balken vor einer rosa Fläche. Und sie allein standen noch zwischen ihm und dem Steuerknüppel eines Jets.

Da kam Kaz ein Gedanke. »Darf ich meinen Kopf nach links und rechts drehen, wie ich es im Cockpit tun würde?«

JW überlegte kurz und nickte dann. Für einen einäugigen Piloten war das eine berechtigte Bitte. »Ja, darfst du.«

Nun beugte Kaz den Kopf und setzte sich so zurecht, als würde er durch die Cockpithaube einer T-38 blicken, mit einer leicht geschwungenen Instrumententafel vor sich.

Schon besser. »Ich sehe drei parallele Balken nebeneinander. Der auf der linken Seite scheint weiter weg zu sein.«

JW betätigte einen kleinen Hebel an der Rückseite des Geräts und stellte das ganze Ding auf den Kopf. »Und jetzt?«

Kaz sah es sich an. »Jetzt ist der auf der linken Seite näher als die anderen, und er ist am dünnsten.«

Wieder verstellte JW etwas und drehte das Gerät um. »Und jetzt?«

Der Unterschied schien mit jedem Mal kleiner zu werden. Kaz konzentrierte sich, um die feinen Abweichungen zu erfassen. »Der mittelbreite ist jetzt links, und er scheint näher zu sein.«

Noch einmal verschob JW einen Hebel. »Was siehst du jetzt?«

Kaz ließ den Blick über die drei Balken wandern, immer wieder hin und her, und erkannte schließlich einen kaum wahrnehmbaren Unterschied. »Der in der Mitte ist am dicksten, und er ist weiter hinten als die anderen«, verkündete er wesentlich sicherer, als er sich fühlte.

»Letzte Runde.« JW veränderte die Einstellung und drehte das Gerät noch einmal um.

Sosehr er sich auch bemühte, Kaz konnte einfach keinen Unterschied erkennen. »Jetzt sehen sie alle gleich aus.« *Scheiße*, dachte er.

»Lass dir Zeit.«

Kaz lehnte sich zurück und blinzelte mehrmals, dann schloss er die Augen ganz, entspannte sich und rollte sie hinter den geschlossenen Lidern nach links und rechts. Die Muskeln und Nerven in den Lidern ließen ihn die Bewegung des Glasauges ebenso spüren wie die des gesunden Augapfels; es fühlte sich anders an, war aber vertraut.

Schließlich öffnete er die Augen, beugte sich wieder vor und starrte in das Gerät. Er schien die Unregelmäßigkeit im Muster eher zu spüren als zu sehen, weshalb er vermutete, dass er sich bloß einen Unterschied einbildete. Ragten die beiden auf der rechten Seite vielleicht ein wenig vor? Stumm verfluchte er sich dafür, seine Hausaufgaben nicht gemacht zu haben. Möglicherweise waren die Balken auf dem letzten Bild dieses Tests ja tatsächlich identisch!

Nein, entschied er. Sicher war es wie bei der Sehtafel. Bestimmt war die letzte Einstellung nur für die Spitzenpiloten mit überragender Sehkraft.

Im Leben ging es darum, Entscheidungen zu treffen. »Der linke ist weiter hinten als die beiden anderen.«

JW legte das Gerät weg und musterte über seine Brille hinweg Kaz' scheinbar gleichmütiges Gesicht. Jeder von ihnen hatte seine Rolle zu spielen, und jeder von ihnen nahm seinen Job ernst.

»Korrekt«, verkündete JW schließlich. »Du hast zwar nur ein Äuglein, Kaz, aber das funktioniert prächtig. Wenn du den Ausbildern drüben in Ellington beweisen kannst, dass du ihre Jets im Griff hast, gibt es von meiner Seite aus keine medizinischen Einwände. Und ich werde verdammt noch mal alles tun, um den ärztlichen Vorstand der NASA genau davon zu überzeugen.«

Nun erschien ein so breites Grinsen auf seinem Gesicht, dass seine kräftigen Zähne aufblitzten. Als Flugarzt der NASA hatte er die Erlaubnis, auf dem Rücksitz der T-38 mitzufliegen.

»Aber du musst mir versprechen, mich hin und wieder mitzunehmen.«

27

Houston

Kaz fuhr direkt von Ellington aus zu seinem Treffen mit Laura. Nach der Freigabe durch JW hatte Al Shepard darauf bestanden, dass Kaz die Testflüge mit dem T-38-Ausbilder sofort antrat, damit man in Washington gar keine Zeit hatte, es sich noch anders zu überlegen.

Insgeheim befürchtete Kaz, dass sein eines Auge trotz aller Tests nicht gut genug sein könnte, und so war er nach Ende des ersten Fluges – bei dem er mehrmals landen und sich dabei in das Verkehrsschema eingliedern musste und problemlos genau an den verlangten Zahlen aufsetzte – vor allem erleichtert.

Nun saß er mit Laura in einem kleinen mexikanischen Restaurant in der östlichen Ecke des Stadtkerns von Houston. Die Besitzerin Mama Ninfa hatte sie warmherzig begrüßt und zu einem ihrer zehn Tische begleitet.

Um sich gegen den kalten Spätherbst von Houston zu wappnen, trug Laura ein UCLA-Sweatshirt, dazu große, filigrane Ohrringe, die auch dabei halfen, ihre langen Haare zurückzuhalten. Der Gastraum war zur Straße hin offen, und durch den Luftzug waren ihre Haare ständig in Bewegung.

Es war das erste Mal, dass sie sich seit ihrer überstürzten Trennung in Tel Aviv in Ruhe unterhalten konnten; doch nachdem sie Platz genommen hatten, stellte Kaz fest, dass er sich in Lauras Gegenwart schon lange nicht mehr so gehemmt gefühlt hatte. Und so begann er das Gespräch unabsichtlich mit einer merkwürdig steifen Frage.

»Und, was gibt es Neues im Mondlabor?«

»Die Steine können warten, Freundchen. Es ist jetzt eine Woche her, und ich will vor allen Dingen wissen, was du getrieben hast. Was ist passiert, nachdem ich Israel verlassen habe? Mal abgesehen von dem Krieg, der natürlich schrecklich ist.«

Eine Woche? War es wirklich schon so lange her? Sie von Israel aus anzurufen, war nicht infrage gekommen, und private Anrufe nach draußen waren in Groom Lake verboten gewesen. Kaz beschloss, den einfachen Weg zu nehmen.

»Tut mir leid, Laura, aber das darf ich dir nicht sagen. Selbst mein Aufenthaltsort unterliegt der Geheimhaltung.«

Sie musterte ihn genau, während er sprach, und natürlich glaubte sie ihm. Was sie aber nicht davon abhielt, noch ein wenig zu sticheln.

»Soldat auf geheimer Mission?«

Mit einem schiefen Grinsen antwortete er: »Ja, etwas in der Art.«

Übertrieben nachdenklich kniff sie die Augen zusammen und spitzte die Lippen. »Na gut, lass mich raten. Dein gesundes Auge wird mir schon verraten, ob ich auf der richtigen Spur bin. Nachdem das hilflose Fräulein in Tel Aviv aus dem Weg geschafft war, hast du dich auf die Suche nach einem abgeschossenen russischen Flugzeug gemacht. Du musst also noch ein paar Tage in Israel geblieben sein«, sie unterbrach sich kurz und starrte ihn prüfend an, »bevor du wieder in die Staaten zurückgekehrt bist, und zwar … mit einer Militärtransportmaschine?«

Mit regloser Miene sah Kaz sie an.

Wieder kniff Laura die Augen zusammen. »Aha, ich habe also recht!«

Nun runzelte er verwirrt die Stirn. »Woher willst du wissen, ob du recht hast?«

»Du bist wie ein offenes Buch für mich, Kaz.« Lachend lehnte sie sich zurück. »Nein, ich rate bloß. Ich weiß doch, dass du immer mal wieder etwas geheim halten musst.«

Nun trat Mama Ninfa an ihren Tisch, in jeder Hand einen schweren Steingutteller, der mit Tortillas, gegrilltem Kronfleisch und gebackenem Paprika-Zwiebel-Gemüse beladen war. Mit reinstem Rio-Grande-Texas-Akzent verkündete sie: »Frische Tortillas, hausgemacht!« Nach einem kurzen Blick auf den Tisch fragte sie: »Noch Eistee?«

Als Kaz und Laura nickten, kehrte sie wenig später mit einem Krug zurück und füllte ihre hohen Plastikgläser auf. Dann überprüfte sie noch einmal, ob alles zu ihrer Zufriedenheit war, schenkte ihnen ein strahlendes Lächeln und wandte sich dem nächsten Gast zu.

Inzwischen hatte Kaz überlegt, wie viel er Laura eigentlich verraten konnte. Eines musste sie auf jeden Fall erfahren. »So wie es aussieht, werde ich wohl eine Weile zwischen Houston und einem anderen Ort pendeln müssen.« Mit einer entschuldigenden Grimasse präzisierte er: »Wobei ich wohl mehr Zeit an diesem anderen Ort verbringen werde.«

Laura zuckte gelassen mit den Schultern, doch ihr Lächeln verblasste. »Dann sollten wir aus der Zeit in Houston auf jeden Fall das Beste machen«, beschloss sie. Anschließend schaufelte sie Fleischstreifen, Zwiebeln und Paprika auf einen der weichen Tortillafladen, rollte alles zusammen und nahm einen großen Bissen. Sie kaute genüsslich, und ihre Augen fingen an zu strahlen. »Das ist köstlich!«, stellte sie mit vollem Mund fest.

Kaz folgte ihrem Beispiel, ergänzte das Ganze aber noch durch die scharfe grüne Soße, die auf allen Tischen stand.

Eine intensive Mischung aus Konsistenz und Geschmack explodierte in seinem Mund. Die Soße war schärfer als erwartet, und ihm stiegen Tränen in die Augen. Erst nach einem großen Schluck Eistee konnte er fragen: »Weißt du schon das Neueste?«

»Was denn?«

»Ich dachte, JW hätte vielleicht etwas erwähnt. Er hat mir die Freigabe für die T-38 erteilt. Vordersitz, und sogar solo!«

»Wow, das ist großartig! Bist du schon geflogen? Wie fühlt es sich an?«

Während er kaute und schluckte, dachte Kaz über die letzte Frage nach.

»Ich bin heute zum ersten Mal geflogen. Und ich hatte ganz vergessen, wie gut sich das anfühlt, Laura. Hinten ist es ganz okay, aber es ist etwas vollkommen anderes, wenn man derjenige ist, der die Entscheidungen trifft und das Flugzeug unter Kontrolle hat. Mein Unfall ist schon so lange her, dass ich das irgendwie ganz verdrängt hatte. Als hätte ich einen Teil von mir einfach abgestreift.« Grinsend fasste er zusammen: »Ich bin zwar immer noch einäugig, aber jetzt fühle ich mich irgendwie wieder vollständig.«

Mit funkelnden Augen fragte Laura: »Nachdem du ja dann jetzt hinten einen Platz frei hast, könntest du doch bestimmt mal eine hoch motivierte NASA-Selenologin mitnehmen, oder?«

»Würde ich sofort machen, wenn ich darf. Aber ich bin mir ziemlich sicher, dass du dafür auf irgendeiner Freigabeliste stehen müsstest.«

In gespielter Empörung verzog Laura die Lippen. »Ihr Fliegertypen habt immer den ganzen Spaß!«

Das erinnerte Kaz an ein Gespräch, das sie vor einiger Zeit geführt hatten. »Ist inzwischen eigentlich schon raus, ob die

NASA auch weibliche Astronauten für das Space Shuttle ausbildet?«

»Noch nicht.« Schlagartig wurde Laura ernst. »Aber das neue Arbeitsgleichstellungsgesetz werden sie wohl kaum ignorieren können. Die NASA beschäftigt insgesamt über viertausend Frauen – die meisten als Sekretärinnen. Nur ungefähr dreihundert von ihnen arbeiten in der Forschung oder Entwicklung.« Sie aß noch einen Bissen. »Trotzdem sind es heute schon wesentlich mehr als noch vor zehn Jahren. Meine Chancen können also nur steigen, denke ich. Und angeblich wollen sie vor 1977 sowieso keine Personalentscheidungen treffen, mir bleiben also noch vier Jahre, um mich vorzubereiten. Und der NASA bleiben noch vier Jahre, um sich weiterzuentwickeln.«

Kaz nickte. Während seiner Zeit als Kampf- und Testpilot der Navy hatte er immer nur männliche Kollegen gehabt, doch er kannte inzwischen auch einige Frauen, die in der zivilen Luftfahrt als Pilotinnen arbeiteten. Und die Kosmonautin Svetlana Gromova hatte ja eindeutig bewiesen, dass Frauen das Zeug dazu hatten.

»Haben sie denn schon bekannt gegeben, welche Voraussetzungen man mitbringen muss?«

Laura nickte. »Mit meinem Hintergrund werde ich wohl kein Shuttle Commander oder Pilot, dafür werden sie auch weiterhin Testpiloten nehmen. Aber sie haben die Positionen der Missions- und Nutzlastspezialisten geschaffen, die Experimente durchführen und bei den Abläufen helfen.« Sie sah ihn fragend an. »Willst du wissen, was ich denke?«

»Immer.«

Schnell schüttelte Laura den Kopf. »Immer? Das wäre wirklich unklug, Kaz. Was ich meinte, war: Es wird insgesamt wohl sieben Astronauten an Bord des Space Shuttles geben. Ich gehe davon aus, dass Pilot und Commander vor allem damit beschäftigt sein werden, das Ding zu fliegen, was es wiederum wahrscheinlich macht, dass die Missionsspezialisten die Außenbordeinsätze übernehmen.« Sie schwieg kurz. »Also Leute wie ich. Das will ich machen.«

»Ein Weltraumspaziergang. Das wäre extrem cool. Ich bin neidisch.«

Nachdenklich sah Laura ihn an. »Hey, wenn sie dich wieder ins Cockpit der T-38 setzen, vielleicht besteht dann auch die Chance, dass sie dich ins All fliegen lassen?«

Kaz lachte nur. »Nie und nimmer. Sie lehnen sich schon verdammt weit aus dem Fenster, indem sie mich wieder zum Piloten machen, wobei die Navy ja nicht einmal dazu bereit war. Das gilt nur für die NASA und deren Maschinen.« Trotzdem blieben ihre Worte in seinem Kopf hängen. Daran hatte er noch gar nicht gedacht. *Ist es vielleicht doch möglich?*

Offenbar hatte Laura ihn aufmerksam beobachtet, denn sie lächelte wissend. »Dann stehen wir jetzt also beide draußen und spähen durch winzig kleine neue Türen, die sich gerade zum ersten Mal auftun.« Sie wackelte vielsagend mit den Augenbrauen. »Mal sehen, wer von uns zuerst auf dem Mond landet.«

GEHEIMNISSE

28

Baikal-1, Atomwaffentestgelände Semipalatinsk,
Kasachstan, Januar 1973

Diese wöchentliche Pendelei war grauenvoll, aber sie war inzwischen daran gewöhnt.

Lange vor Sonnenaufgang aufstehen, sich in der kleinen Wohnung in Kurtschatow dick einpacken, um gegen den ewigen Wind in der kasachischen Steppe gerüstet zu sein, das am Abend vorher hergerichtete Frühstück aus Brot, Dauerwurst und Käse einpacken, Tee in die Thermoskanne füllen, dann draußen auf der Straße warten.

Sobald sie vor dem Haus stand, zündete sich Irina die erste Zigarette des Tages an. Sie schützte die Flamme vor den kalten Windstößen, die vom Fluss Irtysch heraufwehten, und sog den heißen, trockenen Rauch tief in ihre Lunge; wenigstens ein kleines bisschen Wärme. Dann schaute sie auf ihre Uhr und lehnte sich gegen die schützende Hauswand. Als wenig später helle Scheinwerfer über die unebene Straße heranhoppelten, war sie erleichtert.

Diesmal kommt er nicht zu spät, gut.

Der kleine Transporter hielt vor ihr in der Dunkelheit an. Aufgrund seines rundlichen Äußeren und der braunen Standardlackierung hatte man diesem Wagen schon vor langer Zeit den Spitznamen Buchanka verpasst, da er eine gewisse Ähnlichkeit mit dem traditionellen russischen Kastenbrot aufwies. Die hinter den beschlagenen Scheiben kaum erkennbaren anderen Fahrgäste wussten, dass Irina im Auto schnell schlecht wurde, und hatten ihr deshalb wie immer den Beifahrersitz freigehalten. Sie riss die Tür auf und stieg ein; sofort stieg ihr der säuerliche Geruch der Insassen und ihrer Zigaretten in die Nase. Wortlos löste der Fahrer die Handbremse und fuhr los. Der schwache Motor protestierte heulend, als er abrupt beschleunigte. Sie fuhren durch den frühen Morgen, unter dem großen, sich über die Straße hinwegspannenden Ortsschild von Kurtschatow hindurch und Richtung Westen, hinein in die Leere der baumlosen Steppe. Auf der schmalen Hauptstraße vor ihnen tauchten hin und wieder Rücklichter auf, die dasselbe ungefähr eine Stunde entfernte Ziel ansteuerten: Wissenschaftler, die aus ihren Wochenendwohnsitzen zu ihrer Arbeitsstelle zurückkehrten – Baikal-1, Testlabor für Nuklearwaffen und Raketentriebwerke der Sowjetunion. Ein paar Gebäude, tief verborgen im Herzen des Atomwaffentestgeländes Semipalatinsk.

Irina zog noch einmal an ihrer Zigarette, ließ das Fenster ein Stück herunter und schleuderte die Kippe in den langsam heller werdenden Morgen hinaus. Dann lehnte sie sich zurück und schloss die Augen. Sie versuchte, das Schaukeln des Transporters zu ignorieren und stattdessen an die Arbeit zu denken, die diese Woche anstand.

Was sie zu erreichen versuchten, war revolutionär und dabei von eleganter Schlichtheit: die unglaubliche Energie eines Atoms als Kernstück eines kompakten und leichten Motors zu nutzen, der einmal ein Raumschiff antreiben sollte. Man nehme einen tiefgekühlten Tank mit flüssigem Wasserstoff, erhitze den Wasserstoff in einem Atomreaktor und jage ihn dann mit unfassbarer Geschwindigkeit durch eine Schubdüse. Da die Leistungsfähigkeit einer Rakete vor allem von der Austrittsgeschwindigkeit abhing, wäre dies der effizienteste Raketenantrieb, der je gebaut worden war.

Aber es gab Probleme. Viele Probleme. Irina öffnete die Augen und sah geistesabwesend zu, wie das öde Steppengras an dem beschlagenen Fenster vorbeizog.

Wie konnte man die nukleare Reaktion unter Kontrolle halten? Sie benutzten Zirkonium-Hydrid-Neutronen als Moderator und Beryllium-Reflektorstäbe, aber die radioaktive Strahlung wirkte sich auf die Struktur vieler Metalle aus.

Und wenn es bei der Reaktion auch nur ein bisschen zu heiß wurde, schmolz alles.

Wieder schloss sie die Augen und versuchte, das Problem zu visualisieren. Momentan leiteten sie die Kälte des Wasserstoffs in die umliegenden Materialien und sogar in die Schubdüse selbst um, aber es war ein zu instabiles Gleichgewicht. Am Ende wurde der Wasserstoff auf fast 3000 °Celsius erhitzt, weshalb er mithilfe von Zusatzstoffen daran gehindert werden musste, mit den Kernmaterialien zu reagieren. Fielen die Pumpen aus, verflüssigten sich die entscheidenden Bestandteile des Antriebs einfach. Oder schlimmer noch: Der Reaktor selbst würde katastrophal durchgehen.

Aber der mögliche Gewinn! Ein nuklearer Raketenantrieb wäre leicht und leistungsstark genug, um ein Raumschiff in jede Umlaufbahn zu bringen, ihm Zugang zu allen Satelliten zu verschaffen, es mühelos zwischen Erde und Mond hin und her zu bewegen. Die Planetenwissenschaftler wollten Irinas Antrieb nutzen, um Roboter durch das gesamte Sonnensystem zu schicken, da sie dadurch Planeten und deren Monde besuchen konnten, die bislang zu weit entfernt gewesen waren, um sie zu erreichen. Mit dem Ziel – einem Traum, der für Irina die größte Inspiration überhaupt darstellte –, letztlich sowjetische Kosmonauten schnell und sicher zum Mars zu bringen.

Aber Baikal-1 wurde vom sowjetischen Militär finanziert.

Und die Generäle wollten vor allem einen Antrieb, mit dem sie ihre Raumschiffe beliebig durch die Erdumlaufbahn lenken konnten, und so auch riesige Spionagekameras und Anti-Satelliten-Raketen. Sie wollten nicht nur die Lufthoheit im All gewinnen, sondern auch technologisch und taktisch die Oberhand haben. Dazu war keine andere Nation der Welt in der Lage, nicht einmal die Amerikaner.

Der Druck auf Irina und ihr Team war also enorm, politisch ebenso wie praktisch.

Wieder öffnete Irina die Augen und widerstand dem Drang, sich noch eine Zigarette anzuzünden. Das leichte Unwohlsein in der Magengegend hielt sie zudem davon ab, etwas von ihrem eingepackten Frühstück zu essen. Mühsam versuchte sie, sich nicht von der ständig auf und ab wandernden Telefonleitung einlullen zu lassen, die dort draußen an einer endlosen Reihe von Betonpfeilern befestigt war. Am sich verfärbenden Horizont war noch immer nichts von ihrem Ziel zu sehen.

Ihr Team – sie und alle, die in den Forschungslaboren von Baikal-1 arbeiteten – musste Möglichkeiten finden, alles zu testen, ohne sich dabei zu starker Strahlung auszusetzen. Durch die abgelegene Lage konnten sie die radioaktiven Abgase mit dem Wind in die Atmosphäre ableiten, wo sie sich über der leeren Steppe ausbreiten und verdünnen konnten, bis sie eine harmlose Dichte erreichten. Aber nach jedem umfangreicheren Test mussten sie einen Monat warten, bis sich das Strahlungsniveau so weit gesenkt hatte, dass man die Testkammer wieder benutzen konnte. Ein Monat, in dem ausgewertet und der nächste Test vorbereitet wurde. Durch langsame, methodische Forschungsarbeit lernten sie stetig dazu und näherten sich Schritt für Schritt ihrem Ziel.

Schließlich gab Irina es auf und drückte den Zigarettenanzünder in der Mittelkonsole. Während er aufheizte, fischte sie eine neue Prima aus der roten Zigarettenpackung. Der in Kiew angebaute Tabak schmeckte ihr besser als das grobe lokale Zeug. Als der Anzünder mit einem metallischen Scheppern hervorsprang, zog sie ihn heraus und starrte in die rot glühende Hitze, während sie die Zigarette dagegendrückte. Sie steckte den Anzünder zurück an seinen Platz und inhalierte tief.

Irina spürte regelrecht, wie das Nikotin ihren Verstand schärfte.

Eines der größten Probleme des nuklearen Raketentriebwerks war der Start. Sie führte sich vor Augen, was sie gerade mit ihrer Zigarette gemacht hatte: Durch genaues Ausbalancieren mussten die richtigen Bedingungen für eine thermische Reaktion geschaffen werden, die dann kontrolliert und geschützt ablaufen musste, um den gewünschten stabilen Zustand zu erreichen. Während sie an ihrer Zigarette zog, musterte sie die dicke Wölbung zwischen ihr und dem Fahrer, unter der sich der Motor des Wagens verbarg; sie stellte sich bildlich vor, wie stetige kleine Explosionen die Maschinerie des vierzylindrigen Verbrennungsmotors dort drin in Gang hielten. Die Automobilentwickler hatten herausgefunden, wie man diese Motoren verlässlich starten und kontrollieren konnte. Das war sicher auch nicht einfach gewesen.

Draußen vor der Windschutzscheibe konnte sie in der Ferne nun die ersten Umrisse von Baikal-1 erkennen. Lächelnd dachte sie: *Ich bin schlauer als ein Automobilentwickler.* Immerhin hatte sie einen Doktor in Nuklearphysik von der Technischen Hochschule in Moskau.

Als der Wagen auf die lange, mit Schlaglöchern übersäte Zufahrtsstraße zum Testgelände einbog, suchte Irina ihre Sachen zusammen.

Wir können das schaffen. Sie setzte sich auf und korrigierte sich innerlich. Ich *kann das schaffen.*

*

Dieser Wind. Irina hasste den Wind. Aber da sie nun einmal in der Steppe von Kasachstan lebte und arbeitete, konnte sie ihm nicht entgehen. Der nächste windwärts geneigte Baum befand sich irgendwo jenseits des Horizonts, und die leere Ebene erstreckte sich Tausende von Kilometern weit.

Natürlich konnte der Wind gar nichts dafür. Aber sie hasste ihn trotzdem.

Feine Sandkörner stachen ihr ins Gesicht, herangetragen von den unaufhörlichen Böen, die von Nordwesten heranwehten. *In dieser Richtung liegt auch Moskau*, dachte Irina mit einem Hauch von Ironie. Wie hieß es noch gleich bei Shakespeare? *Schlecht weht der Wind, der keinen Vorteil bringt.* Was am heutigen Tag ganz besonders galt, da sie und ihr Team von den hohen Machthabern angefordert worden waren und deshalb nun hier draußen im Wind warten mussten.

Die Inspekteure aus Moskau hätten eigentlich um 15:00 Uhr eintreffen sollen – mit dem Helikopter, der sie vom Flughafen in Semey auf das Testgelände Baikal-1 bringen sollte. Nun war es bereits 15:15 Uhr, und der Hubschrauber war noch immer nirgendwo zu sehen. Ihre Gruppe stand dicht gedrängt im Schutz eines Laborgebäudes, rauchte, unterhielt sich und ärgerte sich stillschweigend darüber, hier draußen Zeit zu vergeuden.

Wieder blickte Irina nach Osten; sie fürchtete sich fast vor dem Eintreffen des Helikopters. Ihr Team hatte heute wieder einmal eine Triebwerkszündung simuliert. Eigentlich war sie davon ausgegangen, dass sie endlich den Grund dafür gefunden hatten, warum alle anderen Tests vom System frühzeitig beendet worden waren. Aber schon Sekunden, nachdem das komprimierte Wasserstoffgas in das nukleare Raketentriebwerksmodell eingeleitet worden war, hatten die automatischen Sensoren Alarm geschlagen und alles heruntergefahren. Wieder einmal. Das zog die nächste lange Verzögerung nach sich, da sie nun Dutzende von Diagrammen und die Daten der Instrumentenüberwachung auswerten mussten, während sie darauf warteten, dass die Strahlung in der IVG-1-Reaktortestkammer weit genug abnahm, um die Kammer betreten und die Ausrüstung auseinandernehmen zu können.

Irina sog die kalte Luft in ihre Lunge, hielt sie einige Sekunden dort und seufzte dann laut. Bevor sie den nächsten Atemzug nehmen konnte, drang das vertraute Wummern schwerer Rotorblätter an ihr Ohr, und sie sah, wie sich jenseits der hohen Kräne auf der Testkammer der wuchtige, insektenartige Umriss eines Mi-8-Transporthubschraubers näherte.

»*Rebyata!*«, rief sie. Jungs!

Alle drückten ihre Zigaretten aus und stellten sich in einer halbwegs geraden Linie auf. Auf Irinas Anweisung hin trugen alle blaue Laborkittel. Stumm sahen sie zu, wie der laute, massige Hubschrauber immer näher kam und schließlich auf seinen kleinen, breiten Reifen aufsetzte. Das Geheul der Turbinen wurde ein wenig tiefer, und während die fünf herumwirbelnden Rotorblätter langsam an Schwung verloren, wurde die Seitentür aufgeschoben und eine kleine Leiter herabgelassen. Ein Mitglied der Besatzung kletterte hinunter, drehte sich um und half den Passagieren beim Aussteigen.

Irina kannte einige Vertreter der übergeordneten Organisation und hoffte nun auf ein paar freundliche Gesichter. Die Abordnung würde nur ungefähr eine Stunde hier sein – denn ganz sicher wollten sie nicht die Nacht an einem Ort wie Baikal-1 verbringen –, also musste sie in der Kürze der Zeit einen möglichst guten Eindruck machen.

Dabei war sie so voller Hoffnung gewesen. Die Berichte einiger internationaler Konferenzen hatten sie in dem Glauben bestärkt, den Amerikanern in diesem Wettlauf einen Schritt voraus zu sein, vor allem im Hinblick auf die entscheidende Technologie der Karbidkraftstoffe. Aber nun erlitten sie einen Rückschlag nach dem anderen, und immer wieder waren scheinbar simple Kleinigkeiten der Grund dafür: Die Ventile, die sich auch bei extremer Kälte öffnen und schließen mussten, versagten, oder die Tanks waren unzulänglich isoliert. Sie war Nukleartechnikerin, keine Klempnerin! Warum konnte niemand in diesem riesigen, ruhmreichen Sowjetreich Rohre und Druckbehälter herstellen, die auch mit flüssigem Wasserstoff funktionierten? Das einfachste Atom, das es gab – das allererste, das Mendelejew in seinem System der Elemente aufführte!

Erschrocken stellte Irina fest, dass die Gruppe den Helikopter bereits hinter sich ließ und auf sie zukam: vier Männer, davon einer in Uniform und drei in dunklen Anzügen und Hut. Keines der Gesichter kam ihr bekannt vor.

Ihr Vorgesetzter, der Direktor des Testgeländes, trat mit ausgestreckter Hand vor, um die Männer zu begrüßen. Der erste in der Gruppe ergriff sie, ohne eine Miene zu verziehen, was aber vielleicht am Wind lag. Nachdem er ein paar Willkommensworte gesprochen hatte, drehte sich der Direktor um und deutete auf Irina, woraufhin die vier Männer zu ihr herüberkamen.

Die beiden mit den dicken Brillen arbeiteten sicher im Büro für Nuklearforschung und waren damit ihre unmittelbaren Vorgesetzten in Moskau. Der hochgewachsene Mann in Uniform, der seine dunkelblaue Mütze tief in die Stirn gezogen hatte, um den Wind abzuhalten, war ein Luftwaffenoffizier. Zwei Streifen und drei Sterne am Ärmel – also ein Oberst.

Doch der Vierte im Bunde war eindeutig der Anführer. Seine breiten Schultern steckten in einem Mantel, der um einiges hochwertiger war als die der anderen Zivilisten. *KGB*, entschied Irina. *Warum ist er hier?*

Der Mann blieb direkt vor ihr stehen, während die drei anderen sich einen Schritt hinter ihm hielten. Da Irina wusste, dass er eine Frau niemals mit Handschlag begrüßen würde – was ihm offenbar auch gar nicht in den Sinn kam –, streckte sie die Hand gar nicht erst aus.

»Akademikerin Irina Moldova?«, fragte er.

»Da, towarischtsch.« Eindeutig KGB. Er kennt meinen Namen, nennt mir aber seinen nicht.

Mit ausdrucksloser Stimme und beinahe abgehackt verkündete der Mann: »Wir sind den langen Weg von Moskau gekommen und werden heute Abend wieder dorthin zurückkehren. Uns bleibt also nur eine knappe Stunde.« Nachdem er mit dem Kinn auf den Direktor gedeutet hatte, der zu seiner Rechten wartete, fügte er hinzu: »Der Direktor sagte mir, Sie hätten kürzlich erst einen Test abgeschlossen. Wir möchten uns über Ihre Fortschritte informieren.«

Unwillkürlich warf Irina dem Direktor einen Blick zu. *Vielen Dank dafür*, dachte sie säuerlich.

»*Da, towarischtsch*«, sagte sie wieder. Dann zeigte sie auf die Männer und Frauen, die sich neben ihr aufgereiht hatten. »Dies sind meine Kollegen. Wir haben uns bereits sehr auf Ihre Inspektion gefreut.«

Der Mann sah ihr unverwandt in die Augen. Als das Schweigen unangenehm wurde, beendete Irina es, indem sie sich Richtung Tür wandte.

»Wir sollten uns vielleicht erst einmal vor dem Wind in Sicherheit bringen und uns zunächst den Kontrollraum ansehen.«

*

Erst nachdem sie ihnen kurz die Konsolen, Messinstrumente und Aufzeichnungsgeräte erklärt hatte, mit deren Hilfe ihr Team die Tests überwachte und damit den Kern ihrer Arbeit leistete, wurde Irina klar, dass die Besucher nicht an der technischen Ausrüstung interessiert waren, sondern vielmehr einen detaillierten Bericht über den aktuellen Stand des Projekts erwarteten. Neben der zentralen Test- und Kontrollkammer gab es einen kleinen Aufenthaltsraum, in dem das Team normalerweise zusammenkam, um sich zu entspannen, Tee oder Kaffee zu trinken und in ruhigerem Ambiente die neuesten Fortschritte zu diskutieren. Diese Tür hielt Irina den vier Männern nun auf. Während sie sich aus einem Samowar in der Ecke Tee holten, rückte sie rasch die Stühle zurecht und sammelte die auf dem Tisch verstreuten Unterlagen ein. Alle nahmen Platz – außer dem Direktor, der sich gegen den Türrahmen lehnte. Auch Irina blieb stehen, füllte eine Schüssel mit getrockneten Sesambrotstangen, stellte sie in die Mitte des kleinen Tisches und positionierte sich dann neben einem großen Schaubild an der Wand: die vergrößerte, handgezeichnete Darstellung eines nuklearen Raketenantriebs.

Irina merkte, wie die Männer sie beobachteten, und ihr Mund wurde trocken. Jetzt wünschte sie sich, sie hätte sich ebenfalls einen Tee geholt.

Para, dachte sie. *Man muss den Stier bei den Hörnern packen. Und immerhin bin ich hier die Expertin.*

»Meine Herren, wir danken Ihnen dafür, dass Sie den weiten Weg auf sich genommen haben. Ich kann Ihnen mit Freuden mitteilen, dass wir hervorragende Fortschritte machen. Erst kürzlich haben wir wieder einen Test beendet. Wie erwartet, stellen sich uns mit jeder neuen Phase auch neue Herausforderungen, und aus jeder von ihnen können wir wertvolle Erkenntnisse gewinnen.«

Sie zeigte auf das Schaubild an der Wand. »Sehen wir uns zunächst die Grundlagen der nuklearen Raketentechnik an. Der blaue Tank auf der linken Seite ist mit flüssigem Wasserstoff gefüllt, unserem Treibstoff, der gut isoliert gelagert werden muss, um seine Temperatur von –253 °Celsius zu halten. Er wird dann durch diese Leitungen hier«, sie fuhr die blauen Linien nach, die zu einem großen kegelförmigen Objekt an der rechten Seite führten, »in die Raketenschubdüse geleitet. Auf dem Weg zum eigentlichen Triebwerk kühlt er die Düse deutlich ab.« Nun tippte sie auf die Mitte der Zeichnung. »Und das hier ist der Kernreaktor, wo die Reaktion stattfindet, kontrolliert durch diese Berylliumstäbe, hier schwarz dargestellt.«

Prüfend musterte sie die vier Gesichter; sie schienen alle aufmerksam zuzuhören. *Sehr gut*, dachte sie. *Immer schön bei der Sache bleiben.*

»Der große Vorteil eines nuklearbetriebenen Raketentriebwerks besteht darin, dass es mehr als doppelt so viel Schubleistung bringt wie alle herkömmlichen orbitalen Raketen, und es könnte mehrere Monate funktionieren, vielleicht sogar Jahre.« Wieder unterbrach sie sich, um zusätzliche Betonung auf den folgenden Punkt zu legen, der die Herren ihrer Meinung nach am meisten interessieren dürfte. »Dadurch könnte die Sowjetunion große, hochauflösende Beobachtungssatelliten im Orbit nach Belieben steuern und taktische Gefahrenherde auf der Erde fotografieren, noch während des Geschehens. Außerdem könnte man sich amerikanischen

Spionagesatelliten so weit nähern, dass man Einblick in ihre Technologie bekommt und sie, falls nötig, funktionsunfähig machen oder zerstören kann.«

Der Oberst der Luftwaffe winkte ungeduldig ab. »Ja, das wissen wir alles schon. Aber wie verlaufen denn nun Ihre Tests? Wie nah sind Sie einem funktionierenden Triebwerk bereits gekommen?«

Männer verhielten sich immer so, als wüssten sie über alles Bescheid. Schon vor langer Zeit hatte Irina gelernt, am besten einfach Klarheit zu schaffen, und so fuhr sie unbeeindruckt fort.

»Die Kernkomponente, unser Reaktor, ist funktionsfähig. Und wir haben die richtige Zusammensetzung für den Karbidkraftstoff gefunden, sodass er weder durch die hohe Strahlung noch durch den Wasserstoff beeinträchtigt wird. Aus internationalen Fachzeitschriften wissen wir, dass die Amerikaner hier mit Grafit arbeiten. Letztlich werden sie herausfinden, dass das nur kurzzeitig funktioniert.«

Irina tippte auf die blauen Linien, die vom Wasserstofftank wegführten. »Das Problem besteht darin, den kryogenen Wasserstoff schnell und gleichmäßig in das Triebwerk zu leiten. Dazu braucht es neue Technologien wie unzerbrechliche Metalle, extrem effiziente Dämmmaterialien und reaktionsschnelle, unterkühlte Ventile.« Sie wies auf die Pfeile, die zeigten, wo der blaue Wasserstoff in den orangerot gefärbten heißen Reaktor eingeleitet wurde. »Unser letzter Test wurde vom System vorzeitig beendet, da diese Ventile hier sich nicht schnell genug bewegten, um eine ordentliche Zündung zu ermöglichen und die Reaktion aufrechtzuerhalten.«

Die beiden Brillenträger aus dem Moskauer Büro für Nuklearforschung kannten das Problem, es bestand schon seit Jahren. Dementsprechend reglos nahmen sie diese Information auf. Der KGB-Mann hingegen starrte den Offizier einige Sekunden lang an, bevor er sich an Irina wandte.

»Und wie gedenken Sie diese Probleme zu lösen und Ihre Fortschritte zu beschleunigen?«

Unerschrocken erwiderte Irina seinen Blick. Ihr Team hatte Kontakt zu diversen Universitäten und Forschungszentren überall in der Sowjetunion aufgenommen, ebenso zu den Triebwerksexperten der sowjetischen Marine, von deren Erfahrungen mit nuklearbetriebenen U-Booten und dem erst kürzlich umgebauten Eisbrecher *Lenin* sie zu profitieren hofften. Aber niemand verfügte über die spezielle Technologie, die sie brauchten.

»Das ist unsere größte Hürde, *towarischtsch.*« Sie zeigte durch die offene Tür zu den Forschern hinaus, die an ihren Konsolen saßen und die neuesten Daten sichteten. »Mein Team versucht in unseren hiesigen Werkstätten alles herzustellen, was wir brauchen, aber unsere Möglichkeiten hier sind begrenzt, und das Personal ist knapp.«

Wenn sie abends in ihrer kleinen Wohnung saß, studierte Irina immer wieder die ihr zugänglichen technischen Berichte der anderen Nuklearmächte, um vielleicht zwischen den Zeilen herauszulesen, wie weit sie bereits gekommen waren und auf welche Weise sie die Probleme lösten, die sich ihnen allen stellten. Nun nickte sie den beiden Männern hinten am Tisch zu und fasste zusammen, was sie aus ihren Studien geschlossen hatte: »Sicherlich werden meine geschätzten Kollegen vom Forschungsbüro mir zustimmen, wenn ich sage, dass die Amerikaner auf diesem Gebiet führend sind und – nach langen und breit angelegten Tests – offensichtlich eine Lösung entwickeln konnten.« Achselzuckend stellte sie fest: »Unglücklicherweise unterliegen diese Arbeiten strengster Geheimhaltung und sind für uns deshalb nicht zugänglich.«

Der Oberst setzte zu einer Erwiderung an, doch Irina signalisierte ihm mit erhobenem Zeigefinger, dass sie noch etwas sagen wollte.

»Ich habe kürzlich gelesen, dass der amerikanische Präsident Richard Nixon die Finanzierung für ihr äquivalentes Forschungsprogramm mit dem Namen NERVA gestrichen hat. In dem Artikel hieß es, der Grund sei in einer allgemeinen Budgetknappheit zu finden, und dass man sich nun auf eine andere Art von Raumschiff konzentrieren wolle, auf ein wiederverwendbares Shuttle, das zum Nachfolger der Apollo-Mondlandeprojekte werden solle.«

Das war ihr großer Moment, und die Worte strömten beinahe zu schnell aus ihr hervor.

»Diese Tatsache verschafft uns einen taktischen Vorteil. Die Amerikaner geben den nuklearen Raketenantrieb auf, wo wir gerade große Fortschritte machen. Und wie immer, wenn Forschungsprogramme aufgegeben werden, wird das zu laxeren Sicherheitsvorschriften in Bezug auf ihre Arbeiten führen. Ich habe sowohl mein Team als auch meine Kollegen überall in der Sowjetunion angewiesen, Ausschau zu halten nach neuen Publikationen, die möglicherweise Lösungen für unsere Probleme enthalten könnten.«

Sie sah erst den Oberst an, dann den KGB-Mann. »Unser Antrieb wird funktionieren, sobald wir wissen, was die Amerikaner in der Wüste von Nevada entwickelt haben.«

Da! Nun hatte sie es gesagt. Und hoffentlich zu den richtigen Leuten.

Ihr Team in Baikal-1 und sie würden ihre Arbeit machen, und das so gut wie möglich. Aber sie waren darauf angewiesen, dass auch die beiden Männer, die hier in ihrem kleinen Besprechungsraum saßen, ihren Teil dazu beitrugen.

29

Spring Mountain Ranch, Nevada, Oktober 1973

Die United States Central Intelligence Agency unterhält überall auf der Welt sogenannte Safe Houses. Üblicherweise wählt sie hierfür unauffällige Einfamilienhäuser oder Wohnungen in guter Lage aus und erwirbt sie über Scheinfirmen. Und schon gibt es einen Ort mehr, der für geheime Treffen, als Unterschlupf in Notsituationen oder als falsche Kulisse für Informanten und Spitzel genutzt werden kann.

Auch auf dem Staatsgebiet der USA unterhält die CIA einige dieser Häuser, und zwar oft dort, wo nationale Sicherheitsfragen und internationale Angelegenheiten sich zu überschneiden pflegen. Als in den 1960er Jahren durch das Glücksspiel plötzlich ein stetig wachsender Geldstrom durch Las Vegas floss, kamen die Mafia und ausländische Interessenvertreter in die Stadt, um sich ihren Anteil zu sichern. Deshalb beschloss die CIA, sich in der Nähe einen verschwiegenen Ort zu schaffen, und holte sich für den Kauf einen scheinbar abwegigen, aber ihnen schon lange verbundenen Finanzier ins Boot: den Milliardär Howard Hughes.

Als überzeugter Patriot war Hughes stets bereit, Unternehmungen zu finanzieren, die seiner Meinung nach dem Land dienlich waren. Und durch seine weit verzweigten Geschäftsinteressen, seine einerseits eremitische und andererseits exzentrisch-öffentlichkeitswirksame Persönlichkeit und seinen Hang zu unberechenbaren, scheinbar unlogischen Entscheidungen war Hughes die perfekte Tarnung für diverse CIA-Projekte. So wunderte sich auch niemand darüber, als die Hughes Tool Company die zweihundert Hektar große Farm eines alternden Filmsternchens namens Vera Krupp aufkaufte, weitab vom Schuss in den Hügeln nahe Las Vegas. Gegenüber der Klatschpresse wurde das Gerücht verbreitet, Hughes wolle damit seine Ehefrau Jean Peters dazu überreden, zu ihm nach Vegas zu ziehen, da die beiden sich auseinandergelebt hätten und er bislang im Desert Inn Hotel lebte, von wo aus er seine Immobilienkäufe in der Stadt abwickelte.

In Wirklichkeit aber spielte die CIA Hughes die entsprechenden Mittel zu, damit er den Kauf tätigen konnte. Denn mit ihren dicken Sandsteinmauern und der abgeschiedenen Lage in den Red Rock Hills bot die Farm perfekte Bedingungen, um der CIA in Sin City als Safe House zu dienen.

Und sie war der perfekte Ort, um einen sowjetischen Überläufer zu verhören.

*

CIA-Mann Bill Thompson holte Kaz am McCarran Airport von Las Vegas ab, wo dessen Linienflug aus Houston pünktlich landete. Thompson fuhr nach Nordwesten, mitten durch den Casinobezirk im Stadtinneren. Während sie den Las Vegas Boulevard entlangfuhren, vorbei an den glitzernden Glücksspieltempeln, musterte Kaz die übergroßen Schilder und exotisch anmutenden Hotelbauten ebenso wie die vielen Menschen, die sich zwischen ihnen hin und her bewegten. Ihm war bewusst, dass viele ihren Spaß an so etwas hatten, aber für ihn galt das nicht. Fragten sich die Leute denn nie, woher all dieses Geld kam? Und warum sollte man ein Risiko eingehen, das man so gar nicht kontrollieren konnte?

Als Thompson seinen Blick bemerkte, deutete er ihn offenbar falsch, denn er fragte lächelnd: »Aufregend, nicht wahr?«

Nun musterte Kaz den Mann auf dem Fahrersitz mit seiner klobigen Brille und dem zurückgekämmten Haar. Er wippte mit dem Knie, während er fuhr. Thompsons rastlose Überheblichkeit gefiel ihm nicht, aber es war ja nicht seine Aufgabe, die Einstellungspolitik der CIA zu beurteilen.

»Sind Sie ein Spieler, Bill?«

Fast schon verwirrt runzelte der CIA-Agent die Stirn. »Sie etwa nicht?«

Kaz schüttelte nur den Kopf und sah weiter aus dem Fenster. Sie schwiegen eine Weile.

»Wie ich höre, werden Sie ein paar Tage bei uns bleiben«, stellte Thompson dann wenig begeistert fest.

Nun nickte Kaz. »General Phillips hat mich darüber informiert, dass hier alles gut läuft, und hat mich gebeten, den russischen Piloten nach Groom Lake zu bringen, zu seiner MiG-25, sobald ihr hier mit ihm fertig seid.«

Eigentlich hatte General Phillips ihn gebeten, den Prozess ein wenig zu beschleunigen. In einer arbeitsintensiven Woche hatten die Techniker in Groom Lake die MiG-25 einmal komplett auseinandergenommen und wieder zusammengebaut, sodass sie nun bald wieder flugfähig sein sollte. »Es ist eine einzigartige Gelegenheit, einen erfahrenen Testpiloten zusammen mit der Maschine zur Verfügung zu haben, vor allem, da die Sowjets nichts davon wissen. Der General möchte, dass wir das nutzen, und zwar so schnell wie möglich. Ich bin hier, um euch nach Kräften bei eurer Arbeit zu unterstützen und ihn dann mitzunehmen, sobald ihr bestätigen könnt, dass er in Ordnung ist. Was hoffentlich nicht mehr lange dauern wird.«

Bill Thompson warf Kaz einen abschätzenden Blick zu.

»Bislang sehen wir da keine Probleme. Unsere Freunde beim Mossad haben ihn schon einmal gründlich durchgecheckt, bevor er uns übergeben wurde. Der plötzliche Krieg hat sie natürlich etwas abgelenkt, aber sie haben keinen Grund gefunden, warum man ihm seine Geschichte nicht glauben sollte.« Die helle Wüstensonne spiegelte sich in seiner Brille, als er den Blick wieder nach vorne richtete. »Die Tatsache, dass er ungefragt ein so wertvolles Gut wie die MiG-25 ausliefert, hat ihm ziemlich viel Glaubwürdigkeit verliehen.« Thompson bog nach links auf den Charleston Boulevard ab und fuhr nun direkt nach Westen. »Deshalb stimmen wir den Israelis bislang noch zu, aber wir müssen in diesem Fall natürlich besonders gründlich vorgehen.«

Als sie das Stadtgebiet verließen, blieben auch die asphaltierten Straßen hinter ihnen zurück, und der Behördendienstwagen fuhr über unbefestigte Schotterstraßen in die Hügel hinauf. Dieser plötzliche Wechsel verblüffte Kaz: vom grellbunten Strip und den grünen Rasenflächen der Vorstadt ohne Übergang in die trockene Leere der von nur kargen Büschen bewachsenen Wüste. Es war, als wäre man von einer Filmkulisse in die nächste gefahren.

Am Fuß einiger rötlicher Felsen entdeckte Kaz ein wenig Grün, und schließlich führte die schmale Straße unter einem großen schmiedeeisernen Schild hindurch. An einem der Stützpfeiler parkte ein weißer Pick-up mit dem *H-T*-Logo der Hughes Tool Company auf der Tür. An dem Wagen lehnte ein kräftig gebauter Mann in Zivilkleidung, der Thompson kurz ansah und sie dann durchwinkte.

Nachdem Kaz den Schriftzug auf dem Schild laut vorgelesen hatte – »Spring Mountain Ranch« –, wandte er sich an Thompson: »Ich nehme mal an, dieser Name stammt nicht von der CIA.«

Mit einem schmalen Lächeln erwiderte Thompson: »Muss ja alles ins Bild passen.«

Schließlich hielten sie neben einem weitläufigen Farmhaus, das von einigen Bäumen und einem weißen Gartenzaun umgeben war. Mit seiner teilweisen Feldsteinverkleidung, dem roten Schindeldach und den weißen Fensterrahmen sollte es wohl wie eine Scheune aussehen. Zusätzliche Giebel in der Zedernholzkonstruktion des Daches verstärkten den ländlichen Stil noch. Thompson stellte den Wagen neben zwei weiteren Durchschnittslimousinen ab. Als er ausstieg, entdeckte Kaz einige Nebengebäude und einen zweiten weißen Pick-up inklusive Fahrer; dieser Wagen bewachte offenbar ein kleines Stallgebäude.

»Wie steht es hier um die Sicherheit?«, fragte er.

»Wird sehr ernst genommen, ist aber alles ruhig«, erklärte Thompson. »Nachdem Mr. Hughes das Anwesen '67 gekauft hatte, gab es wohl eine Zeit lang ziemlich viele Schaulustige, aber inzwischen kommt hier eigentlich niemand mehr her. Für die Öffentlichkeit dient das hier dem mittleren Management von Hughes als Tagungsort mit Übernachtungsmöglichkeit.« Achselzuckend fasste er zusammen: »Recht hübsch und sehr langweilig.«

Er schloss den Kofferraum auf, und Kaz nahm sein viel genutztes Gepäck heraus.

Mit einer knappen Geste zu den anderen Autos erklärte Thompson: »Personal zum Putzen und Kochen kommt jeden Tag. Sind Sie hungrig?«

*

Im Inneren war das Haus größer, als Kaz erwartet hatte. Der Boden war mit Pinienholzparkett ausgelegt, und die rauen

Steinwände gingen in eine gewölbte getäfelte Decke über. Als er durch die hohen Fenster nach draußen blickte, entdeckte er dort zu seiner Überraschung eine betonierte Terrasse mit einem ovalen Swimmingpool. Fragend sah er zu Thompson hinüber.

Der CIA-Agent grinste. »Der Job hat auch seine Vorteile.« Er zeigte an der offenen Küche vorbei zum anderen Ende des großen Raums. »Die Schlafzimmer sind in dem Flur dort hinten. Sie haben das zweite auf der rechten Seite.«

Kaz allerdings sah in die andere Richtung; hinter dem Pool war gerade noch ein kleiner, einstöckiger Bau zu erkennen.

»Wird da der Russe verhört?«

Thompson nickte und schaute dann auf seine Armbanduhr. »Aber gegen Mittag machen sie Pause. Wir essen draußen auf der Terrasse.«

Kaz trug sein Gepäck an zwei hispanischen Frauen in Hausmädchenuniform vorbei, die in der Küche Sandwiches machten. Im Korridor zählte er die Türen. Sein kleines Schlafzimmer war mit grauem Teppichboden und dunklen Holzmöbeln ausgestattet, darunter ein schmales Himmelbett. Die eierschalenweiß verputzten Wände hatte man mit Pferdebildern dekoriert. Als er wenig später am Pool wieder auf Thompson stieß, waren einige der Terrassentische bereits besetzt. Kaz nickte dem Russen zu und wählte einen Platz in seiner Nähe. »*Dobryi den*, Sascha«, grüßte er. Guten Tag.

Grief erkannte ihn gleich und nickte. »*Privet*, Kaz.« Hallo.

Als Thompson sich zu ihnen setzte, um zu dolmetschen, sah Kaz ihn fragend an. »Ist es okay, wenn wir über die MiG-25 sprechen?«

»Sicher, solange Sie nicht verraten, wo sie sich befindet und was damit geplant ist.«

Die beiden Köchinnen stellten große Platten mit Sandwiches auf die Tische, außerdem eine Schüssel Kartoffelsalat und Teller mit eingelegtem Gemüse und Käse. Dann bekam jeder Tisch noch einen Krug Limonade, und es wurden Kaffeebestellungen aufgenommen.

Kaz nahm sich ein Sandwich, wartete Thompsons bestätigendes Nicken ab und wandte sich dann an Grief.

»Wann hast du die MiG-25 zum ersten Mal geflogen, Sascha?«

Thompson bediente sich an den Platten, während er für die beiden Piloten übersetzte.

Der Russe trank einen großen Schluck Limonade und lehnte sich in seinem Korbstuhl zurück, während er die saure Flüssigkeit genüsslich schluckte.

»Ich hatte Durst. Habe den ganzen Vormittag geredet.« Entspannt wirkte er, fast ein wenig benebelt. Die russischen Worte klangen tief und kehlig. Schließlich streckte er sich, dehnte seine breiten Schultern in dem kurzärmeligen karierten Hemd, das man ihm zur Verfügung gestellt hatte. »Wann ich die MiG-25 zum ersten Mal geflogen habe? Das war …« Sein Blick wanderte in die Ferne. »1965. Ich war einer der ersten Testpiloten des Ye-155-P1-Abfangjägermodells, sollte die Grenzen austesten.« Er lächelte. »Hoch und schnell.«

Kaz schluckte den Köder und stellte die für jeden Piloten offensichtliche Frage: »Wie hoch und wie schnell?«

Ein paar Sekunden lang musterte Grief ihn abschätzend, dann fragte er: »Was hast du geflogen?«

»Ich bin in der Navy«, erklärte Kaz. »Unsere Grundausbildung findet in einem Propellerzweisitzer statt, der T-34, dann kommt die T-2 als Schulflugzeug dazu, dann die F-11 und am Schluss die F-4 Phantom.« Er unterbrach sich kurz, weil ihm eine der Köchinnen eine Tasse mit schwarzem Kaffee servierte. »In Vietnam habe ich die Phantoms auch vom Schiff aus geflogen, danach habe ich die Ausbildung zum Testpiloten gemacht und bin von da an alles Mögliche geflogen.«

Grief nickte. »Die Phantom. Spitzengeschwindigkeit Mach 2,2, maximale Höhe achtzehntausend Meter?«

Lächelnd rechnete Kaz im Kopf Meter in Fuß um. »Ja, das müsste hinkommen. Einmal habe ich es geschafft, eine von ihnen etwas über Mach 2,2 zu bringen, und an einem guten Tag kommt man auch ein bisschen höher, auf ungefähr fünfundsechzigtausend Fuß.«

»Ja, aber mit dieser Flügel- und Heckform neigt sie bei einem steilen Angriffswinkel sicher dazu, leicht ins Trudeln zu geraten«, erwiderte Grief. »Und eine so schwere Maschine ist dann nicht leicht wieder unter Kontrolle zu bringen, stimmt's?«

Inzwischen hatte Thompson das Essen eingestellt, da er sich ganz auf die Fachausdrücke konzentrieren musste.

Kaz konnte dieses Expertenurteil nur bestätigen. »Ja, wenn sie flach trudelt, kommt man kaum noch raus. Deshalb sind wir in großer Höhe immer eher vorsichtig mit der Phantom.«

Achselzuckend wandte sich der Russe wieder der ursprünglichen Frage zu: »Ich habe eine MiG-25 schon über Mach 3 hinausgebracht und über sechsunddreißig Kilometer hoch geflogen.« Er dachte kurz nach und rechnete dann für Kaz um: »Einhundertzwanzigtausend Fuß.«

Das entlockte Kaz einen beeindruckten Pfiff. Kein amerikanischer Jet hatte je auch nur annähernd diese Höhe erreicht. »Wie sieht der Himmel dort oben aus?«

Mit einem stolzen Lächeln erklärte Grief: »Schwarz. Das Blau ist unter dir. Und in der Ferne konnte ich die Krümmung der Erdkugel erkennen.«

Das übersetzte Thompson mit einer gewissen Hast, um anschließend den Moment zu nutzen und sich einen großen

Löffel Kartoffelsalat in den Mund zu schieben, während alle anderen versuchten, sich die Beschreibung des Russen bildlich vorzustellen.

Nachdem Kaz sein Eiersalatsandwich mit einem Schluck Kaffee heruntergespült hatte, stellte er fest: »Dann bist du ja beinahe ein Kosmonaut.«

Kopfschüttelnd wehrte Grief ab: »Kosmonauten fliegen nicht.« Auch er musste erst einen Bissen schlucken, bevor er präzisierte: »Sie sind nur Passagiere, fliegen nur mit. Das interessiert mich nicht. Ein echter Pilot will die Kontrolle haben.«

Das ließ Kaz wissend lächeln. »Frühstücksfleisch.« Als Thompson verwirrt die Stirn runzelte, erklärte Kaz: »Viele Testpiloten sehen das so. Sie beschreiben unsere Astronauten als einen Klumpen bearbeitetes Fleisch in einer Blechdose.«

So gab Thompson es offenbar auch an den Russen weiter, denn Grief lachte so laut auf, dass man die Goldkronen in seinen Zähnen funkeln sah. »So etwas haben wir auch in der Sowjetunion. Bei uns heißt es *tuschonka*.« Noch immer lachend versuchte er, nachzusprechen, was Kaz gesagt hatte. »Fruhstucksflaisch.«

Obwohl er sicher war, dass sich das CIA-Team diesem Thema schon ausführlich gewidmet hatte, beschloss Kaz, den Russen ganz direkt zu fragen: »Sprichst du eigentlich Englisch, Sascha?«

Noch bevor Thompson den Mund aufmachen konnte, antwortete Grief auf Englisch: »Ain klaines bisschen, Kaz. Aus der Schule.« Er rollte das *r* in *der*.

Kaz nickte. Also würde die Air Force einen Übersetzer und einen Englischlehrer bereitstellen müssen, wenn die CIA ihre Arbeit beendet hatte.

Nun wandte sich Grief an Thompson und wechselte wieder ins Russische. Der CIA-Agent hörte aufmerksam zu und wrang unruhig die Hände, während der Russe sprach. Sobald er fertig war, nickte Thompson und übersetzte laut genug, dass alle es hören konnten: »Grief sagt, dass selbst in der Sowjetunion schon jeder von Las Vegas gehört hat. Ihre Anführer benutzten es oft als Symbol für alles, was in Amerika falsch und dekadent sei.« Nun wandte er sich an seine Kollegen von der Verhörtruppe, die am Nebentisch saßen. »Und er möchte wissen, wann wir ihm ausreichend vertrauen werden, um zusammen einen Ausflug zu machen. Sozusagen eine offizielle Exkursion zum Thema amerikanische Alltagskultur.« Grief lächelte, als Thompson zusammenfasste: »Er sagt, dass alle Testpiloten auch gute Spieler seien. Und dass er sich diese schreckliche Dekadenz gerne einmal ansehen würde.«

*

Zu Beginn hatten die Amerikaner ihn keine Sekunde aus den Augen gelassen, immer war jemand an seiner Seite gewesen, hatte sein Schlafzimmer bewacht, hatte sichergestellt, dass er sich nur in den genehmigten Gebäuden aufhielt. Da er nicht dabei erwischt werden wollte, wie er nachsah, ging Grief einfach davon aus, dass sein Zimmer verwanzt war. Deshalb achtete er darauf, kein Wort von sich zu geben, wenn er allein war. Und als er das einzige Fenster in seinem Zimmer überprüfte – ganz subtil, während er so tat, als würde er sich auf die Fensterbank stützen, um besser hinaussehen zu können –, stellte er wenig überrascht fest, dass es sich nicht öffnen ließ.

In Russland hatte Grief sich fit gehalten, indem er täglich draußen laufen ging, und anfangs hatte Bill Thompson diese Bitte wiederholt abgelehnt. Doch nach ein paar Tagen, als sich eine gewisse Routine entwickelt hatte, gab er schließlich nach und besorgte Grief Schuhe, Shorts, T-Shirt und einen Trainingsanzug. Da Thompson selbst ein Läufer war, erklärte er sich zu Griefs allmorgendlichem Begleiter, der dafür sorgte, dass sie nur Strecken nutzten, die in Sichtweite der Gebäude lagen, und dabei der Zufahrtsstraße und dem Tor nie zu nahe kamen. Und natürlich der stets dort postierten Wache.

Grief beobachtete Bill bei ihren Läufen und konnte keine verdeckte Waffe entdecken. Aber das weite, verlassene Buschland, in dem es nicht einmal ein Haus in Sichtweite gab, bot zu Fuß ja auch kaum Fluchtmöglichkeiten.

Insgesamt ließen sich die CIA-Leute in die cleveren Verhörspezialisten und die weniger schlauen Wachen einteilen, doch sie alle waren sehr vorsichtig und hielten sich strikt an ihre Regeln: eine Gruppe geistloser Männer, die von Natur aus und berufsbedingt nicht einmal einander über den Weg trauten. Grief hatte ein paarmal versucht, sich mit einigen von ihnen zu unterhalten, aber sie sprachen nicht mit ihm. Zwar ging er davon aus, dass sie Russisch zumindest verstehen konnten, wenn man sie für diesen Auftrag eingeteilt hatte, aber niemand ließ sich etwas in dieser Richtung anmerken.

Sein Betreuer sprach Griefs Muttersprache natürlich fließend, allerdings hatte er ihm nach ihrer Unterhaltung im Flugzeug keinerlei Hinweis mehr darauf gegeben, wo oder unter welchen Umständen er sie gelernt hatte. Überhaupt tat sich Grief überraschend schwer damit, Thompson zu durchschauen; vielleicht, weil sein Gesicht immer zur Hälfte hinter diesen dicken Brillengläsern verschwand und er die nervöse Angewohnheit hatte, ständig mit seinen Händen herumzuspielen. Meist strahlte der Amerikaner eine leicht blasierte Gelassenheit aus, und er zeigte keinerlei Wärme oder Mitgefühl seinem Schützling gegenüber.

Der einzige Joker in diesem Spiel war das örtliche Personal, also die Frauen, die täglich zum Putzen und Kochen kamen.

Sie stellten eine mögliche Verbindung zur Außenwelt dar. Also beobachtete Grief sie möglichst unauffällig über mehrere Tage hinweg. Englisch sprachen sie nur mit starkem Akzent – ihre Muttersprache war wohl Spanisch – und auch nie untereinander. Einfache Arbeiterinnen mit einfachen Aufgaben. Befehlsempfänger, die man nicht respektieren musste. Ihm fiel auf, dass es zwei unterschiedliche Paare waren, die sich tageweise abwechselten, entschied dann aber, dass das keinen Unterschied machte. Er hatte keinen Grund, mit ihnen in Kontakt zu treten, solange nicht etwas Außergewöhnliches geschah.

Außerdem war Grief nur vorsichtig. Bislang verlief alles wie geplant, er musste einfach abwarten.

30

Spring Mountain Ranch

Der Fernseher im Aufenthaltsraum lief mit voller Lautstärke, und einige der CIA-Agenten hingen auf den Sofas herum und sahen sich das abendliche NBA-Spiel an. Wer kein Basketballfan war, hatte sich auf die Terrasse am Pool oder in eines der angrenzenden Gebäude zurückgezogen. Der Frühaufsteher Grief war wie üblich bereits schlafen gegangen.

Kaz und Bill Thompson hatten sich einen Tisch am äußersten Ende des Aufenthaltsraumes gesucht – in einer Ecke, die von der Schauspielerin, der die Ranch früher gehört hatte, stets als Sonnennische bezeichnet worden war. Beide hatten ein offenes Bier vor sich stehen.

Bill beobachtete, wie Kaz sich vorsichtig ein Auge rieb. »Müde?«

Lächelnd ließ Kaz die Hand sinken und deutete mit dem Kinn Richtung Flur. »Oh ja, ich höre schon die Pferde in meinem Schlafzimmer rufen.« Während er einen Schluck trank, musterte er Bill aufmerksam. »Bringt man euch bei der CIA eigentlich außer der Sprache noch etwas über Russland bei?«

Das entlockte Bill ein so heftiges Stirnrunzeln, dass seine Brille wackelte. »Wie meinen Sie das?«

»Ich versuche herauszufinden, wie Sascha tickt.« Und auch andere Russen. Kaz rutschte in seinem Stuhl herum und stützte sich auf einen Ellbogen. »Auf der Akademie und in der

Navy wurde die Sowjetunion immer einfach nur als ›der Feind‹ dargestellt. Als bösartiger Monolith, als gefräßiger Bär, der irgendwo am Horizont lauert. Da gab es keinerlei Feinheiten.« Achselzuckend stellte er fest: »Für die Militärs macht das die Sache sicherlich leichter, aber es ist nicht sonderlich aufschlussreich. Deshalb habe ich mich gefragt, ob ihr bei der CIA vielleicht etwas mehr in die Tiefe geht. So nach dem Motto: Kenne deinen Feind.«

»Ja, das ist tatsächlich so«, nickte Bill. »Auf der Farm gibt man uns eine Art Leseliste.«

Nachdenklich rollte Kaz die Bierflasche zwischen den Händen hin und her. »Und würden Sie mir vielleicht eine kurze Zusammenfassung geben?«

Aus dem Fernseher drang blechernes Geschrei zu ihnen herüber, gefolgt von einigen unwilligen Äußerungen der Männer vor dem Gerät. Bill wartete, bis sie sich wieder beruhigt hatten.

»Natürlich. Russland ist anders, Kaz. Überlegen Sie mal: Hier in Amerika, aber auch in Australien oder Japan, gibt es das Meer. Europa hat die Alpen und die Küsten, die ihnen Schutz bieten. Russland hingegen hat keinerlei natürliche Grenzen, weshalb es in seiner tausendjährigen Geschichte auch immer wieder von Feinden eingenommen wurde.« Er hob die Hände, um an den Fingern abzählen zu können. »Dschingis Khan und seine mongolischen Horden, die Teutonen, die Ottomanen, die Polen, die Schweden, Napoleon, die Japaner, Hitler.« Thompson musterte seine Hände und rieb sie kurz auf diese merkwürdige Art, bevor er sie wieder sinken ließ. »Vor allem in der frühen Geschichte gab es dabei extrem viele Todesopfer, aber auch im Zweiten Weltkrieg. Wir gehen von über fünfundzwanzig Millionen Toten aus.« Nachdenklich fügte er hinzu: »Was meinen Sie, wie wir ticken würden, wenn wir auf eine solche Geschichte zurückblicken würden.«

Kaz nickte, sagte aber nichts. *Wenn ein Experte bereit ist, dir etwas beizubringen, hörst du am besten einfach nur zu.*

»Außerdem hat es in Russland nie eine Renaissance mit all den kulturellen Errungenschaften gegeben, aus denen sich der Humanismus des Westens entwickelt hat – dieses komplizierte, von Italien ausgehende Zeitalter der europäischen Aufklärung, das sich dann über Frankreich und Deutschland verbreitet hat und letztlich von den Engländern in die ganze kolonisierte Welt getragen wurde. Das hat in Russland einfach nie stattgefunden.« Gedankenversunken starrte Thompson über Kaz' Kopf hinweg. »Ich wurde vor ein paar Jahren auf einen Posten in unserer Botschaft in Moskau berufen, dort habe ich es selbst erlebt. Die Russen haben von Anfang an in einem Feudalsystem mit starken Herrscherfiguren gelebt, und so ist es geblieben, bis in die heutige Sowjetunion.« Er deutete mit dem Kinn Richtung Flur, wo Griefs Schlafzimmer lag. »Manch einer würde sagen, dass dieses System auf einer bewundernswerten Loyalität beruht, aber für uns ist diese Vorstellung ziemlich fremdartig. Hier verhält sich jeder, als hätte er sein Schicksal voll und ganz selbst in der Hand, auch wenn das manchmal reine Illusion ist. Unser neuer Freund wird sich von vielem lösen müssen, wenn er den hiesigen Individualkult wirklich verinnerlichen will.«

Mit einem verlegenen Lächeln griff Thompson nach seiner Bierflasche. »Nach dieser Lektion brauche ich einen Schluck.« Er trank, wischte sich den Schaum vom Schnurrbart und blickte dann zu seinen Männern hinüber, auf deren konzentrierten Mienen sich das blaue Licht des Fernsehers spiegelte. »Wussten Sie, dass Russland ursprünglich von den Wikingern besiedelt wurde? Sie waren die Anführer der Kiewer Rus, des

Stammes, von dem sich auch der Name Russland ableitet.« Nun wandte er sich wieder Kaz zu. »Dieser Ausgangspunkt, in Kombination mit der endlosen Brutalität ständiger Invasionszüge und dem Fehlen mäßigender kultureller Einflüsse … das ist so, als hätte das gesamte Land eine sehr lange, gewalttätige Kindheit durchlebt.« Achselzuckend fügte er hinzu: »Natürlich ist das keine Entschuldigung, aber dadurch kann ich das Verhalten der Sowjets, mit denen ich es zu tun bekomme, doch besser verstehen. Und das Verhalten der Männer, unter deren Führung sie stehen.«

Mit einem schweren Seufzer warf er Kaz einen wachsamen Blick zu. »Schwere Kost für einen müden Soldaten.«

Kaz schüttelte den Kopf. »Ganz und gar nicht, Bill. Es ist sehr hilfreich.«

Der CIA-Agent musterte seine fast leere Bierflasche. »Okay, ein letzter Gedanke noch, dann beende ich meine Predigt. Der durchschnittliche Russe hält alle westlichen Anführer für schwach. Sascha überträgt das vermutlich auch auf Sie und mich. In der russischen Vorstellung scheinen Macht und Schicksal untrennbar verbunden zu sein.« Nach einer kurzen Pause fuhr er fort: »Die Russen haben ein altes Sprichwort: ›Schlage deine Liebsten, damit der Fremde dich fürchtet.‹« Mit einem durchdringenden Blick fragte er Kaz: »Könnten Sie sich das hier bei uns als Grundprinzip vorstellen?«

Warum klingt das wie eine Drohung?

Kaz schwieg, um zu sehen, ob Thompson noch etwas hinzufügen würde. Als das nicht geschah, hoben schließlich beide Männer ihre Flasche an den Mund und leerten sie.

Die Basketballfans brüllten plötzlich los, sodass Kaz sich über den Lärm hinweg Gehör verschaffen musste.

»Nein, das kann ich mir nicht vorstellen.« Er stand auf, sammelte die leeren Flaschen ein und stellte sie auf die Arbeitsfläche neben der Spüle. »Vielen Dank, Bill. Sie haben mir ausreichend Stoff zum Nachdenken geliefert für die zehn Sekunden, bis ich einschlafe.«

Als er durch den Flur zu seinem Zimmer ging, bemerkte er einen schmalen Lichtstreifen unter Saschas Tür.

Du hast viel zu lernen, mein russischer Freund. Kaz betrat sein Schlafzimmer, schaltete das Licht an und schloss die Tür hinter sich.

Genau wie ich.

31

Moskau, 1970

Wie immer zu so früher Stunde war in der Moskauer U-Bahn nur wenig los.

Er lauschte auf das vertraute, rhythmische Klappern der blauen Metrolinie, die ihn immer weiter vom Stadtzentrum fortbrachte. Als die Schienen dann überirdisch verliefen, veränderte sich der Klang. Schließlich wurde der Zug langsamer und hielt ratternd am Bahnhof Ismailowoer Park. Schnell schob er sich durch die automatischen Türen auf den betonierten Bahnsteig und lief, immer zwei Stufen auf einmal nehmend, die Treppe hinunter.

Als er die schwere Glastür des Bahnhofs aufdrückte, brauchte er einen Moment, um sich nach der hell erleuchteten Wärme drinnen an die kühle Dunkelheit des gerade erst anbrechenden Morgens draußen zu gewöhnen. Wie immer hatte er sich bereits in der Metro gedehnt und an den Haltestangen isometrische Übungen gemacht, indem er durch tiefe Kniebeugen und Streckübungen seine Oberschenkel- und Wadenmuskulatur lockerte. Sein Trainingsanzug war dick genug, um ihn gegen die Kälte zu schützen, und er trug leichte Lederhandschuhe, um seine Finger warm zu halten. Nun strich er mit beiden Händen sein Haar zurück und fing an zu laufen – erst langsam, dann steigerte er sich, bis er sein übliches Tempo erreichte.

Sein überzeichnet wirkender Schatten wuchs und schrumpfte an seiner Seite, wann immer er eine der Laternen in dem ansonsten dunklen Wald passierte. Das Klappern der Bahn blieb hinter ihm zurück, als er immer tiefer in den Ismailowoer Park hineinlief.

Als einer der ältesten und größten Parks der Stadt hatte er dem Durchschnittsbürger schon immer eine Zuflucht geboten, wenn er dem Stress des städtischen Lebens entfliehen wollte. Und seine Wege eigneten sich sehr gut für Läufer, auch außerhalb der normalen Zeiten. Außerdem war man hier vor neugierigen Blicken geschützt.

Er entdeckte den Mann schon aus drei Laternen Abstand – eine dunkle Gestalt, die entspannt auf einer der hölzernen Bänke saß. Das Sammelsurium an Gegenständen, das ihn umgab, zeigte, dass er offenbar dort übernachtet hatte.

Der Läufer schüttelte den Kopf. *Versager*, dachte er. *Abschaum der Gesellschaft*. Er wich ein wenig nach links aus, um einen möglichst großen Bogen um den Obdachlosen zu machen. Der aber hatte ihn ebenfalls entdeckt, streckte die Hand aus und rief ihm entgegen: »Hey, Sportskanone, hast du Kleingeld?« Das wettergegerbte, gerötete Gesicht des Mannes verzog sich zu einem Lächeln, bei dem mehrere Zahnlücken freigelegt wurden. »Oder hast du vielleicht was zu trinken in deiner Tasche?«, setzte er mit rauer Stimme nach.

Der Läufer sah dem Trunkenbold ins Gesicht. *Parasit.* Sein Handschuh strich über seine Tasche, um zu prüfen, was er bei sich trug.

Ohne die Gefahr zu erkennen, beugte sich der Mann vor, um aufzustehen; offenbar erhoffte er sich einen Glücksfall als Start in den Tag. Wer so verrückt war, ohne jeden Grund hier herumzurennen, hatte vielleicht auch den einen oder anderen Rubel übrig. Schwankend erhob er sich und taumelte ein paar Schritte vor, um den anderen aufzuhalten. Ansonsten war niemand in Sicht, und er wollte sich die Gelegenheit auf keinen Fall entgehen lassen.

Angewidert verzog der Läufer die Lippen. Der Penner war auf den Pfad getreten und versuchte, ihm den Weg abzuschneiden. Schon jetzt stieg ihm der Gestank des ungewaschenen Körpers in die Nase, er hing wie eine Giftwolke über dem improvisierten Nachtlager.

Niemand hatte gesehen, wie der Läufer die Bahn verließ, und sie waren vollkommen allein auf dem dunklen Wegabschnitt des Parks. Naserümpfend blieb der Läufer vor dem Obdachlosen stehen.

»Du willst Geld von mir?«

Durch den barschen Ton verunsichert, aber noch immer auf ein leichtes Spiel hoffend, nickte der Betrunkene. Er beschloss, es auf die respektvolle Tour zu versuchen. *»Da, towarischtsch.«* Reiche Leute mochten es, mit einem Titel angesprochen zu werden.

Angestrengt lauschend sah sich der Läufer in beide Richtungen um. Nichts. Es war noch früh. Dann wandte er sich dem Mann zu, schob die rechte Hand in die Tasche und deutete mit der Linken an der Parkbank vorbei in die Dunkelheit.

»Komm mit.« Damit ging er zielstrebig auf den schmalen Trampelpfad zu, der zwischen die Bäume führte.

Die Gier war stärker als die Vorsicht, und so folgte ihm der Betrunkene. Seine Erfahrung sagte ihm, dass ein Läufer sicher nichts Schweres wie eine Pistole oder ein Messer bei sich trug. Oder auch nur das Gewicht von Münzgeld. Also gab es wohl Papiergeld!

Der Läufer war irgendwo vor ihm im Halbdunkel stehen geblieben. Als der Obdachlose sich ihm näherte, sah er, dass der andere etwas in der Hand hatte, das er nun hochhielt, während er auffordernd nickte. Eine Einladung, näher zu kommen und sich das Geschenk abzuholen.

Eilig trat der Betrunkene näher und streckte die Hand aus, als der Läufer plötzlich die Arme ausbreitete und hochriss. Im halb verdeckten Licht der Laterne funkelte es metallisch. Dann spürte er etwas Kaltes an seinem Hals, während der Läufer eine schnelle, drehende Bewegung vollzog. Panik stieg in ihm auf, als sich etwas um seinen Hals legte und ihm die Luft abschnürte. Der Trinker versuchte, das Ding abzureißen, doch es gelang ihm nicht, seine Finger darunterzuschieben. Dann wollte er den Läufer packen, aber der Mann wich geschickt einen Schritt zurück und beobachtete ihn stumm. Der Schmerz war nun so stark, dass der Betrunkene flackernde Sterne vor seinen Augen sah. Er wollte schreien, bekam aber durch den Draht an seinem Hals keinen Ton heraus. Der Sauerstoffmangel benebelte sein Gehirn, kaltes Weiß breitete sich vor seinen Augen aus, und er spürte, wie er auf dem Boden aufschlug. Dann spürte er nichts mehr.

Der Läufer wartete, beobachtete, lauschte. Er war gut vorbereitet – wie immer war die Hinrichtung beinahe lautlos vonstattengegangen. Wie er wusste, dauerte es nicht lange, bis der Tod eintrat, und so musterte er die reglose Gestalt, die dort im Halbdunkel zu seinen Füßen lag. Ein Blutegel, der sich von der Produktivität und der Güte anderer ernährte und selbst nichts beisteuerte. Ein Leben, um das sich niemand scherte. Ohne ihn war die Welt besser dran.

Schließlich bückte sich der Läufer, löste den Draht und wickelte die Garrotte sorgfältig zusammen, bevor er sie wieder in die Tasche seines Trainingsanzugs schob. Als er sich aufrichtete, merkte er, dass seine Blase voll war. Möglichst breitbeinig, um Spritzer zu vermeiden, zog er seine Trainingshose herunter und pisste auf den toten Körper.

Dann joggte er zurück zu der Stelle, wo der Trampelpfad auf den Parkweg stieß. Nachdem er sich umgesehen hatte, um sicherzustellen, dass noch immer niemand in Sichtweite war, sammelte er die verdreckte Zeitung und die Plastiktüten des Säufers ein, brachte sie zu ihrem Besitzer und ließ sie auf den Leichnam fallen. Er klopfte seine Handschuhe aus, ging zurück zu dem asphaltierten Weg und atmete einmal tief durch, bevor er wieder zu laufen begann.

Zwei Laternen später passierte er eine große Werbetafel. Mit einem feinen Lächeln ließ er das vertraute Plakat an sich vorbeiziehen: ein muskulöser Mann im ärmellosen Sportshirt, auf dessen Schoß ein kleiner Junge saß und ihn bewundernd angrinste. Der perfekte Vater, der seinem Sohn vorlebte, dass man niemals aufhören durfte, an sich zu arbeiten. Dass man immer danach streben sollte, der absolut Beste zu werden.

Er steigerte das Tempo und trieb sich zur Höchstleistung an. In das Geräusch seiner tiefen, kontrollierten Atemzüge mischte sich bald wieder das mechanische Klappern der vorbeifahrenden Metrozüge.

32

Houston

Der Aeroflot-Flug von Moskau nach New York war recht angenehm verlaufen, mit nur einem Tankstopp in Paris; einfach etwas, das sie ertragen musste. Die anschließende Eastern Airlines Nonstop-Verbindung nach Texas bescherte Svetlana ihre ersten Erfahrungen mit einer amerikanischen Fluglinie, und sie orientierte sich in ihrem Verhalten an ihrem neuen Kommandanten Alexei Leonow. Nur den Cognac ließ sie weg.

Am Flughafen in Houston hatte sie dann eine Abordnung der NASA in Empfang genommen, und sie war mit ihnen eine Stunde Richtung Süden gefahren, nach Clear Lake, wo sich das Johnson Space Center mit der Bodenkontrolle Houston befand.

Svetlana hatte sich gefragt, wie man sie in Amerika wohl behandeln würde. Bei ihrem ersten Flug ins All war einiges schiefgelaufen, bis hin zu einem dem Kalten Krieg entsprechenden Angriff der Apollo-Besatzung auf die sowjetische Raumstation Almaz. Am Ende waren ihr Kollege und zwei amerikanische Astronauten tot gewesen. Beim sowjetischen Raumfahrtprogramm war streng kontrolliert worden, was die Öffentlichkeit erfuhr. TASS hatte berichtet, dass es zu tragischen Unfällen mit bedauerlichen Todesfällen gekommen sei, hatte aber vor allem das triumphale Endergebnis hervorgehoben: Svetlanas Mondspaziergang. Das war vom russischen Volk gefeiert worden, und Breschnew hatte sie in einer Zeremonie im Kreml zu einer Heldin der Sowjetunion ernannt.

In Swjosdny Gorodok hatte man ihr erklärt, dass diese erste Sojus-Apollo-Ausbildungsreise in die Vereinigten Staaten vor allem der Publicity diente. Ursprünglich hatte Präsident Nixon den Wunsch geäußert, sie im Weißen Haus zu empfangen, nun lief aber diese Untersuchung gegen ihn wegen illegaler Machenschaften rund um Watergate, und er hatte gerade seinen Vizepräsidenten gefeuert, wegen Bestechlichkeit. Deshalb hatten die Berater aus dem Weißen Haus und die NASA entschieden, dass es momentan falsch wäre, sich mit einer Kosmonautin in der Öffentlichkeit zu zeigen, und stattdessen Interviewtermine mit einigen Journalisten angesetzt. Ein Fotograf des *LifeMagazine* würde sie und ihre Kollegen während ihrer Trainingseinheiten begleiten, wozu auch die heutige Simulation gehörte.

Svetlana verabscheute den Presserummel, der zum Leben eines Kosmonauten gehörte. Das lenkte nur von der eigentlichen Arbeit ab; es freute sie, zu sehen, dass die amerikanischen Besatzungsmitglieder das ebenso empfanden.

Vom Johnson Space Center war sie aufrichtig beeindruckt. Es erinnerte sie an den Campus der Lomonossow-Universität im Südwesten Moskaus, wo sie studiert hatte: weitläufige, großzügig verteilte Gebäude, zwischen denen geschäftige Menschen unterwegs waren. Heute arbeiteten sie in Gebäude 9, was sich fast wie zu Hause anfühlte. Die Gerätschaften waren überall gleich, und Training war eben Training.

»Also, gehen wir die Dockingsequenz noch einmal durch. Welches Schiff steuert die Höhe?« Apollo-Kommandant Tom Stafford stand neben dem Nachbau des amerikanisch-sowjetischen Raumschiffs und griff nach dem komplexen Mechanismus, durch den die Sojus- und die Apollo-Kapsel miteinander verbunden wurden.

»Jedes Schiff behält seine unabhängige Steuerung, bis dieser Sensor hier« – der NASA-Ausbilder zeigte auf einen Wippschalter an einem großen Bedienfeld aus Metall – »durch Kontakt umgelegt wird. Dann schalten beide Schiffe automatisch um auf freies Schweben, unterstützt durch die Anweisung der Bodenkontrolle in Moskau und hier in Houston.«

Stafford hielt den Blick auf seinen sowjetischen Kommandantenkollegen Leonow gerichtet, während der Übersetzer alles auf Russisch wiederholte. Die beiden Männer waren sich auf Anhieb sympathisch gewesen und brachten der Leistung des anderen großen Respekt entgegen: Leonow war der erste Mensch gewesen, der einen sogenannten Weltraumspaziergang unternommen hatte, während Stafford mit Apollo 10 zum Mond geflogen war.

Nun sagte Stafford: »Meiner Meinung nach muss die Besatzung das auch selbstständig steuern können, falls das automatische System ausfällt. Da stimmst du mir doch sicher zu, Alexei?«

Leonow nickte. »*Da,* die Sojus hat dafür eine manuelle Notfallsteuerung.«

Svetlana musterte die beiden Männer: Stafford hochgewachsen und schlank, Leonow eher kompakt wie ein Turner, der er auch einmal gewesen war. Und bei beiden lichtete sich bereits das Haar. Mit konzentrierten Mienen ließen sie sich diese neue Maschine erklären, um ihre Funktionsweise zu verstehen. Die Komplexität der Raumfahrttechnik verlangte dafür eine ganze eigene Sprache. Dabei war das Ziel eigentlich simpel: alles ordentlich zum Laufen zu bringen, damit niemand von ihnen sterben musste.

Auch die beiden anderen Amerikaner sahen aufmerksam

zu, und Svetlana versuchte, ihre fremdartigen Namen mit den Gesichtern zu verknüpfen. Der Ältere hieß Donald Slayton, wurde aber von allen nur Deke genannt. Lautlos sprach sie den Namen nach. Er hatte graues, extrem kurzes Haar und tiefe Falten im Gesicht. Anscheinend war er schon seit Gagarins Zeiten Astronaut, hatte sich aber wohl gerade erst von einem medizinischen Leiden erholt. Es sollte sein erster Flug ins All werden. Der andere Astronaut war ihr vom Alter her näher. Er hatte blaue Augen und dieses typisch amerikanische, warmherzige Lächeln. Seinen Namen konnte sie leichter aussprechen, da er nur aus zwei einfachen Silben bestand: Vance Brand. Er war ebenfalls ein Neuling. Mit einem gewissen Stolz hatte Svetlana festgestellt, dass von den sechs Besatzungsmitgliedern der Sojus-Apollo-Mission nur Leonow, Stafford und sie bereits Erfahrung im All vorweisen konnten.

Als langjähriger Kommandant traf Stafford, ohne lange darüber nachzudenken, die Entscheidungen für die Gruppe. Svetlana wusste, dass Leonow diese Rolle mit der gleichen Selbstverständlichkeit übernehmen würde, wenn die Amerikaner ihre Trainingseinheiten in Swjosdny Gorodok absolvieren würden. Außerdem wusste sie jetzt, dass ein ziemlich simpler Raumflug geplant war: Start, Rendezvous, Docking, Lukenöffnung. Alles, um der Welt zu zeigen, wie gut die beiden Supermächte zusammenarbeiten konnten. Sie würden ein paar Experimente machen und dabei viel zu viel Medienaufmerksamkeit bekommen, dann würden sie sich abkoppeln, und die Amerikaner würden irgendwo im Meer wassern, während die Russen in der Steppe von Kasachstan landeten.

Verglichen mit dem, was bei ihrem ersten Flug ins All auf dem Spiel gestanden hatte, war das hier beinahe banal. Vor allem, da sie zu dritt in der Sojus sein würden und die Aufgaben unter sich aufteilen konnten. Aber das spielte keine Rolle;

die Gelegenheit, in den Weltraum zu fliegen, bot sich nur selten, auch wenn es für sie wahrscheinlich nicht das letzte Mal sein würde. Zurzeit wurde eine neue Saljut-Raumstation gebaut, und es gab bereits Pläne für weitere. Jetzt würde sie sich also nur darauf konzentrieren, das hier richtig hinzubekommen.

Der Ausbilder hatte seinen Vortrag vorerst beendet, und der Fotograf des *Life Magazine* nutzte seine Chance.

»Könnte sich die Besatzung vielleicht einmal vor dem Simulator aufstellen?« Brav reihten sich die sechs Raumfahrer auf, die Amerikaner in ihren hellbraunen Fliegeranzügen, die Russen in den blassgrünen.

»Svetlana, stellen Sie sich bitte in die Mitte.«

Alexei blinzelte ihr spöttisch zu, als sie sich widerwillig zwischen ihn und Stafford schob.

Verdammte Presse.

*

»Auf die Besatzung von Apollo-Sojus!«

Tom Stafford hatte eine Runde Bier spendiert, und nun stießen sie mit den braunen Flaschen an. Sie saßen an einem kleinen Tisch in einer Bar nicht weit vom Johnson Space Center.

Schmeckt wie Kwas, dachte Svetlana, die sich an das fermentierte Standardgetränk sowjetischer Bauern erinnert fühlte. Natürlich hatte sie schon von Bier gehört, doch es war in Russland nicht sonderlich verbreitet. Nun stellte sie achselzuckend fest, wie dünn es war. *Wodka ist besser.*

Da sie ihren Übersetzer nicht mitgenommen hatten, mussten sie sich nun auf das gegenseitige Wohlwollen und die wenigen Worte verlassen, die sie von der Sprache der jeweils anderen schon kannten. Seit ihrem Flug ins All hatte Svetlana fleißig Englisch gelernt und freute sich nun, das endlich nutzen zu können.

Alexei erwiderte: »Das falsch, Tom.« Er zog eine übertrieben finstere Miene, um anzuzeigen, dass er nur scherzte. »Heißt nicht Apollo-Sojus. Unser Missionsname: Sojus-Apollo!« Mit funkelnden Augen hob er sein Bier. Stafford lachte, und sie stießen noch einmal an, nun auf Alexeis Version.

Anschließend wandte sich Stafford an Svetlana: »Also, wie fandest du es auf dem Mond?« Er hatte wohl auch Sprachunterricht genommen, denn er fügte zum Verständnis ein paar russische Worte hinzu, wenn auch mit unüberhörbarem Oklahoma-Akzent: »*Kak Luna?*« Nun verstummten auch die anderen Männer und sahen sie fragend an.

Svetlana entschied, es auf Englisch zu versuchen. »Sehr schön.« Sie rollte das r und kämpfte ein wenig mit den fremden Lauten. »So groß und …« Es dauerte einen Moment, bis ihr das richtige Wort einfiel. »… unbekannt.« Ihr Blick senkte sich, als sie die Erinnerungen wieder wachrief. »Ein trauriger Ort.«

Tom Stafford nickte. Mit seiner Mannschaft von Apollo 10 war er der Wegbereiter für Neil Armstrongs Apollo 11 gewesen. Sie waren dicht über der Oberfläche geflogen und hatten die Technologie getestet, waren aber nicht gelandet. »*Da*«, stimmte er ihr zu. »Wunderschön, aber irgendwie auch traurig.«

Die bei den Astronauten sehr beliebte Bar hieß U-Joint, und ihre Wände waren hauptsächlich mit NASA-Fotos geschmückt. Stafford deutete mit seiner Bierflasche auf einen gesonderten Bereich, in dem Porträtaufnahmen hingen – die Bilder jener Astronauten, die gestorben waren. »Bei deiner Mission haben wir Luke Hemming und Chad Miller verloren.« Die lächelnden Männer auf den Fotos hatten nicht geahnt, was die Zukunft für sie bereithielt. »Wir sollten auch ein Bild von deinem Kollegen dort aufhängen. Wie hieß er noch gleich? Mitkov?«

Svetlana hatte den Großteil seiner Worte verstanden. Sie hob ihre Flasche. »Auf Andrei Mitkov. Und auf Luke und Chad.« Noch immer dachte sie mit Verbitterung an das, was mit Andrei geschehen war, aber alle hier am Tisch hatten als Militärpiloten schon enge Freunde verloren, und so tranken sie nun zusammen.

Alexei beendete die getrübte Stimmung, indem er aufsprang, zur Bar hinüberging und lauthals rief: »Junge Dame, Bier ist gut, aber haben Sie Wodka?« Er zeigte auf das Regal mit den harten Spirituosen, woraufhin die Barkeeperin eine große Flasche Gordon's mit dem Schriftzug *Wodka* von einem der Bretter nahm. Grinsend segnete Alexei die Wahl ab. *»Da!«* Er ließ den Finger kreisen und zeigte dann auf ihren Tisch.

Die Barkeeperin nickte. Diese Russen waren leichter zu verstehen als die NASA-Ingenieure, die sich hier regelmäßig die Kante gaben. »Sechs Wodka, kommt sofort.«

Als Alexei triumphierend zu ihnen zurückkehrte, grinste Tom Stafford ihn an. »Weißt du, Alexei, das bringt mich auf eine Idee …« Da ihm aufgefallen war, dass Svetlana von den dreien am besten Englisch verstand, signalisierte er ihr, als Übersetzungshelferin einzuspringen, als er nun fortfuhr: »Unser Deke hier war viele Jahre lang Chef des Astronautenbüros. Er und ich haben uns etwas ausgedacht, und wir sind uns ziemlich sicher, dass wir das durchziehen können. Ein kleines Abenteuer, sozusagen.«

Dafür reichten Svetlanas Englischkenntnisse nicht ganz aus. »Durchziehen?«

Tom klärte sie auf: »Es schaffen. Es in die Tat umsetzen. Es machen.«

Sie verarbeitete das und übersetzte dann schnell für ihre Kollegen. »Und was tun wir?«

Grinsend begann Tom zu erklären: »Wir haben uns gedacht, dass es doch eine Schande wäre, wenn ihr die ganze lange Reise bis nach Amerika macht und dann nichts weiter zu sehen bekommt als das Space Center und diese Bar hier.« Er warf Deke einen Seitenblick zu und grinste noch breiter. »Vance, Deke und ich müssen uns auch als Piloten fit halten, deshalb fliegen wir als Teil unseres Trainings regelmäßig Jets. Und die T-38 der NASA ist ein Zweisitzer.«

Svetlana schüttelte verwirrt den Kopf. Er sprach zu schnell, und durch seinen Okie-Akzent verstand sie sowieso kaum ein Wort.

»Auch egal«, befand Tom. »Komme ich eben gleich zur Sache.« Er sah die drei Kosmonauten der Reihe nach an.

»Heute ist Donnerstag.« Als er fragend zu Svetlana hinübersah, übersetzte sie; diese Worte kannte sie. »Und am Wochenende – also Freitag und Samstag – werden wir fliegen.« Indem er den Finger kreisen ließ, schloss er alle sechs am Tisch mit ein.

»Fliegen?«, hakte Svetlana aufgeregt nach. »Welche Maschine? Und wohin?«

In diesem Moment brachte die Kellnerin ihren Schnaps, und Tom erhob sofort sein Glas.

»Die Jets der NASA, und zwar zum amerikanischsten Ort überhaupt.« Grinsend prostete er Alexei zu. »Die Besatzung von Sojus-Apollo fliegt nach Las Vegas!«

33

The Strip, Las Vegas

Am Ende war es Sinatras Name auf der großen Schrifttafel am Las Vegas Boulevard, der sie anlockte.

CIA-Agent Bill Thompson hatte verkündet, dass er Alexanders Bitte sozusagen als Abschlussgratifikation erfüllen wolle. Der russische Überläufer hatte sich durchweg kooperativ und anscheinend auch aufrichtig gezeigt, und den Strip von Las Vegas quasi vor der Haustür zu haben, war einfach zu verlockend. Vor allem nach den eintönigen Tagen auf der Spring Mountain Ranch. Kaz war am Tag zuvor in die nächste Stadt gefahren und hatte eingekauft, und so trugen der Russe und er nun brandneue Levi's und Poloshirts.

Thompson fuhr sie zu dem riesigen, halb leeren Parkplatz neben dem Caesars Palace. Während er den Motor abstellte, sah er Grief durchdringend an, um ihm noch einmal zu verdeutlichen, worauf es ihm ankam.

»Das hier soll sozusagen die Einführung in dein neues Leben werden, Sascha, und ein Dankeschön für die vielen Details, die du uns während unserer Befragungen verraten hast. Wir werden unser Glück im Casino versuchen, uns Sinatras Matinée ansehen und gemeinsam zu Abend essen. Wir drei werden die ganze Zeit zusammenbleiben, und wenn Russisch gesprochen wird, nur leise. Klar so weit?« Damit Kaz auch alles verstand, wiederholte er das Ganze noch einmal auf Englisch. Kaz nickte.

Auch Grief nickte verstehend und fragte dann auf Russisch: »Wie sieht es mit Geld aus?«

»Im Casino werden Jetons verwendet, ich werde uns welche besorgen.« Mit einem schmalen Lächeln erklärte Thompson: »Uncle Sam wird uns eine bescheidene Summe gewähren. Alles Teil deiner amerikanischen Indoktrination und kulturellen Umschulung.«

Endlich stiegen sie aus und wanderten zwischen mediterranen Nadelbäumen und plätschernden Springbrunnen hindurch zu dem weiten, von Säulen umstandenen Halbrund, das einer italienischen Piazza nachempfunden war. Der überdachte Eingang wurde von kopflosen Marmorstatuen flankiert, und über ihnen wehten bunte Fahnen im heißen Wüstenwind.

Sobald sie durch die Tür traten, waren sie in einer anderen Welt. Hier war es dämmrig und durch die Klimaanlage angenehm kühl; bunt leuchtende einarmige Banditen und diverse Spieltische füllten den großen Saal. Der Verkehrslärm des Strips wurde durch die gedämpfte Kakophonie der Spielautomaten, vermischt mit Kaufhausmusik, ersetzt.

Eine junge Frau in einer Toga kam lächelnd auf sie zu. »Willkommen im Caesars Palace. Ich bin heute Ihre Sklavin. Darf ich Sie in die Höhle des Löwen geleiten?«

Fragend sah Kaz zu Bill Thompson hinüber, der überrascht die Augenbrauen hob.

Dann meinte er schulterzuckend: »Warum nicht?«

*

Auf halbem Weg zwischen Houston und Las Vegas hatten sie in El Paso einen Tankstopp einlegen müssen. Es waren nur zwei lange Flugabschnitte mit den drei T-38 der NASA, quer über den trockenen Südwesten der USA. Die Russen bekamen so eine Art Geografiestunde, denn sie konnten von ihren Rücksitzen aus durch das gewölbte Plexiglas nach unten sehen und Amerika aus genau der Perspektive betrachten, die Tom Stafford vorgeschwebt hatte.

Texas ist wie die Republik Kasachstan, stellte Svetlana fest und fragte sich, ob es auf den staubigen Farmen dort unten wohl auch Kamele gab. Über New Mexico und Arizona faszinierte sie vor allem die zerklüftete, wilde Leere. So wirkte die Landschaft viel strukturierter und dreidimensionaler als vom Weltall aus.

Auf dem McCarran Airport in Las Vegas rollten die drei Jets gemeinsam über das Flugfeld: Tom Stafford vorneweg, Deke Slayton und Vance Brand jeweils dicht an seinen Flügeln. Sie hatten ihre Übernachtungstaschen in den Gepäckkapseln unter dem Flugzeugrumpf verstaut, sodass sie sich nun in der Pilotenlounge der örtlichen Fluggesellschaft umziehen konnten. Anschließend rief Stafford ihnen zwei Taxis und wies die Fahrer, nachdem alle eingestiegen waren, genau an, wohin sie gebracht werden wollten.

Während des Fluges hatte er sich ein paar Gedanken gemacht und wollte seinen russischen Besatzungskameraden nun eine echt amerikanische Zeit bescheren.

*

Bill Thompson sah auf die Uhr. Dank einer Pechsträhne hatte er bereits all seine Jetons verbraten, aber sowohl Kaz als auch der Russe hatten noch kleine blau-violette Stapel vor sich auf dem grünen Samt liegen. Nachdem er sich Bills Erklärungen zu Black Jack angehört und Kaz eine Weile beim Spielen beobachtet hatte, war Grief ziemlich gut zurechtgekommen.

Anfangs hatte die Frau in der Toga sie zu den Automaten geführt, doch schon nach einer Minute Beobachtung hatte Grief den Kopf geschüttelt und leise zu Bill gesagt: »Das ist vollkommen willkürlich, da kann nur die Maschine gewinnen.« Dann zeigte er auf die Kartentische in der Mitte des Saales. »Ich will selbst entscheiden und mein Schicksal in der Hand behalten können.«

Nun zog Bill drei Eintrittskarten aus der Tasche und warf noch einmal einen Blick auf seine Armbanduhr. »Sinatras Show beginnt in fünfzehn Minuten, meine Herren. Eine Runde noch, dann müssen wir gehen.«

Kaz sammelte seine Jetons ein und bedankte sich beim Croupier. Inzwischen strich Grief mit dem Finger über seinen Stapel, um zu zählen. Er hatte nun sechs Dollar mehr, als er zu Beginn von dem CIA-Agenten bekommen hatte.

Selbst hier, an diesem merkwürdigen Ort, bin ich ein Gewinner.

Vorsichtig hob er die Ecke seiner Karten an und platzierte seinen letzten Einsatz.

*

Das ist also Kapitalismus in Reinform, dachte Svetlana, während sie sich in der Eingangshalle des Caesars Palace umsah. Sie konnte sich ein Lächeln nicht verkneifen. Irgendwie war es aufregend.

Tom Stafford kam zurück und verteilte die Zimmerschlüssel. »Alexei, du schläfst bei mir, Deke teilt sich ein Zimmer mit Waleri. Und da Svetlana etwas Privatsphäre braucht, hast du Glück, Vance, und kriegst auch ein eigenes Zimmer.« Er ließ den Blick über die Gruppe schweifen. »Wie sieht's bei euch aus? Spätes Mittagessen, bevor wir uns zu unserem Rendezvous mit der Glücksgöttin begeben?«

Als die drei Russen ihn nur verständnislos anstarrten, beschloss er, gar nicht mehr zu fragen, sondern einfach Befehle zu erteilen. Er zeigte also auf die Fahrstühle, die sich hinter dem Bereich mit den Spielautomaten befanden, und entschied: »Jeder geht auf sein Zimmer, und wir treffen uns in zwanzig Minuten hier wieder.« Mit einem Seitenblick bat er Svetlana, das zu übersetzen.

Sie nickte und wiederholte für ihre russischen Kameraden: »*Dvadtsat minut, syuda.*« Dann folgte sie mit ihrem Zimmerschlüssel in der Hand Vance in das Getümmel des Casinosaals.

Die Architekten des Caesars hatten sich einige Gedanken gemacht, wie man den Gästen möglichst viel Geld abknöpfen könnte, vor allem jenen, die sich in ihrem Hotel ein Zimmer nahmen. Deshalb standen die strahlendsten und verlockendsten Spielautomaten – die stetig die Maximalgewinnspanne von fünfundzwanzig Prozent in die Kassen des Hauses spülten – direkt am Eingang und entlang des Weges, der zu den Fahrstühlen führte. Der Hochhausbereich mit den Hotelzimmern war ganz hinten angebaut, sodass die Gäste zunächst an den Craps-, Black-Jack- und Roulettetischen vorbeimussten, um dorthin zu gelangen. Einfacher Marketingtrick: Zeige den Leuten, was sie nicht verpassen dürfen.

Der Konzertsaal und die Restaurants befanden sich im linken Flügel und verfügten über einen eigenen Eingangs- und Wartebereich, wo sich das Publikum vor der aktuellen Attraktion versammeln konnte. Hier stand Kaz nun neben Grief und schaute sich entspannt in der Menge um, während sich die Warteschlange langsam auf die Saaltür zubewegte, hinter der gleich Sinatras Matinée beginnen sollte.

Vermutlich lag es ebenso an Tom Staffords Größe wie an seinem frühzeitig kahl gewordenen Schädel, dass er Kaz sofort ins Auge sprang. Durch den Zigarettenqualm konnte er ihn nicht genau erkennen, aber diese schlaksige Gestalt kam ihm doch sehr vertraut vor. Ein überraschtes Grinsen huschte über Kaz' Gesicht. *Was zur Hölle macht Stafford denn hier?* In der Gruppe, mit der sich Tom Richtung Fahrstuhl bewegte, entdeckte er außerdem Deke und Vance mit zwei Männern, die er nicht kannte. Und eine Frau, die sich gerade direkt zu ihm umdrehte.

»Kaz!« Bill Thompsons Stimme sorgte dafür, dass er sich abwandte. Jetzt erst bemerkte er, dass die Schlange sich ein ganzes Stück weiterbewegt hatte und alle darauf warteten, dass er aufschloss.

»Tut mir leid, Bill. Ich dachte, ich hätte ein bekanntes Gesicht gesehen.« Die Alarmglocken in seinem Kopf schrillten so laut, dass er sofort handeln musste. Er stellte sich auf die linke Seite des Russen und sprach ihn an, um seine Aufmerksamkeit auf sich zu lenken.

»Hast du überhaupt schon mal von Frank Sinatra gehört, Sascha?«

Möglichst unauffällig sah Kaz über Saschas Schulter hinweg zu der Gruppe am Fahrstuhl. Während die Männer sich offenbar unterhielten, stand die Frau stumm da und starrte noch immer in seine Richtung.

Grief hatte seine Frage verstanden und antwortete – Thompsons Instruktionen folgend – auf Englisch: »Ja, Frank Sinatra, sehr berühmt.« Er stand nun mit dem Rücken zu den Fahrstühlen.

Jetzt kam es darauf an, dass Kaz seinen Blick weiter auf sich lenkte. »Kennst du auch sein Lied *Fly Me to the Moon*?«

Verwirrt runzelte Grief die Stirn, offenbar hatte er das nicht verstanden. Bill übersetzte leise und sang kurz den Refrain des Liedes an.

Lächelnd wandte sich Grief wieder Kaz zu und schüttelte den Kopf. »Nein, dieses Lied nicht kenne.«

Inzwischen hatten sich die Türen des Fahrstuhls geöffnet, und Stafford rief der Frau etwas zu. Daraufhin drehte sie sich um und ging zu ihrer Gruppe. Die Fahrstuhltüren schlossen sich langsam.

Abrupt wandte sich Kaz dem CIA-Agenten an seiner Seite zu.

»Bill, wir müssen reden.«

*

Während sie zu den Leuchtziffern des Fahrstuhls hinaufblickten und darauf warteten, dass sie ihr Stockwerk erreichten, schenkte Tom Stafford Svetlana ein kurzes Lächeln.

»Du bist wohl Sinatra-Fan?« Er hatte bemerkt, in welche Richtung sie gestarrt hatte.

Verständnislos sah Svetlana ihn an.

Achselzuckend fuhr er fort: »Ich habe uns Tickets für die Show heute Abend besorgt, als ich vorhin eingecheckt habe.« Er sah sich kurz nach Deke und Vance um. »Immerhin gibt es kaum etwas Amerikanischeres als Ol' Blue Eyes!«

Die Kabinentüren öffneten sich, und sie gingen zu ihren Zimmern. Tom rief ihnen noch einmal quer durch den Flur zu: »Wir treffen uns unten, in zwanzig Minuten.«

*

Svetlana schloss die Zimmertür hinter sich, ging zum Bett hinüber und stellte dort ihre kleine Reisetasche ab. Dann blieb sie wie erstarrt stehen, während sich ihre Gedanken überschlugen. Sie war sich ziemlich sicher, dass es sich bei dem größeren der beiden Männer, die sie in der Warteschlange vor dem Theater gesehen hatte, um den Amerikaner handelte, mit dem sie bei dem Tumult während der Wasserung nach ihrem letzten Raumflug aneinandergeraten war.

Kann das sein? Das wäre doch fast schon lächerlich! Immerhin leben mehr als zweihundert Millionen Menschen in den Vereinigten Staaten!

Sie dachte angestrengt nach. Eigentlich hatte sie den Amerikaner damals nur kurz gesehen, noch dazu in einer von Stress geprägten und turbulenten Situation. Also konnte es sehr gut sein, dass sie sich irrte.

Doch wirklich verblüfft hatte sie der Anblick des zweiten, etwas kleineren Mannes, der neben ihm gestanden hatte. Zuerst hatte sie ihm direkt ins Gesicht gesehen, dann hatte er ihr sein Profil zugewandt und am Ende nur noch den Hinterkopf. Trotzdem war sie sich sicher. Diesem Mann war sie schon oft begegnet, er war sogar einer ihrer Ausbilder gewesen, und sie war mehrmals mit ihm geflogen. Er war ein altgedienter sowjetischer Testpilot, den sie zuletzt in Ramenskoje gesehen hatte, bevor sie dem Kosmonautencorps beigetreten war.

Was zur Hölle macht Alexander Wasiljewitsch Abramowitsch in einem Casino in Amerika? Wie ist das überhaupt möglich? Immer wieder hallten diese Fragen in ihrem Kopf wider, bis sie von einem neuen Gedanken verdrängt wurden.

Und was soll ich deswegen unternehmen?

34

Las Vegas

»Das erscheint mir logisch«, nickte Kaz. Bill Thompson und er saßen in einem Steakhaus am Strip, ungefähr eine halbe Meile vom Caesars entfernt. Sie unterhielten sich leise auf Englisch, während der Russe sich auf der anderen Seite der großen runden Sitznische ganz seiner Mahlzeit widmete. »Bevor ich in Houston aufgebrochen bin, habe ich noch mitgekriegt, dass sie eine Mannschaft herschicken wollen, die mit Tom, Deke und Vance für Apollo-Sojus trainieren soll. Indem sie diese Frau zu einem Teil der Mannschaft machen, können sie nicht nur sie belohnen, sondern auch ihre Politiker gut dastehen lassen.«

Nachdem Kaz Thompson in aller Eile erklärt hatte, dass ihm in der Menge drei sowjetische Kosmonauten – darunter Svetlana Gromova – aufgefallen waren, hatten sie den Showbesuch gestrichen und das Caesars Palace eilig verlassen. Zuvor hatte Kaz aber noch von der Rezeption aus Tom Stafford in seinem Zimmer angerufen. Nein, meinte dieser, er und seine Mannschaft hätten Kaz nicht bemerkt. Und natürlich war er sofort bereit gewesen, Svetlana im Auge zu behalten. Außerdem würde er dafür sorgen, dass die Gruppe das Caesars an diesem Abend nicht mehr verließ. Als Militärangehöriger hatte er Kaz' Erklärung, er befinde sich wegen eines geheimen Auftrags in Nevada, sofort akzeptiert. Er versprach, Svetlana zu versichern, dass sie sich geirrt haben müsse, sollte sie Fragen stellen.

Den Überläufer hatte Kaz nicht erwähnt.

Nun deutete Bill Thompson unauffällig mit dem Kopf auf Grief.

»Würden diese Kosmonauten unseren Jungen hier denn erkennen?«

Kaz nickte. »Höchstwahrscheinlich, ja. Bei uns in den Staaten sind die Testpiloten eine ziemlich kleine, verschworene Gemeinschaft, und das wird bei denen bestimmt nicht anders sein. Außerdem waren viele unserer Astronauten vorher Testpiloten, wir können also davon ausgehen, dass es bei ihnen ähnlich ist.« Er dachte kurz nach. »Andererseits habe ich irgendwo gelesen, dass Juri Gagarin nur ein gewöhnlicher Kampfpilot war, und Walentina Tereschkowa kam wohl von den Fallschirmspringern. Aber bezüglich der Apollo-Sojus-Kosmonauten bin ich mir da nicht sicher.«

Bill schob mit der Gabel sein Steak über den Teller; ihm war der Appetit vergangen. Und wenn er erst an die ganzen Rechtfertigungen und den Papierkram dachte, der ihm nun bevorstand … Aber eins nach dem anderen.

»Wir müssen Hintergrundinformationen über die drei Kosmonauten einholen, um abschätzen zu können, wie wahrscheinlich es ist, dass einer der drei unseren Freund kennt. Außerdem muss ich schnellstens mit Stafford sprechen und ihn dahingehend briefen, dass er nach Auffälligkeiten im Verhalten seiner Mannschaft Ausschau halten soll. Ich werde ihn auch mit unserem Büro in Houston in Kontakt bringen, falls er Hilfe brauchen sollte.«

Sein Blick wanderte zu dem Russen hinüber, der gerade die letzten Bissen seines Steaks genoss, dann sah er wieder Kaz an. »Haben Sie Anzeichen dafür bemerkt, dass er die Kosmonauten gesehen oder erkannt hat?«

Kaz schüttelte den Kopf. »Nein, er hat die ganze Zeit nur

mich angesehen. Ich bin mir sicher, dass er sie nicht bemerkt hat.«

Nun schob Bill seinen Teller von sich. »Okay, das genügt für's Erste. Wir müssen zurück nach Spring Mountain und Saschas Transfer nach Groom Lake vorbereiten.« Er warf Kaz einen sarkastischen Blick zu. »Und Ausflüge in die große Stadt sind ab jetzt gestrichen.«

Frustriert fügte er hinzu: »Verdammt, ich hatte mich wirklich auf Sinatra gefreut!«

*

Für Svetlana schien der Abend kein Ende zu nehmen. Glücksspiel fand sie einfach nur dumm. Begriffen die Leute denn nicht, dass sie durch das Geld, das sie hier verloren, den ganzen Prunk erst finanzierten?

Auf Drängen der Amerikaner hin hatte sie sich an den Spielautomaten versucht, war aber nicht überrascht gewesen, als ihre Marken schnell dahinschwanden. Widerwillig wechselte sie schließlich zu den Kartentischen und sah Stafford und Leonow dabei zu, wie sie gemeinsam spielten und lachten. Der Ingenieur aus ihrem Team, Waleri Kubassow, hielt sich ebenfalls zurück; es war nur gut, wenn die beiden Kommandanten sich anfreundeten.

Sobald sie aus dem Fahrstuhl getreten waren, hatte sie sich mit der Entschuldigung entfernt, sie müsse mal auf die Toilette. Doch stattdessen war sie zu der Stelle gegangen, wo sie Abramowitsch und den Amerikaner gesehen hatte. Doch die Schlange, in der sie gewartet hatten, war verschwunden. Nachdem sie von dem Schild am Eingang die Showzeiten abgelesen hatte, prüfte sie die Uhrzeit und schätzte ab, wann das Publikum wieder herauskommen würde. Schnell sah sie sich nach einem Platz um, von dem aus sie die Gesichter gut sehen konnte, und entschied sich schließlich für den Souvenirladen des Theaters. Dann kehrte sie zu ihrer Gruppe zurück.

Das Abendessen fand in einer Art opulent dekorierter Kantine mit dem holprig klingenden Namen *Noshorium* statt. Sie fragte Vance, was er bedeuten solle, doch der zuckte nur mit den Schultern und erklärte ihr lächelnd, dass er keine Ahnung habe. *Wie merkwürdig*, fand sie. Er half ihr bei der Bestellung, und sie beobachtete aufmerksam, wie der Salat gebracht wurde und die Amerikaner ihn aufaßen, noch bevor das Fleischgericht serviert wurde. *Warum bringen sie das Essen nicht gleich komplett?*

Den Nachtisch ließ sie ausfallen, da sie bereits ahnte, wie groß die Käsekuchenstücke sein würden, die den Männern schließlich vorgesetzt wurden. Stattdessen warf sie einen Blick auf die Uhr, entschuldigte sich noch einmal und ging hastig zum Theatershop, wo sie gerade Position bezogen hatte, als sich die Saaltüren öffneten.

Halb versteckt hinter einem Ständer mit Postkarten prüfte sie die Gesichter der Menschen, die an ihr vorbeiliefen, bis der Strom versiegte und nur noch ein paar Nachzügler das Theater verließen. Doch es war niemand dabei, den sie kannte. *Chyort! Wie konnte ich sie verpassen? Oder habe ich mich von Anfang an getäuscht?*

Stafford hatte jedem von ihnen einen Zehndollarschein gegeben, mit dem sie nun zwei Postkarten kaufte. Als sie ins Restaurant zurückkehrte, erhoben sich die Männer gerade von ihren Plätzen. Sie zeigte ihnen ihre Ausbeute: eine Außenansicht des Gebäudes und ein Showgirl. Lächelnd stellte Tom fest: »Souvenirs!«

Svetlana nickte. Dieses Wort benutzten sie auch im Russischen.

Tom Stafford warf einen Blick auf seine Armbanduhr. »Wer hat Lust auf blaue Augen mit Musik?«

*

Im Theatersaal sorgte Svetlana dafür, dass sie neben Alexei saß. In einer kurzen Pause zwischen den Liedern fragte sie ihn leise, ob sich die drei Kosmonauten später in ihrem Zimmer treffen könnten. Er warf ihr einen verwirrten Blick zu, zuckte dann aber zustimmend mit den Schultern. Nach der Show bestand Stafford darauf, dass sie in der Cleopatra-Bar noch einen Absacker trinken sollten, aber Svetlana verabschiedete sich mit der Ausrede, nach dem langen Tag Kopfschmerzen zu haben.

Endlich in ihrem stillen Zimmer angekommen, schaltete sie die Lampe auf dem kleinen Schreibtisch ein, nahm sich den vom Hotel bereitgestellten Block und fing an, sich Notizen zu machen. So ordnete sie auch während ihrer Trainingseinheiten immer ihre Gedanken, und gerade jetzt brauchte sie das Gefühl der Sicherheit, das ihr die klar festgehaltenen Fakten vermittelten.

Alexander Abramowitsch, schrieb sie auf Kyrillisch. Daneben: *Moskau 1970?* Stimmten Ort und Zeit? Hatte sie ihn dort das letzte Mal gesehen? Dann schrieb sie: *Amerikaner von der Wasserung?* Auch hier mit Fragezeichen, obwohl es ihr nicht gefiel. Schnell machte sie in der nächsten Zeile weiter: *Warum nicht am Theaterausgang aufgetaucht?* Während der Show hatte sie sich im Saal umgesehen und Schilder entdeckt, die auf weitere Ausgänge hindeuteten, aber die waren wohl nur für Notfälle gedacht; also hätten alle im Casino an ihr vorbeikommen müssen. Svetlana listete einige Möglichkeiten auf: *habe sie verpasst; anderer Ausgang; sie waren es nicht*. Gereizt starrte sie auf den letzten Punkt. Sie konnte es nicht ausstehen, wenn sie sich irrte, außerdem war sie sich eigentlich sicher. Plötzlich kam ihr ein Gedanke, und sie fügte hinzu: *Sie haben mich gesehen und sind noch vor der Show gegangen.*

Sie schloss die Augen und beschwor die Situation aus dem Gedächtnis herauf. Ja, der Amerikaner hatte sie definitiv angesehen. Schnell öffnete sie die Augen und hielt in einer neuen Zeile fest: *Würde er mich wiedererkennen?* Immerhin hatten sie einander nur in Tauchausrüstung gesehen, mit und ohne Maske. Damals war ihr Haar nass gewesen, hatte an ihrem Kopf geklebt. Achselzuckend ergänzte sie: *Ich habe ihn erkannt.*

Angestrengt grübelnd kaute sie auf ihrem Kugelschreiber herum und schrieb dann: *Für wen arbeitet der Amerikaner?* Nun wünschte sie sich, mehr über die amerikanische Behördenstruktur zu wissen, aber sie konnte sich zumindest vorstellen, wer in der Sowjetunion das tun würde, was er während der Wasserung getan hatte. *Militär? Geheimdienst? Vielleicht beides?*

Neuer Abschnitt. *Warum hier?*

Das war die eigentliche Frage. Wie kam ein hoch dekorierter sowjetischer Testpilot nach Las Vegas? Vielleicht war er im Rahmen eines internationalen Austauschprogramms hier. Sie wusste, dass Breschnew im Juni zu einem Freundschaftsbesuch nach Amerika gereist war, und sie hatte gehört, dass man sogar ein neues sowjetisches Konsulat in San Francisco eröffnet hatte. Konnte das ein Annäherungsversuch der Luftstreitkräfte sein, ähnlich wie Apollo-Sojus im All?

Sie stellte sich die USA aus der Weltraumperspektive vor und konzentrierte sich auf das Gebiet rund um Vegas. In dieser Gegend gab es viele Militärflughäfen, unter anderem Amerikas Haupttestflugzentrum auf der Edwards Air Force Base;

ihre Kollegen und sie hatten damals die Aufgabe gehabt, sie alle zu fotografieren. Und plötzlich tauchte der abgelegenste und geheimste Ort der ganzen Region vor ihrem inneren Auge auf, der nur ein kleines Stück weiter nördlich lag: das amerikanische Atomtestgelände. Schnell schrieb sie das auf, in der Hoffnung, vielleicht irgendeinen Zusammenhang zu erkennen.

Svetlana hielt inne und sah sich suchend um. Zu ihrer großen Freude entdeckte sie in einem Regal eine Art gläserne Teekanne. Als sie hinüberging, um sie sich genauer anzusehen, fand sie auch mehrere Päckchen mit Instantkaffee und zwei Teebeutel. Nachdem sie herausgefunden hatte, wie sie Wasser in den Kocher füllen konnte, platzierte sie die Kanne unter dem Hahn und schaltete alles ein. Erleichtert stellte sie fest, dass ein rotes Lämpchen anging. Sekunden später fing das Gerät an zu keuchen, dann plätscherte kochendes Wasser in die Kanne. Schnell ließ sie einen Teebeutel hineinfallen und kehrte dann zu ihren Notizen zurück.

Wenn Alexei und Waleri kamen, würden sie bestimmt nachhaken, wie sicher sie sich war. Deshalb ließ sie den Moment nun noch einmal vor ihrem inneren Auge ablaufen und fror ihn ein wie ein Gemälde. Auch wenn sie nur einen ganz kurzen Blick auf Abramowitschs Gesicht hatte erhaschen können, hatte sie ihn eindeutig erkannt. Und den Amerikaner hatte sie mehrere Sekunden lang direkt angesehen. Sie schrieb auf: *Bei einem könnte es nur eine Ähnlichkeit sein, aber bei beiden? Ausgeschlossen!*

Vom Kocher drang eine Art feuchtes Schnaufen zu ihr herüber, und sie stellte zufrieden fest, dass die Kanne nun zur Hälfte mit brauner Flüssigkeit gefüllt war. Vorsichtig füllte sie einen Teil davon in einen Becher und untersuchte dann die kleinen Päckchen, die neben den Teebeuteln bereitstanden –

da war eindeutig das Bild einer Kuh aufgedruckt. Sie riss eines auf, schnüffelte daran und kippte den Inhalt schließlich achselzuckend in ihren Tee. Mit dem ebenfalls bereitgelegten Holzstäbchen rührte sie um, bis der Tee eine vertraut cremige Farbe annahm. Svetlana kostete zögernd. *Nicht übel.*

Prüfend schaute sie auf ihre Armbanduhr.

Sie würden bald hier sein.

35

Caesars Palace

Alexei Leonow war nicht überzeugt, versuchte aber, sich auf das zu konzentrieren, was Svetlana ihnen erklärte.

Waleri und er hatten mit der Apollobesatzung einige Drinks gekippt, und der Alkohol ließ das Ganze noch unglaubwürdiger klingen. Er saß im einzigen Sessel des Hotelzimmers, während Waleri auf der Bettkante hockte. Svetlana stand am Fenster.

»Und wie weit waren diese Männer von dir entfernt?« Angestrengt versuchte Alexei, sich seine Skepsis nicht anmerken zu lassen. Schließlich gehörte sie zu seiner Mannschaft, also musste er ihr das Gefühl vermitteln, dass er sie ernst nahm. Auch wenn das, was sie behauptete, extrem abwegig klang.

Gelassen antwortete Svetlana: »Ungefähr fünfzig Meter. Wir waren da gerade auf dem Weg zu den Fahrstühlen.«

Nun meldete sich Waleri zu Wort: »Fünfzig Meter! Auf diese Entfernung ist ein Gesicht aber schon sehr klein.« Er hatte beschlossen, des Teufels Advokaten zu spielen, damit sein Kommandant fair und unvoreingenommen auftreten konnte. »Wie lange hast du sie gesehen, in Sekunden gerechnet?«

»Anfangs nur durch Zigarettenqualm hindurch, der hat sich aber verzogen, als wir zu den Fahrstühlen kamen.« Sie dachte nach. »Alles in allem ungefähr dreißig Sekunden.« Ungerührt sah sie Waleri an. »Also lange genug, um sicher zu sein.«

Der spitzte die Lippen und schnaubte zweifelnd; der Wodka in seinem Blut machte ihn kühner als sonst. Ja, Svetlana war qualifiziert, aber er hielt grundsätzlich nicht viel von weiblichen Kosmonauten. Sie waren einfach zu emotional, was nur Probleme schuf. So wie diese hier.

»Also auf fünfzig Meter Entfernung, für eine halbe Minute«, fasste er ausdruckslos zusammen, als wollte er lediglich die Fakten aufzählen, damit Alexei die Geschichte dann entsprechend interpretieren konnte.

Der aber versuchte es anders: »Falls es der Amerikaner war, dem du bei der Wasserung begegnet bist, muss er ja irgendwie zur NASA gehören, und dann könnten unsere NASA-Kollegen ihn erkannt haben. Hast du zufällig mitgekriegt, ob sie einander bemerkt haben?«

Svetlana schüttelte den Kopf. »Nein, die drei waren abgelenkt, deshalb glaube ich nicht, dass ihnen etwas aufgefallen ist. Und der Amerikaner hat auch nicht versucht, sie auf sich aufmerksam zu machen.« Sie versuchte, sich Kaz' Gesichtsausdruck noch einmal vor Augen zu führen. »Meiner Meinung nach war er nicht begeistert von dieser Begegnung. Ich glaube, er wollte ganz bewusst verhindern, dass Sascha uns sieht.« Nachdenklich unterbrach sie sich. Sie war die einzige Testpilotin in der Gruppe und damit auch die Einzige, die Abramowitsch vielleicht wiedererkennen konnte. »Beziehungsweise mich.«

Nun dachte auch Alexei angestrengt nach. Sollte das, was sie ihnen da erzählte, der Wahrheit entsprechen, war es wichtig – auch wenn es noch so unwahrscheinlich klang. Blieb nur die Frage, was sie daraus machen sollten. Einige Sekunden lang saß er stumm da, dann traf er seine Entscheidung.

»Wir sollten unsere Mannschaftskameraden nicht damit behelligen, das würde nur zu Komplikationen führen. Und falls wir diesem Amerikaner zufällig begegnen, tust du am besten so, als hättest du ihn gar nicht gesehen und nicht erkannt. Wenn er ein Geheimnis hat, sollten wir es ihm lassen. Zumindest vorerst.«

Er sah erst Waleri und dann Svetlana durchdringend an. »Doch wenn wir wieder in Houston sind, wirst du unserem Verbindungsmann in der Botschaft erzählen, was du hier beobachtet hast. Der kann die Information dann sicher nach Moskau weiterleiten. Sollte der sowjetische Testpilot Alexander Abramowitsch aus einem bestimmten Grund in Amerika sein, werden sie das bestimmt wissen.«

Das fand Svetlana sinnvoll, also nickte sie. Es tat gut, ernst genommen zu werden.

Alexei musterte sie prüfend und sah, dass sie seinen Vorschlag voll und ganz akzeptierte. *Sehr gut*, dachte er. *Jetzt ist Schluss mit dem Unsinn.*

*

Während des Rückflugs von Las Vegas ging Svetlana noch einmal alle Details im Kopf durch und begriff, dass es allein von ihrer Überzeugungskraft abhing, ob ihr Botschaftskontakt etwas unternehmen würde. Alexei hatte ihre Geschichte hingenommen, aber Waleri war nicht überzeugt. Wollte sie, dass man ihr Glauben schenkte, musste sie ihre Nachricht an Moskau also noch besser verkaufen.

Und so klopften Svetlana und Alexei, nachdem sie in Houston gelandet und in ihr Hotel zurückgekehrt waren, noch spät am Sonntagabend an die Tür des Botschaftsattachés, damit sie berichten konnte, was sie beobachtet hatte.

Da Alexei ihrem Kontakt in der Botschaft nicht gesagt hatte, wo sie das Wochenende verbringen würden, zeigte sich der nun schockiert, was der Kommandant aber schlichtweg ignorierte. Der Ausflug sei wichtig gewesen für das Gemeinschaftsgefühl der Besatzung, erklärte er brüsk, und die NASA habe auch nichts davon erfahren. Außerdem sei so etwas in Russland ja auch nicht unüblich. Und wären sie nicht dort gewesen, wäre Svetlana auch nicht zufällig auf potenziell wichtige Informationen gestoßen.

Auch der Attaché reagierte skeptisch auf Svetlanas Geschichte. Aber er hörte sich alles aufmerksam an – immerhin hatte er hier die ersten Sowjets vor sich, die frei im All geschwebt und auf dem Mond gewesen waren. Und die Frau klang so abgeklärt und überzeugt, dass er ihren Bericht mit allen Details würde weiterleiten müssen. Deshalb bat er sie, das Ganze ausführlich aufzuschreiben. Er wollte sicher sein, alles korrekt wiedergeben zu können, wenn er die Informationen an seine Vorgesetzten schickte.

36

Außenministerium, Moskau

Die Sowjetunion war das größte Land der Welt und hatte eine Bürokratie, die zu diesen Dimensionen passte. Als die Nachricht, dass möglicherweise ein sowjetischer Kampfpilot in den USA gesehen worden war, das Vaterland erreichte, setzten sich also die offiziellen Mühlen in Bewegung. Langsam.

Nach dem Ende des Kosmonautentrainings in Houston kehrte der Botschaftsattaché nach Washington zurück und informierte vor seiner Rückreise in die UdSSR Botschafter Dobrynin über den Vorfall, der daraufhin eiligst den Bericht der Kosmonautin und die Zusammenfassung des Attachés sichtete. Zwar hatte der Botschafter keinerlei Gerüchte darüber gehört, dass sich einer ihrer Testpiloten in den USA aufhalten solle, doch er genehmigte trotzdem die Weiterleitung des Berichts, nur für alle Fälle. Vermutlich handelte es sich einfach um eine Verwechslung. Doch seine langjährige Erfahrung als Diplomat hatte ihn gelehrt, dass es nie schaden konnte, möglichst gründlich zu sein.

Und so erreichte die Information mit der zweimal wöchentlich per Aeroflot aus New York übersandten Diplomatenpost das Außenministerium in Moskau. In der Registratur im dritten Stock des Hochhauses entschied man aufgrund des Verteilercodes auf dem Umschlag, ihn in den zwölften Stock zu schicken, zum Assistenten des stellvertretenden Ministers für militärische Zusammenarbeit.

Neun Tage nach Svetlanas Beobachtung wurde der Umschlag sechstausend Meilen vom Schauplatz des Ereignisses entfernt geöffnet und sein Inhalt sorgfältig gelesen. Und dann gleich noch ein zweites Mal.

*

Das beigefarbene Telefon in der linken oberen Ecke von Vitaly Kalugins Schreibtisch klingelte so schrill, dass die Wählscheibe vibrierte. Ohne den Blick von dem Bericht zu heben, den er gerade studierte, griff Vitaly nach dem Hörer und drückte ihn ans Ohr.

»Kalugin«, meldete er sich knapp. Wer diese Nummer anrief, wusste, dass er für die Erste Hauptverwaltung des KGB tätig war – die für Auslandsspionage zuständige Abteilung der Staatssicherheit.

Am anderen Ende der Leitung war ein Beamter des Außenministeriums, den er flüchtig kannte. Der Mann hatte ungefähr den gleichen Rang inne wie er selbst, und sie hatten sich schon ein paarmal unterhalten. Kalugin hörte aufmerksam zu, als der Beamte ihm den Grund seines Anrufs erklärte.

Er verstand sofort. Eine Zeit lang war er für die Beaufsichtigung eines amerikanischen Air Force-Piloten zuständig gewesen, der schließlich als Astronaut für Apollo 18 berufen worden und bei einer bewaffneten Auseinandersetzung nach der Wasserlandung der Kapsel ums Leben gekommen war. Vitalys Kontakt im Außenministerium war nun bei einem aktuellen Fall auf einen bekannten Namen gestoßen und wollte ihn vollkommen korrekt darüber informieren, falls es da einen Zusammenhang gab.

Schnell zog Vitaly sein grünes Notizbuch zu sich heran und schrieb mit, während er aufmerksam lauschte. In sauberen kyrillischen Schriftzeichen machte er sich Stichpunkte: Major Svetlana Gromova; Las Vegas; Oberst Alexander Wasiljewitsch Abramowitsch. Auf seine Nachfrage hin wiederholte sein Gesprächspartner einige Details zu dem Amerikaner, den Major Gromova gesehen zu haben glaubte, dann beendete Vitaly das Telefonat. Vorher ließ er sich allerdings noch zusichern, dass ihm eine Kopie des Berichts zugeschickt würde. Ja, sie waren quasi gleichgestellt, aber der KGB hatte immer Vorrang.

Nachdem er den Hörer aufgelegt hatte, ging er seine Notizen noch einmal durch und listete darunter mögliche Maßnahmen auf. Hinter jede zeichnete er ein ordentliches leeres Kästchen, damit abgehakt werden konnte, was erledigt war.

Dann lehnte Vitaly sich zurück und ging die Möglichkeiten durch, wobei er die eigene Logik immer sorgfältig prüfte. Er nickte. Es würde nicht lange dauern, herauszufinden, ob an der Sache etwas dran war.

Er schlug die letzte Seite seines Notizbuches auf und ging seine Kontakte in den anderen Abteilungen durch. Schließlich griff er erneut zum Hörer und klemmte ihn zwischen Ohr und Schulter, da er das Telefon mit der Linken stillhalten musste, während er wählte.

Als die Verbindung zustande kam, stellte Vitaly ein paar einfache Fragen. Sein Gesprächspartner bat ihn, zu warten, während er nachsah. Nachdenklich strich Vitaly mit dem Finger über die gezeichneten Kästchen. Sein Job bestand darin, Rätsel zu lösen und hin und wieder einen Blick in die Zukunft zu werfen. Beides konnte er gut, und sein jüngster Erfolg mit dem amerikanischen Astronauten hatte ihm eine Beförderung innerhalb seiner Abteilung eingebracht. Allerdings sah es ganz so aus, als ob an dieser Angelegenheit nichts dran war.

»Vitaly, sind Sie noch da?«

»*Da,* ich höre.«

»Ich habe die Akte gefunden. Testpilot und Held der Sowjetunion Oberst Alexander Wasiljewitsch Abramowitsch ist im Einsatz gefallen. Er wurde am 5. Oktober dieses Jahres vor der Küste von Israel mit seiner MiG-25 abgeschossen. Sein Leichnam wurde nie gefunden, aber die Israelis haben zur Bestätigung Wrackteile geliefert.« Nach einer kurzen Pause hakte der Mann am anderen Ende der Leitung nach: »Beantwortet das Ihre Frage?«

Unwillig runzelte Vitaly die Stirn. Das würde doch noch etwas Arbeit erfordern.

»*Da,* vielen Dank.« Zum zweiten Mal legte er den Hörer auf und machte ein ordentliches kleines Kreuz in eines der Kästchen. Dann notierte er sich zwei weitere Aufgaben. Noch einmal zwei Kästchen, die darauf warteten, abgehakt zu werden.

Wenn Abramowitsch vor fast einem Monat gestorben war, wen hatte Major Gromova dann gesehen? Sie hatte zwei Personen auf einmal erkannt, was ihrem Bericht zusätzliche Glaubwürdigkeit verlieh.

Er starrte auf den letzten Punkt auf seiner Liste und warf dann einen Blick auf die Uhr. Es war noch früh, die Zeit konnte also noch ausreichen.

Er musste nach Swjosdny Gorodok fahren und selbst mit Major Svetlana Gromova sprechen.

37

Swjosdny Gorodok, UdSSR

»Vitaly Kalugin«, wiederholte er bei der Torwache der Sternenstadt seinen Namen. »KGB«, fügte er noch hinzu und hielt seine Dienstmarke hoch.

Das brachte eine sofortige Reaktion hervor, inklusive straffer Haltung und Salut. »*Iswinitja, towarischtsch.* Bitte, gehen Sie durch.«

Vitaly hatte vorher angerufen, um sicherzustellen, dass die Frau verfügbar war, und war dann mit der Metro und dem *elektrichka*-Pendelzug bis zum Bahnhof Ziolkowskaja gefahren, der dem Kosmonautenausbildungszentrum in Swjosdny Gorodok am nächsten lag. Der erste Schnee des Jahres hing schwer in den Bäumen und dämpfte die Geräuschkulisse, als er nun das Areal betrat. Obwohl er sich nur fünfzig Kilometer von seinem Moskauer Büro entfernt hatte, fühlte sich alles anders an. Die Menschen hier bildeten eine eng verknüpfte Gemeinschaft, in der jeder seiner Aufgabe nachging. Dieser Ort existierte einzig und allein, um die Kosmonauten auf ihre Raumflüge vorzubereiten.

Der Diensthabende im Hauptgebäude erwartete ihn bereits und führte ihn durch einen schmalen Korridor zu einem kleinen Konferenzraum. Nach einem Blick auf die Uhr nahm Vitaly den angebotenen Tee mit Zwieback gerne an; das heiße Getränk und der harte, trockene *sukhari* taten gut nach dem Marsch durch die kalte Herbstluft. Da er ein paar Minuten zu früh eingetroffen war, nahm er Platz und wartete geduldig. Der offenbar wenig genutzte Raum wurde nicht beheizt, weshalb er seinen Mantel anbehielt.

Er hatte seinen Besuch nicht beim Kommandanten der Sternenstadt angekündigt, war sich aber sicher, dass dieser davon erfahren würde. Wenn der KGB ein vertrauliches Treffen mit einer Kosmonautin wünschte, musste man die Sache ja nicht durch unnötige Förmlichkeiten aufbauschen.

Vitaly kannte das schon.

Pünktlich zur vereinbarten Uhrzeit öffnete sich die Tür, und eine Frau kam herein. Sie trug einen hellgrünen Fliegeranzug und eine Jacke und hatte einen Beutel bei sich. Mit wachsamer, aber respektvoller Miene blieb sie vor ihm stehen. Dann nickte sie grüßend.

»Guten Tag. Ich bin Major Gromova.«

»Kalugin, Vitaly Sergeievich. Major des KGB, Spionageabwehr, Sonderabteilung zwei. Guten Tag. Vielen Dank, dass Sie sich hier mit mir treffen.«

Svetlana nickte erneut, sagte aber nichts. Ihr blieb schließlich gar nichts anderes übrig. Der Leiter des Astronautenbüros hatte ihr ausrichten lassen, dass der KGB sie zu sprechen wünsche, also war sie nun hier.

»Bitte, setzen Sie sich«, forderte Vitaly sie auf. »Möchten Sie Tee?«

»*Njet, spasiba.*« In Wahrheit hatte sie durchaus Durst, aber dies war kein Höflichkeitsbesuch, und es war nicht die Aufgabe eines KGB-Beamten, ihr Tee zu besorgen. Sie nahm gegenüber vom ihm Platz und wartete ab.

Mit ausdrucksloser Miene sah Vitaly sie an. Dann beschloss er, die Sache indirekt anzugehen.

»Wie gut kennen Sie den Testpiloten Oberst Alexander Wasiljewitsch Abramowitsch?«

Svetlana zuckte unverbindlich mit den Schultern. *So wird das also laufen.*

»Er war einer meiner Ausbilder und während meiner Zeit in Ramenskoje ein Kollege. Wir sind ein paarmal zusammen geflogen. Privat hatte ich nichts mit ihm zu tun.«

Vitaly nickte. »Wann war das?«

»Vor drei oder vier Jahren. Meine Zeit in Ramenskoje hat sich ungefähr um ein Jahr mit seiner überschnitten.« *Er stellt Fragen, deren Antworten uns beiden bekannt sind.*

»Wie würden Sie ihn beschreiben?«

Seltsame Frage. »Ungefähr ein Meter achtzig groß, dunkles Haar, durchtrainiert, still, professionell. Guter Pilot.«

»Hat er irgendwelche hervorstechenden Merkmale?«

»Falls Sie wissen wollen, ob ich ihn problemlos wiedererkennen könnte, lautet die Antwort Ja. Er war ein Kollege, dem ich regelmäßig begegnet bin, ich weiß also, wie er aussieht.«

Nachdem Vitaly sie ein paar Sekunden lang stumm angesehen hatte, sagte er: »Beschreiben Sie mir detailliert, was Sie in Las Vegas beobachtet haben.«

Svetlana holte tief Luft und schilderte ihm dann den genauen Ablauf dessen, was sie gesehen hatte, auch ihren Versuch, sich die Männer noch einmal anzusehen, wenn sie das Theater verließen.

Vitaly beugte sich vor, stemmte einen Ellbogen auf den Tisch und stützte das Kinn in die Hand. Der KGB hatte bei der Auseinandersetzung nach der Wasserung der Kosmonautin einen erfahrenen Agenten verloren, und die Amerikaner hatten natürlich weder Namen noch andere Informationen über die auf ihrer Seite Beteiligten preisgegeben. »Was können Sie mir über den Amerikaner sagen, den Sie dort wiedererkannt haben?«

Verwirrt runzelte Svetlana die Stirn. »Ich wurde nach meinem Raumflug doch von Ihren Leuten befragt. Haben Sie nicht mit denen gesprochen?«

Stumm sah Vitaly sie an und wartete auf eine Antwort.

Mit einem schweren Seufzer fuhr sie fort: »Ich bin ihm nur kurz begegnet, zunächst nach der Wasserung in der Apollo-Kapsel. Später, als wir aus dem Wasser raus waren, habe ich ihn noch einmal aus einiger Entfernung gesehen. Ich glaube, die Amerikaner haben ihn Kaz genannt, doch da bin ich mir nicht sicher – sie haben Englisch gesprochen. Falls es aber so ist, könnte es der Mann aus dem amerikanischen Kontrollzentrum sein, mit dem ich vom Weltraum aus gesprochen habe. Die Namen klangen ähnlich.«

Als der KGB-Beamte nicht reagierte, fügte sie hinzu: »Aber das alles habe ich bereits berichtet, schon vor Monaten.«

Vitaly beschloss, ein wenig nachzugeben. *»Znayu.«* Ich weiß. Nach einer kurzen Pause fragte er weiter: »Sein Haar war damals nass, Sie haben Tauchermasken getragen und waren in eine bewaffnete Auseinandersetzung verwickelt. Wie sicher sind Sie sich also, dass Sie in Las Vegas genau diesen Mann gesehen haben?«

»Sehr sicher. Keine Frage, ich wusste sofort, dass er es war.«

Vitaly hatte sie genau beobachtet. Ihre Reaktion auf diese Frage war der eigentliche Grund, warum er sich die Zeit genommen hatte, in die Sternenstadt zu fahren. Er wollte selbst einschätzen, wie sicher sie sich war.

Nun griff er nach seiner Tasse, trank den inzwischen kalt gewordenen Tee aus und stellte sie vorsichtig zurück auf den Unterteller. Einen entscheidenden Punkt gab es noch, in dem er ihre Reaktion testen wollte.

»Hat einer der beiden Männer Sie erkannt?«

Svetlana sah ihn offen an. »Oberst Abramowitsch sicher

nicht, er hat gar nicht in unsere Richtung gesehen. Aber der Amerikaner und ich hatten Augenkontakt, bei ihm wäre es also möglich.«

»Hat er irgendeine Reaktion gezeigt, als er Sie sah?« Das war wichtig.

»Ich habe nichts dergleichen bemerkt, nein.«

Nun lehnte sich Vitaly zurück und ging im Geiste die ordentlichen Kästchen auf seiner Liste durch. Alle abgehakt.

Er stand auf, zog den Gürtel seines Mantels zu und wandte sich zur Tür. »*Spasiba*, Major Gromova.«

*

Auf der Rückfahrt nach Moskau saß Vitaly stumm im *elektrichka-Pendelzug*, betrachtete geistesabwesend die weiß gepuderte Landschaft, die immer grauer wurde, je mehr sie sich der Stadt näherten, und führte sich vor Augen, was er nun wusste. Und vor allem, was er nicht wusste.

Major Gromova hatte nicht gewusst, dass Oberst Abramowitsch als »im Einsatz gefallen« gelistet war. Das war gut, da sie so nicht in Zwiespalt zu dem geraten konnte, was sie gesehen hatte. Und für Vitalys verstohlene Aufgabe war es nur von Vorteil, wenn sie möglichst wenig Aufhebens um die Sache machte. Vor allem, da sie im Rahmen ihrer Mission auch weiter mit Amerikanern in Kontakt sein würde.

Doch vor allem hatte er nun Berichte, die bestätigten, dass dieser Amerikaner an drei verschiedenen Orten aufgetaucht war: Vom Missionszentrum in Houston aus hatte er mit der Besatzung im All gesprochen. Bei der Wasserung der Kapsel nördlich von Hawaii war er an einer körperlichen Auseinandersetzung mit den sowjetischen Kräften vor Ort beteiligt gewesen. Und vor kurzem hatte er in Las Vegas einen sowjetischen Piloten begleitet, dessen Tod die Israelis mit ziemlich viel Aufwand hatten nachweisen wollen.

Neue Rätsel taten sich auf.

In den Akten des KGB hatte Vitaly den Namen des Amerikaners und eine Zusammenfassung seiner Militärkarriere gefunden. Nun aber würde Vitaly Kalugin es sich zur Aufgabe machen, alles über Commander Kazimieras Zemeckis in Erfahrung zu bringen.

*

Sobald sie wieder in ihrem *kvartira* im sechsten Stock von Dom 2 war, setzte Svetlana Teewasser auf. Der ausführliche Bericht und der Heimweg in der kalten, trockenen Luft hatten sie noch durstiger gemacht. Während sie nun die Teeblätter in das Metallei füllte, strich ihre Katze um ihre Beine und blickte maunzend zu ihr hoch.

»Hast du Hunger, Orbita? Wie wäre es heute mit Fisch zum Abendessen?«

Sie holte einen getrockneten Barsch aus ihrem kleinen Kühlschrank, brach ein Stück davon ab, legte es auf ein Tellerchen und platzierte die Leckerei neben dem Wassernapf der Katze. Laut schnurrend begutachtete das Tier die Gabe und fing schließlich an zu fressen; gleichzeitig begann der Teekessel zu pfeifen. Svetlana goss das kochende Wasser über das Teeei, das fertig vorbereitet in einem Becher lag. Dann trug sie den Tee, den restlichen Fisch und ein Stück Hartkäse hinüber ins Wohnzimmer, wo sie sich an den Esstisch setzte. Von hier aus hatte sie einen schönen Ausblick auf den langgezogenen zentralen Platz der Sternenstadt. Da der Oktober sich dem Ende zuneigte, war die Sonne bereits untergegangen, und die Straßenlaternen zeichneten lange Schatten hinter die Menschen, die von den Trainingsgebäuden zu ihren Wohnquartieren liefen.

Typisch KGB, dachte sie. *Nichts als Geheimniskrämerei und wichtigtuerische Verschwiegenheit.* Im Geist ging sie seine Fragen und ihre Antworten noch einmal durch. Für sie war es reine Zeitverschwendung gewesen, die wohl dazu dienen sollte, dass er – *wie hieß er noch gleich? Kalugin* – es so aussehen lassen konnte, als wäre er aktiv geworden, womit er wahrscheinlich seine Vorgesetzten in der Lubjanka beeindrucken wollte. Wie fast alle sowjetischen Beamten ging er strikt nach Schema F vor und tat so, als würde er engagiert arbeiten, ohne dabei aber wirklich Einsatz oder Leistungsbereitschaft zu zeigen.

Trotzdem war er nun einmal vom KGB.

Vorsichtig zog sie mit den Zähnen etwas Fleisch vom Gerippe des Fisches, biss dann ein Stückchen Käse ab und kaute nachdenklich, während sie gleichzeitig ihren Beutel öffnete und das Lehrmaterial für das morgige Sojus-Training herausholte. Nachdem sie alles mit einem Schluck Tee heruntergespült hatte, musterte sie ihre Katze, die auf ihren Schoß gesprungen war und sich dort putzte.

»Na, Orbita? Wie wäre das – geheime Katzenspionin? Nein, das ist kein Leben für Frauen wie uns.«

Wieder nahm sie einen Happen und schlug ihr Lehrbuch auf.

Deswegen bin ich Kosmonautin geworden.

38

Ulitsa Gorkovo, Moskau

»Allo? Allo?«

Ein Mann hatte den Anruf angenommen, aber der Verkehrslärm hier auf der Straße übertönte beinahe seine Stimme.

Svetlana war mit dem *elektrichka*-Pendelzug in die Stadt gefahren und hatte dort die Metro bis zum Platz der Revolution genommen, wo sie sich ein TAKSOFON-Münztelefon suchte. Später würde sie sich im Café Filippov eine extra große heiße Schokolade und etwas Gebäck gönnen und anschließend beim Feinkostladen Jelissejew in der Gorki-Straße einige Leckereien für sich und ihre Katze kaufen. Doch der eigentliche Zweck dieses seltenen und noch dazu mitten unter der Woche stattfindenden Ausflugs in die Hauptstadt war dieser Anruf.

Sie hatte ein Zwei-Kopeken-Stück eingeworfen und die Nummer gewählt, die sie auswendig kannte. Gleichzeitig hatte sie sich zurechtgelegt, was sie sagen wollte. Was aber nur funktionieren konnte, wenn das sowjetische Telefonsystem es ihr erlaubte, die Stimme am anderen Ende auch zu hören.

Sie versuchte es noch einmal: »Allo! Ich möchte mit Oberst Alexander Wasiljewitsch Abramowitsch sprechen. Ich war mit ihm auf der Schule und würde gerne wieder mit ihm in Kontakt kommen.« Das war hoffentlich spezifisch genug, um mit ihm verbunden zu werden, aber gleichzeitig so vage, dass man sie dadurch nicht aufspüren konnte – falls das jemand versuchen sollte.

Keine Antwort. Svetlana drückte den Hörer fester ans Ohr, bis sie endlich das leise Rauschen der Verbindung hören konnte. Außerdem glaubte sie, jemanden atmen zu hören.

Sie bohrte weiter: *»Menya slishitye?«* Können Sie mich verstehen?

»Da, slishu«, antwortete der Mann schließlich vorsichtig. »Oberst Abramowitsch ist … nicht hier.« Nach einer kurzen Pause fragte er: »Wer spricht denn da?«

Damit hatte Svetlana schon gerechnet. »Natalja Surajewa. Wir waren Schulkameraden in Stalingrad, und da ich gerade in Moskau bin, hatte ich gehofft, wir könnten uns treffen.« Leicht besorgt fügte sie hinzu: »Kommt Sascha denn bald wieder?«

Wieder dauerte es ein wenig, dann aber erklärte ihr der Mann deutlich freundlicher: »Genossin Surajewa, ich bin ein Kollege von Oberst Abramowitsch, vom Mikojan-Entwicklungsbüro. Leider habe ich schlimme Neuigkeiten für Sie. Unser Freund Sascha ist tot. Er hat das getan, was er am meisten liebte – das beste Flugzeug der Welt gesteuert. Dabei ist er im Einsatz für sein Vaterland gefallen. Es tut mir wirklich leid, dass Sie es von mir erfahren müssen.«

Svetlanas entsetztes Keuchen war echt. Hastig überlegte sie, was das bedeuten könnte. Als er das Geräusch hörte, fügte der Mann hinzu: »Mein aufrichtiges Beileid.«

Was würde Natalja jetzt sagen? »Das ist ja schrecklich! Wann ist das passiert? Wird es eine Trauerfeier geben?«

»Unglücklicherweise ist er bereits Anfang Oktober von uns gegangen, die Trauerfeier hat vor knapp einem Monat stattgefunden.« Nachdem er diese unangenehme Pflicht erfüllt hatte, wurde der Mann wieder förmlicher: »Kann ich sonst noch etwas für Sie tun, Genossin Surajewa?«

»*Njet, spasiba.* Das ist nur ein ziemlicher Schock. Vielen Dank, dass Sie es mir gesagt haben.«

»Mein Beileid. Und alles Gute.« Das summende Freizeichen zeigte an, dass der Mann aufgelegt hatte.

Langsam legte Svetlana den Hörer auf die Gabel. Wenn Abramowitsch schon Anfang Oktober gestorben war, wen hatte sie dann in Las Vegas gesehen? Sollte sie sich tatsächlich getäuscht haben?

Plötzlich wurde ihr bewusst, dass sie noch immer in der Telefonzelle stand und ein Mann draußen offenbar ungeduldig darauf wartete, dass sie fertig wurde; zumindest warf er ihr schon böse Blicke zu. Sie trat auf die Straße hinaus. Nach dieser unerwarteten Neuigkeit war sie wie betäubt. Mit steifen Schritten ging sie in Richtung des Cafés.

Dann aber kam ihr ein neuer Gedanke, der sie so abrupt innehalten ließ, dass eine alte Babuschka mit zwei Einkaufstaschen von hinten in sie hineinlief und unwillig grunzte. Svetlana entschuldigte sich und ging weiter, nun deutlich schneller.

Nein, dachte sie. *Ich habe mich nicht getäuscht.*

Sie hatte ganz sicher Abramowitsch gesehen.

Das bewies schon der Besuch des KGB in der Sternenstadt.

39

Area 51, Nevada

Bei der Zerlegung der sowjetischen MiG-25 in der Area 51 war man mit so klinischer Präzision vorgegangen, als wäre ein Alien auf einem irdischen Operationstisch gelandet, wo ein Team aus eifrigen Forschern den Körper Schicht für Schicht sezierte und mit jedem Schnitt neue Erkenntnisse gewann. Ein wesentlicher Unterschied bestand allerdings darin, dass die Ärzte den Körper in diesem Fall anschießend wieder zusammenfügen und zu neuem Leben erwecken mussten.

Sozusagen ein rohes Ei, das dreifache Schallgeschwindigkeit erreichen konnte.

Das Team setzte sich aus Technikern der Air Force und der Skunk Works von Lockheed zusammen. Die kurze Autopsie der israelischen Luftwaffe war ihnen eine große Hilfe, da Flügel und Stabilisatoren bereits abmontiert waren. Außerdem war es immer einfacher, etwas ein zweites Mal auseinanderzunehmen. Am Ende bedeckten die etikettierten und sorgfältig abfotografierten Einzelteile fast den gesamten Hangarboden. Es sah aus, als wäre der Bauplan eines Modellflugzeugs explodiert.

Ein weiteres Team unter der Leitung von Colonel Irv Williams hatte sich ausschließlich dem Cockpit gewidmet. Irv und seine Piloten würden diesen Vogel fliegen müssen, deshalb wollten sie möglichst viel Information über Triebwerkszündung, Fluggeschwindigkeit und Notsysteme zusammentragen. Dabei nahmen sie als Ausgangspunkt die Checklisten zu Hilfe, die sie für ältere MiG-Modelle erstellt hatten. Doch die MiG-25 hatte zwei Triebwerke und war außerdem wesentlich größer, schwerer und schneller als ihre Vorgänger.

Im Cockpit war alles auf Kyrillisch beschriftet, und die Messinstrumente waren auf ausländische Maßeinheiten wie Meter, Celsius oder Kilogramm pro Kubikzentimeter kalibriert. Zwar hatten die amerikanischen Piloten im Rahmen ihrer Einweisung auch gelernt, die kyrillischen Schriftzeichen zu lesen, trotzdem klebten sie nun bei den entscheidenden Instrumenten kleine Schildchen mit den englischen Bezeichnungen neben die Schalter und Anzeigen.

Irgendwann würden sie auch die Radarsysteme und Sensoren genauer unter die Lupe nehmen, doch vorerst legte Irv den Fokus nur auf das, was die Piloten für einen sicheren Flug wissen mussten. Obwohl er versuchte, seine Gefühle im Zaum zu halten, platzte er fast vor Freude. Es gab nur sehr wenige Maschinen auf der Welt, die dreifache Schallgeschwindigkeit erreichen konnten, und als Chef des Teams stand ihm der erste Flug mit diesem Modell zu.

Der Traum eines jeden Testpiloten.

Vor allem aber wollte er sich mit jemandem unterhalten, der dieses Biest bereits geflogen hatte. Eine solche Gelegenheit hatte es bei den anderen MiGs nicht gegeben, da hatten sie sich alles selbst beibringen müssen. Diesmal jedoch hatte Washington verlauten lassen, dass der Pilot der Maschine zu den USA übergelaufen war, und nun würde er auf Irvs Drängen hin einige Zeit in Groom Lake verbringen und mit seinem Test- und Entwicklungsteam zusammenarbeiten. Sobald die CIA ihre Befragungen und die offizielle Sicherheitsprüfung abgeschlossen hatte, würde man den sowjetischen Piloten mit einem Betreuer und Übersetzer als zivilen Berater an die

USAF57 Fighter Weapons Wing überstellen – Irvs Einheit. Der Austausch mit dem erfahrenen MiG-25-Piloten würde ihnen eine Menge Zeit und Umkehrarbeit ersparen, und er würde sicher auch einige Wissenslücken in der Handhabung der älteren MiG-Varianten füllen können.

Das Team hatte die MiG-25 inzwischen wieder größtenteils zusammengesetzt, bald würden sie die Elektrik wieder in Betrieb nehmen und die ersten Triebwerktests und Rollfeldübungen durchführen können. Irv hatte seine Entwickler angewiesen, möglichst zu dem Datum fertig zu werden, an dem die CIA nach eigener Aussage den Sowjetpiloten nach Groom Lake schicken wollte.

Und dieser Tag war heute. Er hatte bereits beim Tower nachgefragt: Die Maschine, mit der die Mitarbeiter üblicherweise von Vegas herflogen, hatte den normalen Montagsflugplan eingereicht. Also müsste sie in wenigen Minuten eintreffen.

Irv verließ den Hangar, um sich anzusehen, wie sie auf dem Flugfeld von Groom Lake landeten.

*

»Warum ich kann nicht schauen aus Fenster?«

Sascha schien ebenso verwirrt wie verärgert zu sein. Wenn sie ihm Informationen über die MiG-25 entlocken wollten und ihm als frischgebackenem Bürger der Vereinigten Staaten von Amerika Vertrauen schenkten, warum waren dann sämtliche Vorhänge zugezogen, sodass er nicht aus dem Fenster der zweimotorigen King Air nach draußen sehen konnte?

Kaz, der auf dem Platz neben ihm saß, zuckte nur mit den Schultern. Die Anweisung der Bordbesatzung war eindeutig gewesen: Keiner der elf Passagiere durfte auf dem dreißigminütigen Flug von Las Vegas nach Groom Lake das Gebiet sehen, das sie überflogen.

Kaz kannte den Grund dafür, doch er hatte nicht vor, es seinem Sitznachbarn zu erklären, auch wenn dieser nun ganz offiziell als Überläufer anerkannt war. Ein Blick zu Thompson zeigte ihm, dass der CIA-Betreuer ebenfalls nicht vorhatte, Saschas Frage zu beantworten. Auf ihrer Route streiften sie auch die Flugverbotszone über dem Atomwaffentestgelände von Nevada; die US-Regierung hatte in dieser Region neben den MiGs auch noch andere Interessen. Und da die Passagiere des Flugzeugs unterschiedliche Sicherheitsfreigaben hatten, war es einfacher, die Pauschallösung auf alle anzuwenden.

»Es dauert ja nicht mehr lange«, versicherte Kaz nur. Sascha hörte sich Bills Übersetzung an und schien sich damit zufriedenzugeben, denn er lehnte sich wieder in seinem Sitz zurück.

Kaz und Sascha erkannten an dem steigenden Druck in ihren Ohren, wann die Maschine in den Sinkflug ging. Ihre Pilotenerfahrung ließ sie fast schon unbewusst mit dem Unterkiefer mahlen, bis es in ihren Ohren ploppte. Die übrigen Passagiere – Bill, das wöchentlich eingesetzte Reinigungspersonal und ein paar zusätzliche Arbeiter – hielten sich die Nasen zu und kämpften gegen das unangenehme Gefühl an, indem sie den Atem hindurchzupressen versuchten. Da sie an die leichten Flugzeugbewegungen gewöhnt waren, konnten Kaz und Sascha außerdem sagen, dass die Maschine nun die geplante Sinkroute erreicht hatte. Als Nächstes warteten sie auf das Quietschen und Scheppern des sich absenkenden Fahrwerks. Sie spürten, wie die Piloten die Landeklappen ausfuhren. Die Reifen quietschten, als sie Bodenhaftung bekamen, dann setzte die King Air auf; das sanfte Gleiten des

Fluges wurde vom rauen Schütteln auf dem Rollfeld abgelöst.

Da die Piloten nur kurz ihre Passagiere absetzen sollten, schalteten sie lediglich das linke Triebwerk ab und ließen dann den Wachmann an Bord, der die Identität der Passagiere überprüfen sollte. Als der Mann den Russen erreichte, stutzte er kurz, da der ihm einen brandneuen blauen US-Reisepass unter die Nase hielt. Beim Durchblättern bemerkte er, dass das Dokument keinerlei Stempelung enthielt und erst vor kurzem ausgestellt worden war. Während er das Foto mit Saschas ausdruckslosem Gesicht abglich, musste er mit erhobener Stimme gegen den Lärm des noch laufenden Triebwerks anschreien.

»Neuer Pass?« Man hatte das gesamte Sicherheitsteam darüber informiert, dass heute ein ehemaliger Sowjet ankommen würde, und das gefiel ihm nicht. Es war seine Aufgabe, für die Sicherheit von Area 51 zu sorgen, und nun luden die Idioten aus Washington einen Kommunistenfuchs in sein makelloses Hühnerhaus ein.

Der Russe nickte knapp. »Ja.« Die überdeutliche Aussprache der einen Silbe ließ seine Antwort sehr unamerikanisch klingen.

Nachdem er das mit einem nichtssagenden Grunzen quittiert hatte, erwiderte der Wachmann den starren Blick des Russen noch einige Sekunden lang; er versuchte, eine Einschätzung dieses Mannes vorzunehmen, die er dann an seine Kollegen weitergeben konnte. Ihm lief ein merkwürdiger Schauer über den Rücken, den er jedoch ignorierte, um sich ganz auf sein Gegenüber konzentrieren zu können – einen unauffälligen Mann mittleren Alters, der körperlich extrem fit zu sein schien, aber bereits unter Haarausfall litt. Und dessen Papiere den Zugangsbestimmungen entsprachen. Nachdem er dem ehemaligen Russen seinen Pass zurückgegeben hatte, prüfte er noch Kaz' Navy-Dienstausweis, hakte beide Namen auf seiner Liste ab und wandte sich dann Bill zu, der in der nächsten Reihe saß.

Sascha sah zu Kaz hinüber und zog vielsagend eine Augenbraue hoch. In der Sowjetunion trieb sinnloses Bürokratentum teilweise absurde Blüten, und in Amerika schien das nicht wesentlich anders zu sein.

Sobald er seine Überprüfung abgeschlossen hatte, kehrte der Wachmann an das vordere Ende der Kabine zurück, wo er – wegen der niedrigen Decke leicht geduckt – stehen blieb und sich an die gesamte Gruppe wandte.

»Wenn Sie ausgestiegen sind, gehen Sie direkt weiter bis in den Hangar.« Er zeigte durch die geöffnete Flugzeugtür zu dem riesigen Gebäude mit dem v-förmigen Dach hinüber. »Dort wird Sie jemand in Empfang nehmen, der den weiteren Transport regelt.« Damit warf er dem Russen noch einen letzten Blick zu und schob sich durch die Kabinentür nach draußen.

Kaz drehte sich mit einem verstohlenen Lächeln zu Sascha um. »Willkommen in Groom Lake.«

*

»Und hier hätten wir euer neues Zuhause«, stellte Irv Williams fest.

Er hatte sie am Flugzeug in Empfang genommen, ihnen dabei geholfen, ihr spärliches Gepäck in seinem Jeep zu verstauen, und sie dann an einigen zusammengewürfelten niedrigen Metallbauten vorbei zu einer langen Reihe von Wohnwagen gefahren, die am anderen Ende des Stützpunktes aufgebaut waren. Kaz, Grief und Thompson stiegen aus und folgten Williams zu einem der vielen silbernen Airstream-

Wohnwagen, die hier ordentlich aufgereiht und sicher verankert waren. Auf dem Dach des Wagens befand sich eine kantige Box; Kaz wusste aus Erfahrung, dass es sich um eine Klimaanlage handelte, die Kälte erzeugte, indem ein Luftstrom über verdunstendes Wasser geleitet wurde. In diesem trockenen Wüstenklima würde das Gerät den Wohnwagen zwar kühlen, ihm allerdings auch eine Duftnote verleihen, wie sie sich in vielen Häusern des Südwestens fand; dieser Schwachpunkt hatte dem Gerät den Spitznamen »Sumpfkühler« eingebracht. Der leicht muffige Geruch im Inneren des Wohnwagens bestätigte Kaz' Verdacht.

»Jeder Wagen ist für zwei Leute eingerichtet, mit je einem Schlafraum an jedem Ende. Küche, Wohnzimmer und Bad werden von beiden genutzt und befinden sich hier in der Mitte.« Irv musterte die drei Männer abschätzend. »Kaz, ich habe dir und Alexander diesen Wagen zugeteilt, so habt ihr jede Menge Gelegenheit für Fachgespräche.« Indem er durch das kleine, mit einem Vorhang versehene Fenster zum angrenzenden Wohnwagen hinüberzeigte, erklärte er Thompson: »Sie wohnen da drüben.«

Kaz bemerkte die säuerliche Miene des CIA-Agenten; offenbar gefiel es ihm nicht, von dem Russen getrennt zu werden. *Verständlich*, befand Kaz. Bis auf Weiteres war er für den Überläufer verantwortlich. Aber das hier war jetzt nun einmal eine Air-Force-Operation.

Die Wände des Wohnwagens waren mit grauen Eichenfurnierplatten vertäfelt, und auf einem Regal in der Ecke stand ein kleiner Fernseher. Statt eines Tisches gab es in der Küche einen hohen Tresen mit silbernen Barhockern, und das Wohnzimmer war mit dem auf Samt gemalten Bild einer halb nackten Hawaiianerin neben einem Wasserfall geschmückt. Beleuchtet wurde das Gemälde von drei schwenkbaren Messinglampen, die an der mit Akustikfliesen versehenen Decke montiert waren.

Als Irv nun zum Kühlschrank hinüberging, gab die Federung des Wohnwagens bei jedem seiner Schritte ein wenig nach. Schwungvoll riss er die Tür auf, damit die drei Männer sehen konnten, dass bereits ein Dutzend Bierdosen kalt gestellt war: Pabst Blue Ribbon. Grinsend ließ er die Kühlschranktür wieder zufallen. »Habe ich für euch befüllt.«

»Vielen Dank, Irv.« Kaz ließ seine Tasche auf den Couchtisch im Wohnbereich fallen und signalisierte Sascha, ebenfalls sein Gepäck abzustellen. Seit er am Strand von Israel gestanden und diese Rakete am Himmel beobachtet hatte, schien alles auf den heutigen Tag ausgerichtet worden zu sein, und nun wollte er es endlich angehen. »Wie sieht der Plan aus?«

Irv schaute auf die Uhr. »Erst einmal holen wir uns in der Kantine etwas zu essen, und für ein Uhr habe ich dann ein Briefing mit der gesamten Einheit angesetzt. So können wir einerseits Alexander der ganzen Gruppe vorstellen, und andererseits bekommt ihr beide einen Überblick, was wir hier machen.« Auf dem Weg zur Tür fügte Irv nur an Kaz gewandt mit gedämpfter Stimme hinzu: »Thompson hat mir gesagt, dass ihr und der Pilot ein paar Wochen hierbleibt. Wird das eine Art Testlauf, bevor sie ihn langfristig irgendwo ansiedeln?« Er hob fragend die Augenbrauen.

»Ja, so wurde mir das auch gesagt«, bestätigte Kaz und schob sich an Irv vorbei die wenigen Stufen hinunter. »Allerdings kann ich noch nicht genau sagen, wie lange ich bleibe. Aber sie wollen ganz klar, dass Alexander sich vorerst hier nützlich macht und schön unter dem Radar bleibt, während sie eine neue Identität für ihn stricken und ihm irgendwo einen Job beschaffen.«

Sie gingen zurück zum Jeep. Der Russe folgte ihnen, anscheinend tief in Gedanken versunken, während er die trockene, raue Landschaft musterte. Einige Schritte hinter ihm kam Thompson.

Irv startete den Motor, und die Männer stiegen ein: Kaz vorne auf dem Beifahrersitz, die beiden anderen hinten. »Ich dachte mir, ich mache vor dem Essen noch eine kleine Tour mit euch, damit ihr einen ungefähren Überblick bekommt, was wo ist«, erklärte Irv an alle gewandt. Dann wartete er, bis Thompson für den Russen übersetzt hatte, der verstehend nickte.

Eher ein stiller Typ, stellte Irv fest. *Andererseits – wie würde ich mich wohl verhalten, wenn ich an seiner Stelle wäre?*

Lächelnd verkündete er: »Gut, dann fangen wir mit der Müllkippe an.«

Thompson runzelte verwirrt die Stirn – sollte das ein Scherz sein? Doch er übersetzte auch das. Mit einem beherzten Tritt aufs Gaspedal brachte Irv sie auf eine unbefestigte Straße, die in südlicher Richtung am Fuß einer hohen im Westen gelegenen Felsklippe entlangführte. Der untere Teil der Felswand war an einer Stelle schwarz verfärbt.

Über den Lärm des Motors hinweg rief Irv: »Dieser Stützpunkt existiert seit Mitte der Fünfziger, und dort drüben werden die Abfälle verbrannt und die Überreste alter Projekte gelagert.«

Er bog links ab und zeigte dabei nach Süden. »Dort hinten könnt ihr unsere Treibstofftanks sehen, das sind diese silbrig weißen Zylinder, und hier links befindet sich das Kraftwerk des Stützpunktes.« Wieder bog er links ab und fuhr an zwei Gebäuden vorbei, die wie Werkshallen aussahen; so brachte er sie wieder nach Norden, zum zentralen Bereich des Stützpunktes.

Kaz fiel etwas auf. »Nur eine geteerte Landebahn – steht der Wind hier immer richtig?«

Grinsend erklärte Irv: »Draußen in der Wüste ist es immer windig, aber die beiden Klippen an den Seiten von Groom Lake kanalisieren ihn meist in Nord-Süd-Richtung.« Er deutete auf die salzweiße Ebene im Nordosten. »Wenn der Wind zu schlecht ist, können wir draußen auf dem Seebett in jeder Richtung runtergehen. Also, wenn er nicht unter Wasser steht. Nach Regenfällen kann es ein paar Tage dauern, bis alles wieder getrocknet und das Salz ausreichend ausgehärtet ist, um darauf zu landen.«

Alexander stellte eine Frage, und Thompson beugte sich vor, um sie weiterzugeben: »Er möchte wissen, was das dort ist.«

Irv blickte nach rechts, um Thompsons ausgestrecktem Arm zu folgen. Am Ende einer Rollbahn stand ein niedriges Gebäude, das von mehreren Hügeln umgeben war. Kaz erkannte die typische Form und vermutete stark, dass es Sascha nicht anders ging.

Irv erklärte: »Das sind die Bunker, in denen unsere Waffen lagern. Dort hinten sind sie sicher verräumt, lassen sich aber auch gut in die Flugzeuge verladen, wenn wir spezielle Testflüge machen.«

Alexander nickte verstehend und entgegnete etwas, das Thompson übersetzte: »Er sagt, so würden sie das auch machen.«

Kaz und Irv wechselten einen Blick, wohl weil sie beide das Gleiche dachten: Interessant, dass ein Überläufer sich ausgerechnet danach erkundigt.

Inzwischen waren sie an einigen zweckmäßig wirkenden Bauten vorbeigefahren, vor denen eine wilde Mischung älterer Militärfahrzeuge stand. Schwungvoll bog Irv auf einen unbefestigten Parkplatz ab. Er bremste, stellte den Motor ab und deutete mit dem Kopf auf ein einstöckiges, weiß verputztes Gebäude, das sich direkt vor ihnen befand. Mehrere Männer strebten zu Fuß oder auf Fahrrädern Richtung Eingang.

Grinsend fragte Irv: »Wer hat Hunger?«

40

Basis-Hauptgebäude, Area 51

»Dürfte ich um Ihre Aufmerksamkeit bitten, Gentlemen?«

Irvs Piloten und leitenden Techniker hatten sich im Konferenzraum des Hauptgebäudes versammelt, das sich in Groom Lake direkt neben der Kantine befand. Er selbst stand ganz vorne, vor einigen verstaubten grünen Tafeln. An einer Seite des Raums zog sich eine lange Fensterfront entlang, von der aus man die Feuerwache und die vor fast zwanzig Jahren extra für die U-2 errichteten Flugzeughangars sehen konnte. In einer Ecke blubberte eine große Kaffeemaschine vor sich hin, und ein Großteil der Männer hatte sich bereits einen Styroporbecher daraus befüllt.

Die entspannte Haltung und unbeschwerte Stimmung verliehen der bunt zusammengewürfelten Truppe eine Art Einigkeit. Hier fanden sich Fliegeranzüge und Arbeitsoveralls in diversen Farben, je nach militärischem oder zivilem Hintergrund. Frisurentechnisch war alles dabei, vom kurzen Bürstenschnitt bis hin zu den Pferdeschwänzen und langen Bärten einiger ziviler Techniker und Lockheedingenieure. Irvs Haar zum Beispiel war oben auf dem Kopf recht dünn geworden, wuchs ihm aber bis über die Ohren und ging dann in breite schwarze Koteletten über.

Nun zeigte er auf Kaz und Sascha, die in der ersten Reihe saßen.

»Bestimmt habt ihr alle von den Gerüchten gehört, dass der

sowjetische Pilot unserer neu erworbenen MiG-25 uns hier auf der Ranch besuchen kommt. Nun, es freut mich, euch mitteilen zu können, dass diese Gerüchte voll und ganz der Wahrheit entsprechen: Er ist heute eingetroffen und wird ein paar Wochen bei uns bleiben.«

Während des Mittagessens hatte Irv Sascha über seine Flugerfahrung ausgequetscht, die er nun für sein Publikum knapp zusammenfasste. Dabei winkte er den Russen zu sich heran.

»Er hat nicht nur Kampferfahrung, sondern ist auch ein Spitzentestpilot, der mehrere Weltrekorde hält. Außerdem war er an der Entwicklung der Foxbat und anderer sowjetischer Kampfjets beteiligt.«

Stille breitete sich aus, als die Männer nun den russischen Piloten musterten. Normalerweise war jeder Sowjet für sie ein nicht genau definierter, aber verhasster Feind. In diesem Fall war das endgültige Urteil noch nicht gefällt.

Thompson hatte Irv die grundlegenden Vorschriften der CIA erklärt, die er nun ebenfalls an sein Team weitergab: »Wir müssen uns weder mit Politik aufhalten noch mit der Frage, was unsere hohen Herren in Washington künftig mit ihm vorhaben. Für uns bedeutet das vorerst nur, dass wir täglich die Chance bekommen, auf die Kenntnisse eines erfahrenen MiG-Piloten zuzugreifen. Wir sollten also das Bestmögliche aus dieser Gelegenheit herausholen, ihn dabei aber auch als neuestes Mitglied unseres kleinen Fliegerclubs willkommen heißen.« Lächelnd verkündete Irv: »Hiermit darf ich vorstellen: Oberst Alexander Abramowitsch. Rufzeichen Grief.«

Niemand reagierte auf diese Vorstellung, was zu verlegener Stille führte. Griefs Blick huschte durch den Raum, als suche er Blickkontakt.

Schließlich fuhr Irv fort: »Alexanders Englisch ist noch nicht besonders gut, deshalb war die USAF so nett, ihm einen

Übersetzer an die Seite zu stellen.« Er deutete mit dem Kopf auf Bill Thompson, der einmal kurz in die Runde winkte. Musste ja nicht allgemein bekannt werden, dass er der CIA angehörte.

»Außerdem dürfen wir Navy-Commander Kaz Zemeckis bei uns begrüßen, er fungiert bezüglich unseres MiG-Piloten als Verbindungsmann zu Washington. Zemeckis ist auch nicht ohne: Pax River-Testpilot, momentan abkommandiert zur NASA.«

Kaz drehte sich um und nickte der Gruppe zu.

»Ich habe vor, Abramowitschs Kenntnisse auf allen Ebenen anzuzapfen. Er wird ein Büro draußen im Red-Hat-Hangar bekommen, wo er den Ingenieuren zur Verfügung stehen wird, solange wir den Jet wieder zusammenbauen und die Triebwerk- und Rolltests durchführen. Mit den Piloten wird er unsere Systembücher und Checklisten überarbeiten und ihnen bei Fragen aller Art behilflich sein. Außerdem werden wir ihn so schnell wie möglich ausrüsten und auf den Rücksitz einer T-38 setzen.«

Lächelnd fuhr Irv fort: »Zemeckis, Abramowitsch und Thompson haben bereits ihre Wohnwagen bezogen, sie müssen allerdings noch einiges lernen über das Leben auf der Ranch. Ich verlasse mich darauf, dass ihr alle sie von heute Abend an mit unserem kleinen Stück Amerika vertraut macht.« Das entlockte einigen im Raum ein Lächeln. Wer in Groom Lake arbeitete, lebte auch hier, und so hatte sich im Laufe der Zeit an diesem Ort ein ganz eigener Lifestyle entwickelt. Und da alles hier aus verborgenen dunklen Quellen finanziert wurde, war auch das Budget zur Unterhaltung der Truppen äußerst großzügig bemessen.

Irv wandte sich an den Russen: »Möchtest du auch noch etwas sagen?« Sofort sprang Thompson auf, um zu übersetzen.

Bedächtig antwortete Sascha auf Russisch: »Vielen Dank, Colonel Williams. Es ist sehr schön, wieder unter Piloten zu sein nach den vielen Geheimdienstbefragungen.« Achselzuckend fasste er zusammen: »Ich bin bereit, wieder zu fliegen.«

Die lähmende Stille spiegelte wider, wie merkwürdig diese Situation für alle war – als hätte der fremdartige Klang der russischen Worte nur noch einmal unterstrichen, wie wenig das zu diesem zweckgebundenen Geheimnis in einer verschwiegenen Ecke von Amerika passte. Kaz beschloss, das Eis zu brechen, indem er eine typische Testpilotenfrage stellte: »Warum erzählst du uns nicht mal von dem Höhenrekord, den du mit der MiG-25 aufgestellt hast, Sascha?«

Wieder zuckte der Russe mit den Schultern. »Das war kein besonders schwieriger Flug. Wir haben einfach alles abmontiert, was nicht gebraucht wurde, um Gewicht einzusparen.« Mit einem feinen Lächeln ergänzte er: »Ich habe sogar auf meine Winterjacke verzichtet und die Taschen meines Fliegeranzugs geleert.«

Er schloss kurz die Augen und sah wieder jenen kalten Tag in Moskau vor sich.

»Wir haben genau die für die Route benötigte Treibstoffmenge getankt, und ich habe bei gutem Wind abgehoben, gleich mit vollem Nachbrenner. Dann habe ich die Maschine sofort in einem großen Halbkreis hochgezogen und bei zehn Kilometern ausgerichtet. Dabei habe ich bis knapp unter Mach 3 beschleunigt. Anschließend auf 3 *g* zurück, Bug auf siebzig Grad anheben und einfach steigen lassen.«

Er unterbrach sich. Nun herrschte eher nachdenkliche Stille, da die Männer sich vorzustellen versuchten, wie sich die Kräfte bei einem solchen Manöver anfühlen mussten.

»Als die Luft zu dünn wurde, habe ich die Triebwerke heruntergefahren, damit sie nicht überhitzen. Bei etwas über siebenunddreißig Kilometern war dann der Höchststand erreicht.« Er wiederholte die Umrechnung, die er schon für Kaz vorgenommen hatte. »Über 120 000 Fuß.«

Verblüffte Pfiffe wurden laut. Ein paar Testpiloten hatten eine F-104 mit Raketenantrieb beinahe so hoch gebracht, aber der Flug des Russen hatte mit normalen, Luft ansaugenden Motoren stattgefunden – mit einer Maschine wie jener, die gerade in ihrem Hangar wieder zusammengesetzt wurde.

Einer der Piloten fragte: »Hat das Cockpit denn dem Druck standgehalten, als die Triebwerke runtergefahren waren?«

Grief nickte. »Ich habe wie immer einen Druckanzug getragen, aber die Triebwerke haben weiter«, an dieser Stelle musste Thompson ihn unterbrechen, um sicherzugehen, dass er das richtige Wort verwendete, »rotiert, zumindest genug, um den Kompressor zu drehen und den Kabinendruck zu halten.« Grief beschloss, ein wenig zu prahlen: »Die MiG fliegt normalerweise in einer Höhe von 25 000 Metern, also 80 000 Fuß. Da braucht sie ein gutes Drucksystem.«

Ein zweiter Pilot hob die Hand. »Wie hat sich die Maschine in so dünner Luft verhalten?« Bei der USAF hatte man kleine Wasserstoffperoxid-Steuerraketen an den Flügelspitzen und am Bug der F-104 anbringen müssen, damit die Piloten nicht ins Trudeln gerieten.

»Wie ein Lkw. Die hohen Stabilisatoren am Heck haben ausgereicht, um sie auf Kurs zu halten.«

Kaz sah sich um. Brennende Neugier hatte das Misstrauen aus den Gesichtern verdrängt. Irv fing seinen Blick ein und nickte ihm zufrieden zu, als die Gruppe den Russen mit immer detaillierteren Fragen bombardierte. Einige von ihnen würden seine Maschine fliegen und hatten nun begriffen, wie unschätzbar wertvoll seine Erfahrung für sie sein konnte.

Als die Fragestunde schließlich allzu spezifisch wurde, hob Irv mahnend die Hand.

»Wir müssen nicht alle Probleme hier und jetzt lösen, Jungs. Heute Nachmittag wird sich unser Pilot im Hangar einrichten, und morgen Früh sehen wir uns dann alle zusammen unseren neuen Jet an.«

Nun zeigte er Kaz und Grief noch jene Männer, denen er Aufgaben wie die Entwicklung der Checklisten oder die Erstellung eines Systemhandbuches übertragen hatte. Und er winkte einen dunkelhäutigen Piloten mit Bürstenhaarschnitt heran, der in der ersten Reihe saß. »George, wenn sich die beiden eingerichtet haben, klärst du sie bitte über unsere lokale Flugzone und das ganze Prozedere auf.«

Captain George Claw nickte. Er war USAF-Testpilot und flog bereits seit einigen Jahren in Edwards und Groom Lake. »Wird gemacht, Boss.«

Nachdem Irv den Blick noch einmal über sein Team hatte schweifen lassen, wandte er sich an den Russen: »Gut, dass du bei uns bist, Alexander. Wir haben einen neuen Jet, also machen wir uns dran, ihn in die Luft zu bringen.«

*

Am Nachmittag saßen Kaz, Grief und Thompson in einem kleinen Büro im Red-Hat-Hangar. Die Wände waren mit topographischen und Luftraumkarten bedeckt, außerdem hatte George Claw einen von der Regierung erstellten Plan des Stützpunktes Groom Lake auf dem Tisch ausgebreitet, den er ihnen nun erklärte.

»Der Flugplatz hier befindet sich auf einer Höhe von 4500 Fuß. Im Sommer wird es sehr heiß, deshalb haben wir eine extra lange Landebahn, um die dünne Luft auszugleichen.« Er tippte auf die Mitte der Karte. »Der Hauptteil, hier an der Basis, besteht aus Beton. Aber dort draußen, am Rand des Seebetts, besteht die Landebahn aus Asphalt, der auf die Salzkruste aufgebracht wurde.« Mit gestreckten Fingern zeigte er an, wie weit dieser Abschnitt reichte. »Der Betonteil ist 8600 Fuß lang, die Erweiterung auf dem See noch einmal 5500. Insgesamt stehen uns also 14000 Fuß zur Verfügung, was unsere Landebahn zu einer der längsten der Welt macht.« Fragend sah er zu Thompson hinüber. »Kennt er sich aus mit Fuß und Meilen?«

Grief nickte, ohne die Übersetzung abzuwarten. Zahlen waren Zahlen.

Nun deutete Claw auf das eigentliche Salzbett des Sees. »Der See an sich dient als zusätzliche Notlandebahn. Das hat überhaupt erst die Aufmerksamkeit der Air Force geweckt, als sie hier und auf anderen Seebetten während des Krieges behelfsmäßige Flugplätze eingerichtet haben.«

»In welchem Krieg?«, unterbrach ihn Grief.

»Im Zweiten Weltkrieg«, antwortete Claw, was Thompson als »Großer Vaterländischer Krieg« übersetzte. Bei dem vertrauteren sowjetischen Ausdruck nickte Grief.

»Auch wenn wir hier mitten in der Wüste sind, fällt ab und zu etwas Regen, und dann wird dieser tiefere Teil des Seebetts«, er zeigte auf das Zentrum des Groom Lake, »für eine Weile zu nass, um darauf zu landen. An den Rändern bleibt aber alles trocken und hart.« Wieder sah er fragend zu Grief, der nickte.

Nun stand Claw auf und ging zu einer der Wandkarten. »Das hier ist das Gebiet, in dem wir fliegen.«

Es war eine typische topographische Darstellung: trockene Gebiete waren braun eingezeichnet, nassere Senken grünblau und urbane Bebauung gelb. Ein dicker gelber Fleck unten im Süden stellte Las Vegas dar, das Pahranagat-Tal war ein hellgrüner Finger, der sich nach Osten streckte. Und in der Mitte prangte ein schwarzes Rechteck, das den als weißen Kreis eingezeichneten Groom Lake umschloss. Schmale Linien zeigten Höhenunterschiede an, die sich immer dichter zusammenschoben, je mehr sie sich hohen Klippen oder tiefen Tälern näherten. Die steilen Hügel rund um Groom Lake stachen deutlich hervor.

Claw zeigte auf das schwarze Rechteck. »Dies ist Sperrgebiet 4808A, unser kleines Stück von Flugzone 4808, die fast das gesamte Testgebiet von Nevada umfasst. Wir nennen es die Box – aus offensichtlichen Gründen.« Sein Finger wanderte nach links, wo weitere Rechtecke dunkel schraffiert waren. »Das sind R-4807 und 4806. Wenn wir dort fliegen wollen, brauchen wir die Freigabe der Bodenkontrolle von Nellis.«

Nun widmete er sich dem kuchenförmigen Gebiet, das die rechte Hälfte der Karte einnahm. »Das ist die MOA.« Er sprach es aus wie zwei Silben, Mo-ah. »Die Military Operating Area, unser Hauptflugraum. Dort haben wir Ultraschallfreigabe und keinerlei Höhenbeschränkung nach oben oder unten, also vom Boden bis zum Weltraum.« Grinsend wandte sich Claw an den Russen: »Oder zumindest so hoch, wie deine MiG-25 uns bringen kann.«

Grief stand auf und trat dicht vor die Karte, sodass er die kleinen Ziffern erkennen konnte, die an verschiedenen Stellen aufgedruckt waren. »Sind das Funkfrequenzen?«, fragte er mit Bills Hilfe.

Claw nickte. »Jepp. Wir nutzen UHF und UKW. In den MiGs, die wir bisher geflogen sind, gab es nur UHF.« Fragend sah er Grief an.

»Ja, wir nutzen UHF für Funkkommunikation«, bestätigte

Grief. »In der MiG-25 gibt es auch HF, für Langstrecken. Unsere zivile Luftfahrt nutzt UKW.«

»Das ist hier auch so«, nickte Claw. »Aber durch die Nähe zu Vegas treibt sich am Rand unseres Luftraums auch viel ziviler Verkehr herum, deshalb greifen wir in den Jets, die entsprechend ausgerüstet sind, auf beides zurück.«

Nun ließ der Russe seinen Finger über den dicken, ungleichmäßig schraffierten Umriss von R-4808 gleiten, den Luftraum im Südwesten. »Liegt dort das Atomwaffentestgelände?«

Diese Frage ließ Kaz, Claw und Thompson sofort hellhörig werden. Bisher hatte niemand erwähnt, wofür das Gebiet westlich des Groom Lake in Wahrheit genutzt wurde. Andererseits war es wohl kaum überraschend, dass ein sowjetischer MiG-25-Pilot davon wusste.

Kaz antwortete: »Ja.« Während seiner Zeit als Analytiker der elektro-optischen Überwachungssysteme in Washington hatte er genügend Satellitenaufnahmen studiert, auf denen sowjetische Äquivalente dieses Testgeländes zu sehen gewesen waren. »Es ähnelt eurer Anlage in Semipalatinsk.«

Mit ausdrucksloser Miene sah Grief ihn an. Semipalatinsk gehörte nicht zu den Dingen, die öffentlich bekannt waren, nicht einmal innerhalb der Sowjetunion.

Sie hatten beide verstanden. Fremde neue Welt.

George Claw nahm zwei feste, hellblaue Pappdeckel von einem Holztablett an der Tür. Sie hatten die Größe von Postkarten und waren dicht bedruckt. Er reichte sie an Kaz und Grief weiter. »Auf diesen Karten findet ihr die Frequenzen und Luftraumangaben für Piloten, die werdet ihr brauchen, wenn ihr fliegt.«

Kaz überflog die Namen und Zahlen, dann drehte er die Karte um und entdeckte auf der Rückseite eine kleine Landkarte. Es war schon eine Weile her, dass er als Teil einer aktiven Testeinheit geflogen war, und er freute sich sehr darauf. Nachdem er sich bedankt hatte, fragte er ihren Einweiser: »Claw ist ein ziemlich ungewöhnlicher Name. Woher stammt er?«

George Claw grinste. »Ich glaube, dass Irv mich auch deswegen gebeten hat, euch über die Gegend hier aufzuklären, denn ich komme aus der Region.« Er zeigte auf die rechte obere Ecke der Wandkarte. »Meine Familie stammt aus dem Südwesten, Richtung Four Corners. Wir gehören zum Volk der Navajo. Mein Dad hat während des Krieges als Navajo-Codesprecher gedient.« Sein Grinsen wurde breiter. »Die Japaner haben nichts von dem verstanden, was mein Dad und die anderen über Funk durchgegeben haben. Er war ein Marine, und mit seiner Arbeit hat er dabei geholfen, Iwojima einzunehmen.«

Grief war inzwischen damit beschäftigt, sich seine Datenkarte anzusehen und sie mit der Wandkarte abzugleichen; er achtete nicht länger auf ihr Gespräch. Da Thompson das offenbar bemerkt hatte, übersetzte er nicht weiter.

Nun aber drehte sich Grief zu Claw um, zeigte auf eine Zahlenfolge auf seiner Karte und dann an die Wand. »Eine Frequenz ist falsch.«

Stirnrunzelnd verglich nun auch der Amerikaner beide Karten. »Verdammt, du hast recht. Offenbar haben wir hier zwei Ziffern vertauscht.« Er sah den Russen an. »Dass du das bemerkt hast – wirklich beeindruckend.«

Grief nickte knapp. Er nahm das Fliegen sehr ernst, deshalb erwartete er Genauigkeit, und Inkompetenz war ihm ein Gräuel. Schon kleine Fehler konnten Piloten das Leben kosten.

Kaz, der das Ganze beobachtet hatte, dachte nicht zum

ersten Mal: Diesen Mann sollte man auf gar keinen Fall unterschätzen.

Er warf einen Blick auf seine Armbanduhr. »George, wie wäre es, wenn wir uns jetzt die anderen MiGs und die übrigen Maschinen ansehen, die Sascha und ich möglicherweise fliegen werden, solange wir hier sind?«

41

Hangar 220, Groom Lake

Für einen Moment blieb Grief reglos im Zwielicht des Hangars stehen und nahm diesen merkwürdigen Anblick in sich auf. Auch wenn er gerade noch über amerikanischen Boden gelaufen war, vorbei an der laut im Wind knallenden amerikanischen Flagge vor dem Hauptgebäude, fühlte es sich an, als wäre er innerhalb eines Augenblicks zurück nach Russland katapultiert worden. Der aus Holz errichtete Hangar war so vertraut in Alter und Größe, bis hin zu dem Geruch nach alten Maschinen und Flugzeugtreibstoff. Und direkt vor ihm ordentlich in Reih und Glied geparkt: mehrere MiGs. Es war wie an so vielen Tagen, wenn er morgens einen Flugtag im Aerodrom von Ramenskoje begonnen hatte, südöstlich von Moskau, direkt an der Moskwa gelegen.

Der einzige Unterschied bestand in der Temperatur – hier war es nicht so kalt, dass man seinen Atem sehen konnte.

Kampfpiloten kennen keine Befangenheit gegenüber schwerer Maschinerie, und so ging Grief nun ganz selbstverständlich zum nächsten Flugzeug hinüber und legte die Hand auf die vertraute Rundung des kühlen Metallrumpfes. Sein Blick wanderte zu Bug und Heck und registrierte jede Kleinigkeit; dann bückte er sich, um Fahrwerk, Antennen und die NR-30-Bordkanone zu überprüfen. Als er sich wieder aufrichtete, ließ er Thompson an Kaz und Claw gewandt übersetzen: »Eine MiG-21, Modell F-13.« Er versuchte, sich vorzustellen, was unter den frisch auf die Flugzeugseiten aufgebrachten amerikanischen Insignien verborgen lag. »Vermutlich habt ihr die von den Irakis bekommen.«

Claw lächelte entspannt. »Die genaue Herkunft dieser Jets und Details darüber, wie wir sie bekommen haben, sind geheim. Militär und CIA ist es so lieber.« Achselzuckend fügte er hinzu: »Mit deiner MiG-25 wird das genauso sein. Was wir nicht wissen, können wir nicht aus Versehen ausplaudern, so bist du also auch geschützt.«

Grief hörte sich an, was Thompson übersetzte, und nickte dann. Das klang logisch. Schließlich deutete er mit dem Kopf Richtung Cockpit. »Ich würde gerne hineinsehen.«

Sofort schob Claw eine Leiter heran und positionierte sie vorsichtig an der Maschine, sodass sie die Außenhaut nicht berührte. »Aber gerne.«

Geschickt kletterte der Russe die Leiter hinauf und beugte sich in das Cockpit hinein. Nachdem er es sich angesehen hatte, drehte er sich um und fragte: »Ist es in Ordnung, wenn ich reingehe?«

»Ist der Sitz gesichert?« Claw wollte bestätigt wissen, dass der Metallstift, der den Schleudersitz daran hinderte, aus Versehen abgefeuert zu werden, in der vorgesehenen Verankerung steckte; rechtsseitig, ungefähr auf Schenkelhöhe des Piloten.

»Ja.« Das hatte Grief bereits an dem unübersehbaren roten Stoffband erkannt, das an dem Sicherungsstift hing und mit dem warnenden Aufdruck *VOR DEM START ZU ENTFERNEN* versehen war.

Als Claw den Daumen reckte, packte Grief den gegenüberliegenden Rand des Cockpits, stemmte sich hoch und schwang die Beine in das Innere der Maschine wie ein Turner am Pferd. Langsam ließ er sich auf den Schleudersitz sinken.

Das Gefühl von Heimat packte ihn – zum ersten Mal, seit er auf dem Flughafen von Lod gelandet war. Sein erster Flug in einer MiG-21 lag inzwischen fünfzehn Jahre zurück. Damals war er von Mikojan als Pilot für die experimentellen Testflüge ausgewählt worden. Wie von allein schlossen sich seine Hände um Gashebel und Steuerknüppel. Einige Elemente der Bordelektronik waren neu beschriftet worden, doch es war alles noch an seinem Platz.

Gut, dachte er. *Ich könnte sie also jederzeit fliegen.*

*

»Noch Hummer, Sascha?«

Claws dunkelbraune Augen funkelten fröhlich, als er von seinem Platz an dem breiten Grill herübersah. Das Küchenpersonal hatte die Hummer gekocht, der Länge nach aufgebrochen und mit gewürzter Butter bestrichen, sodass die Piloten sie nun selbst grillen konnten. Es war ein klarer, kühler Abend, und ein Teil ihrer Gruppe stand schwatzend und trinkend auf der Terrasse von Sam's Place, wie der Freizeitbereich von Groom Lake auch genannt wurde. Die anderen waren drinnen, wo sie aßen, tranken, Karten oder Billard spielten. Gerade wurde auch noch ein Fernseher aufgebaut, da später ein Film gezeigt werden sollte.

Ablehnend schüttelte Grief den Kopf. Er war ganz auf die trockenen braunen Hügel ringsum konzentriert, die sich dunkel vor der untergehenden Sonne abzeichneten. Ihre letzten Strahlen ließen das salzige Seebett funkeln. Wie immer war sein Schatten Thompson an seiner Seite und übersetzte nun seine Frage: »Wie kommt man an einem solchen Ort an frische Hummer?«

Claw zeigte mit seiner Grillzange auf die Hangars, in denen

sie noch nicht gewesen waren. »Einige unserer amerikanischen Maschinen sind ziemlich schnell, und die Jungs dürfen schließlich nicht aus der Übung kommen, also haben sie unserem Stützpunkt in Maine einen Besuch abgestattet.« Grinsend blickte er auf die roten Krustentiere hinab. »Eine Kiste dieser extra großen Schönheiten passt perfekt in die seitliche Instrumentennische, und die kalte Höhenluft nahe der Bordelektronik hält sie schön frisch.« Sein Grinsen wurde noch breiter. »Schon erstaunlich, wie oft es zu solchen Trainingsflügen kommt, wenn wir ein Barbecue planen.«

Grief dachte nach. »Wie weit ist es?«

»Etwas mehr als zweitausend Seemeilen, also knapp viertausend Kilometer.«

Grief lächelte. An Thompson gewandt sagte er: »Erklären Sie ihnen, dass wir früher oft von Moskau nach Baku geflogen sind, um dort Kaviar vom Kaspischen Meer zu holen. Das waren aber nur zweitausend Kilometer.« Achselzuckend stellte er fest: »Trotzdem ein gutes Training.«

Nun zeigte Kaz auf ein merkwürdig anmutendes Feld, das westlich an Sam's Place angrenzte. »Seit wann gibt es hier ein Baseballfeld?«

»Soweit ich weiß, schon fast von Beginn an.« Claw schob die fertigen Hummer zur Seite, damit sie weniger Hitze abbekamen. »Jedenfalls war es schon lange vor mir hier.« Er zeigte an dem Feld vorbei in die Dunkelheit. »Wir haben hier auch einen Pool und einen Stall mit ungefähr einem Dutzend Pferden. Mit denen kann man gut in die Hügel hinaufreiten oder jagen gehen.«

Kaum hatte Thompson fertig übersetzt, hob Grief interessiert den Kopf. »Ihr geht auf die Jagd?«

»Ja, aber nur Kleinvieh: Wachteln, Rebhühner, Wüstenkaninchen. Hin und wieder versuchen wir uns aber auch an grö-

ßerer Beute. Hier gibt es Gabelböcke, Dickhornschafe und sogar Schwarzbären.« Fragend sah er Grief an. »Bist du Jäger?«

Der runzelte nur die Stirn, als wäre das eine Selbstverständlichkeit. »Alle Kampfpiloten sind Jäger.«

Nachdenklich spitzte Claw die Lippen. »Da könntest du recht haben. Beim nächsten Mal können wir ja zusammen losziehen.«

»Ja, sehr gerne. Danke schön.«

Geschickt nahm Claw mit der Zange die letzten Hummer vom Grill und legte sie auf eine Platte, damit sie ins Haus gebracht werden konnten.

»Wie steht es mit dir, Kaz? Reitest du auch?«

»Allerdings. Und wenn ich da nicht gerade in Houston bin, würde ich gerne mitkommen.«

Nun wandte sich Claw an Bill: »Schwingst du dich auch mit uns in den Sattel?«

»Ich bewege mich lieber nur auf zwei Beinen fort«, winkte der CIA-Agent ab, bevor er sich abwandte und in die Dunkelheit starrte; offenbar hatte er keine Lust mehr, zu übersetzen. »Außerdem mache ich mich lieber allein auf die Jagd.«

Merkwürdige Antwort, fand Kaz. *Warum haben sie eigentlich Bill mitgeschickt und nicht einfach nur einen Übersetzer? Ist die CIA nun von Griefs Aufrichtigkeit überzeugt oder nicht?*

Da er die plötzliche Anspannung spürte, erklärte Claw schnell: »Bei den Navajo halten es viele Jäger ebenfalls so.« Er nahm die Platte mit den Hummern und ging Richtung Haus. »Kommt ihr mit? Ich glaube, heute wird *Dr. Strangelove* gezeigt, der ist hier eine Art Klassiker.« Grinsend fügte er an Grief gewandt hinzu: »Müsste besonders für dich sehr unterhaltsam sein.«

42

Las Vegas

Eugene lebte allein und hatte in den Staaten auch keine Familie, deshalb war es besonders aufregend, wenn er ein Päckchen bekam. Vor allem in diesem Fall, denn er freute sich schon seit Wochen auf diese Lieferung.

Er arbeitete als stellvertretender Geschäftsführer der 7-Eleven-Filiale auf dem Las Vegas Boulevard. Auch wenn der Name etwas anderes behauptete, hatte der Laden rund um die Uhr geöffnet. Und da er ständig für irgendjemanden einspringen und zu den unpassendsten Zeiten Lieferfahrten erledigen musste, hatte es ein paar Tage gedauert, bis er auf die Benachrichtigung der Post reagieren und während der Öffnungszeiten hatte hinfahren können, um die Sendung abzuholen.

Nun aber lag der dicke Umschlag endlich auf dem Resopaltisch in seiner winzigen Küche. Da er die Vorfreude noch ein wenig auskosten wollte, zögerte Eugene, ihn zu öffnen.

Eigentlich konnte er es kaum glauben: ein dicker, amtlich wirkender hellbrauner Umschlag, in dessen linker oberer Ecke in Großbuchstaben *NUFOC* aufgedruckt war. Das O war durch eine Weltkugel ersetzt worden, und das ganze Wort wurde von einem Oval umschlossen wie von einer Umlaufbahn. *Genau wie bei der NASA*, dachte er. Vorsichtig strich er mit dem Zeigefinger über die Absenderadresse, um die gedruckten Worte zu ertasten.

Eugene drehte sich in seinem Stuhl um, holte sich eine Dose

Pepsi aus dem Kühlschrank und öffnete sie. Ohne das Päckchen aus den Augen zu lassen, trank er einen Schluck. Durch die Kohlensäure musste er rülpsen, was ihn aus seiner Träumerei herausriss. Entschlossen entsorgte er den Dosenverschluss im Mülleimer unter der Spüle, holte sich ein scharfes Messer aus der Schublade, stellte die Dose auf dem Tisch ab und griff nach dem Umschlag.

Ganz vorsichtig schnitt er an der langen Kante entlang, um auf keinen Fall den Inhalt zu beschädigen. Dann schob er seine Hand hinein und holte einen kleinen Papierstapel hervor.

Obenauf lag ein Brief der NUFOC, der direkt an ihn gerichtet war. *Sehr geehrter Mr. Eberhardt*, stand dort. Sie hatten sogar seinen Namen richtig geschrieben! *Wir freuen uns, Sie als neues Mitglied in das National UFO Committee aufnehmen zu können, dem Amerikas führende UFO-Experten und -Forscher angehören. In Ihrem Mitgliedspaket finden Sie …*

Schnell überflog er die Liste und stellte sicher, dass er auch alles erhalten hatte: mehrere aktuelle Newsletter; ein offizielles Handbuch zur Feldforschung; die Prüfungsunterlagen, durch die er zu einem voll qualifizierten Forscher werden konnte; ein hellblauer Mitgliedsausweis mit dem NUFOC-Logo und seinem Namen darauf. Sie hatten sogar ein Namensschild mitgeschickt, ordentlich mit *Eugene Eberhardt* bedruckt, das er bei der nächsten Convention tragen konnte. Stolz hielt er es sich an die Brust, wo es dann hängen würde.

So cool!

Wieder nahm er einen Schluck Pepsi und musste rülpsen, diesmal allerdings laut. Nachdem er den Umschlag noch einmal weit geöffnet hatte, um sicherzugehen, dass er nichts übersehen hatte, setzte er sich an den Tisch und griff nach dem Handbuch. Genau das war sein Ziel: ein Mann der Tat zu werden, der draußen im Feld unterwegs war, wo er UFO-Aktivitäten aufspüren und dokumentieren konnte, über die hinterher die ganze Welt sprach. Parallel zu dem Buch sah er sich die Prüfungsunterlagen an; einige Antworten wusste er bereits.

Er konnte das schaffen. Eugene Eberhardt würde ein anerkannter Feldforscher des NUFOC werden. Wie aufregend!

Außerdem war es die perfekte Tarnung.

*

Eugene ging vom Gas und fuhr an den Rand der State Road 25 – genau an die Stelle, die im letzten NUFOC-Newsletter genannt worden war. Zwar gab es keine Schilder, aber Eugene hatte die Entfernung auf dem Kilometerzähler abgelesen und war sicher, am richtigen Ort zu sein. Nun bog er auf einen unbefestigten Weg ein. Sein Nissan Datsun 510 hatte bestimmt genug Bodenabstand, um mit dem Holperpfad fertigzuwerden. Das Lenkrad fing an zu ruckeln, aber er hielt sich mit kaum mehr als Schrittgeschwindigkeit auf dem Weg, der quer durch ein Tal zu den braunen Hügeln hinüberführte. Hinter seinem Wagen bildete sich eine feine Staubwolke.

Gerade hatte er eine ausgetrocknete Schlucht überquert, und noch immer ging es Richtung Südwesten. Um sich zu orientieren, warf Eugene einen Blick auf die in dem Newsletter abgedruckte Landkarte. Die handgezeichnete Übersicht bestätigte ihm, dass er sich den Jumbled Hills näherte, wo er parken und zu Fuß weitergehen sollte. Mit seinem Mitarbeiterrabatt hatte er im 7-Eleven eine brandneue Kodak Instamatic-Kamera und ein Notizbuch gekauft; beides war nun zusammen mit zwei Dosen Pepsi und einem Apfel in seinem Rucksack verstaut. Außerdem hatte er in einer Pfandleihe ein gebrauchtes Fernglas erstanden. Das Wundervolle an einer Spielerstadt wie Vegas war die hohe Dichte an Pfandleihen. Da der Herbst inzwischen weit vorangeschritten war, blieb es morgens noch angenehm kühl, und in der Wüste war es ja immer trocken. Eugene trug sein orange-weißes Baseballcap von 7-Eleven, eine leichte Jacke und seine Adidas-Turnschuhe.

Alles sehr praktisch. Außerdem wollte er entsprechend aussehen, falls er jemandem begegnete.

Der Pfad wurde steiler und kurviger und endete schließlich an einer Felskante. Eugene bremste, nahm Newsletter und Rucksack, schloss den Wagen ab, steckte die Schlüssel ein und wanderte los. Überall wuchsen stachelige Kreosotbüsche aus dem steinigen Boden, um die man aber leicht herumlaufen konnte. An den Hängen sah er vereinzelt niedrige Wacholderbüsche und Pinyon-Kiefern. Je höher er stieg, desto mehr Felsen ragten vor ihm auf, doch zwischen ihnen gab es einen Pfad, dem er problemlos folgen konnte. In dem Newsletter war von Gabelböcken die Rede gewesen; vermutlich hatten sie diesen Weg geschaffen. Außerdem wurde vor Klapperschlangen gewarnt, weshalb Eugene vor jedem Schritt sorgsam den Boden vor seinen Füßen absuchte. Einmal hatte er im Fernsehen das warnende Rasseln einer Klapperschlange gehört und entschieden, dieses Geräusch lieber nicht live erleben zu wollen.

Irgendwann wurde der Boden wieder eben, und schließlich erreichte er den Gipfel des Hügels, von dem aus er einen guten Ausblick auf das Tal im Westen hatte. Hier oben war es windig, weshalb er sich die Baseballcap fester auf den Kopf drückte. Zum Glück wirbelte der Wind aber nicht den Staub auf, die Luft war klar. Prüfend hielt er die Karte in dem NUFOC-Newsletter hoch und verglich sie mit der Umgebung.

Er stand auf einer Erhöhung, die grob in Nord-Süd-Richtung verlief und an einem höheren Hügel im Norden endete. Noch einmal schaute Eugene auf der Karte nach: Bald Mountain. Im Westen konnte er in einiger Entfernung ähnliche parallel verlaufende Hügelketten erkennen, die Anhöhen von Papoose und Belted. Durch die klare Luft schienen sie relativ nah zu sein, allerdings hieß es auf der Karte, die nächste sei bereits zwölf Meilen entfernt. Schließlich holte er seine Kamera hervor und machte eine Panoramaaufnahme von allem, was sich hier vor ihm ausbreitete.

Doch was ihn in Wirklichkeit hergelockt hatte und in dem Newsletter beschrieben worden war, befand sich direkt unter ihm in dem breiten Tal. Leicht rechts versetzt lag das weitläufige, mit weißlichem Salz verkrustete Bett des Groom Lake, und vor der Papoose Ridge auf der anderen Seeseite konnte er einige Gebäude, Asphaltstreifen und sogar einen Wasserturm erkennen.

Eugene blickte hinab auf die Area 51.

Bislang waren vom NUFOC Tausende UFO-Sichtungen dokumentiert worden; ein Großteil davon hatte in Nevada stattgefunden, und die meisten davon wiederum genau hier, in der Area 51. Dass dieses Gebiet so abgelegen war und allgemein geheim gehalten wurde, trug noch zum Reiz des Ganzen bei. NUFOCs Anhänger hatten herausgefunden, dass die militärischen Sicherheitseinrichtungen, durch die Besucher ferngehalten werden sollten, ungefähr dort anfingen, wo der Bald Mountain zum See hin abfiel. Allerdings konnte Eugene, obwohl er angestrengt suchte, den vom Newsletter angekündigten Wachposten nirgendwo entdecken – auf dem gesamten Hügel ringsum hielt er sorgfältig Ausschau. Dabei stieß er zwar auf einen ziemlich dürftigen Stacheldrahtzaun, konnte aber nicht einmal Staubwolken sehen, die angezeigt hätten, dass vielleicht ein Fahrzeug zu ihm unterwegs war.

Er holte sein Fernglas aus dem Rucksack. Es war ein richtig gutes Modell, ein Jason Commander 7x50 mit einem breiten Sichtfeld und siebenfacher Vergrößerung. Das drückte er nun an die Augen und suchte die Straße ab, die vom Bald Mountain herabführte. Sich breitbeinig gegen die Windböen stemmend, folgte er dem Straßenverlauf, bis er ein eckiges Metallgebilde mit einem weißen Pick-up davor entdeckte. Eugene nickte zufrieden. Das Wachhäuschen. Bestimmt besetzt mit Vertretern einer Vertragsfirma der Air Force. An diesem Montagmorgen tat sich dort allerdings nichts. Er richtete die Kodak auf den Punkt aus und machte ein Foto. *Ich brauche eine bessere Kamera*, dachte er dabei. Aber vielleicht würde er ja etwas Wichtiges finden, wenn er die Abzüge später mit einer Lupe untersuchte.

Nun wandte er sich nach links und musterte durch das Fernglas methodisch die Gebäude der Area 51. Schnell holte er sein Notizbuch aus dem Rucksack und fertigte ein paar Skizzen an, wobei er jedes Mal dazuschrieb, welchem Zweck des jeweilige Gebäude seiner Meinung nach diente. Bei dem Wasserturm war das eindeutig, und zwischen den großen Hangars am nördlichen Ende des Flugzeugparkbereichs entdeckte er einen Kontrollturm. Auch jenseits davon gab es noch Bauwerke, die aber so verschwommen waren, dass er nicht einmal raten konnte, worum es sich handelte. Auf dem Vorfeld standen mehrere Flugzeuge, doch auch hier war nicht mehr zu erkennen als das metallische Funkeln ihrer Außenhaut.

Weiter links, vor dem Abhang der Papoose Range, konnte er gerade noch die rechteckigen Umrisse mehrerer flacher, identisch aussehender Gebäude ausmachen. Vielleicht Wohnunterkünfte? Eine schmale Straße führte zu gedrungenen weißen Rechtecken – wahrscheinlich Treibstofftanks. Nördlich davon fand sich ein chaotischer dunkler Fleck. Achselzuckend überlegte Eugene: *So viele Menschen und niemand, der sich darum schert? Wahrscheinlich die Müllkippe.* In südlicher Richtung gab es mehrere Straßen, die sich um das Ende des Sees herumzogen. Um sicherzugehen, dass er nichts übersehen hatte, schwenkte Eugene das Fernglas noch einmal nach Norden und suchte nach Bewegung.

Über das Rascheln und Heulen des Windes hinweg drang plötzlich das unverkennbare Dröhnen eines Flugzeugmotors an sein Ohr. Er ließ das Fernglas sinken und sah sich um. *Nicht ein Motor, sondern zwei*, stellte er fest. Nachdem er die Ausrichtung der Landebahn überprüft hatte, hob er das Fernglas wieder an die Augen und wandte sich nach Süden.

Da! Ein wuchtiger silberner Klotz mit ausgefahrenem Fahrwerk setzte zur Landung an. Durch die Vergrößerung erkannte er wenig später den breiten schwarzen Bug und den weiß-silbernen Rumpf: eine C-5A Galaxy der Air Force. *Ziemlich große Maschine*, wunderte er sich, konnte die Zahlen am Heck aber nicht lesen. *Was die wohl liefert?*

Wie ein Spielzeugjet landete die Maschine unten im Tal, er konnte sogar die kleine Rauchwolke sehen, die entstand, als die Räder aufsetzten und das Gewicht des Riesen über den Asphalt trugen. Ein kurzer Blick auf seine Karte verriet ihm, dass diese Landebahn 14000 Fuß lang war, sich aber auch 4500 Fuß über dem Meeresspiegel befand. Eugene beobachtete, wie die Piloten aufgrund der dünnen Luft die Zusatzlänge der Bahn nutzten, um dann auf Rollgeschwindigkeit abzubremsen. Wieder schoss er ein Foto und hielt fest, wie die Maschine eine behäbige Kurve fuhr und dann in Richtung der Hangars rollte.

Als ihm klar wurde, dass er sich nur noch auf das Geschehen in der Ferne konzentriert hatte, überprüfte er hastig mögliche Aktivitäten auf seiner Seite des Sees und an dem Abhang, der zu seinem Standort hinaufführte. Außerdem schaute er kurz nach Osten, um nachzusehen, ob heute vielleicht noch jemand anders einen Blick riskieren wollte. Doch alles war ruhig.

Perfekt, dachte er. Er setzte sich auf einen kleinen Felsen, verstaute das Fernglas wieder im Rucksack und machte sich eine Dose Pepsi auf. Dann sah er zu, wie das mächtige Flugzeug träge auf einen der Hangars zurollte und langsam weiterfuhr, bis sein Bug im Inneren verschwand. Das durch die Entfernung gedämpfte Heulen der Triebwerke erstarb, und es war nichts mehr zu hören außer dem Wüstenwind.

Die Show ist vorbei.

Während er seine Pepsi trank, behielt er die Anhöhe jenseits des Stacheldrahtzauns im Auge. In seinem NUFOC-Handbuch wurde ausdrücklich vor der trockenen Wüstenluft in Nevada gewarnt, und tatsächlich war sein Durst größer, als ihm bis jetzt bewusst gewesen war. Schließlich hatte er mehrere passende Stellen entdeckt und stellte sich vor, wie er über den Zaun hinwegsteigen und das Päckchen deponieren würde – genau so, wie man es ihm beigebracht hatte. Er legte den Kopf in den Nacken, um die letzten Tropfen gesüßten Koffeins zu genießen, dann schob er die leere Dose in seinen Rucksack und stellte sicher, dass er nichts vergessen hatte. Nachdem er sich mit einem letzten, gründlichen Blick versichert hatte, dass wirklich niemand in der Nähe war, ging er zurück zu seinem Wagen. Nun konnte er ihn aus seinem Versteck beim Ersatzreifen im Kofferraum holen.

Den wahren Grund für seinen Ausflug hierher.

43

Erdumlaufbahn

Es sah aus wie das Ende eines gigantischen Gartenschlauchs: ein fünfzehn Fuß langer, unförmiger Zylinder, der an einem Ende in einer glatten Metallspitze auslief. Das Ding flog mit einer Geschwindigkeit von über 18 000 Meilen pro Stunde und hatte zehn Tage zuvor die Erdoberfläche verlassen. Seine Umlaufbahn führte es bis zu 185 Meilen hoch, bevor es auf eine Höhe von 128 Meilen herabschoss, um seine Arbeit zu verrichten. Es handelte sich um einen Zenit-4M-Satelliten, und er machte Fotos.

In seiner Arbeitshöhe angekommen, konnte der Zenit die fragilen obersten Schichten der Erdatmosphäre spüren. Bei seiner Geschwindigkeit von fünf Meilen pro Sekunde wurde durch den Aufprall der Luftmoleküle Hitze erzeugt, außerdem verlangsamten sie den Satelliten. Aber die Kamera musste nun einmal so nah an das Ziel herankommen wie möglich, um gute Bilder zu bekommen, deshalb hatten die sowjetischen Ingenieure ihn mit einer speziellen Wärmedämmung versehen. Zenit musste exakt dort positioniert werden können, wo die hohen Herren ihn haben wollten, also war ein kleiner, hocheffizienter Motor in die silberne Spitze eingefügt worden, die dem Luftzug entgegenwirken sollte.

Diese Modifikation war nicht gerade billig gewesen, und die Militäranalytiker in Moskau wollten nun unbedingt sehen, ob sie funktionierte.

Auf dieser Umlaufbahn war Zenit problemlos südlich an Australien vorbeigezogen und hatte gegen Mitternacht schon fast die Antarktis erreicht. Seiner Bahn entlang der Ostküste Neuseelands folgend, war er in gerade einmal einer halben Stunde über dem Pazifik abgesunken. Alles wurde so vorbereitet, dass er sich bei Sonnenaufgang in der perfekten Position befand.

Bei Sonnenaufgang entstanden lange Schatten. Und Geheimnisse, die sich im Schatten verbargen, wurden am besten vom Weltraum aus enthüllt.

*

Ein Müllmann der Stadt Los Angeles hievte ächzend eine silberne Abfalltonne auf die Rampe seines riesigen Entsorgungslasters und kippte sie dann, um ihren Inhalt in den schon beinahe vollen Müllwagen zu schütten. Anschließend stellte er die verbeulte Tonne wieder neben ihrem Deckel in der Einfahrt ab, ohne sich dabei um den frühmorgendlichen Lärm zu scheren. Mit einem Hebel aktivierte er die Hydraulik, die den Müll im Laderaum des Lasters zusammenpresste. Sein Partner und er waren seit vier Uhr morgens unterwegs, und er war dankbar für jede kleine Unterbrechung der körperlich anstrengenden Arbeit.

Während er wartend die Vorboten des Sonnenaufgangs betrachtete, bemerkte er, wie ein heller weißer Stern über den Himmel glitt. Aufmerksam verfolgte er seine Bahn und lauschte gleichzeitig auf das mechanische Knirschen des Müllwagens. *Was ist das denn?* Verwirrt reckte er den Hals. *Keine blinkenden Lichter, also kann es kein Flugzeug sein.* Der Mechanismus im Inneren des Lasters beendete seine Arbeit. Achselzuckend blieb der Müllmann noch einen Moment stehen und wünschte sich etwas. Eine normale Sternschnuppe war das zwar sicher nicht, aber doch wohl etwas Ähnliches. Und es käme ihm schon sehr gelegen, wenn der eine oder andere Wunsch sich erfüllen würde.

*

Zenits Trackingsensoren wussten, dass sie sich näherten, also starteten sie ihre letzten, rasend schnellen Berechnungen. Der horizontale Infrarotsensor hatte dem Computer die exakte vertikale Ausrichtung übermittelt, und Moskau hatte vor knapp einer Stunde die Einstellung der eingebauten Uhr aktualisiert. Sternsensoren und Magnetometer erhöhten die Präzision. Laut Wettervorhersage sollte der Himmel wolkenlos bleiben. Es würde ein perfekter Überflug werden, und alles war optimal eingestellt, damit die Ftor-6-Kamera ihre Arbeit tun konnte.

Der Sonnenaufgang hatte in Las Vegas um 06:06 Uhr eingesetzt, und um exakt 06:29:30 Uhr war Zenit auf Position. Die Klappe, mit deren Hilfe die Linsen vor direkter Sonneneinstrahlung und Mikrometeoriteneinschlägen geschützt werden sollten, öffnete sich. Das Licht von der Erde drang durch die Öffnung und wurde von der auf einer Größe von tausend Millimetern sorgfältig geschliffenen Linse verstärkt und gebündelt, bis es Zenit in seiner ganzen Breite flutete, von einem Spiegel zurückgeworfen wurde und auf den 30-mal-30-Zentimeter-Film traf. Der Transportmechanismus der Ftor-6 setzte sich surrend in Bewegung und schob ein unbelichtetes Bild nach dem anderen in Position, vorbei am Blendenverschluss und auf eine bereitstehende Rolle.

Nach sechzig Sekunden war der Überflug erledigt. Nun verfügte Zenit über eine ganze Reihe kristallklarer Aufnahmen von amerikanischem Gebiet, die nur noch entwickelt werden mussten. Die Kameralinse war wieder verschlossen, es floss kein Strom mehr, und der Satellit wartete geduldig darauf, dass sich die Erde weiterdrehte, damit sein Kurs ihn wieder über die weiten Steppen des westlichen Kasachstan brachte.

Als er die afrikanische Küste erreichte, zündeten kleine Lenkraketen und verschoben Zenit so weit, dass sein Haupttriebwerk sich in einem zuvor berechneten Winkel ausrichtete. Genau im richtigen Moment öffneten sich die Ventile, und der komprimierte hypergolische Treibstoff schoss durch die Schläuche, vermischte sich mit dem Oxidator und explodierte in der Verbrennungskammer, sodass eine orange-gelbe Flamme aus der großen Düse schoss. Hier war das Timing entscheidend. Nach genau 256 Sekunden schlossen sich die Ventile wieder.

Nun war Zenit zu langsam, um sich in der Umlaufbahn zu halten, ihm stand ein feuriger Wiedereintritt bevor.

Je dicker die Luft wurde, desto stärker verlangsamte sich Zenit, was ihn noch weiter erhitzte. Ein kleiner Beschleunigungsmesser registrierte die Bremsung und schickte ein Signal los. Sprengkörper zündeten, Zenit zerplatzte in seine Einzelteile, Triebwerke und Solarplatten stürzten taumelnd weiter und verglühten durch die Reibung. Aus den Trümmern löste sich eine harte, gut isolierte Kugel.

In diesem strahlungsgeschützten Ball befanden sich die Kamera und der kostbare, empfindliche Film.

Wie ein von Menschen geschaffener Meteorit schossen diese letzten Überreste auf die Erde zu: eine Kanonenkugel auf dem Heimflug aus dem Weltall. Die sich verdichtende Luft bremste sie immer brutaler ab, bis die fragilen Kameraelemente dem Achtfachen ihres Normalgewichts ausgesetzt waren. Flammen hüllten die Kugel ein, verbrannten die genau zu diesem Zweck bestimmte Außenhaut und ließen die Temperatur im Inneren ansteigen.

Aber die Konstruktion war solide. Kurz bevor die Außenhaut komplett schmolz, hatte die Reibung den Ball so weit abgebremst, dass sein Fallschirm zum Einsatz kommen konnte. Noch einmal zündeten kleine Sprengkörper und lösten eine Klappe. Ein widerstandsfähiger kleiner Bremsschirm entfaltete sich in der Höhenluft. Der damit einhergehende kräftige Ruck bremste die Kugel noch weiter und zog einen größeren Fallschirm nach draußen. Die Leinen spannten sich, der Ball wurde zur Seite geschleudert, und ganz plötzlich verpuffte die Gewalt – nun glitt die Kugel sanft wie Distelflaum unter ihrem runden Fallschirm in die Tiefe, ihr Samen der kostbare belichtete Film.

Mit einem lauten Scheppern landete sie auf einem abgeernteten Weizenfeld in Kasachstan und rollte noch ein Stück, bevor die verbliebenen Sensoren ein letztes Signal sandten: Die Leinen des Fallschirms lösten sich, und ein Piepton erklang. Dieses Funksignal wurde von einem bereitstehenden Mi-8-Helikopter aufgefangen, der wenig später direkt neben der Kugel landete. Mühsam kämpften sich einige Besatzungsmitglieder durch den rauen Wind, deaktivierten den Selbstzerstörungsmechanismus der Kugel – schließlich befand sie sich nun in sicheren Händen –, sammelten den Fallschirm ein und hakten den noch immer heißen Zenit an einem Stahlseil ein. Dann stieg der Hubschrauber wieder auf und zog die Kugel mit sich in die Höhe. Wie eine gigantische Biene mit einer kostbaren Ladung Pollen flog er anschließend zum Flugplatz Baikonur Krayniy.

Die wartende Bodencrew wies den Helikopter winkend ein, bis er direkt über einer speziell gebauten Konstruktion schwebte. Dort wurden die Stahlseile gelöst und die Kugel sicher festgezurrt. Ein Gabelstapler nahm die Transportvorrichtung vorsichtig auf und verlud sie in eine bereitstehende Antonov-26. Drinnen wies der Flugingenieur der Ladung ihren Platz zu, bevor er dem Gabelstapler signalisierte, abzuladen. Noch einmal wurde die Kugel mit Gurten gesichert. Nun starteten die Piloten die Triebwerke, und die schlanke Transportmaschine machte sich auf den Weg zum Flughafen Tschkalowski nahe Moskau.

Nach der Landung wurde die Kugel wieder auf einen Gabelstapler geladen und zu einem Kastenwagen gebracht, der den Flugplatz mit ihr verließ und das OBK-1-Werksgelände in Koroljow nordöstlich von Moskau ansteuerte.

Nachdem der Lieferwagen dort rückwärts durch ein großes Metallschiebetor gesetzt hatte, wurde ihm seine Ladung von einigen Technikern abgenommen und in ein Prüflabor gebracht. Mithilfe von Sensoren wurden Druck und Feuchtigkeit im Inneren der Kugel gemessen. Einer der Laborkittelträger stieg auf eine kleine Plattform, drehte den in die Kugel eingelassenen Griff und öffnete eine Klappe. Zwei Fototechniker lösten anschließend die Filmdose und hoben sie heraus: 1500 Bilder, schön eng aufgerollt. Größe und Gewicht des hochauflösenden Filmmaterials sorgten dafür, dass die Dose von zwei Leuten in das Entwicklungslabor getragen werden musste.

Dort wartete bereits ein Lomo-Großformatentwickler, voll befüllt und einsatzbereit. Nur das Rotlicht brannte in dem Raum. Nachdem die Augen der Techniker sich daran gewöhnt hatten, öffneten sie die Filmdose und nahmen die Rolle heraus. Mit aller Sorgfalt ließen sie die Führhäkchen in die passenden Löcher gleiten, legten dann einen Schalter um und sahen zu, wie der Mechanismus den Film von der Spule zog. Gut hörbar produzierte die Maschine zunächst von jedem

Bild ein Negativ, dann ein farbiges Positiv und schließlich ein Farbfoto. Negative und Positive wurden wieder auf Rollen gezogen, während die Ausdrucke auf einem langen Gestell landeten, wo sie trocknen konnten.

Sobald der Entwicklungsprozess ganz abgeschlossen war, schalteten die Techniker das normale Licht ein und verluden die Rolle mit den Positiven und die Ausdrucke auf einen Handwagen. Den schoben sie dann den Flur hinunter bis zu einem Raum, in dem ein großer Tisch mit einer von unten beleuchteten Glasplatte stand. Dort wurde die Rolle mit den Positiven an einem Tischende in eine Halterung gelegt, der entwickelte Film wurde vorsichtig quer über den Tisch gezogen und am anderen Ende in eine passende Gegenrolle eingespannt. Die Ausdrucke blieben auf dem Wagen liegen.

Zenit hatte seine Aufgabe erfüllt. Nun traten die Fotoanalytiker des Militärs an den Tisch, zückten ihre Lupen und machten sich an die Arbeit.

*

Chefanalytiker Konstantin – Kostya – war Experte für amerikanische Geografie. Die Windungen und Ausbuchtungen der Küstenlinien dieses Kontinents waren ihm vertraut, und er erkannte auf den ersten Blick jede größere US-amerikanische Stadt. Dazu hatte er intensiv die topographischen Karten studiert und mit einer endlosen Reihe von normalen Aufnahmen und Satellitenfotos geübt. Kostya war sehr stolz darauf, dass er ein Land, in dem er noch nie gewesen war, besser kannte als viele seine Einwohner.

Nun drehte er am Steuerungsrad und holte das nächste Positivbild auf den Lichttisch. Irgendwann würden die Analytiker jedes dieser Bilder bis ins kleinste Detail studieren, vorerst aber suchten sie nach etwas ganz Bestimmtem. Er schob seine Zweistärkenbrille zurecht und las den winzigen Zeitstempel am unteren Rand des Films.

»3. November, 23:00 Uhr Moskauer Zeit. Sag mir doch noch mal, nach welchem Überflug wir Ausschau halten sollen, Dima.«

Sein Assistent Dmitri sah auf der Liste nach. »Zielzeitpunkt ist der 5. November, 17:30 Uhr Moskauer Zeit.«

Kostya nickte bestätigend und spulte die Rolle dann wesentlich schneller vor. Die Bilder flogen vor seinen Augen dahin, während sein Gehirn sie bereits für eine spätere Sichtung katalogisierte. Dann zeigte der Zeitstempel den 5. November an.

»Tochna! Hier geht es los.« Nachdem er ein paar Bilder übersprungen hatte, fand er den gesuchten Zeitpunkt auf der Filmrolle.

Die erste Aufnahme zeigte ungefähr sechsundfünfzig Quadratkilometer schroffes Gelände. Kostja konnte dunkle, felsige Hügel erkennen, die von Arroyos durchzogen waren. Ihre Kuppen hoben sich von dem helleren Sand- und Erdboden ab. Mit weißem Salz überzogene Seebetten kennzeichneten die Täler.

Nun griff Kostya zum Vergrößerungsglas und konzentrierte sich auf ein Gebiet, in dem einige schwarze Punkte auffielen. »Polyn«, murmelte er leise – Beifuß. Er war begeistert davon, wie klar die morgendlichen Schatten die Sträucher hervorhoben. Diese neue Zenit-Version machte wirklich gute Bilder!

Um sich einen Überblick zu verschaffen, musterte er noch einmal das gesamte Bild, dann schaute er zu Dima hinüber und nickte bestätigend. »Death Valley«, sagte er auf Englisch;

durch seinen Akzent klang es allerdings mehr wie »Dett Walley«. Dann wandte er sich dem nächsten Bild zu.

Zenits Ftor-6-Kamera hatte alle zwei Sekunden ein Bild geschossen. Da der Satellit in einer Sekunde fünf Meilen zurücklegte, war jedes Bild von der Erdoberfläche um zehn Meilen versetzt, wodurch sichergestellt worden war, dass von jedem Ort drei bis vier aufeinanderfolgende Aufnahmen gemacht worden waren, bevor der Satellit weitergeflogen war.

Für Kostya war es kein Problem, diese Zehnmeilensprünge in seinem Kopf aneinanderzufügen, und so nickte er nun bekräftigend, während er die folgenden, weiter nordöstlich angesiedelten Bilder sichtete. Diesen Teil von Nevada hatte er sich schon oft angesehen, allerdings noch nie in einer solchen Schärfe. Er musste sich zügeln, um nicht übereilt voranzupreschen. Als Fotoanalytiker brauchte man vor allem Geduld, gepaart mit einer ausgeprägten Detailversessenheit.

Bei 17:29:56 kam an der rechten oberen Ecke eine Straße ins Bild. Links vom Little Skull Mountain zeichnete die aufgehende Sonne tiefe Schatten, die alles glasklar umrissen. Das Atomtestgelände …

Jetzt wurde es spannend.

Kostya holte sich das nächste Bild heran. Jackass Flats erschien, und er studierte aufmerksam die Straßen und die Bahnschienen, um mögliche Veränderungen zu den letzten Bildern auszumachen. Genau in der Mitte war ein Fleck, der irgendwie anders wirkte, also setzte er nun seine Lupe ein, um jedes Detail sichtbar zu machen. Außerdem schob er die Bilder vor und zurück, um sich die Stelle aus verschiedenen Blickwinkeln anzusehen.

Das ist interessant, dachte er. *Sie verschieben immer noch radioaktives Material ins Außenlager.* Mithilfe der Lupe studierte er jedes einzelne Gebäude und hielt seine Beobachtungen in seinem großen grünen Notizbuch fest.

Die folgenden Bilder zeigten bloß die ihm bereits bekannten Pockennarben diverser Atomtests; wie ausgedrückte Pickel übersäten sie den trockenen, ockerfarbenen Boden, immer wieder durchzogen von helleren Spuren im Staub. Kostya konnte keinerlei Veränderung feststellen.

Er spulte so lange weiter, bis das Ufer eines ausgetrockneten Sees erschien. Dann entdeckte er die erste Hälfte einer Landebahn mit den Rollwegen, die sich in einem vertrauten grauen Viereck über den beigefarbenen Wüstensand zogen; die Form erinnerte an einen Drachen. Wenn er sich anstrengte, konnte er sogar die weiße 32 erkennen, die auf die Landebahn aufgemalt war. Leicht verschwommen, aber lesbar.

Noch ein Klick, dann war bereits der halbe Groom Lake sichtbar, inklusive geteerter Landebahnverlängerung in einer Ecke. In geisterhaftem Weiß traten die auf dem ausgetrockneten Salzsee angelegten Bahnen hervor. Drei Bilder später waren die Startbahnen am unteren Bildrand verschwunden. Kostya spulte noch einmal zurück, um nach den besten Aufnahmen zu suchen.

Als er sich entschieden hatte, las er die Daten der Bilder ab. »Dima, such mal die Ausdrucke vom 5. November raus, 17:30:04 und 17:30:12.« Sofort blätterte Dima die Fotos auf dem Handwagen durch, nahm zwei 30-mal-30-Farbfotos heraus und gab sie an Kostya weiter.

Der platzierte sie neben den Positivbildern auf dem Tisch und verglich beides miteinander. Dann griff er nach einem kleinen Instrument, das wie ein plumper Salzstreuer aussah. Es handelte sich um eine Juwelierlupe, deren extrem starke Linse so geschliffen war, dass man sie direkt auf das Bild setzen konnte. Kostya platzierte sie genau in der Mitte des Ausdrucks. Dima sah ihm über die Schulter, grunzte fragend und zeigte dann auf das Bild. »Was ist das?«

Kostya setzte die Lupe auf den etwas dunkleren Fleck, starrte einige Sekunden hindurch, verschob sie ein wenig.

»Ich bin nicht sicher.« Er beugte sich nach rechts, damit Dima ebenfalls durch die Linse blicken konnte.

Auch sein junger Mitarbeiter starrte einige Sekunden lang angestrengt durch die Lupe, bevor er feststellte: »Es ist leicht verschwommen, aber meiner Meinung nach ist das ein langgezogener Schatten neben einem eckigen, dunklen Fleck. Als wäre dort ein neuer, mittelgroßer Kampfjet abgestellt worden.«

Kostya nickte. »Und neu bedeutet in unserem Geschäft immer etwas Gutes.« Noch einmal versuchte er vergeblich, charakteristische Einzelheiten zu erkennen, anhand deren er einen genauen Typ hätte bestimmen können. Vermutlich eine F-15, überlegte er.

»Geh mal ins Labor und mach ein paar Vergrößerungen, vor allem hier«, er zeigte auf eine Abweichung inmitten der Jackass Flats, »und von diesem komischen Fleck. Die sollten wir dann schnellstmöglich weiterleiten.« Damit wandte er sich wieder dem Leuchttisch zu. Was nun kam, genoss er immer ganz besonders. »Ich werde solange versuchen, noch mehr zu finden.«

Dima ging hinaus, und Kostya griff nach seinem Notizbuch. Nachdem er die Bilder zu 17:29:56 zurückgespult hatte, beugte er sich wieder über die Lupe und verschaffte sich einen systematischen Überblick, den er in seinem Buch festhielt.

44

Flugbeschränkungsgebiet 4808, Nevada

»You have control.« Klar und deutlich drang Kaz' Stimme aus Griefs Kopfhörer.

Die magischen Worte in einem Cockpit. Es hatte schon zu viele Fälle gegeben, bei denen die Piloten eines Zweisitzers davon überzeugt gewesen waren, der jeweils andere flöge die Maschine, die deswegen außer Kontrolle geriet oder abstürzte. Oder schlimmer noch: Beide Piloten arbeiteten bei der Steuerung unwissentlich gegeneinander und *dachten*, die Maschine sei außer Kontrolle geraten. Nun zeigte ein kurzer Satz an, dass ein Pilot die Kontrolle abgab, was der andere mit der passenden Antwort bestätigte.

»I have control.« Grief hatte die englischen Worte bei den Flugvorbesprechungen gelernt und packte nun selbstbewusst Steuerknüppel und Gashebel der Aggressor T-38 Talon. Indem er den Steuerknüppel leicht schüttelte, signalisierte er Kaz, dass er loslassen konnte. Mit der Linken schob Grief den Gashebel vor, während seine Rechte vorsichtig den Steuerknüppel nach vorne drückte. Tief runter und schnell werden war jetzt angesagt.

Kaz fiel auf, wie selbstsicher und aggressiv der Russe die Maschine führte, während er sie in den Sinkflug schickte und auf das simulierte Kampfgeschehen vorbereitete. Sam Phillips hatte ihn gebeten, persönlich ein Auge auf Grief und seine MiG-25 zu haben, und da Kaz seine medizinische Freigabe zurückhatte und mit der T-38 vertraut war, hatte Irv Williams ihm erlaubt, bei der heutigen Übung den Vordersitz zu besetzen – die erste Gelegenheit für ihn, Grief in Aktion zu erleben.

Vor und über ihnen flog das aktuelle Flaggschiff der US Air Force: die F-15 Eagle, erdacht und gebaut, um der Bedrohung durch die MiG-25 Foxbat entgegenzuwirken. Der mit einem Doppelleitwerk ausgestattete Mach 2-Luftüberlegenheitsjäger verfügte über ein Puls-Doppler-Radar und zwei F-100 Turbofan Pratt & Whitney-Triebwerke mit Nachbrenner. Die Air Force hatte vor achtzehn Monaten auf dem Luftwaffenstützpunkt Edwards die ersten Testflüge mit der Eagle durchgeführt, 175 Meilen von Kaz' und Griefs heutigem Luftraum entfernt. Die neueste Variante war dann nach Groom Lake überstellt und an Irvs Abteilung übergeben worden, damit diese ihre Abfangqualitäten gegenüber den sowjetischen Maschinen und schwer lokalisierbaren Hubschraubern auf die Probe stellen konnte. Einige Meilen weiter, tief in einem der Täler versteckt, schwebte nun deshalb einer der Red-Hats-Piloten in einem modifizierten Hughes OH6 500P Helikopter, der aufgrund seiner radarabsorbierenden Außenhaut extrem schwer zu entdecken war. Grief und Kaz saßen in der T-38-Variante mit Wüstentarnung und simulierten den Angriff einer kleinen, schnellen MiG.

Die Aufgabe der F-15 bestand nun darin, beide Flugkörper zu erfassen und mithilfe ihrer neuartigen nichtkooperativen Zielerkennungssoftware zu identifizieren. Dann wurde ein Abschuss durch ihre radargesteuerten oder wärmesuchenden Raketen simuliert oder – falls es zum Nahkampf kam – durch ihre sechsläufige M61A1 Vulcan-Bordkanone.

Kaz und Grief hatten sich gründlich auf diesen Flug vorbereitet, indem sie Luftraumkarten und Landschaftsansichten studiert hatten, um mögliche Eintritts- und Austrittsrouten zu planen.

Den entscheidenden Ausschnitt aus der topographischen Karte hatte Grief sich an den linken Oberschenkel geheftet und warf nun einen kurzen Blick darauf, um sich wieder in Erinnerung zu rufen, wonach er Ausschau halten musste. Eine dicke schwarze Linie zeigte ihm die gewünschte Route an, und mit einem Blick voraus prüfte er, ob die Erhebungen und Schluchten dort unten zur Karte passten. Ja, er wusste ganz genau, wo er sich befand und wohin er flog.

Bei der Vorbesprechung war eine Eintrittsgeschwindigkeit von 420 Knoten festgelegt worden, bei einer Höhe von 200 Fuß über dem schroffen Gelände. Fluggeschwindigkeits- und Höhenmesser verrieten Grief, dass beide Werte stimmten. Aber sie würden erst in neunzig Sekunden in den anvisierten Luftraum eindringen, wo über ihnen bereits die F-15 mit eingeschaltetem Radar wartete, um erst sie und dann den Heli zu jagen.

Sie haben mich hergebracht, weil sie lernen wollen, wie die besten Sowjetpiloten fliegen, dachte Grief. *Jetzt werde ich es ihnen vorführen.*

Er schob den Gashebel bis zum Nachbrenner und drückte den Steuerknüppel nach vorne, sodass sie steil abfielen.

Kaz meldete sich von vorne über Funk: »Immer mit der Ruhe, Grief, wir sind tief und schnell genug.« Die Hände einsatzbereit erhoben, falls er die Kontrolle übernehmen musste, prüfte Kaz die Instrumente: 100 Fuß bei 480 Knoten. Dicht unter ihnen schoss alle 7,5 Sekunden eine Meile Fels und Gestrüpp vorbei.

Grief erwiderte: »*Ponyal.*« Zwar hatte er nicht alle Worte verstanden, aber Kaz' Ton war eindeutig.

Konzentriert blickte er an Kaz' Helm vorne vorbei und versuchte, anhand des vorbeischießenden braunen Farbflecks seine Höhe abzuschätzen; dabei folgte er aggressiv den Erhebungen des Bodens. Dadurch machte er es dem Radarsystem der F-15 so schwer wie möglich, sie zwischen all den zurückgeworfenen Signalen zu orten. Vor allem, da sie ja auch noch nach dem langsam und niedrig fliegenden und dadurch beinahe unsichtbaren 500P Helikopter suchte. Man hatte ihm erklärt, das *P* stehe für *Penetrator*, da der Hubschrauber während seiner Spezialeinsätze in Vietnam gezeigt habe, wie tief er in feindliches Gebiet vordringen konnte.

Plötzlich stieg das Gelände vor ihnen an, weshalb Grief den Steuerknüppel nach rechts kippte und zog, wodurch er sie schlagartig auf 6 *g* katapultierte. Wie geplant folgte er dem kurvenreichen Tal auf der Karte. Die dünnen, kurzen Flügel der T-38 zerteilten die Luft und ließen die Maschine unter dem Druck der hohen Geschwindigkeit zittern. *Genau wie bei der MiG-21*, stellte Grief fest.

In seinem Kopfhörer ertönte eine Stimme: »Fox One, Fox One, Ziel tief und schnell, Entfernung elf Meilen.«

Also war es der F-15 gelungen, sie zu erfassen; durch die mit dem entsprechenden Code übermittelten Parameter simulierten sie den Abschuss einer AIM-7 Sparrow-Radarrakete. Grief kam ein leises Brummen über die Lippen – er wusste, wofür »Fox One« stand. Jetzt konnten sie ihnen nur noch entkommen, indem sie sich aus der Radarerfassung der Eagle lösten, bevor die Rakete sie erreichte. Was in wenigen Sekunden der Fall sein würde. Er rammte den Steuerknüppel nach links und folgte dem engen Tal in entgegengesetzter Richtung. Dabei zwang er die Maschine noch tiefer hinunter, setzte alles daran, die Zielerfassung abzuschütteln. Um das zu erreichen, musste er tief genug hinuntergehen, um den Rückfluss der Radarsignale durcheinanderzubringen, indem er von dem Hintergrundwirrwarr der Landschaft überlagert wurde.

Kaz fühlte sich nun nicht mehr wohl mit Geschwindigkeit und Höhe. »Das reicht, Grief«, gab er durch. Gerade als er die Steuerung wieder übernehmen wollte, drang die Meldung »Ziel verloren! Ziel verloren!« aus ihren Kopfhörern. Wieder verstand Grief die Worte nicht, erkannte aber den Tonfall eines Piloten, der gescheitert war. Langsam zog er den Gashebel zurück und ließ den Jet aufsteigen, bis die Flügel sich horizontal ausgerichtet hatten. Vollkommen gelassen, als hätte ihn das alles keinerlei Mühe gekostet, sagte er: »You have control.«

Kaz übernahm Gas und Steuerung und antwortete automatisch: »I have control.« Dann drückte er mit dem Daumen den Funkknopf und meldete »Knock it off, knock it off«, um anzuzeigen, dass die Trainingseinheit beendet war. Anschließend überprüfte er die Treibstoffanzeige; das hohe Tempo und der Einsatz des Nachbrenners hatten die knappen Reserven der T-38 stark angegriffen. »MiG ist Bingo, kehren zum Stützpunkt zurück.« Bingo bedeutete, dass jede aktive Trainingsbeteiligung eingestellt werden musste, da die restliche Treibstoffmenge für Rückflug und Landung benötigt wurde.

»Verstanden, knock it off, knock it off, ebenfalls verstanden, MiG ist Bingo. Eagle folgt euch zurück zur Ranch.«

Auf dem Rücksitz lächelte Grief hinter seiner Neoprenmaske. Die F-15 war Amerikas neuester und bester Kampfjet, ausgerüstet mit modernster Technologie, und er hatte ihn gerade besiegt – einzig und allein mit seinen fliegerischen Fähigkeiten.

*

Der Testpilot, der die Eagle geflogen hatte, stand neben der Tafel, auf der er in Blau den Kurs seiner Maschine eingezeichnet hatte, in Rot den der Red Hat T-38 und des 500P Helikopters. Kaz, Grief und der Helikopterpilot saßen vor ihm, entspannt zurückgelehnt, da sie mit ihrer Leistung zufrieden waren.

»Zuerst haben wir die MiG hier auf dem Radar gehabt.« Der Eagle-Pilot malte mit roter Kreide einen dicken Pfeil ganz unten auf die Tafel. »Sie flog so tief, dass sie knapp außerhalb der Raketenreichweite war, also sind wir im Mehrfachzielmodus geblieben, um weiter nach dem Helikopter zu suchen.« Kopfschüttelnd zeigte er auf die zweite rote Linie. »Ich habe nicht die kleinste Spur von ihm gesehen, was mich angesichts dieser riesigen Rotorblätter doch wundert.«

Der Helikopterpilot versuchte wirklich, nicht selbstgefällig zu klingen, was ihm auch beinahe gelungen wäre: »Was die Jungs von Hughes mit diesen Rotorblättern angestellt haben, verblüfft so ziemlich jeden.«

Der Eagle-Pilot nickte. Weiter hinten im Raum saßen die Ingenieure und machten sich Notizen. Später würden sie noch die Daten aus dem digitalen Bordsystem des Jets bekommen und sich dann genau ansehen, was im Detail passiert war.

»Als die MiG in Reichweite kam, habe ich sie erfasst, sichergestellt, dass die Auflösung stimmt, und einen Fox One abgesetzt. Die Anfangsdaten waren wirklich gut, aber dann ging das Signal auseinander, und wir haben sie verloren.« Er sah Grief an. »Ich habe keine Ahnung, was du getan hast, aber es hat funktioniert. Die Rakete ist durchgedreht.«

Thompson, der mit einem Becher Kaffee in der Hand neben ihm saß, beugte sich zu Grief hinüber und übersetzte, woraufhin der Russe erwiderte: »Ich habe nur die geringe Größe meiner Maschine und die Bodengegebenheiten ausgenutzt, um das Radar zu verwirren. Hoffentlich hilft das bei der Auswertung und dem Testprogramm.« Seinen Sieg in der Nachbesprechung gelassen und ohne Überheblichkeit hinzunehmen, war die ultimative Waffe eines jeden Piloten.

»Ja, wie gesagt, es hat funktioniert.« Nun wandte sich der Eagle-Pilot an den Kollegen, der den Hubschrauber geflogen hatte. »Ganz unter uns: Nach der Nummer können wir eigentlich unseren Hut nehmen.«

Als Leiter der Abteilung war Irv ebenfalls anwesend. Nun stand er auf und stellte sich mit einem breiten Lächeln nach vorne zu dem Eagle-Piloten, was das Ende der Besprechung ankündigte. »Der Rest der Trainingseinheit wurde sauber durchgeführt, niemand wurde verletzt, und wir haben wieder einmal gesehen, wie wertvoll realitätsnahes Training mit der Aggressor ist.« Er nickte den Ingenieuren in den hinteren Reihen zu. »Sicherlich wird die F-15 nach dieser Lektion zu einer noch besseren Maschine werden.« Dann fügte er mit einem kurzen Blick zu Grief hinzu: »Aber es ist auch schön, zu sehen, dass selbst eine recht einfache Maschine wie die T-38 in den richtigen Händen ein so starker Gegner sein kann.«

Während der Eagle-Pilot die Tafel abwischte und die Ingenieure sich von ihren Plätzen erhoben, sah Kaz nachdenklich zu Grief hinüber, der noch immer entspannt neben Thompson saß.

Dieser Russe war auch in der richtigen Welt schon in Kämpfe in so geringer Höhe verstrickt, schlussfolgerte er. *Aber wo könnte das gewesen sein?*

45

Atomraketenentwicklungszentrum, Jackass Flats, Nevada

Isaac Acklin mochte seinen Job nicht mehr.

Zum einen war es verdammt heiß. Natürlich hatte er, als er die Stelle angetreten hatte, gewusst, dass es in der Wüste von Nevada wesentlich wärmer sein würde als in Avalon Park in Chicago, wo er aufgewachsen war. Doch er war eben als junger Fernfahrer nach Las Vegas gekommen, auf der Suche nach Arbeit und einer Möglichkeit, den kalten Wintern in Illinois zu entgehen. Deshalb war die Hitze an sich auch weniger das Problem, sondern eher ihr extremes Ausmaß in diesem sonnenverbrannten, staubtrockenen Loch namens Jackass Flats. Und nachts wurde es in der Wüste auch noch eisig kalt.

Aber das Schlimmste war eigentlich, dass die Arbeit immer weniger wurde und er den Großteil davon inzwischen ganz allein erledigen musste.

Als die Typen in den weißen Laborkitteln hier noch geforscht hatten, war es gar nicht schlecht gewesen. Viele Leute, mit denen man quatschen konnte: Bauarbeiter, Handwerker oder auch Fahrer wie er selbst, meist ehemalige Soldaten. Und zwischen den Testläufen der Nuklearantriebe, an denen diese Nerds arbeiteten, gab es immer jede Menge Freizeit. Die Bezahlung war auch gut gewesen, da diese Art von Arbeit mit zusätzlichen Sicherheitsmaßnahmen und einem gewissen Gefahrenpotenzial verknüpft war. Und durch die ergebnisorientierten Zeitpläne konnte er eine Menge Überstunden schieben.

Aber der verdammte Nixon hatte dem ein Ende gemacht. *So dämlich*, dachte Isaac nun zum gefühlt hundertsten Mal. Die Forscher hier hatten echte Erfolge vorweisen können. Selbst ein einfacher Fahrer wie er konnte das sehen. Angeblich war einer der letzten Tests über Stunden hinweg völlig problemfrei verlaufen, und das bei nahezu voller Power. Was für ein dämlicher Zeitpunkt, um hier alles dichtzumachen! Aber nachdem sich die Regierung aus Vietnam zurückgezogen und das Apollo-Programm der NASA eingestellt hatte, sah man wohl keinen Nutzen mehr in solchen Antrieben. Oder zumindest wollte Uncle Sam nicht länger dafür bezahlen.

Verschieben wir das Problem einfach, damit sich ein künftiger Präsident damit herumschlagen muss, dachte Isaac. *Ist ja mal wieder typisch.*

Inzwischen war er kaum mehr als ein besserer Müllsammler. EG&G, der Hauptdienstleister auf dem Testgelände, hatte ihm zwei kräftige Dumpfbacken zur Seite gestellt (in Gedanken nannte er sie nur »die Zwillinge«), die für die Schlepperei zuständig waren. Zu dritt mussten sie nun eine lange Liste abarbeiten, indem sie irgendwelchen Schrott von einem Ort an einen anderen beförderten.

Die größeren Teile wanderten auf die sandige, offene Müllhalde in der Mitte der Jackass Flats, wo man mithilfe der hauseigenen Bahn auch die schweren Maschinen abgestellt hatte. Jedes Mal, wenn Isaac an den unzähligen Flachwagen mit riesigen Maschinenteilen und Testbauten vorbeifuhr, konnte er nur fassungslos den Kopf schütteln. All die Arbeit zerfiel nun unter der Sonne Nevadas langsam zu Staub, umgeben von den rotbraunen Hügeln der Shoshone Mountains. Und nichts davon durfte geborgen oder auch nur angefasst werden, bevor irgendein Sicherheitsfuzzi in Washington mithilfe seiner Tabellen beschloss, dass sich das Strahlungsniveau nun so weit abgesenkt hatte, dass es einer Wiederwahl seines Chefs nicht mehr im Wege stand.

Richtig ätzend war aber der ganze Kleinkram – Werkzeuge, Bücher, Notizen, Alltagsgegenstände. Die mussten alle geprüft, katalogisiert und in das Langzeitlager im R-MAD gebracht werden, dem *Reactor Maintenance Assembly and Disassembly Building*. Auf seiner Liste stand alles, was die Sicherheitsinspektoren als »leicht kontaminiert« eingestuft hatten; viele Seiten detailversessener Langeweile.

Die Zwillinge und er waren zur Triebwerkteststation 1 rausgefahren und hatten die für heute eingeplante Ladung in Tonnen, Aktenschränke und tragbare Gitterregale gepackt. Das am anderen Ende der Flats gelegene vierstöckige R-MAD war als geeignet und groß genug befunden worden, um dort alles unterzubringen, also hatte er den Lieferwagen rückwärts vor eine der mit Rolltoren versehenen Laderampen gefahren. Dann hatte er die Zwillinge angewiesen, alles auf Paletten umzuladen, die er dann mittels Gabelstapler an die für sie vorgesehenen Plätze bringen würde. Wenn alles verräumt war, würde er die einzelnen Gegenstände auf seiner Liste abhaken, und sie würden die nächste Ladung holen.

Früher war ich Baggerfahrer, dachte Isaac nun, während er den Zwillingen beim Abladen zusah. *Und jetzt bin ich ein verfluchter Buchhalter!*

Die unzähligen handgeschriebenen Notizen und ausgedruckten Berichte mussten in speziell festgelegten Regalen abgelegt werden, die gebundenen Bücher wieder in anderen Räumen. Deshalb beobachtete er die Zwillinge genau, damit sie es nicht vermasselten. Und er behielt auch die runde, schwarz-weiße Standardwanduhr im Auge; davon hing in den meisten Räumen mindestens eine. Da dem Projekt schon lange keine Dringlichkeit mehr anhaftete, war auch die Hoffnung auf Überstunden flöten gegangen. Isaac würde keine Sekunde länger arbeiten als vorgeschrieben.

Nein, Isaac Acklin gefiel das alles nicht mehr, aber es war nun einmal sein Job. Eigentlich kein sonderlich schwieriger Job, der noch immer hervorragend bezahlt wurde, was wohl der allgemeinen Furcht vor einer Langzeitverstrahlung geschuldet war.

Und da die Zwillinge und er noch einen Haufen Zeug einmotten mussten, würde er den Job wohl auch noch eine ganze Weile behalten.

46

Groom Lake

Grief mochte diese Schuhe.

Sie waren aus Leder, überwiegend weiß und mit einem geschwungenen roten Zeichen versehen, das ihn an einen Flügel erinnerte. Kaz hatte sie ihm während der Nachbesprechungen in der Nähe von Vegas gekauft, und seitdem trug er sie immer beim Laufen.

Er zog den ersten der beiden Schuhe über seine weiße Socke. Auch die siebenreihige Schnürung gefiel ihm, so konnte er genau kontrollieren, wie fest der Schuh an welcher Stelle saß. An den Zehen mochte er es gerne etwas lockerer, dafür zog er die Schnürsenkel dann über dem Spann straffer, damit die Fußsohle fest auflag. Das letzte Loch ließ er komplett aus, um am Knöchel mehr Spielraum zu haben. Mit Trainingshose und T-Shirt bekleidet saß er auf seinem Bett und band mit einem leisen Ächzen die Schnürsenkel zu.

Draußen wich die Schwärze der Nacht langsam der Morgendämmerung, allerdings war die Sonne noch tief hinter den Hügeln im Osten verborgen. Grief hielt sich den zweiten Schuh vor das Gesicht, um ihn besser sehen zu können. Wer auch immer ihn entworfen hatte, war so umsichtig gewesen, oben an der Ferse eine griffige Lederlasche anzubringen, die es einem leichter machte, den Schuh überzustreifen; quasi eine Art eingebauter Schuhlöffel. Nachdem er bereits mehrere Wochen täglich darin gelaufen war, zeigte das Zickzack-Profil der Sohlen erste Abnutzungserscheinungen, doch es gab noch immer genügend Halt. Inzwischen hatte er auch den Herstellernamen entziffert, der in kleinen Buchstaben auf die Zunge gedruckt worden war, und hatte festgestellt, dass er einem russischen Wort sehr ähnlich war: *nika*. Der Name der griechischen Siegesgöttin.

Lächelnd zog er nun auch den zweiten Schuh an. Das war ein gutes Omen.

Die Schlacht stand kurz bevor.

*

Anders als auf der Spring Mountain Ranch durfte Grief auf dem abgeriegelten Stützpunkt von Groom Lake alleine laufen. Schon bald hatte er eine Strecke gefunden, die ihm gut passte und an die sich jeder, der ihn möglicherweise beobachtete, schnell gewöhnt hatte – unter anderem Thompson, der auf dem Areal selbst seine Runden drehte. Heute war das nicht anders; der CIA-Agent band sich gerade vor seinem Wohnwagen die Schuhe zu und nickte seinem Schützling nur ausdruckslos zu. Ohne ihm Beachtung zu schenken, dehnte sich Grief ein wenig, dann lief er Richtung Westen auf die unbefestigte Zufahrtsstraße zu, wo er dann nach Süden abbog auf die lange Gerade, die an der Müllkippe vorbeiführte. An den Treibstofftanks wandte er sich nach rechts auf die Asphaltstraße, dann am Kraftwerk wieder nach Norden, um anschließend am Rand des Rollfeldes entlang das Rechteck am Hauptgebäude zu vollenden. Wenn er es darauf anlegte, schaffte er die fünf Kilometer lange Strecke in einundzwanzig Minuten, doch er wollte Knie und Hüfte nicht überstrapazieren. Deshalb lief er die Runde meist in dreiundzwanzig Minuten. Die Schuhe waren dabei sehr hilfreich; sie waren um einiges besser als das russische Fabrikat, das er in Syrien zurückgelassen hatte.

Heute Morgen fühlte er sich gut. Bis er anfing zu laufen und die verschiedenen Körperteile sich zum Dienst meldeten, konnte er das nie genau sagen, doch als er nun kurz vor der Müllkippe das Tempo ein wenig anzog, fühlte sich alles fest und energiegeladen an. Er wandte sich nach links, nun ein wenig schneller als sonst. Man konnte nur stärker werden, wenn man an seine Grenzen ging.

Es wehte ein leichter Wind aus Westen, wie es um diese Uhrzeit häufig der Fall war. Deshalb drang ihm nun der Gestank der Müllkippe in die Nase, eine unangenehme Mischung aus Chemikalien und Fäulnis. Als er an dem Haufen vorbeilief, musterte er ihn genau, konnte aber außer einem am Himmel kreisenden Bussard keine Bewegung ausmachen. Ein zufriedenes Lächeln huschte über sein Gesicht, als er in einen gleichmäßigen Atemrhythmus verfiel.

Für den heutigen Lauf hatte er sich konkrete Ziele gesetzt, und um sie zu erreichen, wich er nun von seiner üblichen Route ab. Bei den wuchtigen weißen Zylindern, in denen sich die Flugbenzintanks verbargen, gab es eine kleine Zufahrtsstraße. Der folgte er nun und hatte so einen besseren Blick auf die Rohre und Verteilerventile, die sich zum Flugfeld hinüberzogen. An einer Stelle erhoben sie sich zu einem kantigen Bogen, der so hoch über die Straße hinwegführte, dass die Tanklaster, die den Treibstoff lieferten, problemlos darunter hindurchfahren konnten. Während er darunter hindurchjoggte, folgte er mit dem Blick dem weiteren Verlauf der Leitungen.

Grief nickte. Ja, das war genauso, wie er es sich vorgestellt hatte.

Nun unterwegs Richtung Kraftwerk, lief er an den Treibstoffleitungen entlang, in denen wohl der Diesel für die Generatoren zugeführt wurde; hier prägte er sich die genaue Lage ein, vor allem auch die der Zugangsventile. Aus dem Kraftwerk selbst drang ein stetiges Rumpeln, unterlegt mit einem hohen Pfeifen. Die Abluftkamine auf dem Dach fügten ihr eigenes Dröhnen hinzu. Als er daran vorbeikam, studierte er aufmerksam das Geflecht aus Kabeln und Transformatoren, die überall dort sichtbar waren, wo die Stromleitungen aus dem Gebäude herausgeführt wurden. Der wichtigste Teil war mit einem hohen Zaun abgesperrt, an dem Hochspannungswarnschilder befestigt waren.

Während er den Lärm der Generatoren hinter sich ließ, lauschte er auf das rhythmische Klatschen seiner Sohlen auf dem Asphalt, bis er in der Ferne das vertraute Aufheulen eines startenden Flugzeugtriebwerks hörte. Ein Blick auf seine Armbanduhr verriet ihm, dass es sieben Uhr war. Dann war das wohl der tägliche Wettercheck: Der diensthabende Pilot flog eine Runde mit einer T-38, um Windverhältnisse und Sicht zu prüfen, damit der Arbeitstag in Groom Lake beginnen konnte.

Grief hatte noch gut einen Kilometer vor sich und nahm eine innere Bestandsaufnahme vor – nirgendwo Schmerzen und noch großzügige Energiereserven. Wieder erhöhte er sein Tempo, um sich stärker zu fordern. Als er seine Atmung anpasste, belohnte ihn sein Körper instinktiv: Sein Blut schoss warm durch seine Adern, in seinen Ohren rauschte es, seine Sicht wurde schärfer.

Als sein Wohnwagen in Sichtweite kam, stellte er sich eine Ziellinie vor und zwang sich, einen gleichmäßigen Sprint hinzulegen, bis er die imaginäre Linie überquert hatte. Dann reduzierte er nach und nach das Tempo, damit sein Körper schrittweise herunterkühlen konnte. Nachdem er noch einmal langsam bis zur Müllkippenzufahrt und zurück gejoggt war, blieb er vor der kleinen Treppe an seinem Ende des Wohnwagens stehen.

Ein guter Lauf. Er dehnte sich, beugte den Rumpf, streckte Sehnen und Muskeln an der Beinrückseite. Während er einen Fuß auf die Stufen stellte und sich nach vorne beugte, musterte er noch einmal voller Zufriedenheit seine weiß-roten Schuhe.

Bei dieser Runde hatten sich all seine Überlegungen bestätigt. Bald war die Zeit gekommen.

Und er war bereit.

47

Moskau, sieben Monate zuvor

Der kalte Aprilregen prasselte gegen die hohen Bleiglasfenster. Heftige Böen ließen das Rauschen immer wieder ansteigen und abschwellen, bevor sie schließlich irgendwo an den Windungen der Moskwa an Kraft verloren. Generalsekretär Leonid Breschnew nahm die Geräuschkulisse kaum wahr, während er seinen Tee trank, denn in Gedanken bereitete er sich bereits auf seinen nächsten Termin vor. Nach dem kalten, dunklen Winter war der Frühlingsregen in seinem weitläufigen Land sehr willkommen. Außerdem half er dabei, die Straßen von Moskau zu reinigen.

Das Wort *Kremlin* bedeutete so viel wie *Festung innerhalb der Stadt*. Schon immer waren Bittsteller zu dieser speziellen Erhebung gekommen, die von Natur aus gut geschützt und leicht zu verteidigen war, gelegen an einer weiten Uferbiegung, wo die kleinere Neglinnaja in die Moskwa floss. Und immer hatten diese Besucher ein Ziel verfolgt: bei den hohen Herren Gehör zu finden für ihre Anliegen, voller Hoffnung, dass sie ihren Wünschen nachkommen würden.

Heutzutage war das nicht anders.

Breschnew hatte niemand Geringeren als Nikolai Podgorny – seinen Stellvertreter und Präsidiumsvorsitzenden – zum Flughafen Wnukowo geschickt, um ihren heutigen Gast in Empfang zu nehmen. Oft wollten Bittsteller vom Kreml keine Entscheidung, kein Geld, sondern schlicht öffentliche Anerkennung durch den Herrscher. Und Breschnew und Podgorny waren zu dem Schluss gekommen, dass dieser Mann die weite Reise gemacht hatte, um genau diese Anerkennung zu erhalten, was man entsprechend zu würdigen hatte. Vor allem, da sie im Gegenzug auch etwas von ihm brauchten.

Sie hatten dafür Sorge getragen, dass auf dem Rollfeld ein langes Spalier aus bewaffneten Soldaten bereitstand, die ihn in Habachtstellung begrüßen sollten, wenn er die rot-weiße DC-8 der Aeroméxico verließ. Er flog nie mit einer speziellen Regierungsmaschine. Nein, der mexikanische Präsident Luis Echeverría Álvarez war ein Mann des Volkes, deshalb reiste er gut sichtbar mit derselben Fluggesellschaft wie alle anderen auch.

Sie hatten einen Konvoi zusammengestellt, wie es bei einem Staatsoberhaupt üblich war, allerdings bestand der nur aus drei Fahrzeugen, da es sich ja bloß um Mexiko handelte. Breschnew wusste, dass Echeverría direkt von einem Staatsbesuch in Großbritannien und Frankreich kam und im Anschluss nach Peking weiterreisen würde. Doch die Sowjetunion war sozusagen das Kronjuwel dieser internationalen Rundreise. Mexiko traf sich offiziell mit der UdSSR, einer der beiden führenden Großmächte.

Nun also saß Breschnew in seinem Büro im dritten Stock des Ministerratsgebäudes und ließ den Mexikaner mit voller Absicht warten. Nachdem er noch einmal in aller Ruhe seine Notizen zu dem anstehenden Treffen durchgegangen war, warf er einen Blick auf die große Digitaluhr auf seinem Schreibtisch und nickte. Zwanzig Minuten dürften wohl ausreichen, um seinen Standpunkt zu verdeutlichen.

Mithilfe der Armlehnen stemmte er sich aus seinem Stuhl hoch. Zwar war er schon immer kräftig gebaut gewesen, aber nun, mit siebenundsechzig Jahren, hatten das fettige Essen und der Wodka ihre Spuren hinterlassen. Mit beiden Händen strich er sich über das schwindende, eingeölte Haar, ging um den Schreibtisch herum und an dem langen Konferenztisch vorbei zu der Doppeltür am anderen Ende des Büros. Nachdem er sie schwungvoll geöffnet hatte, trat er einladend einen Schritt zurück.

Diese kleine persönliche Note würde sein Gast sicherlich überall herumerzählen. Um den Anlass zu würdigen, trug Breschnew seine beiden höchsten Orden am Revers: den Helden der Sowjetunion und den Helden der Sozialistischen Arbeit.

Die beiden Männer schüttelten sich die Hände und stellten sich mithilfe ihrer Übersetzer gegenseitig vor. Ein strahlendes Lächeln für die Presse, dann wurde die Bürotür geschlossen, und man nahm Platz: Echeverría am Tisch, gegenüber von Podgorny, Breschnew wieder hinter seinem an den Kopf des Konferenztisches grenzenden Schreibtisch.

Nach den üblichen Formalitäten schien der Mexikaner großen Redebedarf zu haben, und die beiden Sowjets ließen ihn gewähren. Während er sprach, wanderte Echeverrías Blick immer wieder zwischen ihnen hin und her. Voller Leidenschaft legte er ihnen seine Vision einer Weltordnung dar, in der die Dritte Welt voll integriert war, mit gerecht verteilten Ressourcen und der politischen Macht in den Händen des Volkes. Sein Übersetzer hatte keinerlei Mühe, mit ihm Schritt zu halten, da genau das Gleiche sicher auch schon in London und Paris vorgetragen worden war. Breschnew und Podgorny nickten ernst, während der Präsident die einzelnen Punkte ausführte.

Als dann endlich der Führer der Sowjetunion an der Reihe war, machte er Echeverría zunächst ein Kompliment zu seiner Staatsführung, ließ sich anschließend über die langjährige Zusammenarbeit ihrer Nationen und ihre gemeinsamen Ziele bezüglich der Stärkung der Volksmacht aus und versprach für die Zukunft weitere Kooperationen und Finanzhilfen, deren Details er im Verlauf des Tages mit seinen Mitarbeitern erörtern werde.

Damit hatte Breschnew der guten Form Genüge getan und schwieg kurz, woraufhin nun Podgorny übernahm.

»Präsident Echeverría, wir möchten Sie um eine kleine Gefälligkeit bitten.«

Noch immer unter dem Eindruck des großherzigen Empfangs, lächelte der mexikanische Präsident und sah Podgorny erwartungsvoll an. »Aber natürlich, Herr Vorsitzender. Worum handelt es sich?«

Es war Breschnew, der antwortete: »Möglicherweise werden wir Sie im Laufe dieses Jahres um eine Landeerlaubnis für ein Transportflugzeug bitten, das von Kuba aus durch internationalen Luftraum Ihren Flughafen in Mexicali ansteuern wird. Es würde dort nur wenige Stunden bleiben und dann nach Havanna zurückkehren.« Mit seinem charmantesten Lächeln musterte er seinen Gast. »Und es wäre uns lieb, wenn niemand davon erfährt.«

Bei dieser unerwarteten Bitte überschlugen sich Echeverrías Gedanken: Was hat die Führungsspitze der Sowjetunion denn in Mexicali zu tun? Zwar gab es schon seit langem ein paar russischstämmige Siedler in der Gegend, die in geringem Umfang mit Baumwolle und anderen Gütern handelten, aber es war nicht sehr wahrscheinlich, dass dort der Zusammenhang zu suchen war. Außerdem lag Mexicali direkt an der Grenze zu den Vereinigten Staaten.

Darüber dachte er kurz nach. Natürlich war es keine große Sache, eine solche Landeerlaubnis zu erteilen. Und wenn er sie jetzt zusagte, konnte das ihren künftigen Beziehungen zur Sowjetunion nur helfen.

Nun lächelte er so breit, dass seine Augenwinkel hinter der Sonnenbrille Falten warfen. Ihm gefiel dieses Quidproquo, das eine Art Gleichstellung mit der Supermacht implizierte.

»Der mexikanische Tequila muss sich in der Welt ja noch größerer Beliebtheit erfreuen, als ich immer dachte, Herr Generalsekretär! Betrachten Sie die Angelegenheit als erledigt. Und wir werden gerne ein paar Kisten davon in Ihr Transportflugzeug schaffen.«

48

KGB-Hauptquartier, Dzierżyński-Platz, Moskau

Das Gebäude war von fast schon bizarrer Hässlichkeit. Die platten Flächen und die erdrückende, fahle Schwere der neusowjetischen Architektur waren brutal mit den eleganten, prunkvollen Schwüngen des 1898 erbauten Hauptsitzes der Allgemeinen Russischen Versicherungsgesellschaft verbunden worden wie in einem geistesgestörten Tierversuch. Aus Eleganz und Handel waren gnadenlose Funktionalität und Spionage geworden.

Die Lubjanka – Hauptquartier des Komitees für Staatssicherheit, des *Komitet Gossudarstwennoj Besopasnosti.*

Des KGB.

Vitaly Kalugin saß an seinem Schreibtisch im älteren Teil des Gebäudes, hatte die Ellbogen auf den Tisch gestützt und las konzentriert. Nach seinem Ausflug in die Sternenstadt hatte er Hintergrundmaterial zu verschiedenen Punkten angefordert, und diese Akten waren über Nacht in seinem Posteingang erschienen. Im Aschenbecher vor ihm lag eine halb gerauchte Belomorkanal, von der noch ein feiner Rauchfaden aufstieg, während sie unbemerkt zu Asche zerfiel, und der Tee in der Tasse war längst kalt geworden. Systematisch hatte er sich durch die verschiedenen Ordner gearbeitet, hatte entscheidende Passagen sogar mehrmals gelesen, war stellenweise mit seinem dicken Finger an den einzelnen Absätzen entlanggefahren. Hin und wieder hielt er inne, griff zu seinem

Füllfederhalter und übertrug den einen oder anderen Gedanken in sein grünes Notizbuch.

Nach einem sorgfältigen zweiten Durchlauf klappte er mit einem unzufriedenen Schnaufen die letzte Akte zu und legte sie zurück zu den anderen, die noch immer in seinem Posteingang lagerten, falls er sie noch einmal brauchen sollte. Dann starrte er einige Sekunden lang blind vor sich hin, nahm einen langen Zug von seiner Zigarette und stieß den Rauch durch die Nase aus. Er trank den kalten Tee aus, zog sein Notizbuch heran und ging seine eigenen Aufzeichnungen noch einmal durch.

Bislang hatte dieser Amerikaner, Commander Kazimieras Zemeckis, kaum die Aufmerksamkeit des sowjetischen Spionageapparates geweckt. Aus den Unterlagen war hervorgegangen, dass er für die Navy als Kampfpilot in Vietnam im Einsatz gewesen war, als Jahrgangsbester die Ausbildung zum Testpiloten in Patuxent River in Maryland abgeschlossen hatte und dann für das Astronautenprogramm des Militärs ausgewählt worden war. Durch eine schwere Verletzung bei einem Flugunfall hatte er aber wenig später seinen Pilotenstatus verloren. Daraufhin hatte er am MIT einen Doktor in Elektrooptik gemacht und tauchte danach nicht wieder in den sowjetischen Aufzeichnungen auf. Eine enttäuschend dünne Akte.

Vitaly nahm einen letzten Zug und drückte die Zigarette im Aschenbecher aus, wobei er genau darauf achtete, die Glut an dem zerdrückten Pappfilter komplett zu ersticken.

Wohin war Kazimieras Zemeckis verschwunden? Offenbar hatte irgendjemand ihn zur Unterstützung der Apollo-18-Mission der NASA angeheuert, da er vom Kontrollraum aus mit der Besatzung auf dem Mond gesprochen hatte. Außerdem hatten sie ihn zur Wasserlandung im Pazifik geschickt, die den KGB einen Agenten gekostet hatte. Hatte Zemeckis ihn getötet? Und für wen arbeitete er heute?

Vitaly überlegte, inwieweit sich Apollo 18 von den vorherigen Mondmissionen unterschieden hatte. Vor allem war sie in den westlichen Medien kaum erwähnt und lediglich als rein militärisch besetzter Raumflug bezeichnet worden, der strenger Geheimhaltung unterlag. Da erschien es ihm nur logisch, dass die amerikanische Militärführung während einer solchen Mission einen verlässlichen Agenten bei der NASA einschleuste. Und durch seine Flugerfahrung und seinen akademischen Hintergrund war Zemeckis eine naheliegende Wahl gewesen; er war noch immer im aktiven Dienst, hatte in diesem Fall aber eine nicht-militärische Position ausgefüllt. Nachdem Vitaly sich das alles überlegt hatte, nickte er zufrieden. Dieses Puzzleteil passte. Und es sollte bei künftigen Gemeinschaftsprojekten von NASA und Verteidigungsministerium nicht außer Acht gelassen werden.

Er griff nach der Zigarettenpackung, klopfte gegen den Boden und nahm eine frische Zigarette heraus. Vorsichtig drückte er beide Enden zusammen, damit der Tabak nicht herausfiel. Nachdem er ein Streichholz angerissen und lange gezogen hatte, um eine stabile Glut zu bekommen, wandte er sich dem zweiten Teil des heutigen Problems zu.

Warum war ebenjener Amerikaner mit jemandem gesehen worden, bei dem es sich laut der Zeugin um einen russischen Testpiloten handelte, noch dazu in Las Vegas? Und falls es sich dabei tatsächlich um Oberst Alexander Wasiljewitsch Abramowitsch gehandelt hatte, zweifacher Träger des Helden der Sowjetunion, wie war das möglich?

Tiefe Falten gruben sich in Vitalys Stirn. Eine *yashchik Pandory* war das; eine Büchse der Pandora, der nur Probleme entsprangen.

Wie in vielen Geheimdiensten gab es auch beim KGB verschiedene Sicherheitsstufen, von Grau (keine Geheimhaltung) bis Rot (höchste Geheimhaltung), und darüber hinaus noch einige Level, für die man einen noch spezielleren Zugang brauchte. Als Abteilungsmitarbeiter der Gegenspionage mit dem gerade erworbenen Rang eines Majors, tätig in der Ersten Hauptverwaltung, Abteilung eins, Spezialgebiet Vereinigte Staaten und Kanada, hatte Vitaly Zugang zu allem bis Sicherheitsstufe Rot.

Noch einmal holte er die letzte Akte aus dem Posteingangskorb und schlug sie auf. Sie war von der Dritten Hauptverwaltung verfasst worden, der Abteilung, die sich mit militärischer Gegenspionage beschäftigte und für Abramowitschs letzten Einsatz zuständig gewesen war. Man hatte ihn nach Syrien geschickt, allerdings enthielt die Akte lediglich ein Deckblatt mit den Basisdaten zu Zeit und Ort des Einsatzes, eine Kopie des Einsatzbefehls und eine Auflistung magerer Fakten zu seinem Absturz und Tod am 5. Oktober 1973. Und ein einziges weiteres Blatt, das mit einer großen, diagonal aufgebrachten Stempelung versehen war: ZUGRIFF AUFGRUND FEHLENDER SICHERHEITSFREIGABE VERWEIGERT.

Vitaly wandte sich zum Fenster, schob seinen Stuhl zurück und stand auf, um sich frischen Tee zu holen. Nachdem er sich vergewissert hatte, dass die Kanne noch warm war, stellte er die Tasse ab, um einzuschenken. Durch die Beförderung hatte er ein eigenes kleines Büro bekommen, und er genoss die damit einhergehende Privatsphäre. So konnte er mit seinen Gedanken allein sein.

Wie immer hatte seine Frau ihm ein paar Gosinaki zu seinem Mittagessen gepackt, Honig-Nuss-Riegel. Nachdem er sich wieder hinter seinen Schreibtisch gesetzt und die Tasse sorgfältig auf dem Unterteller abgestellt hatte, öffnete er die unterste Schublade auf der rechten Seite, um sich diese Süßigkeit zu gönnen. Mit einer Hand unter dem Kinn fing er die

Krümel auf, gab sie in seinen Tee und trank geräuschvoll, um den Bissen herunterzuspülen.

Warum sollte die Dritte Hauptverwaltung den Auftrag eines Piloten in Syrien mit einer besonderen Geheimhaltungsstufe versehen? Und warum lagen nur so wenige Informationen zu seinem Ableben vor? Am Tag nach dem Absturz und dem angeblichen Tod Abramowitschs war der Jom-Kippur-Krieg zwischen Israel und seinen Nachbarstaaten ausgebrochen, darunter auch Syrien. War das ein Zufall? *Höchstwahrscheinlich schon*, dachte Vitaly. Aber er hasste Zufälle. Er aß seinen Riegel auf und trank noch einen Schluck Tee.

Ging man davon aus, dass sich die Kosmonautin ihrer Sache sicher war, hatte Oberst Abramowitsch also überlebt und war zum Westen übergelaufen. Doch falls das der Fall war – warum war dann die Erste Hauptverwaltung, *seine* Abteilung, nicht darüber informiert worden? Eine neue Gefahrenlage auf seinem Gebiet, dem amerikanischen Kontinent, hätte einen automatischen Alarm bei allen KGB-Beamten seines Ranges auslösen müssen. Es gehörte zu den normalen Abläufen in der Zweiten und Dritten Hauptverwaltung, einen möglichen Überläufer aufzuspüren und herauszufinden, welche Informationen er möglicherweise bereits preisgegeben hatte.

Wieder drehte sich Vitaly zum Fenster um und sah hinaus, wo allerdings nur die kahle Mauer des angrenzenden Gebäudes aufragte. Allerdings spiegelte sich nun ein früher Sonnenstrahl in einem der Fenster. Wie genau war dieser Pilot überhaupt übergelaufen?

Nachdenklich zog er an seiner Zigarette und behielt den Rauch so lange wie möglich in der Lunge, um den maximalen Nikotingehalt herauszuziehen. Dieses zusätzliche Blatt in der Akte sprach Bände. Irgendjemand in der Dritten Hauptverwaltung wusste genug über den Vorfall, der sich am 5. Oktober im Luftraum über Israel ereignet hatte, um der Sache eine besondere Sicherheitsfreigabe aufzudrücken.

Nun stieß Vitaly den Rauch langsam aus, sodass er vor seinem Gesicht waberte. Er musste blinzeln.

Interne Geheimniskrämerei war nichts Neues. Er selbst überschlug sich auch nicht gerade vor Eile, wenn es darum ging, Informationen weiterzugeben, die seiner Abteilung später einmal vielleicht einen taktischen Vorteil bringen konnten. Oder ihm persönlich.

Plötzlich wurde ihm klar, dass niemand sonst an dieser Sache dran war. Die verzwickte Verbindung zwischen dem sowjetischen Testpiloten Abramowitsch und dem amerikanischen Testpiloten Zemeckis aufzudröseln, war nun allein seine Aufgabe. Was er zu seinem Vorteil nutzen konnte.

Zum ersten Mal an diesem Morgen huschte ein Lächeln über Vitalys Gesicht. Während er genüsslich in seinen zweiten Gosinaki-Riegel biss, dachte er: *Ich liebe meinen Job.*

*

In einem Eckbüro des Kremls klingelte ein schwarzes Telefon auf einem breiten Mahagonischreibtisch. Schrill durchbrach das Geräusch die Stille. Der Mann hinter dem Schreibtisch blickte von dem Bericht auf, den er gerade las. Reglos starrte er das Telefon an, bis es erneut klingelte, dann erst griff er zum Hörer.

»Andropow.« Jeder, der diese Nummer kannte, wusste, dass er der Leiter des KGB und Mitglied des Politbüros war.

Fast eine Minute lang lauschte er der klaren, drängenden Stimme am anderen Ende der Leitung. Seine dicken schwarzen Augenbrauen zogen sich bedrohlich unter seinem schwindenden grauen Haaransatz zusammen, als er diese unerwartete und so gar nicht erwünschte Entwicklung geschildert bekam. Er stellte einige Fragen, dachte einen Moment nach und gab dann die Anweisung, die Untersuchung ohne Angabe von Gründen zu beenden. Anschließend legte er den Hörer zurück auf die Gabel.

Grübelnd blickte er durch eines der Fenster in den dreieckigen Innenhof hinunter. Noch war alles so, wie es sein sollte, aber bei dieser speziellen Operation stand viel auf dem Spiel, und der Kreis der Mitwisser war ungewöhnlich klein.

Er musste dafür sorgen, dass es auch so blieb.

49

Sredmash – Sitz des Ministeriums für mittelschweren Maschinenbau, Moskau

Manchmal können Namen trügerisch sein.

Als der Wikinger Erik der Rote 982 wegen Mordes aus Island verbannt wurde, landete er mit seinem Langschiff an der kalten, felsigen Küste einer wesentlich größeren Insel im Westen und ließ sich dort nieder. Unaufrichtigerweise gab er ihr den Namen Grönland, also grünes Land. Dies war alles andere als zutreffend, aber Erik der Rote hatte den Namen mit einer gewissen Absicht gewählt. Die Insel sollte schließlich weitere nordische Siedler anlocken – und die Täuschung funktionierte wie geplant.

Im zentralen Verwaltungsviertel von Moskau, südlich der Moskwa, an der Bol'shaya-Ordynka-Straße, gab es einen Ort, dessen Name ähnlich irreführend war. Hinter einem hohen Zaun mit schmiedeeisernen Toren ragte ein wuchtiges Gebäude mit weißen Säulen auf. Der kantige zwölfstöckige Bau nahm einen ganzen Häuserblock ein. Am Haupteingang verkündete eine unauffällige Metallplakette, dass hier das Ministerium für mittelschweren Maschinenbau seinen Sitz habe – besser bekannt als Sredmash, eine Abkürzung, die sich aus den ersten Silben der russischen Worte für *mittel* und *Maschine* zusammensetzte.

Allerdings war die tatsächliche Funktion dieses Ministeriums weit von dem entfernt, was auf der Plakette stand, denn in diesem Gebäude saßen die Verantwortlichen für die Nuklearressourcen der Sowjetunion.

Im Hauptsitz des Ministeriums für mittelschweren Maschinenbau wurde nicht nur die sowjetische Kernforschung koordiniert, sondern auch die hierauf bezogene Spionage. Oberstes Ziel war es gewesen, die Vereinigten Staaten im Wettlauf um die erste Nutzung der Kernspaltung zu Antriebszwecken zu schlagen, und natürlich auch beim Bau effizienterer Waffen. 1944 war es gelungen, einen deutschen Physiker namens Klaus Fuchs und einige andere Sowjetspione in Los Alamos in New Mexico einzuschleusen, direkt ins Herz des amerikanischen Manhattan Projects, bei dem die weltweit erste Atombombe entwickelt wurde. Gegen Ende des Großen Vaterländischen Krieges lieferten sie dem Sredmash viele wertvolle Informationen und beschleunigten so die Entwicklung der ersten sowjetischen Atombombe – Objekt 501 wurde am 29. August 1949 gezündet.

In Semipalatinsk.

Seitdem hatte das Sredmash Kernkraftwerke für Städte errichtet, Reaktoren für U-Boote und Eisbrecher gebaut und Atomsprengköpfe für Militärraketen entwickelt. Und nun war das Sredmash in der windigen, radioaktiv verseuchten Steppe des Semipalatinsk-Testgeländes dabei, in Baikal-1 einen Nuklearantrieb für Raketen zu konstruieren.

Chef des Ministeriums war Jefim Slawski, der an diesem grauen Novembertag im zwölften Stock der wuchtigen Zentrale in dem Konferenzraum neben seinem Büro saß und von seinem Platz am Kopf des Tisches aus wütend zu Wladimir Krjutschkow hinüberstarrte, einem Führungsmitglied der Ersten Hauptverwaltung des KGB.

Slawski war ein imposanter Mann. Er war Bauer, Bergarbeiter, Metallarbeiter und Soldat der Revolutionsarmee gewesen.

Als kleiner Ingenieur hatte er bei der Sredmash angefangen und sich dann bis zum Vorsitzenden und Minister hochgearbeitet. Und auch heute noch, mit fünfundsiebzig, strahlten seine breiten Schultern und langen Arme rohe Kraft aus. Sein breiter Kiefer und die tiefe, raue Stimme unterstrichen noch diese Aura der puren Macht.

»Dann haben Sie also Ihre Leute nicht unter Kontrolle?«, warf er Krjutschkow vor. Slawski hatte Krjutschkow, der für sämtliche KGB-Operationen im Ausland zuständig war, zu diesem Treffen hinzugebeten.

Der erwiderte vollkommen ungerührt Slawskis Blick. Seine schwere Brille ruhte auf einer krummen Nase, die vor langer Zeit einmal gebrochen worden war. Er war Kämpfer, Staatsanwalt und Diplomat gewesen, bevor man ihn dazu auserkoren hatte, die einflussreichste Abteilung des KGB zu leiten. Deshalb fürchtete er sich nicht vor imposanten Männern.

»Ich habe keine Kontrolle über Dinge, die man mir bewusst vorenthält, Genosse Direktor.«

Slawski schnaubte höhnisch. Die tiefen Falten zu beiden Seiten seiner Nase betonten die abschätzig verzogenen Lippen. »Geheimnisse aller Art sind doch Ihr Geschäft. Sie sollten wissen, wie man sie am besten hütet.«

Gegenüber von Krjutschkow und zur Rechten Slawskis saß ein weiterer imposanter Mann mit drahtigem grauem Haar und hängenden Ohrläppchen. Er trug die braune Uniformjacke, das khakigelbe Hemd und die Krawatte der sowjetischen Armee, und seine Schulterklappen wiesen ihn als Marschall aus, was dem höchsten Rang der Roten Armee entsprach. Sein Name war Andrei Gretschko, und er war der Verteidigungsminister der Sowjetunion. Nun wandte sich Gretschko an den KGB-Chef: »Wie viel ist durchgesickert, und von wem?«

Das war die entscheidende Frage.

Krjutschkow sah gelassen zu Gretschko hinüber, dessen straff aufgerichtete Silhouette sich deutlich vor dem fahlen Licht abzeichnete, das durch die hohen Fenster hereinfiel. »Der Informationsfluss wurde unterbunden, General. Unser internes System hat wie vorgesehen funktioniert. Einem meiner erfahrenen Beamten war es durch kluge Kombinationsgabe gelungen, scheinbar unabhängige Fakten zu verknüpfen und daraus zu schließen, dass es eine Verbindung geben könnte. Sobald ihm das klar war, hat er strikt nach Protokoll gehandelt und mir die Sache gemeldet.«

Nun wanderte Krjutschkows Blick zwischen Slawski und dem Marschall hin und her. Beide Männer hatten einen höheren Rang inne als er. Marschall Gretschko war Mitglied des Politbüros, des höchsten politischen Gremiums der UdSSR, und er gehörte ebenso wie Slawski zu den Vertrauten von Generalsekretär Leonid Breschnew. Vermutlich wäre es nicht schlecht, noch einmal herauszustreichen, dass er ebenfalls auf eine gewisse Machtbasis und Unterstützung zurückgreifen konnte. »Ich wiederum habe mich sofort an den Vorsitzenden Andropow gewandt und ihn vollumfänglich über die Situation in Kenntnis gesetzt.«

Es entstand eine kurze Pause, da Slawski und Gretschko offenbar alles durchdachten. Die ganze Idee war schließlich vor elf Monaten von ihnen erst aufgebracht worden. Satellitenbilder hatten gezeigt, dass die Amerikaner heimlich etwas entwickelt hatten, das der Sowjetunion von großem Nutzen sein konnte, und dass diese Entwicklung an einem der am schwersten zugänglichen Orte der Vereinigten Staaten gelagert wurde. Als Slawski den Plan das erste Mal in den Raum gestellt hatte, hatte Marschall Gretschko ihn als lächerlich abgetan. Nach weiteren Analysen aber hatte er eingesehen, dass es das Risiko vielleicht wert sein könnte. Es folgten detaillierte Diskussionen der beiden Männer, bevor sie schließlich die entscheidenden Köpfe aus dem Politbüro zu vertraulichen Sitzungen eingeladen, ihnen die Idee vorgestellt und ihre Meinung eingeholt hatten. Dann erst war ihr Vorschlag bei einer allgemeinen Sitzung des Politbüros eingebracht worden.

Das Politbüro war keine demokratische Anstalt. Die ganze Arbeit wurde bereits im Vorfeld erledigt, sodass die Mitglieder die grundlegenden Fakten bei den Sitzungen bereits kannten und sich nur noch darauf konzentrieren mussten, in welche Richtung der Vorsitzende Breschnew tendierte. Breschnew wiederum hörte sich stets an, wie man seine Position vertrat, und fasste das Ganze anschließend auf eine Art und Weise zusammen, die deutlich machte, wie sein Entschluss aussah. Es gab niemals eine Abstimmung, keinen Mehrheitsentscheid.

Nachdem Gretschko und Slawski also gesprochen und die anderen ihre Meinung dazu kundgetan hatten, hatte Breschnew die zentrale Frage gestellt: »Darf ich davon ausgehen, dass dieser Plan genehmigt wird?« Niemand am Sitzungstisch sagte etwas, woraufhin Breschnew für alle sprach: »Der Plan ist genehmigt.«

Andropow hatte ebenfalls an dieser Sitzung teilgenommen und klare Anweisungen erhalten. Nur die allerhöchste Ebene sollte den vollen Umfang der Operation kennen. Weder Abteilungsleiter noch die Militärführung würden eingeweiht. Der KGB würde die Operation leiten und die Informationen so isolieren, dass nicht einmal die beteiligten Handlungsbefugten sich das Gesamtbild erschließen könnten.

Und bis heute war alles nach Plan verlaufen. Doch wenn Gerüchte über das Geschehen in die verschiedenen beteiligten Behörden durchsickerten, würden sie sich ausbreiten wie ein Krebsgeschwür und all ihre Chancen zunichtemachen.

Da die Idee ursprünglich von Slawski stammte, war er es auch, der nun den KGB-Beamten fragte: »Ich gehe davon aus, dass Sie mit unserem Mann in Amerika in Kontakt treten können?«

Krjutschkow nickte.

Wieder sah Slawski zu Marschall Gretschko hinüber. Die beiden imposanten Männer, die ihr Leben lang Soldaten gewesen waren, starrten einander einige Sekunden lang an, bis Gretschko schließlich so abrupt mit den Schultern zuckte, dass seine großen Ohren bebten. »Diese Entwicklung ändert nichts an den militärischen Gegebenheiten.« Die Amerikaner flogen inzwischen ihre F-14 und F-15 der neuesten Generation, während die Sowjetunion bereits Pläne für die MiG-29 und die Su-27 entwickelte; der Marschall wusste also genau, dass die strategische Bedeutsamkeit der MiG-25 rapide gesunken war. Diese Technologie war sowieso nie so ausgefeilt gewesen, wie sie den Westen immer hatten glauben lassen, und der Einsatz in diesem Spiel war hoch genug, um den Jet als strategisches Bauernopfer einzutauschen.

Slawski nickte, ohne den Blick vom Gesicht des Marschalls abzuwenden. Als Leiter des Sredmash war ihm die Bedeutung dessen, was sie hier versuchten, wohl am allerdeutlichsten bewusst. Dieser Aktivitätsausbruch beim KGB war unschön, ja, aber er kam auch nicht ganz unerwartet. Außerdem hatte Andropow sich angemessen darum – und um seinen Untergebenen – gekümmert. Also konnte man nun sanftere Töne anschlagen und zum Ende des Treffens noch einmal das gemeinsame Ziel hervorheben.

Deshalb sagte er nun zu Krjutschkow: »Wir danken Ihnen für Ihr Kommen, Wladimir Alexandrowitsch. Ihr Handeln ist absolut nachvollziehbar. Wir stehen kurz davor, der Sowjetunion einen entscheidenden Vorteil zu verschaffen.«

An den Verteidigungsminister gewandt fügte er hinzu: »Einen Vorteil, mit dem wir jedem Land dieser Welt potenziell überlegen sind.«

50

Irgendwo über der GIUK-Lücke

Es war ein sehr, sehr langer Flug.

Die Antonow An-22 war in der Dunkelheit des frühen Wintermorgens an dem weit im Norden gelegenen Luftwaffenstützpunkt Seweromorsk-3 bei Murmansk gestartet, an der mit Frost überzogenen Bucht von Kola. Anfangs hatte die Besatzung die schwere Transportmaschine Richtung Nordpol gesteuert, um dann nach einer Linkskurve unter Umgehung von Finnland und Schweden über das norwegische Nordkap hinwegzufliegen und etwas weiter südlich zwischen Grönland und Island hindurch. Ihr Navigator, der unterhalb der Piloten ganz vorne in einer Glaskuppel saß, hatte die ideale Route berechnet, die wie eine straff gespannte Schnur in einem großen Kreis um den Globus führte – von Murmansk nach Havanna; bei minimaler Entfernung, um möglichst viel Treibstoff zu sparen. Als Militärmaschine durften sie sich dabei allerdings nur im internationalen Luftraum bewegen, weshalb er sie nördlich an Skandinavien vorbeigeführt und im späteren Verlauf einen Schwenk nach Osten einberechnet hatte, damit sie Neufundland, Kanada und die Küste von Neuengland in den Vereinigten Staaten umgehen konnten. Als der Navigator dem Kapitän seine Berechnungen vorlegte, umfasste die Strecke insgesamt etwas mehr als neuntausend Kilometer, circa fünftausend Seemeilen. Damit reizten sie die maximale Reichweite der Maschine beinahe vollständig aus, sogar mit den zusätzlich unter der mit Tarnmuster lackierten Außenhaut montierten Treibstofftanks.

Die An-22 war ein Koloss. Im Cockpit und der Kanzel vorne im Bug gab es sechs Sitzplätze, an den zweihundert Fuß weiten Flügeln hingen vier riesige Kusnezow NK-12MA-Turbotriebwerke mit je zwei gegenläufigen Vierblattpropellern, und um den bauchigen Rumpf in der Luft gerade zu halten, waren am Heck zwei senkrechte Ausleger mit Stabilisatoren verbaut. Sie brauchte quälend lange, um ihre maximale Flughöhe von dreißigtausend Fuß zu erreichen, und war sie erst oben, flog sie nicht besonders schnell. Es würden mehr als fünfzehn Stunden vergehen zwischen dem Moment, da ihre Räder sich von der arktischen Landebahn lösten, bis zu dem Augenblick, in dem sie kubanischen Boden berührten. Es gab Pritschen und eine kleine Bordküche, damit die Mannschaft in Schichten ruhen oder essen konnte, während sie gemächlich ungefähr ein Viertel des Erdballs umrundete.

Auf den unbequemen Truppentransportbänken im hinteren Teil der Maschine saß ein kleines Team handverlesener Luftfahrttechniker. Sie waren wegen ihrer speziellen Wissensgebiete und Fähigkeiten ausgewählt worden, genau abgestimmt auf die Aufgabe, die sie in Kuba erwartete. Wer sich ihre unterschiedlichen Uniformen genauer ansah, musste feststellen, dass sie allesamt einen höheren Rang innehatten als der durchschnittliche Techniker. Bei ihrer Auswahl war zusätzlich auf Verlässlichkeit und Verschwiegenheit geachtet worden. Während des langen Fluges hatten sie sich bequem eingerichtet, um sich ausstrecken zu können, Karten zu spielen, zu lesen oder zu schlafen, wobei sie sich mit kratzigen Decken behelfen mussten, um die feuchte Kälte in dem riesigen Laderaum fernzuhalten.

Novemberflüge nach Kuba waren extrem begehrt, boten sie

einem doch die Chance, der kalten Finsternis des sonnenarmen Nordens zu entgehen und die karibische Wärme zu genießen. Außerdem konnte man Cohiba-Zigarren und Havana Club mitnehmen; beides ließ sich auf dem sowjetischen Schwarzmarkt gut verkaufen. Durch solch allseits bekannte Nebeneinkünfte konnte man etwas für die anstehenden Neujahrsfeierlichkeiten beiseitelegen.

Mit der eisigen Schwärze des Ozeans neun Kilometer unter ihnen und dem endlosen, mit funkelnden Sternen übersäten lichtlosen Universum über ihnen fühlte es sich fast so an, als würden sie reglos in der Luft hängen und niemals ankommen. Noch hatte man der Besatzung nicht mitgeteilt, wie ihre Mission genau aussehen sollte, aber das spielte keine Rolle. Sie hatten Sonnenbrillen dabei und ein paar Rubel in der Tasche und freuten sich bereits auf die ersten wärmenden Strahlen, die durch die Cockpitfenster zu ihnen hereinscheinen würden, wenn ihr südlicher Kurs der Sonne über den Horizont half.

Und so träumten sie noch ein wenig von Palmen und Zeit am Strand, bevor ihre Mission wirklich begann.

51

Gebäude 1, Johnson Space Center, Houston

Das Hauptgebäude des Johnson Space Center war der höchste Bau auf dem ganzen Gelände. Neun Stockwerke weißer Gips auf Beton mit tief eingelassenen, getönten Fenstern – geschaffen, um der Hitze von Texas zu trotzen, ragte es stolz über der Überschwemmungsebene von Houston und dem schlammigbraunen Wasser der Bucht auf, die den irreführenden Namen Clear Lake trug.

Kaz war von seinen Wachhundpflichten in Groom Lake abgezogen worden, um an einem NASA-Meeting im neunten Stock teilzunehmen. Er hatte sich für das harte, hellgrüne Behördensofa entschieden, das in dem Eckbüro diagonal neben dem großen Mahagonischreibtisch des Flugdirektors Bill Tindall aufgestellt war. Da Kaz fünf Minuten zu früh erschienen war, hatte ihn die Sekretärin schon einmal hereingelassen, damit er hier auf Tindall und den Leiter des Astronautenbüros Al Shepard warten konnte.

Tindall war Teil des Teams gewesen, das die Bodenkontrolle hier aufgebaut hatte, und die Bilder der Gemini- und Apollo-Raketen an seinen Wänden dokumentierten eine Karriere, während deren er sich bei der NASA hochgearbeitet hatte, bis er schließlich zum *Director of Flight Operations* ernannt worden war. In dem Buffetschrank hinter dem Schreibtisch waren Modelle verschiedener Raumkapseln und eine Schneekugel mit Mondmotiv ausgestellt. Auf dem Schreibtisch fand sich neben einer Stiftschale und einem riesigen Glasaschenbecher auch eine filigrane Lampe, aus deren Spitze feine Plastikstäbe mit kleinen Kugeln wuchsen: ein funkelndes Sonnensystem im Miniaturformat, das ebenfalls daran erinnerte, was sich die NASA zur Aufgabe gemacht hatte.

»Die hat meine Frau für mich gekauft.«

Kaz hatte nicht gehört, wie Bill Tindall den Raum betreten hatte, und war deshalb ein wenig überrumpelt, als er nun aufstand und ihm die Hand gab. Bill war groß und hatte ein rundes Gesicht. Das sandbraune Haar trug er trotz wachsender Stirnglatze in einem Seitenscheitel. Während Apollo 18 waren Kaz und er mehr als einmal zusammengekommen, um Lösungen für die unzähligen plötzlich auftretenden Probleme zu finden, und sie respektierten einander. Nun lehnte sich Bill gegen seinen Schreibtisch, während Kaz sich wieder auf das Sofa setzte.

»Und, freut es Sie, wieder die T-38 fliegen zu können?«

Kaz grinste. Tindall war derjenige gewesen, der sich in den Reihen der NASA dafür eingesetzt hatte, dass Kaz seinen Pilotenstatus als Einäugiger zurückbekam. Bei der Navy hatte man ihn nicht wieder als vollwertigen Kampfpiloten zulassen wollen, aber die NASA war eine eigenständige Organisation, und Tindall hatte in diesem Fall die Entscheidungsgewalt innegehabt.

»Und wie, Bill. Die Ausbilder in Ellington haben mich und mein Auge so richtig in die Mangel genommen, aber anscheinend liegt der Unfall inzwischen so lange zurück, dass mein Gehirn neue Wege entwickelt hat, um Entfernungen einzuschätzen. Ich bin auf den verschiedenen Bahnen einfach immer wieder punktgenau runtergekommen, bis sie mir schließlich freie Hand gelassen haben.« Er sah Tindall offen an. »Es ist ein herrliches Gefühl, wieder Jets fliegen zu können, und das habe ich Ihnen zu verdanken.«

Eine weitere Stimme schaltete sich ein: »Na ja, Flugprivilegien haben immer ihren Preis. Angeblich will man dir das Rufzeichen Zyklop verpassen.«

Al Shepard, erster Amerikaner im All und Mondbesucher mit Apollo 14, lehnte breit grinsend am Türrahmen. Als Leiter des Astronautenbüros war er ebenfalls extrem daran interessiert gewesen, Kaz wieder zu einer Lizenz zu verhelfen.

Nun stand Kaz auf und schüttelte Al die Hand. »Ich hoffe sehr, dass das nur ein Witz ist, Al«, stöhnte er. Dumme Rufzeichen wurde man oft nicht mehr los. »Einfach nur ›Kaz‹ reicht mir.«

Shepards Grinsen wurde noch breiter, und er zwinkerte fröhlich. »Nein, das habe ich nur erfunden, aber man weiß ja nie.« Er nickte Tindall grüßend zu. »Aber Bill und ich müssen trotzdem etwas mit dir besprechen.«

Als Kaz sich fragend zu Tindall umdrehte, begann der: »Wir haben gestern in einer vertraulichen Besprechung einiges von dem erfahren, was ihr in Nevada treibt. Wirklich verblüffend, und es klingt nach einer Menge Spaß.«

Kaz nickte schweigend. Geheimnisse hatten nur dann Sinn, wenn man nicht darüber sprach.

Tindall fuhr fort: »Aufgrund der Arbeit, die Sie dort leisten, und aufgrund der Tatsache, dass die Sowjets ihre Kosmonautin Svetlana Gromova zum Mitglied ihrer Apollo-Sojus-Mannschaft gemacht haben, halten wir es für das Beste, Sie zum offiziellen Verbindungsmann für die Besatzung hier bei der NASA zu machen.«

Kaz sah Tindall noch einen Moment an, bevor er sich zu Shepard umdrehte. Sich um die drei Sowjets zu kümmern, während sie hier in Houston eingewiesen wurden, wäre sicherlich interessant, aber auch nicht unkompliziert.

Offenbar konnte Shepard seine Gedanken lesen. »Wir wissen bereits, dass Tom Stafford die gesamte Mannschaft nach

Vegas geschleppt hat, und er hat uns gesagt, dass diese Frau dich dort eventuell gesehen hat. Bei der Wasserlandung von Apollo 18 warst du ja auch dabei – warum gehen wir die Sache also nicht ganz direkt an?«

Kaz dachte nach. Wenn er bei der NASA ständigen Kontakt zu der sowjetischen Mannschaft hatte und parallel in Groom Lake den Überläufer im Auge behielt, könnte er wesentlich leichter Gerüchte oder unbeabsichtigte Zusammenstöße wie den in Vegas unterbinden. Außerdem würde die sowjetische Präsenz dann an einem Punkt in der NASA zusammenlaufen – bei ihm. Und wenn er ganz ehrlich zu sich war, übte die Kosmonautin Svetlana Gromova eine gewisse Faszination auf ihn aus, seit er bei Apollo 18 von der Bodenkontrolle aus mit ihr gesprochen hatte. Dass sie ihm während der turbulenten Wasserung im Pazifik ein solches Schnippchen geschlagen hatte, erhöhte den Reiz sogar noch.

Also nickte er. »Dann ist es ja gut, dass ich wieder fliegen darf, falls es hier eine T-38 gibt, mit der ich zwischen hier und Nevada pendeln kann.«

Shepard nickte. »Absolut. Die Russen sollen morgen Vormittag ihr Vorbereitungstraining hier im JSC abschließen. Anders wirst du diese beiden Aufgaben wohl kaum unter einen Hut kriegen.«

Einen Einwand hatte Kaz noch. »Ich kann nicht eindeutig zusagen, bevor ich mit General Phillips gesprochen habe.«

Wieder grinste Shepard. »Keine Sorge, Kaz, wir haben das bereits ausführlich mit Sam diskutiert.« Mit funkelnden Augen ergänzte er: »Eigentlich war es sogar seine Idee. Und jetzt solltest du dich besser auf die Socken machen, die Sowjets kommen heute Abend an.«

*

Kaz warf einen Blick auf seine Armbanduhr, bevor er wieder durch die hohen Fenster auf das Flugfeld des Houston Intercontinental Airport hinausstarrte. Einer kaum verständlichen Lautsprecherdurchsage zufolge sollte der Deltaflug 353 aus New York bereits gelandet sein, allerdings war die Maschine bisher nicht am Gate erschienen.

Während der einstündigen Fahrt vom Johnson Space Center zum Flughafen – Kaz hatte einen achtsitzigen blau-weißen NASA-Kleinbus bekommen, um die Gruppe chauffieren zu können – hatte er darüber nachgedacht, wie er sich in seiner neuen Rolle als offizieller NASA-Verbindungsmann der sowjetischen Mannschaft gegenüber präsentieren sollte. Man hatte ihm gesagt, sie würden einen eigenen Übersetzer mitbringen und von einem Vertreter des US State Department begleitet werden, der sie am JFK in Empfang genommen hatte. Also insgesamt sechs Personen. Kaz ging davon aus, dass Kosmonauten ebenso wie Astronauten mit wenig Gepäck reisten; der Platz im Bus sollte also ausreichen.

Draußen bewegte sich etwas, gleichzeitig hörte er das ansteigende Dröhnen der drei Triebwerke, als die 727–200 auf den ihr zugewiesenen Platz rollte. Kaz beobachtete, wie die Piloten über das Instrumentenbrett hinwegspähten, um den Zeichen des Einweisers zu folgen. In der abendlichen Dunkelheit schien ihre Cockpitbeleuchtung extrem hell zu sein. Schließlich kreuzte der Einweiser seine Stäbe über dem Kopf, und die Maschine hüpfte kurz, als die Piloten sie endgültig abbremsten. Der Lärm ließ schlagartig nach, als sie das Gas wegnahmen.

Kaz ging zu einer Stelle, von der aus er die aussteigenden Passagiere sehen konnte. Die typische Mischung aus texanischen Cowboys und New Yorker Anzugträgern verließ die Maschine. Dass er Svetlana erkennen würde, stand für Kaz außer Frage, doch er warf noch einmal einen Blick auf die Fotos, die er von der NASA bekommen hatte, um sich einzuprägen, wie ihre männlichen Kollegen aussahen.

Als Erstes entdeckte er den beinahe kahlen Schädel des nicht sonderlich hochgewachsenen Sojus-Kommandanten Alexei Leonow. Mit großen Schritten stieg er die Gangway hinunter. An seiner Seite ging ein großer Mann im dunklen Anzug, der bereits die kleine Gruppe der Wartenden absuchte, wohl um Kaz ausfindig zu machen. Als er winkte, kamen die beiden Männer direkt auf ihn zu. Der im Anzug streckte ihm lächelnd die Hand entgegen.

»John Sorenson, State Department. Sie müssen Commander Kazimieras Zemeckis sein. Ich habe der Mannschaft bereits gesagt, dass Sie uns in Empfang nehmen werden.«

»Nennen Sie mich Kaz.« Während sie sich die Hand schüttelten, entdeckte Kaz auf der Gangway Svetlana und ihren dunkelhaarigen Kollegen Waleri Kubassow, außerdem einen etwas jüngeren blonden Mann.

»Wie war der Flug?«

»Reine Routine.« Durch den dunklen Anzug traten Sorensons Blässe und seine schwindende Haarpracht noch deutlicher hervor.

Als Kaz nun dem russischen Kommandanten die Hand schüttelte, begrüßte der ihn auf Englisch, wenn auch mit starkem Akzent: »Mein Name – Alexei. Freut mich, Sie kennenzulernen, Kaz.« Es klang wie ein auswendig gelernter Satz; sicher hatte man ihm das zu Hause in der Sternenstadt beigebracht.

»Es freut mich ebenfalls, Alexei.«

Ohne Kaz' Hand loszulassen, deutete Alexei mit dem Kopf auf das Trio, das inzwischen zu ihnen getreten war. »Kubassow, Waleri Nikolajewitsch, Erster Flugingenieur. Gromova,

Svetlana Yevgenyevna, Zweite Flugingenieurin.« Mit funkelnden Augen fügte er hinzu: »Ich glaube, Sie sich kennen?« Endlich ließ er Kaz los.

Der lächelte unverbindlich, hielt es aber für das Beste, nichts dazu zu sagen.

Achselzuckend sah Alexei ihn noch einen Moment an, bevor er mit dem Kinn auf den blonden jungen Mann deutete; offenbar stand dieser ganz unten in der Hackordnung. »Polukhin, Wladimir. *Perevodchik.*«

Nachdem er Kaz höflich zugenickt hatte, kam der junge Mann pflichtbewusst seiner Aufgabe nach: »Übersetzer.«

Svetlana sah Kaz durchdringend an. Er wandte sich ihr zu, nickte grüßend und sagte im selben Tonfall, in dem er auch mit Alexei gesprochen hatte: »Svetlana.« Mit ausdrucksloser Miene erwiderte sie sein Nicken. Dann drehte Kaz sich zu dem dritten Kosmonauten um und schüttelte ihm die Hand. »Waleri.« Am besten hielt er alles neutral, bis er herausgefunden hatte, wer wie viel wusste und wie sich alle verhalten würden.

Nachdem die Vorstellungsrunde damit beendet war, trat eine etwas unbeholfene Pause ein. Kaz beendete sie, indem er quer durch die lange Ankunftshalle zu den Rolltreppen hinüberdeutete. »Dann lasst uns mal das Gepäck holen.«

*

Im Wagen wählte Alexei vollkommen selbstverständlich den Beifahrersitz und wies den Übersetzer an, sich hinter ihnen in die Mitte zu setzen, damit er zwischen ihm und Kaz platziert war. Der Rest verteilte sich auf die hinteren Sitzreihen, sodass ihre Gesichter nur über den Innenspiegel zu erkennen waren.

Nachdem Kaz das Flughafengelände verlassen hatte und auf die Interstate 59 Richtung Houston aufgefahren war, fragte Alexei mithilfe des Übersetzers: »Sie sind also Pilot, Kaz?«

Der nickte. »Jawohl. Navy-Pilot. Aber jetzt fliege ich T-38 bei der NASA.«

»Die lassen Sie mit nur einem Auge Kampfjets fliegen?«

Aufmerksamer Beobachter, dachte sich Kaz. »Ja, ich habe ein Auge bei einem Flugunfall verloren, aber nachdem ich ihnen bewiesen hatte, dass ich immer noch sicher landen kann, haben sie mir meine Lizenz zurückgegeben.« Er wartete ab, bis der Übersetzer fertig war, und fragte dann: »Wie würde man das in der Sowjetunion handhaben?«

Alexei schüttelte den Kopf. »Um Kampfjets zu fliegen, muss ein Pilot perfekt sein.« Mit einem breiten Lächeln erklärte er: »Für Kosmonauten ist es sogar noch schlimmer. Bei der Auswahl suchen sie den gesamten Körper nach Narben ab. Finden sie etwas – puff, ist man raus.«

Die bewusst alberne Formulierung entlockte Kaz ein Schmunzeln, doch er nickte verstehend. *Eine einfache, aber harte Strategie*, dachte er. *Dürfte schwer sein, einen Piloten zu finden, der sich kein einziges Mal verletzt hat.* Er sah kurz zu Alexei hinüber. »Was sind Sie denn schon alles geflogen?« Eine übliche Frage unter Piloten, über die man sich gut kennenlernen konnte. Sein Blick wanderte kurz zum Rückspiegel. Es war nicht zu übersehen, dass Svetlana ihr Gespräch aufmerksam verfolgte.

»Ich habe mit einfachen Gleitflugzeugen angefangen, dann propellerbetriebene Polikarpows und Jak-18 und dann richtige Jets – MiG-15.« Wieder lächelte der Kosmonaut, und Kaz begriff, dass Alexei beinahe ständig lächelte, wodurch es ziemlich schwierig wurde, zu erkennen, was er wirklich dachte. »Diese Maschine sagt Ihnen vielleicht etwas, Kaz?«

»Ja, obwohl ich nie eine aus der Nähe gesehen habe.« Beide Männer wussten, dass dies durch den Krieg in Vietnam nicht mehr der Wahrheit entsprach, doch es war eine akzeptable Lüge. »Fliegt sie sich denn gut?«

Alexei schmunzelte. »Alle Maschinen fliegen sich gut, oder nicht?«

Kaz lachte zustimmend.

Der Kosmonaut deutete mit dem Kopf auf seine beiden Kollegen auf der Rückbank. »Waleri Nikolajewitsch ist Raumfahrtingenieur, spezialisiert auf Orbitalmechanik, aber Svetlana Yevgenyevna ist auch Pilotin.« Voller Respekt runzelte er die Stirn. »Testpilotin.«

Kaz spürte, wie seine Brauen sich ebenfalls hoben. Es war nicht leicht, sich der theatralischen Mimik des Russen zu entziehen. »Ja, seit ihrem Ausflug zum Mond ist Svetlana hier in Amerika auch ziemlich bekannt.« Wieder blickte er in den Rückspiegel. Momentan starrte sie aus dem Fenster, hinüber zu den Wolkenkratzern in Stadtzentrum von Houston. Dabei spiegelte sich ihr Profil in der Scheibe: Himmelfahrtsnase, hohe Wangenknochen, kräftiges Kinn.

Kaz konzentrierte sich wieder auf die Straße und bog auf die I-45 in Richtung Süden ab, die sie direkt zur NASA bringen würde.

52

Johnson Space Center, Houston

Kaz verbrachte den Vormittag des nächsten Tages damit, den Besatzungen von Apollo und Sojus dabei zuzusehen, wie sie an dem Docking-System in Gebäude 13 trainierten. Der vollmaßstäbliche Nachbau der sowjetischen und amerikanischen Konstruktion sah aus wie eine riesige, doppellappige Metallspinne. Für die Mannschaft war es überlebenswichtig, die Feinheiten der Sensoren und Mechanismen durch und durch zu verinnerlichen, vor allem die der Notfallsysteme. Als ihr Verbindungsmann würde Kaz vermutlich während der Mission auch ihr CAPCOM im Kontrollzentrum sein, was für ihn ein weiterer Grund war, ihr Training aufmerksam zu verfolgen.

Schließlich schlug Kaz vor: »Wie wäre es mit Mittagessen?«

Als er Kaz' Stimme hörte, blickte Tom Stafford verwirrt auf und schaute dann auf seine Uhr.

»Verdammt, die Zeit rast, wenn man Spaß hat.« Er sah zu Alexei hinüber und versuchte sich an einer seiner neu erworbenen Russisch-Vokabeln: *»Obed?«* Mit seinem Oklahoma-Akzent klang es mehr wie *Ah-bi-jed.*

Erfreut darüber, nun wiederum Englisch sprechen zu können, erwiderte Alexei grinsend: »Ja, Lunch! Warum nicht?«

Nachdem sich die Mannschaft von dem Testapparat gelöst hatte, führte Kaz sie durch eine Seitentür in die strahlende texanische Novembersonne hinaus. Durch die orange-braunen Fliegeranzüge der Astronauten und das hellgrüne Pendant der

Kosmonauten waren sie eine ziemlich farbenfrohe Gruppe, als sie nun über den zentralen Platz zu Gebäude 3 hinübergingen, wo sich die Kantine befand. Da der Übersetzer sich in der Nähe der beiden Kommandanten hielt und die anderen Männer eine geschlossene Gruppe bildeten, fand Kaz sich plötzlich neben Svetlana wieder.

Als er sich zu ihr umdrehte, stellte er fest, dass sie ihn durchdringend musterte. Offenbar nahm sie eine gründliche Einschätzung vor. In überraschend gutem Englisch sagte sie: »Das waren Sie, da mitten im Pazifik. Erst in der Kapsel und dann draußen, unter Wasser.« Eine Feststellung, keine Frage.

Kaz nickte. Wozu hätte er es auch abstreiten sollen?

»Und waren Sie auch derjenige, der während der Mission über Funk mit uns gesprochen hat?« Diesmal war es eine Frage, und er nickte wieder.

Vollkommen unvermittelt streckte sie ihm die Hand entgegen und sagte: »Es freut mich, Sie nun kennenzulernen. Hier. Kaz.«

Leicht verlegen schüttelte er ihr die Hand, während sie weitergingen. Klein war diese Hand, ganz trocken, mit festem Griff. Hatte sie ihn in Las Vegas etwa auch erkannt? *Es hätte sicher keinen Sinn, sie danach zu fragen.*

Stattdessen sagte er: »Glückwunsch zu der Nominierung für Apollo-Sojus, Svetlana.«

»Vielen Dank.«

Da er nicht wusste, was er sonst noch sagen sollte, fragte er: »Haben Sie gut geschlafen?«

Um ihre Augen bildeten sich feine Fältchen. »Ja. Sie denn auch, nachdem Sie mich gesehen hatten?«

Das traf Kaz völlig unerwartet, und er konnte nur hoffen, dass sie ihm das nicht ansah. *Meint sie etwa, was ich denke, dass sie meint?*

»Ja, habe ich, danke.« Erleichtert stellte er fest, dass sie die Eingangstreppe zur Kantine erreicht hatten.

»Ah, wir sind da. Es gibt hier jemanden, der Sie gerne kennenlernen würde.«

*

Nachdem er die Russen durch die Schlange an der Ausgabe gelotst hatte, führte Kaz sie zu einem der Tische. Er nahm gegenüber von Svetlana Platz, und sie musterten einander stumm, während der Rest der Gruppe sich mithilfe des Übersetzers fröhlich unterhielt. Schließlich entdeckte er Laura und winkte. Mit einem warmen Lächeln kam sie zu ihnen herüber. Svetlana folgte Kaz' Blick, und sie zog überrascht eine Augenbraue hoch.

Kaz stand auf, küsste Laura auf die Wange und stellte sie dann der russischen Besatzung vor.

»Alexei, Waleri, Svetlana, das ist meine Freundin, Dr. Laura Woodsworth. Sie ist eine der Planetengeologen hier im Space Center.«

Laura hielt eine braune Papiertüte hoch und sah Svetlana fragend an. »Ist es okay, wenn ich mich dazusetze?«

Svetlana nickte und antwortete auf Englisch: »Kein Problem.«

Laura setzte sich auf den leeren Stuhl am Ende des Tisches. Während sie ihr Sandwich aus der Tüte holte, wandte sie sich aufgeregt an die einzige andere Frau am Tisch: »Major Gromova, ich habe mich so sehr darauf gefreut, Sie kennenzulernen. Es ist eine große Ehre für mich, mit der ersten Frau auf dem Mond an einem Tisch zu sitzen. Ich habe eine Million Fragen an Sie, aber vermutlich sollte ich Sie zuerst essen lassen.«

Diese verbale Schnellfeuerattacke entlockte Svetlana ein überraschtes Blinzeln, und sie schob sich einen Löffel voll Tomatensuppe in den Mund, während sie gedanklich sortierte, was davon sie verstanden hatte. Schließlich fragte sie: »Sie sind also ein Doktor?«

»Doktor der Naturwissenschaften, ja. Ich habe in Planetengeologie promoviert, Schwerpunkt Kosmochemie.«

Svetlana dachte kurz nach. »Dann erforschen Sie den Mond?«

»Genau. All das Regolith und die Steine, die während des Apollo-Programms vom Mond mitgebracht wurden, lagern hier im Johnson Space Center, in einer inaktiven Stickstoffatmosphäre, damit wir sie untersuchen können. Ich arbeite hier in den Laboren.«

Vorsicht, Laura, dachte Kaz alarmiert.

Nachdem sie Laura einen Moment lang gemustert hatte, fragte Svetlana: »Und was haben Sie herausgefunden?«

Da Laura zunächst in ihr Sandwich biss, um sich eine passende Antwort zu überlegen, sprang Kaz für sie ein: »Wir haben insgesamt ungefähr tausend Pfund unterschiedlicher Gesteinsproben mitgebracht – circa eine halbe Tonne. Daraus konnten wir nun das Alter des Mondes ermitteln.«

Laura warf ihm einen dankbaren Blick zu. »Wir haben die Sauerstoffisotope analysiert, die in dem Mondgestein eingeschlossen waren, und sie ähneln denen aus frühen Erdzeitaltern, deshalb sind wir uns ziemlich sicher, dass es vor viereinhalb Milliarden Jahren einen heftigen Zusammenprall gegeben hat, bei dem der Mond von der Erde abgespalten wurde.«

Svetlana nickte. »Das denken unsere Wissenschaftler auch.«

Nun verlagerte Laura den Themenschwerpunkt in etwas persönlichere Gefilde: »Die NASA wird bei ihrem neuen Projekt in ein paar Jahren, dem Space Shuttle, vielleicht auch weibliche Astronauten zulassen. Ich bewundere Sie und Walentina Tereschkowa so sehr, weil Sie hier eindeutig die Wegbereiter waren.«

Abschätzend neigte Svetlana den Kopf. »Sie wollen ins Weltall fliegen.«

Lauras Wangen verfärbten sich leicht. »Ist das so offensichtlich? Ja, das will ich!«

Ein aufrichtiges Lächeln breitete sich auf Svetlanas Gesicht aus, und sie sah sich demonstrativ im Raum um. »Das freut mich zu hören. Es gibt schon viel zu viele Männer im All.«

*

Nach dem Mittagessen bot Tom Stafford an, die Mannschaft zurück zum Training zu bringen, damit Kaz Laura in ihr Labor begleiten konnte. Sobald sie den Platz weit genug umrundet hatten, um außer Hörweite zu sein, meinte Laura: »Es tut mir so leid, dass ich es fast versaut hätte, Kaz. Sie zu treffen hat mich einfach umgehauen. Meinst du, sie weiß, dass wir radioaktives Gestein auf dem Mond gefunden haben?«

Das Verteidigungsministerium hatte die radioaktiven Gesteinsfragmente, die von Apollo 18 eingesammelt worden waren, konfisziert. Dass es ein noch weitaus größeres Stück gab und in wessen Besitz es sich seit der Wasserlandung befand, war unter strengste Geheimhaltung gestellt worden. Kaz antwortete aufrichtig, wenn auch nicht sonderlich umfassend.

»Vermutlich schon. Sie hat dabei geholfen, die Proben einzusammeln, und sie hat sich während des dreitägigen Rückflugs mit ihnen in der Kapsel befunden – mit einem Strahlungsmesser an Bord. Wahrscheinlich hält ihre Regierung das genauso geheim wie unsere.«

Laura nickte und ließ sich dann das Gespräch beim Essen noch einmal durch den Kopf gehen. »Diese Frau ist clever.«

»Wenn man bedenkt, was sie schon alles erreicht hat, muss sie das wohl sein«, folgerte Kaz.

53

State Road 25, Nevada

Es war nun schon so lange her, dass man sie hier an dieser Straße zurückgelassen hatte … sie erinnerte sich kaum noch an ihr früheres Leben. Wie ein vager wiederkehrender Traum war da die Ahnung von Wärme und einem vollen Bauch, von der Nähe ihrer Mutter und ihrer Geschwister, doch das kam eher einem Gefühl des Verlustes gleich, keiner echten Erinnerung.

Seitdem hatte Alma draußen gelebt.

Als der Pick-up, der sie ausgesetzt hatte, mit knirschenden Reifen davonfuhr und sie dabei mit Steinchen beschoss, war sie verwirrt und verängstigt zurückgeblieben. Um dem laut rauschenden Verkehr auf der State Road 25 zu entkommen, war sie so lange gerannt, wie sie konnte, was sich irgendwann zu einem trägen Galopp verlangsamte, dann zu müdem Schritttempo. Sie fand einen Pfad, der nach Westen führte. Hin und wieder fuhr ein in Staubwolken gehüllter Laster an ihr vorbei, dann versteckte sie sich in den Büschen.

Das erste Problem war der Durst. Alma hatte die Nase in die Luft gestreckt und war dann dem vertrauten Geruch des Wassers gefolgt. So landete sie in dem tieferen Teil des Tales, wo sie auf einen flachen Tümpel stieß. Vorsichtig schnüffelte sie an dem grünlichen Wasser und kostete. Dann erst trank sie, bis ihr Durst gestillt war.

Als Nächstes kam der Hunger, doch der aus Westen wehende Wind trug den feinen, aber unverkennbaren Geruch von Essen zu ihr heran. Menschenessen. Also folgte Alma dem Pfad und hielt erst an, um die Lage neu einzuschätzen, als sie auf einem Hügelkamm zwei Häuser entdeckte, an denen sich etwas rührte.

Da sie in ihrem kurzen Leben bereits oft geschlagen worden war, setzte Alma sich erst einmal hin, um zu beobachten und zu lauschen. Der Essensgeruch war hier stärker, und schon beim Gedanken daran, wie es wohl schmecken könnte, begann ihr Speichel zu fließen. Nach einer Weile verschwanden die Menschen in den Häusern, und Almas Magen drängte sie, etwas zu unternehmen. Sie wusste, dass sie ihnen in diesem offenen, leeren Gebiet leicht davonlaufen konnte, falls es nötig werden sollte. Deshalb stand sie auf und schlich näher heran.

Um auf Nummer sicher zu gehen, lief sie gegen den Wind und kroch dann mühelos unter dem dünnen Stacheldrahtzaun hindurch. Neben dem größeren runden Haus, aus dem ein leises Summen drang, entdeckte sie zwei Metallkästen – daher kam der Geruch, bestätigte ihre Nase. Die Sonne ging gerade unter, und die Dunkelheit würde sie schützen. Alma verrichtete ihr Geschäft, suchte sich dann einen guten Aussichtspunkt, legte sich hin und wartete.

Plötzlich öffnete sich eine Tür an dem runden Haus, sodass ein ovaler Lichtfleck auf den Erdboden fiel. Sofort machte Alma sich bereit, um wegzulaufen. Es erschien ein Mensch, der etwas Eckiges in der Hand trug. Er ging zu den Metallkästen hinüber und warf das eckige Ding hinein, vergaß hinterher aber, den Deckel wieder zu schließen.

Noch einmal schnüffelte Alma vorsichtig. Der Mann hatte einen frischen Essensgeruch mitgebracht, der sogar noch besser duftete. Sie beobachtete, wie er hineinging und die Tür hinter sich zuzog. Sofort wurde es wieder richtig dunkel.

Nachdem sie noch ein wenig abgewartet hatte, schob sich Alma geduckt voran, den buschigen Schwanz fest zwischen die Hinterbeine geklemmt. Je mehr sie sich den Kästen näherte, desto intensiver wurde der Geruch.

Alma war hauptsächlich Boxer-Labrador-Mix, mit schwarzer Schnauze, braunem Fell und einem weißen Fleck auf der Brust. Die Tatsache, dass sie gleich zwei hochbeinige Rassen in sich trug, kam ihr nun bei den Müllcontainern sehr zugute. Vorsichtig stellte sie sich auf die Hinterbeine, stützte die Vorderpfoten am Rand des Containers ab und schnüffelte.

Ihr Magen war so leer, dass der Duft nahezu berauschend war, was sie zu einer schnellen Entscheidung verleitete. Durch einen Ruck nach hinten warf sie den Container um, grub ihre Zähne in die eckige Schachtel, die herausfiel, und rannte los.

Sekunden nachdem der Metallcontainer scheppernd umgefallen war, wurde die Tür des Hauses aufgerissen, und der Mann kam wieder heraus, diesmal laut schimpfend. Er musterte die Sauerei, sah sich dann prüfend in der Dunkelheit um. Erneut fluchend ging er zu dem Container, schob mit dem Fuß den verschütteten Inhalt wieder hinein und stellte ihn auf. Diesmal schloss er den Deckel, warf noch einen finsteren Blick in die Runde und kehrte dann brummend ins Haus zurück.

Sobald sie weit genug entfernt war, blieb Alma stehen und öffnete ihre Beute. Volltreffer: mehrere Pizzaränder und zwei ganze Stücke, die nicht einmal angerührt worden waren. Hastig verschlang sie alles und leckte hinterher die Krümel und den Restgeschmack aus dem Karton auf.

Zufrieden blickte sie zu den beleuchteten Häusern hinüber, dann den Weg entlang, wo in der Ferne eine größere Anzahl von Lichtern funkelte. Mehr Lichter bedeuteten mehr Menschen, also auch mehr Aussicht auf Essen. Alma leckte noch ein letztes Mal an der Schachtel, dann trabte sie den Weg hinunter in das Tal von Groom Lake.

*

Sie richtete sich an der Müllkippe ein. Das war weit genug von den Menschen entfernt, um sich sicher zu fühlen, es gab jede Menge Verstecke, und aus der Kantine wurden täglich Essensreste und anderer Abfall angeliefert. Wasser gab es am Abflussrohr des Kraftwerks, zum Teil quoll es aber auch direkt aus der Müllkippe hervor. Die vielen verlassenen Metallhäuser und Steinsimse in den nahen Hügeln boten ausreichend Schatten.

Doch hier hatte sie auch Konkurrenz. Krallen und Schnäbel der großen schwarzen Bussarde galt es zu meiden, außerdem gab es Ratten im Müll, und hin und wieder wurde sie von herumstreifenden Kojoten herausgefordert. Doch die Tatsache, dass sie sich mit Menschen auskannte, verschaffte Alma einen entscheidenden Vorteil; sie merkte sich den täglichen Rhythmus der Essenslieferungen, sie geriet nicht gleich in Panik, wenn Menschen auftauchten, und ihre Körpergröße machte sie für die anderen Plünderer zu einem ernstzunehmenden Gegner.

Natürlich war es unvermeidlich, dass die Bewohner von Groom Lake sie irgendwann bemerkten, und so stellte hin und wieder einer von ihnen, der sich vielleicht nach seinem Haustier daheim sehnte, ein paar Reste oder etwas Wasser an seinem Wohnwagen für sie hin. Alma blieb stets wachsam, doch hin und wieder, wenn nachts alles still war, schlich sie sich heran und holte sich das leicht zu erreichende Futter als besonderen Leckerbissen.

Ein Mensch lief regelmäßig bei Sonnenaufgang an ihrer

Müllkippe vorbei. Er sah dabei oft zu ihr herüber, während die ersten Sonnenstrahlen über die Hänge glitten, und sie hörte ihn auch manchmal pfeifen, als würde er sie zu sich rufen. Einmal beobachtete sie, wie er stehen blieb, etwas auf einem flachen Stein am Zugang zur Müllkippe ablegte und dann weiterlief.

Alma wurde neugierig. Sie wartete, bis er sich entfernt hatte, dann trabte sie nahe genug heran, um sich vom Wind verraten zu lassen, was er dort abgelegt hatte.

Fleisch. Das war der unverwechselbare Duft von unverdorbenem Fleisch.

Wenn sie sich nicht beeilte, würde ein früher Geier oder Falke diesen Schatz als sein Frühstück beanspruchen. Vorsichtig sah sie sich nach anderen Menschen um – keine zu sehen –, dann prüfte sie, ob der Läufer inzwischen so weit entfernt war, dass er keine Bedrohung mehr darstellte. Mit einem Satz verließ sie ihr Versteck, schnappte sich das Fleischstück und brachte sich damit in Sicherheit, um es anschließend zu verschlingen.

Es war gewürztes Fleisch, ein Stück Salami; angenehm fest und gut zu kauen.

Am nächsten Tag tat der Läufer es wieder, und auch am Tag darauf. Inzwischen wartete Alma immer schon auf ihn. Ihr fiel auf, dass er nun in einiger Entfernung stehen blieb und ihr beim Fressen zusah. Dadurch war er näher als zu Beginn, aber immer noch nicht so nah, dass es sie verunsichert hätte.

Alma fing an, sich auf diese frühen Happen zu verlassen, und sie wurde auch immer dreister, wenn sie zuschnappte. Bald wartete sie nicht einmal mehr ab, bis sie wieder sicher in den Hügeln war, bevor sie anfing zu fressen. Sie gewöhnte sich auch daran, von dem Menschen beobachtet zu werden, schließlich blieb er ja immer ausreichend auf Distanz.

Dann aber fühlte sie sich plötzlich nicht mehr so gut. Nach zwei Tagen mit besonders großen Fleischhappen fingen ihre Schulter- und Hüftgelenke an zu schmerzen, und sie hustete. Und nun, am dritten Morgen, war sie nicht einmal mehr sicher, ob sie es den Hügel hinab bis zu ihrem Leckerbissen schaffen würde. Sie versuchte es trotzdem, wenn auch sehr langsam. Diesem Geschmack konnte sie einfach nicht widerstehen. Während sie langsam den Hügel hinabschlich, musste sie plötzlich stehen bleiben,, weil ein heftiger, schmerzhafter Durchfall einsetzte. Als sie prüfend schnüffelte, roch sie Blut darin. Ihr Husten wurde immer schlimmer, tief und keuchend, und nun schmeckte sie auch Blut im Hals.

Plötzlich war Alma vollkommen erschöpft. Unter Schmerzen kroch sie zu ihrem üblichen Schlafplatz im Schatten, musste aber immer wieder innehalten, weil sie entweder husten musste oder von Krämpfen gepackt wurde. Außerdem fiel es ihr immer schwerer, richtig zu atmen. Als sie sich endlich hinlegte, schoss wieder ein stinkender Schwall aus ihrem Hintern, und nun war die Flüssigkeit eindeutig voller Blut. Alma war zu schwach, um von dem Dreck wegzukriechen. Inzwischen musste sie bei fast jedem Atemzug husten, und Blut tropfte aus ihrer Schnauze. Irgendetwas war hier ganz falsch, aber sie konnte nichts dagegen tun. Jeder Atemzug war eine Qual, und sie spürte, wie ihr Herz wild pochte.

Während über dem vertrockneten See die Sonne aufging, trübte sich Almas Blick immer weiter ein. Schließlich strömte in einem letzten, verzweifelten Husten die Luft aus ihrer Lunge, die nun fast ganz mit Blut gefüllt war.

In den Hügeln hinter der Müllkippe lag Alma reglos im Staub und starb. Ganz allein.

*

Der Läufer, der stehen geblieben war, um die letzten, qualvollen Regungen des Hundes zu beobachten, wartete ab, bis das Husten verstummte. Als er nichts mehr hörte außer der morgendlichen Stille, wandte er sich lächelnd ab und lief weiter.

54

Groom Lake

Auf dem Bauernhof nahe Stalingrad, wo Grief aufgewachsen war, hatten sie immer Tiere gehabt, und so konnte er schon seit seiner Kindheit reiten. Zwar hatte er ein paar Minuten gebraucht, um sich mit dem Westernsattel und der einhändigen Zügelführung vertraut zu machen, aber das war nicht weiter schwer. In den Ställen von Groom Lake gab es ein ganzes Regal voller Cowboystiefel zum Ausleihen, dazu hatte er sich von einem der Wandhaken eine schwere, übergroße Jacke genommen. Außerdem hatte Claw ein Gewehr Kaliber .22 aus einem Schrank geholt, das Grief hinter seinem rechten Bein in ein langes Lederholster am Sattel schob. Man gab ihm eine verlässliche Scheckstute als Reittier, und so machte er sich am frühen Morgen zusammen mit Claw auf einem großen braunen Quarterhorse auf zu einem ersten Erkundungsritt. Kaz war gerade in Houston, und Thompson wollte nicht mitkommen, sondern lieber laufen gehen. Doch die beiden Piloten waren sicher, sich auch so ganz gut verständigen zu können.

»Wo willst du hin?« Claw breitete in einer umfassenden Geste die Arme aus.

Grief musterte erst die Hügel, die sich direkt am Stützpunkt entlangzogen, dann wanderte sein Blick über das Seebett hinaus nach Norden, wo eher rauere Berge aufragten. Er zeigte in die Richtung. »*Mozhno?*« Können wir?

Nach einem kurzen Blick auf die Uhr nickte Claw. »Ja, kein

Problem. Wir haben ja den ganzen Vormittag Zeit. Dort bei den alten Minen kann man sowieso am besten jagen.« Er wendete sein Pferd, schnalzte mit der Zunge und beugte sich im Sattel vor, bis sich das Tier in einem entspannten Trab vorwärtsbewegte. Grief folgte seinem Beispiel, und so zogen die Pferde, gefolgt von einer salzigen Staubwolke, nach Norden am westlichen Seeufer entlang.

Noch hatte der übliche Wind nicht eingesetzt, die Sonne schob sich gerade erst im Osten über die Hügelkuppen. Grief machte es sich gemütlich und nutzte die Zeit, um sich die Startbahn am See und die Umgebung genauer anzusehen. Dabei fiel ihm auf der rechten Seite ein merkwürdiges Gebilde auf, das aus der Salzkruste hervorragte und sogar eine eigene Zufahrtsstraße hatte. Es handelte sich um eine lange, oben spitz zulaufende Stange von ungefähr fünfzehn Metern Höhe, die ein wenig an einen Obelisken erinnerte. Als Claw seinen Blick bemerkte, rief er ihm über das Hufgetrappel hinweg eine Erklärung zu: »Radarprüfstand.«

Grief ging das Wort noch einmal im Kopf durch und nickte dann verstehend. Die Ingenieure montierten neue Flugzeugtypen in Originalgröße in unterschiedlicher Ausrichtung auf diese Stange und beschossen sie dann aus verschiedenen Winkeln mit Radarsignalen, um die Stärke der reflektierten Signale zu messen. Daraus ließen sich dann Strategien entwickeln, um die Sichtbarkeit auf dem Radar zu minimieren. Eine ähnliche Anlage hatten sie auch in Ramenskoje – dort waren die neuartigen, radarabsorbierenden Teile der MiG-25 getestet worden, um sie unsichtbar werden zu lassen.

Grief reckte Claw den Daumen entgegen. *»Ponyal.«* Verstanden.

An der Stelle, wo sich das Ufer nach rechts den niedrigeren Bergen zuwandte, überquerten sie eine Zufahrtsstraße; Reifenspuren und lose Steine zeigten, dass sie oft genutzt wurde. Grief bemerkte, dass sie in ihrem weiteren Verlauf in einem schmalen Spalt in den Bergen im Osten verschwand. Anscheinend war dies die Hauptschlagader des Lieferverkehrs, der den Stützpunkt mit allem Notwendigen versorgte, denn auf diesem Weg kam man am schnellsten zu den in Nord-Süd-Richtung verlaufenden Highways hinter diesen Hügeln.

Gut zu wissen, dachte er und glich seine Beobachtung im Kopf mit den Satellitenfotos ab, die er vor vielen Monaten in Moskau so eingehend studiert hatte. Auf der Suche nach weiteren Orientierungspunkten entdeckte er zwei auffällige Felskuppen, die aus den Hügelketten hervorragten. Er rief: »Claw!«

Als sein Vordermann sich umdrehte, zeigte Grief nach Osten, auf einen Punkt etwas südlich von der Stelle, wo die Zufahrtsstraße auf die Felskante zustrebte. *»Mozhno?«*

Achselzuckend entschied Claw: »Warum nicht? Von dort aus hat man einen ganz hübschen Ausblick über den Stützpunkt.« Er lenkte sein Pferd nach rechts, sodass er nun direkt auf die aufgehende Sonne zuritt. Im Stall hatte er ihnen auch Cowboyhüte besorgt, und nun zog er seine Hutkrempe möglichst weit herab, um seine Augen vor der Sonne zu schützen. Grief folgte seinem Beispiel.

Claw kürzte über eine Ecke des harten, flachen Seebettes ab. Oben in den Hügeln würden die Pferde sowieso nur noch Schritt gehen und konnten sich ausruhen. Jetzt aber wollte er Gas geben.

»Komm schon, Russe, zeig mal, was du draufhast!« Er presste seine Fersen in die Flanken des Pferdes und trieb es an zum Galopp. Sofort trieb auch Grief seine Scheckstute an, und bald rasten sie über den Groom Lake. Die Tiere genossen es, einmal richtig laufen zu können.

Als sie die Büsche am anderen Ufer erreichten, zügelte Claw sein Pferd, doch Grief zog triumphierend an ihm vorbei. Über die Schulter rief er zurück: »Ich gewinne!«

Lachend beendeten die Männer ihren Wettstreit und ließen ihre Pferde eine gemütlichere Gangart anschlagen, während sie über die schmalen Schluchten in die Hügel hinaufritten.

*

»Möchtest du eine Pause machen, vielleicht ein wenig herumlaufen oder dich irgendwo hinsetzen?«

Die Pferde hatten das Felsplateau im Osten erklommen, indem sie sich einen Weg zwischen den Salbeibüschen und den kleinen Dornensträuchern suchten. Nun hatten sie fast den Stacheldrahtzaun erreicht, der die Grenze zu Area 51 markierte, und Claw wollte sich etwas die Beine vertreten.

Während des Aufstiegs hatte sich Grief an die Spitze gesetzt und mit Interesse das raue Land ringsum betrachtet. Hinter ihnen fiel der uralte Felsboden in sanften Schwüngen bis zum See ab. Claw hatte Grief die Führung überlassen; ihm war es egal, wo genau sie am Ende landeten. Nun griff er in seine Satteltasche und holte eine Thermoskanne heraus. »Wasser?«

Grief drehte sich um und nickte. »*Da. Voda.*« Er brachte sein Pferd zum Stehen, stieg ab und holte ebenfalls seine Wasserflasche heraus. Nachdem Claw beide Zügel genommen hatte, band er die Pferde an einen verkümmerten Wacholderbaum und ließ sich auf einem niedrigen, flachen Felsen nieder. Er trank einen Schluck und reckte das Kinn. »Sieh dir das an.«

Grief wischte sich den Mund ab, schraubte die Flasche wieder zu und setzte sich ebenfalls. Vor ihnen breitete sich ganz Groom Lake aus, von der dunklen Landebahn auf dem fahlen

Salzbett bis hin zu den Gebäuden, die sich deutlich am hinteren Ende des Areals abzeichneten. Wie aufs Stichwort schossen zwei T-38 über die Startbahn, stiegen auf und steuerten in ihre Richtung. Der Lärm ihrer Triebwerke folgte ihnen in einigem Abstand.

»Schön, nicht wahr?«

Grief nickte zustimmend. »*Da. Prekrasna.*« Das meinte er ehrlich. Dieser kahlen Schroffheit wohnte wirklich viel Schönheit inne.

Er drehte sich zu Claw um. »*Nuzhno possat.*« Ich muss pinkeln. Zur Erklärung hielt er sich beide Hände vor den Schritt.

Claw zuckte ungerührt mit den Schultern. »Tu dir keinen Zwang an. Ich muss auch mal.«

Grief stand auf und ging um die nächste Kurve, sodass er außer Sichtweite war. Dann suchte er nach der Markierung, die hier irgendwo sein musste. In den Vorbesprechungen hatte man ihm erklärt, worauf er achten musste, und so huschte sein Blick nun suchend über den Boden. Schließlich fand er ihn. Er hob den losen Stein auf, grub ein wenig und zog das kantige, in Öltuch gewickelte Päckchen hervor. Ein schneller Blick zu Claw zeigte ihm, dass der noch immer abgelenkt war. Schnell steckte er das Päckchen in die Innentasche seiner Jacke.

Dann richtete er sich auf, schob mit dem Fuß die Erde zurück in das Loch, öffnete seinen Reißverschluss und pinkelte auf den zerwühlten Boden.

Während er sich erleichterte, ließ er den Blick über Groom Lake schweifen. Ein befriedigendes Gefühl des Triumphes erfasste ihn.

Ich gewinne.

55

Griefs Wohnwagen, Groom Lake

Dunkelheit. Diese nächtliche Decke bringt den Unschuldigen Rast und Ruhe, den Schurken aber den gewünschten Schutz.

Grief hatte das geborgene Päckchen auf dem obersten Regalbrett seines Kleiderschranks versteckt, sobald er von dem Ritt zurückgekehrt war. Dann hatte er geduldig abgewartet. Solange Kaz nicht da war, hatte er den Wohnwagen für sich allein, doch ihm war aufgefallen, dass hier alle ihre Türen unverschlossen ließen, und er konnte nicht riskieren, dass der CIA-Mensch oder Claw unangekündigt hereinplatzten.

Da er einen leichten Schlaf hatte, wachte er pünktlich zu jeder vollen Stunde auf und lauschte auf mögliche Aktivität ringsum. Nun zeigten die Leuchtzeiger seines Weckers zwei Uhr morgens an; inzwischen hatten auch die hartnäckigsten Trinker bei Sam's das Handtuch geworfen und waren in ihre Wohnwagen gekrochen. Trotzdem lauschte er eine volle Minute lang. Nichts zu hören außer dem Wind und der stillen Novemberwüste.

Die Vorhänge in den Wohnwagen waren nicht wirklich lichtundurchlässig, wenn er nun also eine Lampe einschaltete, würde man zumindest einen Schimmer an den Rändern des Fensters sehen, was jedem, der eventuell noch wach war, sofort auffallen musste. Grief ging davon aus, dass er nachts nur in dem kleinen Badezimmer Licht machen konnte, ohne Verdacht zu erregen. Also holte er die Taschenlampe aus seiner

Nachttischschublade und rollte sich nur mit Unterwäsche bekleidet aus dem Bett. Möglichst leise öffnete er die Schranktür, tastete in der Dunkelheit nach dem Päckchen und nahm anschließend noch das Taschenmesser mit, das von der Air Force mit jedem Fliegeranzug mitgeliefert wurde. Barfuß schlich er ins Badezimmer, schloss die Tür, stellte sicher, dass der Vorhang an dem hohen, kleinen Fenster zugezogen war, und schaltete das Licht ein.

Er setzte sich auf den Toilettendeckel und legte Päckchen, Taschenlampe und Messer auf dem Waschbeckenrand ab. Wer auch immer die Sachen für ihn auf dem Hügel deponiert hatte, war so klug gewesen, sie in Plastik einzuwickeln. Noch einmal lauschte er für dreißig Sekunden. Da auch jetzt nichts zu hören war, griff er nach dem Päckchen. Es war rechteckig und ungefähr so schwer wie ein solides Buch. Die Plastiktüte, in die alles eingewickelt war, hatte man mit braunem Paketband zugeklebt. Die Lampe über dem Waschbecken spendete kaum Licht, also benutzte er die Taschenlampe, um herauszufinden, wie er die Verpackung am besten ablösen konnte, ohne den Inhalt zu beschädigen. Schließlich legte er die Taschenlampe weg, griff zum Messer und schob die längste Klinge heraus.

Vorsichtig schlitzte er das Paketband an beiden Enden auf, dann an den Seiten, wo es doppelt gewickelt war. Die Plastiktüte selbst war ebenfalls mit Klebeband verschlossen, also schnitt er das ebenfalls auf. Anschließend öffnete er die Tüte und spähte hinein: ein briefgroßer Umschlag und ein paar schwerere Gegenstände, die in Stoff eingewickelt waren. Vorsichtig holte er alles heraus und legte es auf der Plastiktüte ab, die er wie eine Serviette auf seinem Schoß ausgebreitet hatte.

Zuerst die Informationen, dachte er.

Der Umschlag war nicht beschriftet. Grief benutzte das Taschenmesser als Brieföffner und zog ein einzelnes Blatt aus dem Umschlag. Es war mit einer handgezeichneten Tabelle versehen, in die verschlüsselte kyrillische Schriftzeichen und Zahlen eingetragen waren. Er studierte sie ungefähr eine Minute lang im Licht der Taschenlampe, dann hatte er alles verstanden.

Nach einer kurzen Pause ging er die Tabelle noch einmal durch und fuhr mit dem Finger daran entlang, bis er ungefähr auf halber Höhe das fand, wonach er gesucht hatte. Er überprüfte die darauffolgenden Einträge, blickte mehrmals zur Decke, als könnte er durch das Dach den Himmel sehen, und nickte. Dann faltete er das Blatt wieder zusammen und schob es zurück in den Umschlag.

Nun befreite er den kleineren der beiden Gegenstände von seiner Stoffhülle; er war ungefähr so groß wie ein Kinderschuh und bestand aus glänzendem Metall. Es handelte sich um eine Kamera mit eingebautem Blitz und Objektivdeckel. Mithilfe der Taschenlampe prüfte er das kleine Fenster an der Rückseite – ja, es war ein Film eingelegt. Vorsichtig legte er die Kamera beiseite.

Mit einem schmalen Lächeln wurde Grief bewusst, dass er gerade genauso vorging, wie er es als Kind immer an *Novy God* getan hatte, beim Neujahrsfest. Zuerst hatte er die Karte gelesen, dann die kleineren Geschenke von Mutter und Großmutter geöffnet und sich das größte bis zum Schluss aufgehoben. Aus dem Lächeln wurde ein irritiertes Stirnrunzeln. Von seinem Vater war nie ein Geschenk dabei gewesen. Der Trunkenbold war aus seinem Leben verschwunden, als Grief dreizehn Jahre alt gewesen war.

Schwer lag der letzte Teil des Päckchens in seiner Hand. Als er es auswickelte, fand er wie erwartet ein Funkgerät – eine silbern lackierte Metallbox mit mehreren Knöpfen und einer zusammengeschobenen Antenne.

Es gab einen Einschaltknopf, einen Knopf zur Einstellung des Funkbereichs, Drehrädchen für Lautstärke und Frequenz, einen Senden/Empfangen-Schalter und zwei Kabel für Stromversorgung, Kopfhörer und Mikrofon. Eine Anleitung fehlte, aber das störte ihn nicht weiter. Dieses Gerät sah ganz ähnlich aus wie das, mit dem er in Moskau trainiert hatte.

Zunächst einmal steckte er das Stromkabel erst an der Seite des Geräts ein, dann schob er den Stecker in die Dose am Waschbecken. Ein kleines, halb verborgenes Lämpchen leuchtete gelb auf und erlosch wieder. Dann begann das grüne Lämpchen daneben zu leuchten. Wer auch immer das Funkgerät für ihn besorgt hatte, hatte es auch aufgeladen.

Nachdem er sichergestellt hatte, dass das Gerät ausgeschaltet war, löste er die Antenne und zog sie aus. Ohne jeden Widerstand ließ sie sich auf einen Meter verlängern. Nun konnte sie auf Empfang gehen und senden. Er schob das Drehrad für die Lautstärke nach oben, bis es leise klickte und das Gerät aktiviert wurde. Grief erhöhte die Lautstärke gerade so weit, dass ein leises Rauschen aus dem kleinen eingebauten Lautsprecher drang.

Es funktionierte.

Zufrieden schaltete Grief das Funkgerät aus, zog den Stecker aus der Dose und schob die Antenne zusammen. Da ihm nichts Besseres einfiel, packte er alles wieder in die Plastiktüte. Sie war dunkelgrün und würde einem zufälligen Beobachter vermutlich ebenso wenig auffallen wie alles andere, was er als Verpackung wählen könnte. Nachdem er das Taschenmesser wieder zusammengeklappt hatte, war er bereit, in sein Bett zurückzukehren. Dann drehte er sich allerdings noch einmal um und erleichterte sich. Um keinen unnötigen Lärm zu machen, spülte er nicht.

Er schaltete das Licht im Badezimmer aus, kehrte ins Schlafzimmer zurück und verstaute die Sachen in Kleiderschrank und Nachttischschublade. Als er anschließend im Bett lag, verschränkte er die Arme hinter dem Kopf und fing an zu planen. Die Tabelle hatte 04:17 Uhr angegeben. Da er sicher war, rechtzeitig aufzuwachen, rollte er sich auf die Seite, schloss die Augen und versank in traumlosen Schlaf.

*

Ohne eine Wolkendecke, durch die vom Erdboden aufsteigende Wärme reflektiert werden konnte, waren die Nächte in der Wüste meist kälter, als man vermuten sollte. Grief hatte die geborgte Jacke aus dem Stall angezogen – zum Teil wegen der Kälte, zum Teil aber auch, weil er so noch weniger sichtbar war, als er nun geduckt im Schatten hinter dem Wohnwagen hockte, so weit wie möglich von dem angrenzenden Wagen entfernt, in dem Thompson schlief. Um genau 04:00 Uhr hatten sich seine Augen geöffnet. Nun war das Funkgerät eingeschaltet, die Antenne ausgezogen, der Kopfhörer in seinem rechten Ohr verankert und die Lautstärke eingestellt.

Er würde einen Spionagesatelliten anfunken, eine Art Urenkel des ersten, vor sechzehn Jahren ins All geschickten Sputniks, nur technisch wesentlich ausgefeilter. Sobald er ein bestimmtes, verschlüsseltes Signal von der Erde empfing, würde sich das kleine Tonbandgerät in seiner Druckkapsel aktivieren und die aktuelle Nachricht abspielen, um anschließend sofort auf Aufnahme umzuschalten. Grief prüfte die Uhrzeit, während er angestrengt lauschte und dabei in den Himmel starrte; möglicherweise wurde der Satellit ja ausreichend von der Sonne angestrahlt, um als weißer Lichtpunkt am dämmrigen Himmel von Nevada zu erscheinen.

Plötzlich einsetzendes Rauschen in seinem Kopfhörer lenkte seine Aufmerksamkeit wieder auf das Funkgerät; schnell drehte er mit dem Daumen das Stellrad und regulierte die Lautstärke. Um noch besser hören zu können, hielt er den Atem an. Leicht überrascht registrierte er, dass er die nun einsetzende Stimme kannte. Hoch konzentriert lauschte er auf jedes Wort, um sich alle Details und Fragen einzuprägen. Nachdem die Stimme verstummt war, sprach er leise in sein Mikrofon, beantwortete die Fragen und nannte neu angesetzte Daten und genaue Zeitangaben. Dabei zählte er im Kopf die Sekunden mit, kam aber gut mit der vorgegebenen Zeitspanne aus. Wieder rauschte es in seinem Ohr, dann wurde die für ihn eingespielte Nachricht wiederholt, nur für den Fall, dass er sie zuvor verpasst hatte. Grief hörte sie sich noch einmal an und blickte dabei zum Himmel hinauf.

Diesmal entdeckte er den Satelliten direkt über sich: ein nicht übermäßig heller Stern, der an den reglos funkelnden anderen vorbeiglitt. Nachdem er sich die gesamte Nachricht noch einmal angehört hatte, ging er im Kopf die Antwort durch, die er auf das Band gesprochen hatte, und entschied, dass keinerlei Ergänzung notwendig war. Also schaltete er das Funkgerät aus, verstaute den Kopfhörer, wickelte das Kabel auf, schob die Antenne zusammen und ließ alles in seiner Jackentasche verschwinden.

Er stand auf und sah sich gründlich um. Nirgendwo rührte sich etwas. Wieder blickte er dem Satelliten am Himmel hinterher, der die Aufnahme seiner Nachricht dem Horizont entgegentrug, abspielbereit für die erste irdische Funkstation, die über die richtige Kombination aus Code und Frequenz verfügte – vielleicht auf einem patrouillierenden Aufklärungsschiff, oder auch direkt in der Sowjetunion.

Nichts von dem, was er gerade erfahren hatte, überraschte

ihn. Und bald würde Moskau die Informationen erhalten, die man von ihm verlangt hatte.

Grief konnte regelrecht sehen, wie sich die Räder in Bewegung setzten, und das erfüllte ihn mit Stolz. Man verließ sich auf ihn, und er würde liefern. Sein Leben lang hatte er an sich gearbeitet, hatte alles getan, was nötig war, um all die gewöhnlichen Menschen zu übertrumpfen und sich die vielfältigen Fähigkeiten anzueignen, die es ihm ermöglicht hatten, mit dieser Mission betraut zu werden.

Die Belohnung dafür rückte nun in greifbare Nähe, und Grief war bereit, sie zu empfangen.

56

1945, in der Nähe von Stalingrad, UdSSR

Es musste getan werden.

Eingehüllt in eine feine Staubwolke rannte Sascha über den schmalen Pfad, hetzte barfuß durch die Gärten und Felder, vorbei an den Holzhäusern seiner Kolchose.

Oder eher durch das, was von dem staatseigenen Gut noch übrig war. Was er rechts und links erkennen konnte, ähnelte eher einem verwilderten Schlachtfeld als bestelltem Ackerland, da die üppige Flora der fruchtbaren südlichen Überschwemmungsgebiete der Wolga bereits dabei war, sich die Bombenkrater, die zerfetzten Bäume und die unzähligen namenlosen Gräber zurückzuerobern.

Sascha war zu Beginn des Großen Vaterländischen Krieges acht Jahre alt gewesen und knapp elf, als die Schlacht um Stalingrad tobte. Zwar hatte man die Nazi-Invasoren zurückschlagen könnten, aber Mütterchen Russland und ihre Kinder hatten einen hohen Preis dafür gezahlt. Im direkten Umfeld seiner Kolchose waren in nur sechs Monaten über zwei Millionen Männer, Frauen und Kinder getötet worden. Selbst jetzt noch, zwei Jahre später, hatte der Wiederaufbau von Stalingrad gerade erst begonnen. In den Ruinen der Stadt hausten weit verstreut die gebrochenen Überlebenden.

Sascha rannte. Er war der schnellste Läufer in seiner Kolchose.

Aus manchen Menschen hatten die Belastungen des Krieges das Beste herausgeholt, hatten all ihren Mut zutage gefördert und die Kriegshelden geschaffen, die Sascha so bewunderte. Eben jene bereits legendären Ordensträger, die Hitler zurückgedrängt und das Kriegsglück für Russland gewendet hatten: Wladimir Tschekalow, den Scharfschützen Wassili Saizew oder Generaloberst Alexander Rodimzew, mit dem er sogar den Vornamen teilte. Ja, dieser neuen Ausprägung des sowjetischen Mannes wollte er nacheifern, Männern, die Herr über ihre Gefühle waren, gebildet, gesund, athletisch, sozusagen eine höhere Lebensform. Ein guter Läufer war Sascha bereits, doch er würde sich selbst zu einem Übermenschen machen.

Für seinen Vater hingegen war der Krieg nur die letzte Station in einer lebenslangen Reihe von Ungerechtigkeiten gewesen. Er war als Bauer im Zarenreich aufgewachsen und dann zu einem niederen *bednyak* der Kollektive geworden. Ein schwacher, von Neid zerfressener Mann, der das ferne Moskau für alles verantwortlich machte, was ihm nicht geglückt war. Durch den Krieg war er nur umso mehr zu einem brutalen, ständig betrunkenen Tyrannen geworden, der seine Frau und seinen einzigen Sohn verprügelte, um sich selbst das Gefühl zu verschaffen, Herr der Lage zu sein.

Aber Sascha war jetzt dreizehn, und mit der Pubertät reiften in ihm nicht nur die Kräfte eines Erwachsenen heran, sondern auch erwachsene Ideen. Seine neu entdeckte Geschwindigkeit und ein neu entdecktes Durchhaltevermögen verliehen ihm die Fähigkeit, das zu tun, was getan werden musste – hier in der Kolchose ebenso wie in der Welt dort draußen. Während er lief, strich er mit der rechten Hand kurz über seine Hosentasche, um sich zu vergewissern, dass es noch da war. Vor ihm am Straßenrand tauchte die Holzhütte mit dem eingesunkenen Dach auf, in der er aufgewachsen war, dann das

Buschland dahinter, wo sein Vater sich Tag für Tag versteckte, um sich vor der von allen geforderten Arbeit zu drücken. Und um zu trinken.

Saschas Füße trugen ihn an der Hütte vorbei, immer weiter den halb überwucherten Pfad entlang, dann unter die wenigen Bäume, die den Beschuss überlebt hatten. Als er sich dem Unterschlupf näherte, in dem sein nutzloser Vater seine Tage verbrachte, wurde er langsamer. Stolz stellte er fest, dass sein Atem gleichmäßig ging, obwohl er so schnell gerannt war. Nun schoben sich seine Füße lautlos über die nackte Erde.

»Was machst du hier?«, lallte sein Vater, als er Sascha entdeckte. Mit einem höhnischen Grinsen musterte er seinen Sohn und griff nach der halb leeren Flasche, die auf einem aufgerichteten Holzscheit neben seinem Stuhl stand. »Du solltest auf den Feldern sein!«

Schweigend analysierte Sascha das sich ihm bietende Bild: gerötete, glasige Augen; mit geplatzten Äderchen überzogene, geschwollene Nase. Ein schlaffer, kraftloser Körper, gepolstert mit Fett und einem hervorquellenden Säuferbauch.

Das ist nicht mein Vater, dachte Sascha. *Das ist eine niedere Kreatur. Dreck. Abschaum.* Seine rechte Hand wanderte Richtung Hosentasche.

»Was machst du hier?«, wiederholte die Kreatur, und dann lachte sie. Es klang, als würde sie sich räuspern, um dann Schleim auszuspucken, und ihr Mund öffnete sich so weit, dass man ihre verfaulten Zähne sehen konnte, von denen bereits einige fehlten. Dieses Lachen hatte Sascha jedes Mal gehört, wenn die rauen, geröteten Hände seine Mutter geschlagen hatten. Und auch ihn.

Nie wieder. Sascha zog die Hand aus der Tasche. Die zuvor geknüpfte Lasche in der Drahtschlinge lag bereits sicher um seinen rechten Zeigefinger. Nachdem er von dieser überaus einfachen Hinrichtungsart erfahren hatte, hatte er geübt. So machten Helden das nämlich: Sie trainierten, lernten und übten, sie holten das Beste aus sich heraus. Und dann entfernten sie den Dreck aus dieser Welt.

Mit schnellen Schritten ging Sascha um die aufgedunsene Gestalt herum, schob dabei den linken Zeigefinger in die zweite Lasche. Dann trat er hinter den Mann, warf ihm die Drahtschlinge über den Kopf und überkreuzte die Enden, sobald der Draht sich um seinen Hals gelegt hatte. Mit einem Ruck zog er sie zu und wickelte die beiden Drahtenden umeinander. So einfach war das. Genau wie er es geübt hatte.

Dann trat er einen Schritt zurück und stellte sich vor den Mann, um sich anzusehen, was nun kommen würde.

Der Säufer tastete mit beiden Händen nach dem Draht an seinem Hals, konnte ihn aber nicht lösen, um den Druck zu verringern. Die Augen traten ihm aus den Höhlen, er bekam kaum noch Luft, sein Gehirn gierte nach Sauerstoff. Die Wut auf seinem Gesicht verwandelte sich in Furcht, dann in Verzweiflung. Nun quoll die Zunge zwischen den fauligen Zähnen hervor, der Körper zuckte und wand sich, kippte vom Stuhl und landete auf dem Boden, wobei er das Holzscheit mit der Wodkaflasche umwarf. Die Flasche landete im Dreck, die klare Flüssigkeit rann heraus.

Immer wilder zuckte der Körper, während die Hände weiterhin erfolglos versuchten, den verknoteten Draht im Nacken zu lösen. Ein paar Zuckungen noch, ein letzter Tritt, dann war alles still.

Sascha hatte das Ganze reglos und ungerührt beobachtet. Sobald er sicher sein konnte, dass der Tod tatsächlich eingetreten war, löste er den Draht und zog ihn mit einer gekonnten Bewegung von dem ekelerregenden Hals weg. Mit ein paar

Blättern wischte er das Blut ab, wickelte den Draht auf und verstaute ihn wieder ordentlich in seiner Tasche.

Jetzt musste er den Leichnam nur noch in einen der alten Bombenkrater im Wald schleifen, mithilfe der Schaufel hier aus dem Unterschlupf die Mulde auffüllen, den toten Körper mit Erde bedecken und zum Schluss die Schleifspuren mit Laub tarnen. Danach konnte er weiterrennen.

Ein Toter mehr in einem Land, das nach Tod stank. Aber dieser Tod war gerecht, er hatte die Welt zu einem besseren Ort gemacht. Es hatte getan werden müssen.

Und nun wusste Sascha, wie man so etwas machte.

57

Warfarin

Normalerweise zeigte sich das Problem zunächst dadurch, dass man eine tote Kuh in einer Blutlache fand.

Wenn das Vieh im Mittleren Westen Ackerkleeheu fraß, insbesondere wenn der Klee nicht ganz durchgetrocknet war, entwickelten die Tiere manchmal extreme Schmerzen im Bauchbereich und bekamen innere Blutungen, die so stark wurden, dass Blut aus Nase, Augen und Anus quoll. Meist war es für sie bereits zu spät, wenn der Bauer sie schließlich fand.

Ein französischer Forscher hatte irgendwann die Ursache dafür entdeckt – eine von dem Schimmel im Inneren der Pflanzen gebildete Chemikalie. Die chemische Formel des Stoffes lautete $C_9H_6O_2$, doch als er ihn das erste Mal auf Tonkabohnen entdeckte, taufte der Forscher ihn Kumarin.

Karl Link, der amerikanische Biochemiker, der die Chemikalie in feuchtem Klee entdeckte, erkannte bald, dass etwas, das so zuverlässig Säugetiere tötete, gut als Rattengift eingesetzt werden konnte. Und da seine Forschungen von der Wisconsin Alumni Research Foundation finanziert wurden, benannte er sein neu entwickeltes Produkt nach seinem Geldgeber.

Warfarin.

Wenn Ratten oder Mäuse ein paar Tage lang davon fraßen, reduzierte das Warfarin nach und nach den Vitamin-K-Gehalt in ihrem Blut, wodurch die natürliche Gerinnungsfähigkeit eingeschränkt wurde. Hatten sie genug gefressen, verbluteten sie einfach.

Beim amerikanischen Militär wurde Warfarin allgemein als einfaches, verlässliches Schädlingsbekämpfungsmittel eingesetzt und fand sich deshalb in Lagerräumen und unter Küchenspülen auf Stützpunkten in aller Welt.

Das Gift war geruchlos, hatte keinerlei Eigengeschmack und wirkte zeitverzögert. Praktisch einsetzbar, überall verfügbar und sogar noch wirkungsstärker, wenn es mit Koffein kombiniert wurde. Es ließ sich also wunderbar dort einsetzen, wo nicht nur jeder Kaffee trank, sondern der Kaffee auch in großen, frei zugänglichen Maschinen bereitgestellt wurde: Kaffee beim morgendlichen Meeting; Kaffee in den Bereitschaftsräumen, um den Tag über fit zu bleiben; Kaffee mit Whisky, wenn abends bei Sam's Karten gespielt wurde.

Dafür musste man nur der stille, zuverlässige Neue auf dem Stützpunkt sein, dem es nichts ausmachte, für die anderen Kaffee zu kochen.

DIE JAGD

58

New Orleans

Am östlichen Ende des Lake Pontchartrain, nördlich von New Orleans und ganz in der Nähe von Slidell, drehte sich gut geschützt in ihrer weißen Kuppel eine große Radarschüssel.

Es war eine zivile Anlage, mit der die zentrale Luftfahrtbehörde Maschinen auf ihrem Weg von Knotenpunkten wie Houston oder New Orleans zu Zielen an der Südküste oder über den Golf von Mexiko zu Städten in Florida wie Miami oder Tampa begleitete. Aber sie war ebenfalls Teil des Southern Defense Network der Air Force und damit Teil der militärischen Flugleitung der in New Orleans, Houston, Eglin und Tyndall stationierten Einheiten. Außerdem hielt man dort – auch wenn die Bewohner von Slidell das meist nicht wussten – Ausschau nach nicht angekündigten Maschinen, vor allem, wenn sie aus Richtung Kuba kamen.

Mehrere Flugzeugentführungen rund um Havanna hatten das Defense Network in jüngster Zeit oft in Alarmbereitschaft versetzt, aber erst die Entdeckung von neunzehn Kubanern, die im Oktober 1971 unbemerkt an Bord einer russischen Turboprop am internationalen Flughafen von New Orleans gelandet waren, hatte gezeigt, wie groß die Schwachstelle der Vereinigten Staaten in dieser Hinsicht tatsächlich war. In Reaktion darauf wies der Kongress die Air Force an, eine bessere Überwachungsausrüstung zu entwickeln. Eine direkte Folge davon war der neue AN/FPS-6-Radarhöhenmesser, der nun direkt neben der weißen Kuppel in Slidell aufragte und wesentlich detailliertere Informationen an die Tyndall Air Force Base in Florida schickte, von wo aus im Alarmfall die Jets losgeschickt wurden, die nicht registrierte Flugobjekte abfangen sollten. Außerdem hatte die Nordamerikanische Luftraumüberwachung in Tyndall mit dem AN/FPS-85 das weltweit erste mit einer aus unterschiedlichen Phasenlagen gespeisten Gruppenantenne ausgerüstete Aufklärungsradar gebaut: ein riesiger weißer Kasten, dessen glatte Flächen schräg auf den Himmel ausgerichtet waren, um bis in kosmische Höhenbereiche sämtliche Bedrohungen aus dem Süden zu erfassen.

An diesem Novemberabend verfolgten die Radaranlagen ein Zielobjekt, das ohne internationalen Flugplan in Havanna gestartet war und nun in westlicher Richtung über den Golf flog. Geschwindigkeit und Höhe ließen auf eine Transportmaschine schließen; die zuständige Technikerin des Defense Network, die sie auf ihrem Schirm beobachtete, hatte sie vage als unbekannte kubanisch-sowjetische Turboprop gekennzeichnet. Das war nicht gerade üblich im Luftraum zwischen Kuba und Mexiko, und die Maschine folgte auch keiner der üblichen Routen. Bisher hielt sie sich aber im internationalen und damit kontrollfreien Luftraum, weit südlich der US Air Defense Identification Zone – also jener Zone, in der die amerikanische Luftabwehr eine Identifikation verlangen konnte. Deshalb war auch keinem der in Tyndall oder New Orleans bereitstehenden Jets befohlen worden, sich das einmal anzusehen.

Mithilfe einer Sonderfunktion ihres Radargeräts zeichnete die Technikerin die bisherige Flugroute der Maschine nach und fuhr dann mit dem Finger über den Monitor, um herauszufinden, wo ihr nicht registriertes Objekt wohl hinwollte, wenn es seinen aktuellen Kurs beibehielt: vermutlich zu einem der Flughäfen im Norden von Mexiko wie Monterrey, vielleicht sogar bis nach Mexicali oder Tijuana. Das wäre eine ziemlich lange Strecke. Für sie war aber vor allem interessant, dass die Maschine der Identifikationszone am nächsten war, solange sie südlich an Texas vorbeizog. Wollte sie ihrer Schätzung glauben, hielt sie sich aber selbst da noch außerhalb der ADIZ, wenn auch nur knapp.

Hier war also die mexikanische Luftraumüberwachung zuständig, nicht sie. Trotzdem wollte die Technikerin die Maschine im Auge behalten, solange sie sich über dem Golf aufhielt. Dort gab es immer Gegenwind, und laut ihren Daten flog die Maschine gerade einmal mit mageren 340 Knoten.

So hatte sie etwas Interessantes, worauf sie sich in dieser Nacht konzentrieren konnte.

59

Groom-Lake-Treibstoffdepot

Das mit der Sicherheit ist schon eine komische Sache, denn hier hängt viel von der Wahrnehmung ab. Je höher der Stacheldrahtzaun, desto strenger die Sicherheitsvorgaben für das Personal. Und je abgelegener der Standort, desto sicherer und geschützter fühlen sich die Menschen, wenn sie erst einmal drin sind. So wie eine feste, undurchdringliche Außenhaut den weichen Bauch und das verletzliche Fleisch schützt. Es ist, als würde eine Art Freifahrtschein ausgegeben, nachdem die notwendige Vorauswahl und Sichtung abgeschlossen sind. Denn schließlich hat jeder auf der Innenseite des Zauns einen strengen Filterungsprozess durchlaufen, also fühlt man sich nun gemeinsam sicher. Unangreifbar.

Zumindest, bis auf der Innenseite des Zauns zerstörerische Kräfte freigesetzt werden.

*

Flugzeuge brauchen Treibstoff. Als die ersten Maschinen mit Düsentriebwerk den Himmel eroberten, legte sich das US-Militär auf eine Mischung aus Kerosin und Benzin fest, um Vorteile wie leichte Zündung, Verfügbarkeit und einfache Transport- und Lagermöglichkeiten zu kombinieren. Diesen Treibstoff gab es in verschiedenen Varianten, doch die häufigste Form, mit der auch ein Großteil der Flotte in Groom

Lake betankt wurde, trug den schlichten Namen Jet Propulsion Fuel, Typ 4 – eine einfache 50/50-Mischung aus Kerosin und Benzin.

Abgekürzt: JP-4.

Um JP-4 herzustellen, wurde Rohöl aus dem Boden gepumpt und in Raffinerien in Texas oder Louisiana weiterverarbeitet, um dann mithilfe von Pipelines oder auf der Straße quer durch das Land transportiert zu werden. In Groom Lake pumpten die Tanklaster der Air Force ihre Ladung in die großen weißen oberirdisch erbauten Tanks, aus denen dann täglich die kleineren Betankungsfahrzeuge befüllt wurden, die den Treibstoff zu den Jets auf das Flugfeld brachten.

Hin und wieder landeten auch größere Maschinen in Groom Lake. Um ein gieriges Monster wie den B-52-Bomber vollzutanken, brauchte man beinahe fünfzigtausend Gallonen Treibstoff, also fünf bis sechs Betankungsfahrzeuge voll. Die kleineren Jets brauchten ungefähr zweitausend Gallonen, was bedeutete, dass man mit einem Fahrzeug gleich mehrere von ihnen betanken konnte.

Beim Militär wurden die Flugzeuge standardmäßig direkt nach der Landung frisch betankt. So wurde verhindert, dass sich über Nacht Feuchtigkeit wie etwa Tau in den Flugzeugtanks absetzte und ihnen schadete beziehungsweise den Treibstoff verwässerte.

Dasselbe galt auch für die Betankungsfahrzeuge. Jeden Abend wurden sie zu den Lagertanks gefahren, voll befüllt und über Nacht dort abgestellt, bereit für ihren Einsatz am nächsten Flugtag. Ein Verfahren, das an Flughäfen überall in den USA und in der ganzen Welt praktiziert wurde.

*

Grief schlug die Augen auf.

Er hatte gespürt, wie sich der Wohnwagen bewegte, als jemand die Stufen zum Eingang hinaufging, und nun hörte er leise Geräusche hinter seiner Schlafzimmertür. Ein Blick auf den Wecker verriet ihm, dass es eine halbe Stunde vor Mitternacht war. Wieder lauschte er: das Rauschen eines Wasserhahns und die Toilettenspülung.

Kaz ist zurück, begriff er. *Blyat! Warum ausgerechnet heute?*

Reglos in der Dunkelheit liegend, ging Grief seinen Plan durch. Wenn er ihn jetzt noch änderte, würde das ernsthafte Probleme auslösen. Außerdem würde er erst in ungefähr zwei Stunden aufstehen, und wenn der Amerikaner gerade erst zurückgekommen war, wäre er sicher müde.

Grief war darauf trainiert, sich lautlos zu bewegen. Die Operation konnte noch immer stattfinden.

Also rollte er sich auf die Seite, schloss die Augen und lauschte in die Stille hinein.

*

Um zwei Uhr morgens stahl sich Grief lautlos davon. Als er den Wohnwagen verließ, hielt er kurz inne, damit seine Augen sich an die Dunkelheit gewöhnen und seine Ohren jedes Geräusch auffangen konnten.

Nichts.

Dann lauschte er noch einen Moment in sich hinein. Da sein Vorhaben ein hohes Maß an Konzentration und körperlicher Fitness erforderte, nahm er sich diesen Moment, um sicherzugehen, dass er bereit war; für ihn gebot das schon der Selbsterhaltungstrieb. Eine alte Angewohnheit, die er in den vielen Jahren als Berufspilot immer weiter verfeinert hatte.

In seiner Linken trug er einen mittelgroßen Beutel, also

klopfte er nun mit der Rechten seine Taschen ab und nickte bestätigend, während er seine innere Inventarliste durchging: Er hatte genug geschlafen, sein Körper fühlte sich gut, Kopf und Sicht waren klar und frei. Er war seinen Plan mehrmals im Detail durchgegangen und hatte seine Ausrüstung zweimal überprüft. Zwar schätzte er seine Erfolgschancen recht hoch ein, trotzdem hatte er für den unwahrscheinlichen Fall des Scheiterns mehrere Ausweichpläne parat.

Nun spürte er die ersten, vertrauten Anzeichen von Aufregung: Sein Blut pulsierte, es kribbelte in seinen Händen, sein Herzschlag beschleunigte sich, seine Atemzüge wurden tiefer. Gleich würde er sich einer neuen Herausforderung stellen, würde etwas tun, das einem höheren Zweck diente, etwas, wofür niemand besser qualifiziert war als er. Und er würde es gut machen.

Denn genau dafür lebte er.

Er trat in die Dunkelheit hinaus, bog um die Ecke des Wohnwagens und prallte mit jemandem zusammen, der ihm entgegenkam.

Verblüfft wichen beide Männer zurück, aber Grief handelte schneller, beinahe instinktiv. Mit der Rechten zog er einen zusammengerollten Draht aus seiner Tasche, schlang ihn dem anderen um den Hals und zog ihn so heftig zusammen, dass er sich tief in die Haut grub. Dann wickelte er die Enden des Drahtes fest umeinander und trat einen Schritt zurück. Die schattenhafte Gestalt taumelte kurz und brach dann zusammen. Stumm zählte Grief bis zwanzig und spähte dabei angestrengt in die Dunkelheit, um herauszufinden, ob vielleicht sonst noch jemand hier draußen unterwegs war. Schließlich öffnete er seinen Beutel, holte eine Rotlicht-Taschenlampe hervor und kniete sich über die reglose Gestalt. Ein kurzes Aufblitzen des Lichts verriet ihm, wen er gerade getötet hatte.

Die Strahlen fielen auf eine dicke Brille mit schwerem Rahmen. Bill Thompsons schmales Gesicht war verzerrt, Blut quoll aus seiner Nase, im Tod war seine Zunge zwischen den Lippen hervorgequollen. Griefs Blick wanderte zu dem benachbarten Wohnwagen, aus dem der CIA-Agent gekommen sein musste. Er bemerkte, dass eine der Türen offenstand. Warum war er rausgegangen? Konnte er irgendwie von Griefs Plan erfahren haben? Oder hatte er einfach nicht schlafen können und wollte etwas frische Luft schnappen?

Lässt sich nicht mehr herausfinden. Grief packte Thompson unter den Schultern und schleifte die Leiche zu der offenen Tür hinüber. Vor den Eingangsstufen hielt er inne und wog seine Möglichkeiten ab. Dann fällte er seine Entscheidung.

Noch einmal kniete er sich neben die Leiche, löste den Draht und zog ihn vom Hals des Toten ab. Nachdem er ihn gesäubert und zusammengerollt hatte, verstaute er ihn wieder in seiner Tasche. Anschließend schleifte er Thompson zur Längsseite des Wohnwagens, hob die schwere Gummiverkleidung an der Unterseite an und schob und rollte den schlaffen Körper unter den Wagen. Nachdem er die Verkleidung wieder herabgelassen hatte, richtete sich der Russe auf, sah sich prüfend um und lauschte. Den CIA-Agenten umzubringen hatte Zeit gekostet, die nicht eingeplant gewesen war.

Da nichts zu sehen oder zu hören war, schloss Grief leise die Tür des Wohnwagens und ging dann zügig in Richtung Mülldeponie; der Beutel pendelte in seiner linken Hand. Als er die asphaltierte Straße erreichte, bog er noch einmal links ab und beschleunigte seine Schritte.

Während seiner frühmorgendlichen Laufrunden hatte er bemerkt, wie hell das Licht der vereinzelten Straßenlaternen war, deshalb näherte er sich dem Treibstofflager nun auf einer vorher ausgearbeiteten Route, die weitestgehend im Dunkeln lag. Er hatte extra eine Nacht mit klarem Himmel abgewartet, in der ein kräftiger Nordwestwind blies, was in der Wüste ziemlich häufig vorkam. So wurden sämtliche Geräusche vom Hauptteil des Stützpunktes und von dem Bereich mit den Wohnwagen fortgetragen. Auch jetzt lauschte Grief konzentriert, konnte über den Wind aber kaum das Brummen der Dieselmotoren im Kraftwerk des Stützpunktes ausmachen. Er blickte zum Himmel hinauf: funkelnde Sterne und nur eine schmale Mondsichel.

Perfekt.

Die Betankungsfahrzeuge waren ordentlich in einer Reihe geparkt, wie er es jeden Morgen beim Laufen gesehen hatte. Einmal hatte er sich versichert, dass kein Verkehr unterwegs war, um einen unauffälligen Umweg zu machen, damit er sich von einem kleinen Detail überzeugen konnte. Deshalb ging er davon aus, dass er alles nun wieder so vorfinden würde. Ohne zu zögern, ging er zu einem der geparkten Wagen hinüber, öffnete die Fahrertür und zog sich auf den Sitz. Ein kurzer Blick genügte: der Zündschlüssel steckte. Wozu auch einen Wagen abschließen, der im Inneren des Sicherheitsbereiches stand?

Grief sah sich ein letztes Mal um, weil er sichergehen wollte, dass der Nachtwächter keine ungeplanten Runden drehte. Vorsichtshalber hatte er aber auch das Taschenmesser griffbereit in der Beintasche seines Fliegeranzugs verstaut.

Nichts zu sehen außer den grellen Lichtkegeln der Laternen und Dunkelheit. Er drückte zweimal mit dem Fuß auf das Gaspedal, beugte sich vor und drehte den Zündschlüssel.

Brummend erwachte der verlässliche Dieselmotor zum Leben; der Drehzahlmesser pendelte sich im Leerlaufbereich ein. Die Fahrer hier achteten stets darauf, dass ihre Laster gut gepflegt waren, ähnlich wie in Russland. Grief stieg aus und ging auf die linke Seite des Wagens. Das Licht der nächstgelegenen Straßenlaterne zeigte ihm, dass die Seitenwand offen war, sodass ein dicker schwarzer Schlauch und eine Art Kontrollvorrichtung zu sehen waren. Nachdem er mehrmals zugesehen hatte, wie seine Maschinen betankt worden waren, hatte er eine ungefähre Ahnung davon, wie die amerikanischen Tankfahrzeuge funktionierten. Entschlossen drückte er einen großen grünen Knopf, woraufhin die Elektronik reagierte und der große Dieselmotor Spule und Pumpe mit Energie versorgte, erkennbar an einem durchdringenden Summen. Grief packte den schweren Pumpengriff am Ende des Gummischlauchs und zerrte daran, bis er sich ein Stück abrollte. Dann zog er weiter, bis er die Düse problemlos auf den benachbarten Wagen richten konnte. Als er nun den Griff zusammendrückte, sah und spürte er, wie das JP-4 in einem hohen Bogen aus dem Schlauch schoss, die Seite des Tanklasters bespritzte und sich auf dem Boden zu einer dunklen Lache verband, die dem leichten Gefälle folgend unter den aufgereihten Fahrzeugen hindurch auf die riesigen Lagertanks zufloss.

Mit dem Daumen ließ er die Sperre am Pumpengriff einrasten und schwenkte den Strahl hin und her, bis er sicher war, dass er den benachbarten Laster komplett mit JP-4 getränkt hatte. Dann legte er den Schlauch vorsichtig auf dem Boden ab, drehte sich um und ging hinter den geparkten Fahrzeugen entlang, um zu prüfen, wohin der Treibstoff abfloss.

Um von der Stromversorgung Nevadas unabhängig zu sein und Groom Lake zusätzlich abzusichern, hatten die Ingenieure beschlossen, den Strom für die Anlage durch Dieselgeneratoren zu gewinnen. Deren riesige Motoren verbrannten denselben Kraftstoff wie die Autos, weshalb neben den großen JP-4-Tanks ein etwas kleinerer, zylinderförmiger Dieseltank auf Stelzen erbaut worden war. Grief hatte sich bei seinen Laufrunden angesehen, an welcher Stelle die Dieselleitung in das Generatorhaus geführt wurde. Stromkabel und Schläuche waren aus Effizienzgründen direkt nebeneinander verlegt worden, um Inspektions- und Wartungsarbeiten zu erleichtern. Nun schob sich die immer weiter wachsende Treibstofflache langsam an diesen Leitungen entlang.

Grief kontrollierte die Zeit: 03:00 Uhr. Alles lief nach Plan. In wenigen Minuten war hier alles mit Treibstoff überflutet, dann konnte er zum nächsten Schritt seines Planes übergehen. Ein Blick zum Hauptteil des Stützpunktes ließ ihn zufrieden nicken; dort rührte sich nichts. Er sah auch zu dem trockenen See und den Hügeln im Osten hinüber und versuchte sich vorzustellen, was dort passieren musste, falls sein Funkspruch durchgekommen war.

Inzwischen leckte der Treibstoff bereits am Fuß des JP-4-Tanks und floss an den Dieselleitungen entlang. Grief zählte langsam bis dreißig, um auch wirklich sicherzugehen, dass es genug war. Dann kehrte er zu dem Tankfahrzeug zurück, dessen Motor noch immer lief. Nachdem er das benachbarte Fahrzeug noch einmal bespritzt hatte, löste er den Pumpengriff, um den Zufluss zu unterbrechen, drückte den gelben Knopf, damit der Schlauch wieder aufgewickelt wurde, und stellte anschließend mit dem roten Knopf die Pumpe ab. In der Fahrerkabine schaltete er dann den Motor aus, und es wurde wieder still. Er stieg aus, schloss die Fahrertür und sah sich noch einmal prüfend um.

Auf den ersten Blick war keinerlei Hinweis auf Sabotage zu erkennen.

Er griff in den Beutel, den er noch immer in der Linken hielt.

Showtime.

Obwohl das Holz dafür extra eingeflogen werden musste, gab es bei Sam's einen offenen Kamin, der Groom Lake während der kalten Wüstennächte etwas heimeliger machen sollte. Auf dem Sims darüber lagerten mehrere Schachteln mit Streichhölzern, von denen Grief heimlich eine eingesteckt hatte.

Die holte er nun hervor, ging neben der Treibstofflache in die Hocke und riss ein Streichholz an.

Reines Kerosin lässt sich nicht mit einer einzelnen kleinen Flamme entzünden. Benzin allerdings schon, vor allem die Dämpfe, die davon aufsteigen und ihm seinen typischen Geruch verleihen. Da Grief das wusste, hockte er sich so hin, dass er den Wind im Rücken hatte. Während er die Schachtel dicht über den Boden hielt, zog er ein Streichholz über den roten Phosphorstreifen, dann hielt er die entstandene Flamme direkt über die Lache.

Ein ungünstiger Windstoß löschte die Flamme, bevor das Benzin Feuer fangen konnte. Grief schob sich das unverbrannte Ende des benutzten Streichholzes zwischen die Lippen und zog ein neues aus der Schachtel. Er bückte sich noch tiefer und versuchte es erneut, jederzeit bereit, seine Hand zurückzuziehen, sobald eine Zündung zu erahnen war.

Diesmal griff die Flamme, ein dumpfer Knall ertönte, und das Feuer raste in einer blau-gelblichen Welle mit dem Wind über die nun schnell verpuffende Treibstofflache hinweg. Grief wich zurück, zog das erste Streichholz aus seinem Mund und stand auf. Sorgfältig verstaute er beide Hölzer und die Schachtel in seinem Beutel, dann beobachtete er das Geschehen.

Das grell orangefarbene Licht der sich ausbreitenden Flammen flackerte nun unter dem ersten Laster auf; sofort raste das Feuer an den mit Treibstoff getränkten Seiten des Fahrzeugs in die Höhe. Grief nutzte das Licht der Flammen, um konzentriert die Umgebung zu mustern; nein, er hatte keine Spuren hinterlassen. Auf der harten Erde waren keine erkennbar neuen Fußabdrücke zu sehen. Er ging noch einmal hinter den nun vollständig brennenden Laster, um sich davon zu überzeugen, dass die Flammen sich auch bis zu der tiefen Pfütze bei den Leitungen und Tanks ausbreiteten. Nachdem er das ein paar Sekunden lang beobachtet hatte, wandte er sich ab und lief zügig die Straße hinauf.

Phase eins war abgeschlossen.

60

Wachhäuschen Groom Lake

Heute war Joey Fanelli an der Reihe und musste wach bleiben, und wie immer hatte er sich die Zeit damit vertrieben, Kaffee zu trinken und dabei ein Buch zu lesen. Wenn Karl Wachdienst hatte, spielte er am liebsten Solitaire, aber Joey war ein passionierter Leser und mochte die Nachtschichten, weil sie ihm genügend Zeit ließen, um sich John D. MacDonalds neuestem Travis McGee zu widmen oder Ed McBains 87. Polizeirevier.

Seit Schichtbeginn um acht Uhr abends hatte Joey – den EG&G-Vorschriften für den Wachdienst in Groom Lake gemäß – alle halbe Stunde sein Buch weggelegt und war nach draußen gegangen, um zu lauschen und sich umzusehen: den Hügel hinunter, dann über den See Richtung Osten und zurück bis zur State Route 25. Karl ließ er dabei schlafend in seinem Kippsessel zurück.

An dieses Ritual war Joey gewöhnt, es half ihm, die Ödnis einer langen Nachtschicht zu durchbrechen. Außerdem konnte er dabei zum Pinkeln gehen, immerhin trank er eine Menge Kaffee. Jedes Mal, wenn er in das Wachhäuschen zurückkehrte, machte er einen Vermerk in dem großen Register, das auf dem Tisch bereitlag: Datum, Uhrzeit, Aktivität. In der Spalte ganz rechts war Platz für Kommentare, dort trug er ein: ALLES RUHIG. Seine sauberen Blockbuchstaben reihten sich unter vielen ähnlichen, ordentlich eingetragenen Einträgen ein.

Eigentlich schrieben die Anweisungen von EG&G vor, dass beide Wachleute während der zwölfstündigen Nachtschicht wach sein sollten, aber die Männer hatten schon vor langer Zeit erkannt, dass einer von ihnen ruhig ein Nickerchen machen konnte, solange der andere aufpasste. Schließlich blieb noch jede Menge Zeit, den Kollegen aufzuwecken, falls jemand kam. Man war sich sogar darüber einig, dass es die bessere Methode war, da so einer von ihnen immer ausgeruht und fit war. Und für den Fall, dass doch einmal beide einnicken sollten, stand auf dem Schreibtisch ein Wecker, der alle zwei Stunden klingelte. Der Ablauf war also: draußen nach dem Rechten sehen, Eintrag ins Register machen, Wecker neu stellen.

Nachts gab es in Groom Lake üblicherweise keinen Verkehr. Unten auf dem Stützpunkt waren Projekte, die nachts flogen, eher selten. Die Versorgungslieferungen durch die großen Sattelschlepper fanden tagsüber statt, und die Arbeitskräfte kamen in den frühen Morgenstunden mit dem Bus hier an. Manchmal trafen die demontierten Flugzeuge aus den Skunk Works in Kalifornien nachts ein, um sie vor neugierigen Blicken zu verbergen. Aber diese Lieferungen wurden weit im Voraus geplant und in den Vorbesprechungen zu Schichtbeginn erwähnt. Für heute war nichts dergleichen angekündigt worden.

Deshalb waren Autoscheinwerfer aus östlicher Richtung um drei Uhr morgens definitiv ungewöhnlich. Joey entdeckte sie, während er draußen pinkeln war. Hastig zog er den Reißverschluss zu und lief hinein, um seinen Kollegen zu wecken.

»Hey, Karl, aufwachen!«

Karl allerdings schlief friedlich weiter, er schnarchte sogar mit offenem Mund. Also lief Joey um den Schreibtisch herum und schüttelte die Sessellehne. »Wir bekommen Besuch,

Karl!« Schnaufend setzte Karl sich auf und öffnete blinzelnd die Augen.

Die Männer ähnelten einander: Beide waren Ende vierzig und durch zu wenig körperliche Betätigung in die Breite gegangen. Ihr Bürstenhaarschnitt erinnerte an ihren Militärdienst in Korea, später in Vietnam. Nach der Armee zu einer paramilitärischen Organisation wie der EG&G zu wechseln war fast schon ein Automatismus, und ihre Dienstakten vom Militär sorgten dafür, dass sie die nötigen Sicherheitsfreigaben bekamen. Die meisten Wachleute hier hatten gedient.

Nachdem er sich mit der Zunge über die trockenen Zähne gefahren war und durch kräftiges Schlucken seine Kehle befeuchtet hatte, fragte Karl verschlafen: »Was ist denn los?«

Joey zeigte durch das Fenster auf die sich in sanften Wellen nach Osten ziehende Zufahrtsstraße, auf der in einiger Entfernung zwei kleine Lichtpunkte heranschaukelten.

»Da kommt jemand.«

*

Karl war der Dienstältere, da er ein gutes Jahr vor Joey eingestellt worden war. Deshalb stand nun er am beweglichen Ende des abgesenkten Schwenktors und damit auf der Fahrerseite des sich nähernden Autos. Er hob die große Taschenlampe, die er in seiner Linken hielt, schaltete sie ein und richtete sie auf das Fahrzeug. Die rechte Hand war leer, da er sie gleich offen vor sich ausstrecken und damit das allgemein verständliche Zeichen zum Anhalten geben würde. Außerdem hing rechts sein Holster, Ledersicherung bereits gelöst, damit er, falls nötig, schnell seinen Colt M1911 ziehen konnte, seine ehemalige Ordonnanzpistole. Bisher hatte er sie hier noch kein einziges Mal ziehen müssen.

Auf der anderen Seite der Straße stand ein gutes Stück versetzt Joey. Das Licht des Wachhäuschens strahlte ihn von hinten an, sodass er von Osten aus gesehen nicht mehr war als eine Silhouette. Er hielt ein Gewehr vor der Brust, den Lauf sorgsam gesenkt und von Karl weggerichtet, aber doch dicht genug, um beim ersten Anzeichen von Ärger einsatzbereit zu sein. Damit befolgten die beiden Männer genau das im EG&G festgelegte Prozedere bei unerwartet auftauchenden Fahrzeugen. Sie hatten es schon oft geübt, bis hin zur genauen Aufstellung.

Nur ein Paar Scheinwerfer in der Nacht. Standardverfahren. Noch gab es keinen Grund zur Beunruhigung.

Joey hatte bereits beim zentralen Kommandoposten Meldung gemacht, während Karl die Waffen geholt hatte. Am anderen Ende der Leitung hatte eine gelangweilte, verschlafene Stimme gesagt: »Roger, haltet uns auf dem Laufenden, wer oder was das ist.« Normalerweise stellte sich Verkehr um diese Uhrzeit als eine nicht ordentlich angemeldete oder verspätete Lieferung heraus. Die Atomkraftgegner zogen ihr Theater eigentlich nur am Südtor des Testgeländes ab, weil das näher am komfortablen Las Vegas lag. Zudem war der Zufahrtsweg von der SR25 bewusst nicht markiert, um Groom Lakes Anonymität zu schützen. Vielleicht waren es einfach ein paar Teenager aus Rachel oder Ashs Springs, die ein verschwiegenes Fleckchen suchten, wo sie ungestört rummachen konnten.

Aber die Scheinwerfer kamen immer näher; leicht schaukelnd, da die Straße uneben war.

Karl hob den rechten Arm und ließ den Strahl der Taschenlampe von links nach rechts wandern, um die Aufmerksamkeit des Fahrers zu erregen. Nun tauchte im Licht der an den Pfeilern hinter dem Tor montierten Suchscheinwerfer ein unauffälliger hellbrauner Viertürer auf, bei dem das vordere

Nummernschild fehlte. Ausländische Marke, ein Toyota oder vielleicht ein Datsun.

Also eine Japsenkarre. Das gefiel Karl nicht. Joey ebenfalls nicht, weshalb er nun das Gewehr hob und sich bereithielt, um beim ersten Anzeichen von Ärger loszuschießen.

Den Vorschriften aus dem Handbuch folgend, wollte Karl gerade »Halt!« rufen und die Hand auf den Pistolengriff legen, um dem Fahrer gleichzeitig durch ein Kopfnicken zu signalisieren, dass er das Fenster herunterlassen sollte.

Aber der Wagen hielt ungefähr sechs Meter vor dem Tor. Das war merkwürdig. Da sich das Licht der Suchscheinwerfer in der Windschutzscheibe spiegelte, konnten die beiden Wachleute nicht sehen, wer in dem Auto saß – und vor allen Dingen nicht, wie viele es waren. Das machte sie nervös, weshalb Karl nun seine Pistole zog und sie auf den Wagen richtete. Joey zielte mit dem Gewehr auf die Motorhaube.

»Öffnen Sie das Fenster!«, befahl Karl. Immer erst einmal auf Kommunikation setzen, falls es doch ein harmloses Missverständnis war.

Keine Antwort.

Also versuchte Karl es noch einmal, lauter und langsamer: »Öffnen … Sie … das … Fenster!«

Gerade als er um das Tor herumtreten und auf den Wagen zugehen sollte, bemerkte Karl ein kurzes Aufblitzen der Lichtspiegelung am Fahrerfenster, dann drang eine Stimme aus dem Wagen: männlich, ein wenig schrill.

»Ich befinde mich auf öffentlichem Grund!«

Verwirrt runzelte Karl die Stirn. Mit dieser Antwort hatte er nicht gerechnet, also beschloss er, streng nach EG&G-Vorschrift weiterzumachen.

»Dies ist ein von der Regierung errichtetes Sperrgebiet. Falls Sie nicht im Rahmen einer offiziellen Regierungsangelegenheit hier sind, wenden Sie Ihr Fahrzeug und kehren Sie auf die Hauptstraße zurück.«

Joey nickte bekräftigend. Karl hatte genau das gesagt, was in dieser Lage vorgeschrieben war.

Der Wagen rührte sich nicht, und die schrille Stimme wiederholte stur: »Ich befinde mich auf öffentlichem Grund!«

Karl sah kurz zu Joey hinüber; sie gingen nun beide davon aus, es mit irgendeiner Art von Protestler zu tun zu haben.

»Dort sind Sie vielleicht noch auf öffentlichem Grund«, rief Karl zurück, »aber Sie blockieren eine staatliche Straße und den Zugang zu dieser Einrichtung. Deshalb bitte ich Sie nun ein letztes Mal: Wenden Sie Ihren Wagen und kehren Sie auf die Hauptstraße zurück.«

Stille.

Karl beschloss, im Kopf bis zehn zu zählen. Sollte sich der Wagen danach noch immer nicht bewegt haben, würde er Verstärkung rufen. Man musste die Situation schließlich nicht auf die Spitze treiben, wenn von diesem Wagen bisher eigentlich keinerlei Bedrohung ausgegangen war.

Als er bei sieben war, schob sich plötzlich eine Hand aus dem Fahrerfenster und winkte. Die schrille Stimme rief: »Okay, wir wollten nur ein bisschen herumfahren. Wir werden jetzt wenden.« Die Hand verschwand, und der Wagen schaukelte kurz, als der Gang gewechselt wurde. Dann tauchten die Rückfahrscheinwerfer die Straße und das Gebüsch hinter dem Auto in weißes Licht.

Wir, dachte Karl. Also mindestens zwei Leute im Wagen. *Vielleicht doch nur ein Pärchen, das knutschen wollte.*

Das Heck des Wagens schob sich holpernd über den leicht erhöhten Straßenrand, als der Fahrer rückwärts auf die Ebene hinausfuhr. Dann blieb er stehen. Schließlich setzten sich die Vorderräder in Bewegung, und das Auto rollte langsam vorwärts. Sofort ließ die Anspannung der beiden Wachleute deutlich nach. Als Nächstes sahen Karl und Joey, wie die Hand des Fahrers sich noch einmal zum Wagendach hinaufschob, als wollte er winken, doch stattdessen folgte eine Art Ausholbewegung, was in dem dämmrigen Licht am Rande des Scheinwerferkreises aber nur schwer zu erkennen war. Der Motor des kleinen Wagens heulte auf, als der Fahrer plötzlich Gas gab, so heftig, dass das Heck ausbrach und der Kies unter den Reifen wegspritzte.

Kein Nummernschild hinten, bemerkte Karl, nun wieder in Alarmbereitschaft. *Moment mal … Hat der Fahrer da gerade etwas geworfen?*

Irgendwo links von ihm prallte etwas auf den Boden und rollte durch den Staub, bis es mitten auf der Straße liegen blieb, also zwischen ihm und Joey. Beide Männer starrten das Ding an; dann erkannten sie entsetzt, was dort vor ihnen lag.

Eine Granate. Eine olivgrüne M26-Splittergranate, Spitzname Zitrone. Der Sicherheitsstift war herausgezogen, der Schalthebel ragte beinahe senkrecht in die Höhe. Karl und Joey hatten gelernt, dass die Zündung nach vier bis fünf Sekunden erfolgte. Beide hatten mit solchen Granaten trainiert, hatten sie selbst schon geworfen und wussten genau, was nun geschehen würde.

Der Verzögerungszünder im Inneren der Granate würde die wachsähnliche Mischung aus RDX und TNT entzünden, die ihn umhüllte – ungefähr hundertfünfzig Gramm höchst explosiven Sprengstoff, der sich ausdehnen und die ihn umgebende Metallhülle zerfetzen würde, deren Einzelteile dann in alle Richtungen flogen. Diese Waffe war entwickelt worden, um jedes Lebewesen in einem Umkreis von fünfzehn Metern schwer zu verletzen.

Joey und Karl waren jeweils ungefähr vier Meter von der

Mitte der Straße entfernt. Beide wollten sich zu Boden fallen lassen, aber der Metallregen ging bereits auf sie nieder.

Einige Splitter durchschlugen den Schädelknochen an Karls Stirn und bohrten sich in sein Gehirn; die Wucht des Einschlags riss ihn nach hinten, sodass er rücklings aufkam. Er war sofort tot. Über ihm fing einer der Suchscheinwerfer an zu flackern und Funken zu sprühen, bevor er durch einen Kurzschluss den Geist aufgab.

Joey hatte mehr Glück. Da er leicht abgewandt gestanden hatte, traf ihn das Schrapnell vor allem am rechten Arm und Bein, sodass er das Gleichgewicht verlor. Scheppernd schlug das Gewehr neben ihm auf dem Asphalt auf.

Der Knall der Explosion dröhnte noch in Joeys Ohren, als er reglos auf dem Boden lag und herauszufinden versuchte, wie schlimm es ihn erwischt hatte. Als er sich hochstemmen wollte, schoss ein greller Schmerz durch seinen rechten Arm. Also rollte er sich herum, drückte die gesunde Hand auf den Boden und zog sich auf sein linkes Bein hoch. Sobald er sich aufrichtete, brach das rechte Bein unter ihm weg, aber er zog das Gewehr zu sich heran und stützte sich darauf ab.

»Karl!« Joey wollte schreien, brachte aber nur ein raues Quietschen hervor. Sein Freund schien nur noch ein regloser Klumpen zu sein. Als er an sich herabblickte, bemerkte er mehrere dunkle Blutflecken an seinem rechten Bein, die sich schnell ausbreiteten. Schwer auf den Gewehrlauf gestützt, wollte er zu Karl hinüberhumpeln, schaffte aber nur ein oder zwei Schritte, bevor ihn eine lähmende Schwäche überkam. *Wir brauchen Hilfe*, dachte er dumpf und wandte sich dem Wachhäuschen zu. Das Fenster an der Vorderseite war durch die Explosion zerstört worden. Die Tür stand noch offen, also schleppte er sich hinein, wo er das Gewehr fallen ließ und sich stattdessen auf der Tischkante abstützte. Beinahe hüpfend erreichte er den Stuhl am anderen Ende des Tisches, drehte sich um und ließ sich mit einem Schmerzensschrei hineinfallen. Nachdem er die Glassplitter vom Tisch gefegt hatte, griff er zum Telefon und legte den Hörer neben den Apparat. Angestrengt blinzelnd versuchte er, sich an die Nummer zu erinnern. Dann kämpfte er einhändig mit der Wählscheibe. Schließlich nahm er den Hörer und drückte ihn an sein durch die Explosion noch immer fast taubes Ohr. Er konnte kaum verstehen, was die gelangweilte weibliche Stimme am anderen Ende der Leitung sagte.

»Zentraler Kommandoposten.«

Die Vertrautheit der formellen Bezeichnung half ihm dabei, Worte zu finden.

»Hier ist das Wachhaus am Osttor! Wir wurden mit einer Granate angegriffen, Karl ist verletzt! Schickt uns Hilfe!«

Durch diese Anstrengung endgültig erschöpft, brach er in seinem Stuhl zusammen, sein Kopf sackte kraftlos zur Seite. Die Wucht der Explosion hatte sein Buch auf den Boden geschleudert; blicklos starrte er auf den Pappeinband, während er langsam das Bewusstsein verlor. Aus Richtung des ausgetrockneten Sees drangen seltsame dumpfe Knallgeräusche zu ihm herauf.

Joeys Augen verdrehten sich, und er sackte zusammen. Sein gesunder Arm hing schlaff vom Stuhl herunter, während aus dem nur noch von seiner Schnur gehaltenen Hörer eine blecherne Stimme tönte, die drängend nach mehr Details verlangte.

61

Groom-Lake-Flugfeld

In den Hügeln von Nordvietnam, östlich des schlammigen Flusses Cáu und nicht weit von der langen Küste am Südchinesischen Meer und der chinesischen Inselprovinz Hainan entfernt, zog sich – gestützt von vielen Betonpfeilern – eine einzelne dicke Telefonleitung über einen schroffen Abhang, hinauf auf ein Felsplateau und dann wieder hinunter, immer weiter Richtung Norden. Sie verband die nordvietnamesische Militärführung mit den Kommunikationszentren im Inneren des Landes und war somit eine entscheidende Verbindung zwischen der Front und den Entscheidungsträgern in Hanoi.

Im Herbst 1972 versuchte Präsident Nixon, sein Wahlversprechen umzusetzen und den Krieg zu beenden, allerdings hatte sein Nationaler Sicherheitsberater Henry Kissinger nicht sonderlich viel Vertrauen in das, was er bei Verhandlungen in Paris von dem nordvietnamesischen Anführer Lê Đức Thọ gesagt bekam. Er hatte den starken Verdacht, dass der Norden in Südvietnam einmarschieren würde, sobald die USA ihre Truppen dort abzögen. Kissinger brauchte verlässliche Informationen über Thọs Pläne, am besten einen Mitschnitt eines Gesprächs zwischen dem Führungsstab des Nordens und dessen Generälen.

Während des Krieges gesammelte Luftaufnahmen zeigten zwar diese eine, entscheidende Telefonleitung, aber ihre Lage machte eine Spezialoperation über den Landweg extrem schwierig. Kissinger brauchte eine Möglichkeit, das Spezialkommando heimlich hinein- und hinauszuschaffen, und zwar über den Luftweg.

Die Vereinigten Staaten brauchten einen Tarnkappenhubschrauber. Etwas Derartiges gab es zwar noch nicht, aber die Forschungsabteilung des Verteidigungsministeriums arbeitete bereits eine Weile daran.

Die ARPA – *Advanced Research Projects Agency* – hatte heimlich Verträge mit Howard Hughes und seiner Hughes Tool Company geschlossen, um einen OH-6-Allzweckhubschrauber so zu modifizieren, dass er möglichst leise und für das Radar unsichtbar wurde. Zu diesem Zweck ergänzte Hughes den Hauptrotor um ein fünftes Blatt und den Heckrotor um ein viertes. Dadurch verringerte sich die Arbeitsleistung der einzelnen Blätter, und der Geräuschpegel fiel. Außerdem dämpften sie den Auspuff und bauten ein leiseres Getriebe ein, fügten Schallabsorber hinzu und lackierten das Ganze mit schwarzer, radarabsorbierender Farbe.

Als sie fertig waren und die NASA erste Geräuschtests machte, stellten sie fest, dass der OH-6 tatsächlich um einiges leiser geworden war. Der Feind musste nun sechsmal dichter dran sein, um ihn zu hören. Der Helikopter bekam den offiziellen Namen 500P Penetrator verpasst, Rufzeichen »der Lautlose«, und schon konnte Kissingers Lauschangriff beginnen.

In der Nacht des 6. Dezember 1972 hielt ein komplett schwarzer Lautloser im Tiefstflug auf das Ziel in Nordvietnam zu, setzte die Einsatzkräfte direkt neben der Telefonleitung ab, ließ einen getarnten, solarbetriebenen Funkverstärker in einen nahegelegenen hohen Baum hinab und landete dann in einem ausgetrockneten Flussbett, um dort zu warten. Zwanzig Minuten später hatten die Spezialkräfte die Abhörtechnik installiert und in Betrieb genommen und kehrten zu dem Lautlosen zurück, der unbemerkt abhob und zu seinem Stützpunkt zurückkehrte. Die abgehörten Gespräche wurden umgehend zu Kissinger nach Paris geschickt, und er dankte der CIA in aller Stille für diese exzellente Arbeit. Sieben Wochen später unterzeichneten er und Thọ den Friedensvertrag, und die amerikanischen Truppen – darunter auch der lautlose Tarnkappenhubschrauber – kehrten in die USA zurück.

Da sich der Helikopter noch immer in der Erprobungsphase befand, wurde er umgehend nach Groom Lake überstellt, um die Technologie vor neugierigen Blicken zu schützen und sie weiteren Radartests zu unterziehen. In dieser Novembernacht 1973, als sich das Feuer im Süden des Stützpunktes ausbreitete, parkte er an seinem üblichen Platz am nördlichen Rand des Flugfeldes.

*

Grief war schon verschiedene sowjetische Hubschrauber geflogen, da es Teil seiner Ausbildung zum Testpiloten gewesen war. Er mochte sie alle nicht. In seinen Augen waren sie träge und schwergängig. Offenbar hatte man den Ingenieuren erlaubt, sich einfach mit der schlechten Abstimmung der Kontrolleinheiten zufriedenzugeben, was dem Piloten unnötige Arbeit machte. Doch ein erfahrener Testpilot hatte ihm die Grundlagen des Schwebfluges und der Autorotation beigebracht, was Grief als eine weitere nützliche Fähigkeit verbuchte. Nachdem er sich einige Monate zuvor die Satellitenfotos von Groom Lake angesehen hatte, hatte er in Ramenskoje seine Helikopterkenntnisse etwas aufgefrischt. Nur vorsichtshalber.

Auf dem Flugfeld herrschte absolute Dunkelheit, was den

ebenfalls dunklen Hubschrauber nahezu unsichtbar machte. Grief ging zu der Stelle, an der er ihn gesehen hatte, und holte dort seine Taschenlampe aus dem Beutel. Ein kurzer Blick reichte ihm, um die Abdeckungen von Lufteinlass, Auspuff und Pitotrohr zu entfernen und sich zu vergewissern, dass der Lautlose nicht mit Leinen gesichert war. Dann öffnete er die Pilotentür an der rechten Seite, warf die losen Gegenstände auf die Rückbank und stieg mit der Taschenlampe zwischen den Zähnen ein.

Das rote Licht erfüllte das Cockpit. Grief suchte nach den Schaltern für die Scheinwerfer, vergewisserte sich, dass sie alle ausgeschaltet waren, und startete dann die Elektrik. Mit der Linken tastete er nach dem deutlich mit START gekennzeichneten Knopf, dann sah er sich noch einmal um, stellte die Füße auf die Pedale und packte mit der Rechten das Höhensteuer.

Zeit zum Abflug.

Er hielt den Startknopf gedrückt und lauschte auf das leise, immer heller werdende Heulen. Wie alle Turbinenmotoren musste auch dieser in Bewegung sein, bevor man Sprit zuführte, also wartete er, bis das Geräusch richtig klang, und drehte dann erst den Griff am Höhensteuer in den Leerlauf, um Treibstoffzufuhr und Zündung zu aktivieren. Sofort hörte er den Unterschied und konnte sehen, wie bei den simplen Anzeigen von Drehzahlmesser und Temperatur die Nadeln in den grünen Bereich wanderten. Sobald sich das Geräusch stabilisiert hatte, ließ er den Startknopf los, wechselte mit der Rechten zum Steuerknüppel und packte mit der Linken das Höhensteuer. Während sich der Motor erwärmte und an Geschwindigkeit zulegte, verschaffte sich Grief einen kurzen Überblick. Er spürte die Vibration der Rotorblätter, die hinter und über ihm Fahrt aufnahmen. Normalerweise würde er auch noch warten, bis sich das Öl erwärmt hatte, aber in einer Situation wie dieser war Motorpflege zweitrangig. Denn auch wenn der Lautlose tatsächlich nur wenig Lärm machte, wollte er so schnell wie möglich von diesem Flugfeld runter und außer Hörweite kommen.

Grief schob den Steuerknüppel in die Mittelposition, erhöhte mit sanftem Druck auf die Pedale das Drehmoment und zog anschließend mit einer leichten Drehung das Höhenruder nach oben, damit der Hauptrotor ihn in die Luft hob. Mit einem vertrauten Ruck und einer unkontrollierten Drehung begann er zu schweben. Mithilfe der Pedale korrigierte er den Flug, bis der Helikopter sich stabil im Nordwestwind hielt. Dann schob er den Steuerknüppel langsam nach vorne.

Ein Stück nach Norden, dann sofort nach Westen, um vom Flugfeld und den Hangars wegzukommen, und von den Gebäuden, in denen sich die Augen und Ohren von Groom Lake aufhielten. Sobald er Fluggeschwindigkeit erreicht hatte, drosselte er das Tempo, um möglichst wenig Lärm zu erzeugen. Das weiße Salzfeld des Seebetts war auch im Licht der Sterne gut zu erkennen, und so flog er zunächst an dessen Ufer entlang. Zwar hatten sich seine Augen bereits an die Dunkelheit angepasst, doch es war trotzdem nicht leicht, die Höhe einzuschätzen. Indem er Lippen und Zähne bewegte, konnte er die Taschenlampe auf den Radarhöhenmesser richten. Grief nickte zufrieden: zwanzig Fuß, also ungefähr sechs Meter, was sich über dem ebenen, nur mit Büschen bewachsenen Boden gut halten ließ. Er steuerte Richtung Westen.

Zu seiner Linken sah er nun als dunklen Schatten die Felskante, die am hinteren Ende des Stützpunktes aufragte, und er hielt sich weiter in einer sanften Linkskurve, um westlich daran vorbeizufliegen. Er hatte sich das gesamte Gebiet auf den Satellitenfotos genau angesehen und die prägnanteren Landschaftsmerkmale noch einmal auf den topographischen Karten im Pilotenraum von Groom Lake überprüft.

Grief warf noch einen kurzen Blick auf die Gebäude des Stützpunktes, bevor sie hinter der Felskante verschwanden. Weder waren die Flutlichter bei den Hangars angegangen, noch sah er Autoscheinwerfer, woraus er schloss, dass der Sicherheitsdienst offenbar noch nicht alarmiert war. Falls jemand den Helikopter gehört hatte, ging er wohl davon aus, das gehöre zu den Notfallmaßnahmen wegen des Brandes.

Grief drehte sich um und richtete seine Gedanken auf den bevorstehenden Flug. Er musste die vierzig Meilen bis zu seinem Ziel so leise und tief hinter sich bringen, wie der Helikopter es zuließ. Bei normaler Reisegeschwindigkeit würde er dafür nach seinen Berechnungen zwanzig Minuten brauchen.

Nun war es Zeit, sich auf die Navigation im schwachen Mondlicht zu konzentrieren.

62

Groom Lake

Kaz wurde von den Sirenen aus dem Schlaf gerissen.

Am Vorabend hatte er beschlossen, mit seiner T-38 der NASA von Ellington Field in Houston nach Groom Lake zurückzufliegen, mit einem Tankstopp in Albuquerque. Claw hatte ihn nach der Landung direkt an der Maschine aufgesammelt, und sie hatten zusammen bei Sam's zu Abend gegessen, um sich gegenseitig auf den neuesten Stand zu bringen. So war Kaz erst in seinen Teil des Wohnwagens zurückgekehrt, als der Überläufer längst schlief – und auch später, als ihm lieb war, vor allem mit einem Zeitunterschied von zwei Stunden im Nacken.

Nun zeigte der Wecker auf dem Nachttisch 03:25 Uhr. Leicht benommen schüttelte Kaz den Kopf.

Sirenen auf einem geheimen Luftwaffenstützpunkt – das konnte nur Ärger bedeuten. *Zuerst Grief*, entschied er.

Als er versuchte, die kleine Leselampe über seinem Bett einzuschalten, passierte nichts. *Birne kaputt?* Hastig zog er im Dunkeln Jeans und T-Shirt über, ging zur Tür und drückte dort auf den Lichtschalter.

Auch nichts.

Er kniff angestrengt die Lider zusammen, um den Schlaf aus seinem gesunden Auge zu bekommen, dann riss er die Tür auf und spähte in den zentralen Wohnbereich des Wagens, der in völliger Dunkelheit lag. Vorsichtig lief er um die Möbel herum bis zu Griefs Tür und klopfte dann möglichst laut, um das Geheul der Sirenen zu übertönen.

»Grief, bist du wach?«

Keine Antwort.

Entschlossen riss Kaz die Tür auf. In der Dunkelheit konnte er gerade noch das Bett und die zerwühlte Decke erkennen. »Grief, wach auf!« Erst als er näher heranging, erkannte er, dass das Bett leer war; die Badezimmertür stand offen.

Grief musste draußen sein.

Schnell ging Kaz zu dem großen Fenster im Wohnzimmer und zog den Vorhang auf. Durch die vielen Wohnwagen hatte man keine freie Sicht auf das Flugfeld und die Hangars im Norden, deshalb wechselte er zu dem kleineren, nach Süden ausgerichteten Fenster über der Küchenspüle. Von hier aus konnte er unrhythmisch zuckendes Licht erkennen, als wären mehrere Einsatzfahrzeuge dicht beieinander geparkt worden. Daher kamen also die Sirenen. Außerdem hing eine Art rötlicher Schimmer in der Luft, aber Kaz konnte nicht sagen, ob das nicht vielleicht bloß die Reaktion seiner Pupille auf das bunte Licht in der Dunkelheit war.

Was befand sich in diesem Teil des Stützpunktes? Die Treibstofftanks und das Kraftwerk. Und in den Wohnwagen ringsum brannte nirgendwo Licht.

Vermutlich hat einer der großen Transformatoren den Geist aufgegeben.

Als er draußen mehrere Schatten herumhuschen sah, holte er sich Stiefel und Jacke aus seinem Schlafzimmer, außerdem die Taschenlampe aus seinem Nachttisch. Draußen setzte er sich auf die Eingangstreppe, um seine Pilotenstiefel zu schnüren.

Eine Gestalt tauchte vor ihm auf und richtete kurz eine Taschenlampe auf ihn. »Habt ihr Strom?«

»Nein.« Kaz versuchte, sein Gegenüber zu erkennen, doch es gelang ihm nicht. Das rote Licht der Einsatzfahrzeuge huschte über sein Gesicht und ließ es so aussehen, als hätte er Nasenbluten.

»Wolltest du drüben helfen?«

Der Mann schüttelte seufzend den Kopf. »Nein, die Feuerwehr und der Wachdienst sind schon da. Ich wäre denen bloß im Weg. Stattdessen werde ich mir noch eine Mütze Schlaf gönnen.« Damit drehte er sich um und verschwand zwischen den Wohnwagen.

Kaz sah ihm nach, bis die Dunkelheit ihn verschluckt hatte.

Wo steckt Grief?

Da er nun endgültig wach war und seine Stiefel fertig angezogen hatte, stemmte Kaz sich hoch und ging zu Thompsons Wohnwagen hinüber. Sicher war der CIA-Agent über die Vorgänge beunruhigt.

Kaz klopfte an, und als von drinnen nichts kam, öffnete er die Tür und rief nach Thompson. Keine Antwort. Als er mit seiner Taschenlampe ins Innere des Wagens leuchtete, sah Kaz, dass die Schlafzimmertür offen stand. Ein schneller Blick zeigte, dass Bett und Bad leer waren.

Erst die Sirenen, und nun waren der CIA-Betreuer und der Russe verschwunden. Waren sie zusammen unterwegs? Oder hatte sich Thompson ebenfalls auf die Suche nach Grief gemacht? Wohin könnten sie gegangen sein?

Vermutlich zu den ganzen Lichtern, überlegte Kaz. Als er sich zur Tür wandte, ließ ein weiterer Gedanke ihn kurz innehalten. *Vielleicht waren sie auch der Grund dafür.*

Schnell ging Kaz wieder nach draußen. Als er auf der Straße zur Mülldeponie Autoscheinwerfer entdeckte, rannte er darauf zu. Die Nachtluft in der Wüste war jetzt im November ziemlich kalt, deshalb zog er im Laufen den Reißverschluss seiner Navy-Jacke zu. Von Nordwesten wehte ein böiger Wind, der es, nachdem er den geschützten Bereich zwischen den Wohnwagen verlassen hatte, sofort noch kälter machte.

Während er mit einer Hand seine Augen abschirmte, winkte Kaz mit der anderen, um die Aufmerksamkeit des Fahrers auf sich zu lenken. Als das Fahrzeug vor ihm hielt, erkannte er den Abteilungskommandanten Irv Williams am Steuer des Jeeps.

Kaz ging zur Fahrerseite hinüber und fragte: »Was ist denn los?«

»Feuer drüben beim Treibstofflager, außerdem Stromausfall. Wir wissen noch nicht, was es ausgelöst hat. Außerdem gibt es wohl Ärger an einem der Wachhäuschen. Willst du mitkommen, wenn ich mir das ansehe?«

Anstatt zu antworten, lief Kaz um den Wagen herum und kletterte auf den Beifahrersitz. Irv löste die Handbremse und hielt in voller Fahrt auf die zuckenden bunten Lichter zu.

Kaz berichtete ihm: »Grief und Thompson sind auch irgendwo hier draußen. Ich habe nachgesehen, ihre Betten sind leer.«

Achselzuckend stellte Williams fest: »Bei dem Sirenenlärm kann ja auch keiner schlafen.«

Nachdenklich starrte Kaz auf das rote Glühen und fragte: »Wird in einem solchen Fall die County-Feuerwehr gerufen?«

Irv schüttelte den Kopf. »Nein, wegen der ganzen Geheimhaltung hier haben wir unsere eigene Feuerwehr, die Wache ist rund um die Uhr besetzt.« Mit dem Kopf deutete er auf die Lichter, denen sie nun immer näher kamen. »Die sind schon da.«

»Und was war an diesem Wachhäuschen?«

Irv kniff die Augen zusammen und bremste ein ganzes Stück vor den Feuerwehrfahrzeugen ab. »Das war verwirrend.

Sie haben gemeldet, dass sich auf der Zufahrtsstraße ein Fahrzeug nähert, was um diese Uhrzeit schon merkwürdig ist. Dann kam irgendeine konfuse Nachricht, und jetzt melden sie sich nicht mehr. Was aber auch an dem Stromausfall liegen könnte. Ich will mir erst einen Überblick verschaffen, was hier los ist, dann fahre ich kurz rauf und sehe nach.« Sein Blick wanderte nach links zum Generatorhaus, das intakt zu sein schien. »Wir müssen die Stromversorgung so schnell wie möglich wiederherstellen.«

Die beiden Männer stiegen aus, vollkommen unbeachtet von den Feuerwehrleuten, die inzwischen die Schläuche an ihrem Fahrzeug ausgerollt hatten und in einem dicken weißen Strahl AFFF-Schaum auf die schwelenden Fahrzeuge und Tanks spritzten. Ein zweites Löschfahrzeug war quer dazu geparkt, von dort aus wurden die Seiten des noch intakten JP-4-Tanks mit etwas bespritzt, das aussah wie normales Wasser. Die Männer direkt am Feuer trugen silberne Schutzanzüge mit Kapuzen, die etwas weiter weg jedoch eine wilde Mischung aus Stiefeln, Jacken und Helmen. Einige hatten sogar nur ihre in aller Eile übergeworfene Zivilkleidung an.

»Anscheinend haben sie auch die antreten lassen, die heute dienstfrei haben«, stellte Kaz fest. Thompson und Grief waren nirgendwo zu sehen.

Irv beobachtete nicht die Männer, sondern musterte den Schaden, den das Feuer bereits angerichtet hatte: Drei der vier Betankungsfahrzeuge hatten gebrannt und waren explodiert; das vierte hatte die Feuerwehr mit Schaum und Wasser überzogen, um es zu schützen. Mitten in dem Inferno ragten auf seinen Stützpfählen die Überreste des Dieseltanks auf, kaum noch als solcher zu erkennen, da er in der Hitze aufgeplatzt und geschmolzen war.

Ein Mann kam auf sie zu, eine wabernde Silhouette, umrahmt von rötlichen Flammen. Er trug schwere Gummistiefel, eine dicke schwarz-gelbe Schutzjacke und einen Feuerwehrhelm, den er sich in den Nacken geschoben hatte.

Irv begrüßte ihn: »Sieht so aus, als hättet ihr es langsam unter Kontrolle, Russ.«

Russ nickte. »Stimmt. Aber auch nur, weil die Jungs so schnell reagiert haben. War viel zu dicht an den großen JP-4-Tanks dran. Wir kühlen sie gerade runter.« Sein Blick wanderte zum Wasserturm des Stützpunktes hinüber. »Vorrat müsste ausreichen.«

Auch Irvs Blick ging in diese Richtung. »Habt ihr schon eine Ahnung, was es ausgelöst hat?«

Kopfschüttelnd erklärte Russ: »Es scheint beim dritten Wagen angefangen zu haben, aber wir können es noch nicht mit Sicherheit sagen. Vermutlich hatte die Batterie einen Kurzschluss oder so etwas, und dann hat der Wind das Feuer überall verteilt.«

Kaz musterte den ausgebrannten Tanklaster, der am weitesten windwärts stand, und überlegte, wie wahrscheinlich es wohl war, dass eine Batterie mitten in der Nacht plötzlich einen Kurzschluss bekam.

Inzwischen zeigte Irv auf das Generatorhaus. »Und wisst ihr schon, wie lange es dauern wird, bis wir wieder Strom haben?«

»Da haben meine Jungs in ein paar Minuten alles im Griff, aber es wird ein wenig dauern, bis alles abgekühlt und gesichert ist.« Russ dachte kurz nach. »Könnte knapp werden mit dem Diesel, allerdings ist auch noch etwas in dem Tank von dem letzten Laster, und wir haben unseren eigenen Vorrat in der Feuerwache. Wir überlegen uns etwas, um unseren Tank hierher zu schaffen und an den Generator anzuschließen. Dann dürften die Lichter hoffentlich so gegen …« Er schob ungeschickt seinen linken Ärmel hoch und schaute auf seine Armbanduhr. »Na ja, so gegen halb sechs wieder angehen.« Mit einem direkten Blick zu Irv ergänzte er: »Im besten Fall.«

Der nickte. »Das wird reichen müssen, bis wir Nachschub bekommen und alles dauerhaft reparieren können.« Noch einmal musterte er die ausgebrannten Betankungsfahrzeuge. »Mit dem Nachtanken wird es eine Weile schwierig werden. Soll ich euch noch Hilfe schicken?«

»Nein, wir haben alles unter Kontrolle«, wehrte Russ ab. »Ich habe schon jemanden losgeschickt, der die Techniker wecken soll, damit die sich etwas für den Generator überlegen.«

Wieder nickte Irv und warf Kaz anschließend einen auffordernden Seitenblick zu. »Wunderbar, vielen Dank, Russ. Wir fahren dann mal kurz hoch zur Torwache.«

Russ verabschiedete sich mit einem Achselzucken: »Der freundliche Feuerwehrmann von nebenan, stets zu Diensten.«

*

Irv umrundete in sportlichem Tempo das Nordufer, während Kaz sich auf seinem Sitz zusammenkauerte, um dem kalten, peitschenden Wind zu entgehen. Die kleine, nachträglich eingebaute Heizung des Jeeps lief quietschend auf höchster Stufe, konnte aber kaum etwas ausrichten.

Bei dem Wachhäuschen oben auf dem Felsplateau war alles dunkel, die Flutlichtscheinwerfer brannten nicht. Irv hielt neben einem Wagen der Sicherheitsfirma, der quer über der Straße stand; er ließ Motor und Scheinwerfer an, damit sie Licht hatten. An der Ecke erschien ein ernstes Gesicht, wohl um zu sehen, wer da gekommen war. Dann verschwand es wieder. Die Männer stiegen aus dem Jeep und liefen auf das Wachhäuschen zu.

Als Kaz das Gesamtbild sehen konnte, blieb er abrupt stehen: Das Tor war geschlossen, aber rechts davon lag ein regloser Körper. Neben ihm zeichnete eine kantige schwarze Waffe einen tiefen Schatten auf den Boden. Das zur Straße gelegene Fenster des Wachhäuschens war zerbrochen, und drinnen standen gebückt zwei Männer der Sicherheitsfirma. Ihre Gesichter wurden von einer Taschenlampe angestrahlt, die einer von ihnen Richtung Boden hielt. Irv stand bereits in der Tür.

Einer der Wachleute rief: »Habt ihr Verbandszeug dabei?« Sofort fuhr Kaz herum, rannte zum Jeep, löste den Erste-Hilfe-Kasten aus der Verankerung, die er zwischen den Sitzen bemerkt hatte, und lief zurück.

Irv kniete nun bei den anderen hinter dem großen Tisch. »Mann am Boden, Kaz, mehrere Wunden, hat viel Blut verloren. Sind da Kompressen drin?«

Kaz hatte den Kasten bereits geöffnet und reichte Irv die vier sauber gewickelten Verbandsrollen, die er darin fand.

»Lohnt es sich, auch mal nach dem zweiten Mann zu sehen?«

Der Wachmann mit der Taschenlampe antwortete: »Nein. Er scheint Schrapnellverletzungen im Gesicht und an der Stirn zu haben. Kein Puls mehr.«

»Schrapnell?«, hakten Kaz und Irv synchron nach. Beide kamen zu demselben Schluss, den Kaz schließlich laut aussprach: »Granate?«

Der Wachmann, der auf dem Boden kniete und den rechten Oberschenkel des Verletzten verband, brummte zustimmend. »Sieht ganz danach aus. Es hat sie beide erwischt, aber der hier hat zumindest noch einen schwachen Puls.« Er sah kurz zu ihnen hoch. »Ich bin nur Sanitäter, er braucht so schnell wie möglich Blut und einen Arzt.« Mit einem knappen Nicken deutete er hoch zur Tischplatte, auf der ein tragbares

Funkgerät stand. »Wir haben den Kommandoposten unten angefunkt, dass sie uns schnellstmöglich Hilfe schicken sollen, aber es hat niemand geantwortet.«

Irv griff nach dem Funkgerät. »Kommandoposten, hier Colonel Williams. Hören Sie mich?«

Keine Antwort, nicht einmal statisches Rauschen.

»Der verdammte Stromausfall!«

In Kaz' Kopf überschlugen sich die Gedanken, während er nach einer möglichen gemeinsamen Ursache suchte. »Bleibst du hier, Irv, oder fährst du wieder runter?«

Anstatt zu antworten, richtete Irv sich erst einmal auf und starrte in die Nacht hinaus, als wollte er abschätzen, ob dort draußen noch immer eine Gefahr lauerte. Kaz bemerkte einen Blutfleck in seinem Gesicht.

Schließlich fasste Irv die Situation zusammen, um sich Klarheit zu verschaffen: »Hier hat definitiv ein Angriff stattgefunden, zwei Männer wurden getroffen, einer von ihnen ist tot.« Er wandte sich Kaz zu. »Ich bleibe hier bei den Männern, bis Hilfe eintrifft. Falls es nötig wird, nehmen wir ihren Wagen.« Jetzt bemerkte er das Gewehr auf dem Boden; er hob es auf, überprüfte, ob es geladen war, und wollte hinausgehen. »Nimm du den Jeep, Kaz. Erstatte unten beim Kommandoposten Bericht und sag ihnen, dass sie mich schnellstmöglich anfunken und Hilfe schicken sollen. Ich werde mich hier inzwischen ein wenig umsehen.«

Kaz hatte einen Einwand. »Warte kurz, Irv. Ich glaube, du blutest.«

Verwirrt runzelte Irv die Stirn. »Ich … was?«

Frisches Blut sickerte aus Irvs Nase. Kaz erklärte ihm: »Anscheinend hast du heftiges Nasenbluten.«

Irv hob die Hand ans Gesicht und wischte sich über Nase und Mund. Überrascht und angewidert starrte er anschließend auf das klebrige Rot an seinen Fingern. »Scheiße, ich bekomme nie Nasenbluten!« Er legte den Kopf in den Nacken und hielt sich die Nase zu, während Kaz im Verbandskasten stöberte. Als er eine blaue Rolle Verbandvlies fand, zupfte er kleine Stückchen davon ab und reichte sie an Irv weiter, der sie sich in die Nasenlöcher stopfte.

Kopfschüttelnd stellte Irv fest: »Zu viele Zufälle, das gefällt mir nicht, Kaz. Mach dir um mich keine Gedanken. Wir müssen weitermachen.« Er verzog wütend das Gesicht. Die Watte in seiner Nase färbte sich bereits rot.

Kaz nickte zustimmend und ging hinaus. Schnell lief er zu dem toten Wachmann hinüber und hob dessen Pistole auf. Nachdem er das Magazin überprüft und wieder eingesetzt hatte, schob er die Waffe in seine Tasche und lief zum Jeep hinüber.

Ihm waren so viele Zufälle auch nicht ganz geheuer.

63

Jackass Flats, Nevada

Der Flug führte Grief über eine höllische Mondlandschaft hinweg.

Hunderte Krater von nuklearen Einschlägen, manche so groß wie ein Footballfeld, glitten in schwarz-weißem Zwielicht unter ihm dahin: die tiefen Narben mehrerer Jahrzehnte, die nun in der trockenen Höhenluft der Wüste von Nevada langsam abgetragen wurden. Dabei gaben sie ihre Strahlung nach und nach an den Wind und die vereinzelten Gewitterstürme ab, die über das Ödland hinwegfegten.

Da er im Vorfeld die Satellitenbilder so gründlich studiert hatte, kam dieser Anblick für Grief nicht unerwartet, außerdem half ihm seine Erfahrung als Pilot dabei, sich Hügel, Schluchten und Krater einzuprägen, die er auf jeden Fall wiedererkennen würde, ob nun bei Tag oder bei Nacht, aus der Luft oder zu Fuß.

Er gestattete sich ein kleines Lächeln. Die unerwartete Komplikation in Form des CIA-Agenten hatte er gut gemeistert. Und dass er die Leiche so schnell hatte verschwinden lassen, würde dafür sorgen, dass die Tat im Chaos seines vielschichtigen Ablenkungsmanövers unbemerkt blieb.

Die Strecke von Groom Lake zu den Jackass Flats war sozusagen natürlich vorgegeben, denn sie folgte einer Reihe miteinander verbundener Täler, die durch die Wucht der tektonischen Kräfte und die Erosion der Eiszeit entstanden waren. Dadurch wurde die Navigation für Grief zu einem Kinderspiel: Er musste sich lediglich in der Mitte der Talkette halten, mit hohen Felskanten auf beiden Seiten, und die wenigen Abzweigungen über den Kanten beachten. Als er einen besonders tiefen Bombenkrater mit einem Durchmesser von ungefähr vierhundert Metern sah, nickte er zufrieden. Die Analytiker hatten ihm erklärt, der stamme von der größten amerikanischen Bombe überhaupt, gezündet 1962. Ihm war vollkommen egal, ob das die größte aller Bomben gewesen war, für ihn war nur wichtig, dass dieser Krater ihm die Orientierung ermöglichte.

Am Rand des Kraters wuchsen dichte Pflanzen, deren kleine Zweige sich im Abwind des Helikopters bewegten, als Grief leise an ihnen vorbeiflog. Der Name dieses dornigen Fuchsschwanzgewächses hätte ihm wohl ein ironisches Lächeln entlockt, wenn er ihn gekannt hätte: Ukraine-Salzkraut. Die einzige Pflanze, die so hart im Nehmen war, dass sie sogar den Fallout überlebte.

Grief folgte einer schmalen Schlucht, die in einem mit Sand bedeckten Tal endete, das von einer einzigen Straße durchzogen war. Sie würde ihn bald auf eine weite, offene Ebene führen, zu seinem Ziel: Jackass Flats. Seine Ausbilder in Moskau hatten ihm grinsend die Doppeldeutigkeit des amerikanischen Namens erklärt.

Als das breite Tal in Sicht kam, konzentrierte sich Grief darauf, den Helikopter noch weiter runterzubringen, gleichzeitig erhöhte er die Geschwindigkeit. Hier musste er nicht mit plötzlich auftauchenden Bodenerhebungen rechnen, und selbst der gedämpfte Helikopterlärm hallte weit über die Ebene. Gab es hier nächtliche Patrouillen, standen die Gebäude und Gegenstände in diesem Teil des Nukleartestgeländes sicher ganz oben auf der Prioritätenliste. Deshalb wollte er das Risiko minimieren: rein, das Nötige suchen, raus.

Möglichst ohne entdeckt zu werden.

Seit er das offene Tal erreicht hatte, zählte er automatisch die Sekunden im Kopf ab. Er warf einen Blick auf die Geschwindigkeitsanzeige. Sich der Zeit stets übermäßig bewusst zu sein, war eine Angewohnheit vieler Kampfpiloten: Wusste man, wie viel Zeit vergangen war, konnte man leichter kalkulieren, wie weit man geflogen war. Nun blickte Grief angestrengt nach vorne, wo bald eine Kreuzung und eine Hauptstromleitung auftauchen mussten. Sobald er den hellen Streifen der Straße erkannte, zog er den Lautlosen gerade so weit hoch, dass er über den kaum sichtbaren Strommast hinwegfliegen konnte. Standardtechnik: Such nicht nach den Leitungen, sondern nach den Masten.

Wieder begann er zu zählen und prüfte seinen Steuerkurs. Er hatte zwei Stopps eingeplant, und das erste Ziel sollte bald auftauchen.

Da! Er korrigierte seinen Kurs ein wenig nach rechts und drosselte das Tempo. Gleichzeitig zählte er die vielen Bahnwaggons, die unter ihm erschienen waren. In diesem verfallenen Friedhof für nukleare Raketentests war bestimmt lange nichts mehr bewegt worden. Schließlich entdeckte er den Waggon, nach dem er gesucht hatte. Schnell ging er in den Schwebflug über, landete den Hubschrauber und ließ den Motor noch kurz im Leerlauf weiterlaufen. Als die Rotorblätter sich ausreichend verlangsamt hatten, legte er die Schalter um, und das Allison-Wellenleistungstriebwerk verstummte. Grief schaltete die Batterie auf AUS, löste seinen Gurt, griff nach seinem Beutel und verließ den Hubschrauber.

Da war er nun also: ein Russe, ganz allein in Jackass Flats.

*

Grief ging die Liste in seinem Kopf durch, während er zielstrebig auf die Waggons zulief. Auf dem Flachbettauflieger vor ihm schimmerte im Mondlicht ein eckiger Kasten von der Größe einer Bauhütte, auf dessen Dach eine Art großes silbernes Fass montiert war, das am oberen Ende geriffelt war wie eine griechische Vase.

Der Russe griff in seinen Beutel und holte die Kamera heraus. Nachdem er sorgfältig den Winkel gewählt hatte, machte er eine Gesamtaufnahme, dann ging er schnell um das Ding herum, um es von allen Seiten zu fotografieren, wie es bei der Vorbesprechung in Moskau verlangt worden war. Auf den Wandplatten des Unterbaus war in weißen Großbuchstaben die Bezeichnung *PH-2* aufgemalt, die im Blitzlicht der Kamera glänzte. Grief nickte zufrieden.

Phoebus 2A, der größte nukleare Raketenantrieb, der jemals von den Amerikanern gebaut worden war. Und nun stand er hier verlassen herum, um langsam zu verrosten und seine radioaktive Strahlung an die Leere der Wüste abzugeben.

Grief stieg die Leiter an der Außenwand hinauf, bis er den Aufbau auf dem Dach erreichte. Dabei achtete er besonders darauf, dass seiner Kamera nichts passierte. Man hatte ihm gesagt, dass vor allem die Verbindung von den Tanks hinauf zum Phoebus-Triebwerk für die sowjetischen Forscher in Semipalatinsk von großem Interesse sei, also fotografierte Grief sie aus jedem nur erdenklichen Winkel, mit Blitz, um zusätzliche Tiefe zu schaffen.

An manchen Stellen waren die Verbindungen korrodiert, vor allem dort, wo unterschiedliche Metalle miteinander in Berührung kamen. Er packte eines der langen Rohre und schüttelte es: Das schwere Metall gab ein wenig nach. Nun stemmte er sich mit beiden Füßen gegen die Leiter und zog, aber es wollte einfach nirgendwo brechen. Schließlich verlagerte er sein Gewicht und versuchte es mit einem Tritt. Die dicke Sohle seiner Fliegerstiefel traf zweimal dicht neben dem Verbindungspunkt auf das Metall, als er sein Bein vorschnellen ließ. Kein Glück.

Die Korrosion ist also nur oberflächlich, folgerte er. *Ist egal.* Schließlich hatten sie einen Notfallplan ausgearbeitet.

Grief kletterte so weit wie möglich an den Rohren in die Höhe, bis er die Düse ganz oben erreichte. Dort machte er Aufnahmen vom Verlauf der Flüssigleitungen und sämtlichen Aufdrucken, die er entdecken konnte. Anschließend ging er die ganze Plattform einmal ab, um sicherzugehen, dass er alles fotografiert hatte. Nachdem das erledigt war, sah er sich aufmerksam in alle Richtungen um und lauschte. Nirgendwo war ein Licht zu sehen, und er hörte nichts außer dem Wind.

Während er die Leiter hinabstieg, blickte er über die Schulter zu den glänzenden Bahnschienen hinunter, um sich zu orientieren. Sobald er den Boden erreicht hatte, ging er ohne zu zögern los. Laut den Satellitenbildern gab es zwei weitere Stellen, die er untersuchen sollte, und nun folgte er einem durch das Mondlicht heller gefärbten Trampelpfad, um sie zu erreichen.

Sein erstes Ziel war ein weiterer Bahnwaggon. Anhand ihrer Satellitenbilder hatten die sowjetischen Analytiker eine zeitliche Abfolge dessen erstellt, was auf dem weit entfernten nuklearen Schrottplatz geschah, und dabei war ihnen aufgefallen, dass ein ziemlich spät eingetroffener Waggon nahe am Eingang abgestellt worden war. Dieser war deswegen so interessant, weil er wohl nach allem, was sie aus den verschwommenen Bildern schließen konnten, vor allem verschiedene Rohre, Leitungen und Reinigungselemente geladen hatte. Grief marschierte an den Schienen entlang, bis er ihn entdeckte. Dann kletterte an dem Waggon hinauf und fotografierte mit Blitz die Ladung. Dabei schob er immer wieder mit dem Fuß lose Teile beiseite.

Flugsand hatte sich zwischen die langen Rohre gelegt, weshalb sie sich nur schwer bewegen ließen. Doch am Ende des Waggons gab es einen nachträglich festgeschweißten Container für kleinere Teile. Grief spähte kurz hinein, sprang dann über den Rand und landete mit einem metallischen Knirschen in dem Teilehaufen. Auf ein Knie gestützt fing er an, darin herumzuwühlen.

Ein paar Jahre zuvor hatten die Amerikaner bei ihren Tests einen nuklearen Raketenantrieb in die Luft gejagt, wobei entscheidende Elemente aufgebrochen und die Dewar-Isolierung und die Kühlventile des Innenlebens zum Vorschein gekommen waren. Und es war nur logisch, diese radioaktiven Teile hier irgendwo zu entsorgen. Im Licht seiner geborgten Taschenlampe ging er eilig den Haufen durch, fotografierte einige größere Teile und legte ein paar kleinere beiseite.

Manche konnte er nicht einmal mit zwei Händen anheben, aber diese Dinge trat und schob er mit den Füßen, bis er sicher sein konnte, dass ihm nichts entgangen war. Schließlich musterte er zufrieden sein kleines Häufchen. Er hatte fünf Metallteile von dem gewünschten Typ, alle leicht genug, um sie gut transportieren zu können. Nun warf er sie einzeln in den Sand hinunter und stieg dann aus dem Container.

Blieb noch eine Stelle, wo es zu suchen galt.

Während er weiter den Pfad hinunterlief, hielt er Ausschau nach langen, geraden Spuren auf der linken Seite, wo die Laster immer wieder entlanggefahren waren, um sich ihrer kontaminierten Ladung zu entledigen. Er wusste, dass es ungefähr dreißig dieser Müllhaufen gab, aber die Auflösung der Satellitenfotos war nicht hoch genug gewesen, um herauszufinden, auf welchem davon die gewünschten Teile lagerten. Er musste sich also beeilen.

Am ersten Haufen angekommen, ließ er stirnrunzelnd den Strahl seiner Taschenlampe darüberwandern. Hier schien bloß Altmetall zu liegen, keine Konstruktionsteile; nur große, rostige Schrottstücke. Grief schob mit dem Fuß ein paar Teile am Rand des Haufens auseinander, um möglicherweise etwas zu finden, das sich transportieren ließ, hatte aber kein Glück. Seine Armbanduhr zeigte ihm, dass es 04:20 Uhr war. Nachdem er aufmerksam den Horizont abgesucht hatte, an dem sich noch immer nichts regte, lief er weiter zum nächsten Haufen. Ihm blieb noch genug Zeit, um sich jeden kurz anzuschauen, dann musste er zu seinem Helikopter zurück.

Denn bevor er sich zu seinem Rendezvous nach Mexiko aufmachte, musste er noch ein letztes Ziel auf dem windgepeitschten nuklearen Testgelände von Nevada ansteuern.

64

Jackass Flats

Wenn es eines gab, das Isaac Acklin noch einfacher fand, als die Verschiebung von Gegenständen an ihren neuen Bestimmungsort zu überwachen, dann waren das Nachtschichten. Der Vertrag von EG&G umfasste auch regelmäßige nächtliche Patrouillen im Gebiet der Jackass Flats, und die für die tagsüber stattfindenden Aufräumarbeiten abgestellte Mannschaft musste abwechselnd diese Nachtschichten übernehmen. Diese Woche war Isaac dran.

Eigentlich war es gar nicht so übel. Vegas war eine Stadt für Nachteulen, er blieb sowieso immer lange auf. Einmal im Monat seinen Rhythmus umzustellen und eine Woche lang Nachtwache zu schieben, war einfach ein Teil seines Lebens in der Stadt der Sünde. Außerdem konnte er damit ein wenig angeben, wenn er Frauen ansprach: Isaac Acklin allein auf Patrouille in der geheimen Nuklearanlage oben im Norden, in einem eigenen Panzerfahrzeug.

Doch wie alles in Vegas war auch das in Wahrheit wesentlich weniger glamourös. Im Prinzip hockte er hauptsächlich bei der Mercury-Wache am Südtor herum und trank mit den Jungs dort. Zweimal pro Nacht stieg er dann in einen der nicht mehr ganz taufrischen weißen EG&G-Pick-ups mit Gewehr hinter dem Fahrersitz und fuhr die vorgeschriebene Route rund um das Testgelände ab. Als hier tatsächlich noch getestet und nukleares Material gelagert worden war, waren die Patrouillen mit zwei Leuten besetzt gewesen und hatten die ganze Nacht über stattgefunden. Jetzt aber machte EG&G nur noch Dienst nach Vorschrift, und der Regierung war es ziemlich egal.

Also machte Isaac nur noch sporadische Kontrollfahrten, ohne Begleitung.

Viele Wahlmöglichkeiten hatte er auf seiner Route nicht, vor allem nicht auf Hin- und Rückweg. EG&G war auch für die Erhaltung der Straßen verantwortlich, was jedoch ebenfalls extrem lax gehandhabt wurde. Deshalb hüpfte sein Pickup beinahe über den rissigen Asphalt: Erst die Road Alpha hinauf durch den Pass am Skull Mountain, dann hinunter bis zur Kreuzung am alten Reaktorkontrollpunkt. Dort konnte Isaac dann entweder links abbiegen auf die Road Hotel zur Triebwerkteststation 1 und dem Lagerplatz für radioaktives Material oder aber rechts auf die Road Golf und dann direkt zum R-MAD-Gebäude.

Da es heute ziemlich kalt und klar war, wollte er den Wagen gar nicht verlassen und entschied sich deshalb für die dritte Möglichkeit: geradeaus auf Road Foxtrott, vorbei an den Überresten von Testzelle C und A und dann eine Rundfahrt entgegen dem Uhrzeigersinn auf der Umgehungsstraße am R-MAD. Inzwischen war ihm das alles so vertraut wie die Straßen von Avalon Park, wo er aufgewachsen war.

Dabei hielt er vor allem immer Ausschau nach Tieren. Hin und wieder hatte er schon Kojoten gesehen, und erstaunlich oft entdeckte er kleine Gabelbockherden. In der Stadt gab Isaac gerne damit an, dass er demnächst mit dem M14 einen Gabelbock abknallen würde, oder vielleicht sogar einen Braunbären, aber er wusste, dass er das niemals tun würde. Was sollte er dann überhaupt mit dem Tier machen? Die tote Antilope irgendwie in den Wagen stopfen und zu einem Fleischer in Vegas bringen?

Da er irgendwo gelesen hatte, dass die Tiere durch Scheinwerferlicht abgeschreckt wurden, fuhr er meist nur mithilfe des Mondlichts. Der dunkle Asphalt hob sich deutlich von dem hellen Sand ringsum ab, und wenn alles immer so plötzlich aus der Dunkelheit auftauchte, hatte er das Gefühl, richtig schnell zu fahren. Fast so, als würde er fliegen.

Deshalb schaltete er auch heute Nacht, als er den Pass hinter sich ließ und sich Jackass Flats in all seiner Weite vor ihm ausbreitete, die Scheinwerfer aus. Bis seine Augen sich an die Dunkelheit gewöhnt hatten, musste er zwar etwas langsamer fahren, dann aber gab er wieder Gas. Sein Blick wanderte stetig nach links und rechts an den Straßenrand, um nach dem huschenden Schatten einer Antilope zu suchen.

Hier kam Isaac Acklin aus Südchicago, der ganz allein das Atomwaffentestgelände seines Landes bewachte!

65

Flughafen Mexicali, Baja California, Mexiko

Die Landung am Flughafen von Mexicali war reibungslos über die Bühne gegangen. Abgesehen von der Tatsache, dass der sechsstündige Nachtflug von Havanna über den Golf von Mexiko extrem langweilig gewesen war, gab es dazu nichts weiter anzumerken. Auf dem Rückweg würden sie wenigstens Rückenwind haben.

Der Kapitän der An-22 hatte vom leitenden General der sowjetischen Luftstreitkräfte in Kuba genaue Anweisungen erhalten, auch hinsichtlich dessen, was nach der Landung geschehen würde, und in Bezug auf die Funkfrequenzen, die er bei der Kontaktaufnahme mit der mexikanischen Luftraumkontrolle benutzen sollte. Die Mexikaner hatten jemanden ans Funkgerät gesetzt, der ausreichend Russisch sprach, um Vektoren, Sinkflug und Landefreigabe auf der langen, gut beleuchteten Bahn zu regeln. Ganz sanft hatte der Kapitän seine große Maschine aufsetzen lassen und dann auf der einzigen, dunklen Rollbahn bis zur Parkposition gelenkt, wo er an dem zuvor übermittelten Punkt gehalten hatte.

Es war 04:25 Uhr, und auf dem Flugfeld rührte sich absolut gar nichts, bis schließlich in einem der Gebäude ein Licht anging und ein Betankungsfahrzeug auf die Maschine zufuhr. Der Kapitän trug seinem Besatzungschef auf, dafür zu sorgen, dass sie für den Rückweg ordentlich vollgetankt wurden.

Der Tankwagen brachte weder Zollbeamte noch Vertreter

der Einwanderungsbehörde mit. Man hatte der Flughafenleitung mitgeteilt, dass dies ein ganz besonderer Flug war, der von Präsident Echeverría höchstpersönlich autorisiert worden sei. Bedeutsam für die nationale Sicherheit. Man sollte die Besucher mit Treibstoff und allem anderen versorgen, was sie brauchten, und sie ansonsten in Ruhe lassen. Sie blieben sowieso nur für ein paar Stunden am Boden.

Nachdem der Fahrer des Betankungsfahrzeugs das Flugzeug aufgetankt und den Schlauch wieder an seinem Laster befestigt hatte, holte er eine Holzkiste vom Beifahrersitz seines Wagens und stellte sie wie befohlen vorsichtig auf dem Asphalt ab. Indem er mit ausgestreckten Händen erst auf die Kiste und dann auf den Besatzungschef zeigte, machte er deutlich, dass die Kiste für ihn bestimmt war. Dann stieg er wieder in seinen Laster und fuhr davon. Achselzuckend hob der Russe die Kiste auf und brachte sie an Bord der Antonov.

Der Kapitän hatte der Mannschaft befohlen, im Frachtraum zu bleiben, nachdem er den Männern die Kernpunkte ihrer Aufgaben mitgeteilt hatte: Bald würde hier ein Kampfjet landen, dessen Flügel und Heck sie wie üblich abmontieren und in den aus Russland mitgebrachten Transportcontainern verstauen mussten. Der Rumpf sollte über die Heckrampe verladen werden, dann wurde alles gesichert, und sie würden wieder abheben. Alle nickten. Das hatten sie schon gemacht – ganze Jets oder Flugzeugteile quer durch die Sowjetunion fliegen oder auch zu Zielen ins Ausland wie etwa nach Syrien.

Keiner der Techniker fragte, wo dieser Jet denn herkommen würde. Für sie spielte das keine Rolle, außerdem hatte man ihnen nicht einmal mitgeteilt, wo genau sie hier überhaupt waren. Sie wollten einfach nur den Job erledigen und dann zu den palmengesäumten Stränden von Havanna zurückkehren, um sich dort vor dem langen Heimflug noch ein paar Tage Entspannung zu gönnen.

Nun zeigte der Besatzungschef auf die Holzkiste, die von dem Tanklaster gebracht worden war, und fragte: »Was sollen wir damit machen, Kommandant?«

Der Pilot dachte kurz nach. »Öffnen wir sie und entscheiden dann.«

Mit einem bestätigenden Nicken holte der Besatzungschef eine Brechstange aus der Werkzeugkiste. Kniend löste er die Holzlatten des Deckels ab, dann schlitzte er mit seinem Taschenmesser den Pappkarton im Inneren auf. Nachdem er die beiden Klappen zur Seite geschoben und kurz in den Karton gespäht hatte, griff er hinein, stand auf und reichte dem Kapitän einen Briefumschlag, der obenauf gelegen hatte.

Grinsend deutete er mit dem Kopf auf die geöffnete Kiste. »Es ist genau das, was ich mir aufgrund des Gewichts schon gedacht hatte.«

Auf dem Umschlag stand ein handgeschriebener, auf Spanisch angegebener Name, den der Kapitän nun mühsam entzifferte. Überrascht stellte er fest, dass dort »Generalsekretär Leonid Iljitsch Breschnew« stand. Sorgfältig legte er den Umschlag zurück in den Karton, dann hob er eine der Flaschen so weit an, dass er das Etikett sehen konnte. Tequila von der Blauen Agave, Premium *añejo* aus Jalisco. Vorsichtig stellte er die Flasche zurück und schob die Kartonklappen zusammen.

Dann wandte er sich lächelnd an seinen Besatzungschef: »Nagelt die Kiste wieder zu und verstaut sie an einem sicheren Ort.«

66

R-MAD, Jackass Flats

Grief musste drei Mal mit vollen Händen hin und her laufen, aber er hatte entsprechend viel Zeit eingeplant. Auf zwei Schrottbergen hatte er vielversprechende Ventile und Metallteile entdeckt und wollte sie nun mit dem zusammenbringen, was er in dem Bahnwaggon gefunden hatte, alles fotografieren und dann entscheiden, was er am besten mitnehmen sollte. Und wie erwartet war, nachdem er alles zusammen ausgelegt hatte, sofort klar, welche beiden kryogenischen Ventile und welche Isolationsmetallproben die besten waren. Er zog seinen Beutel auf und schob die vier bevorzugten Teile hinein, wobei er sie vorsichtig neben der Kamera verstaute, um diese nicht zu beschädigen. Schließlich musste er noch einige wichtige Aufnahmen machen.

Als er sich seinem Hubschrauber näherte, hielt Grief abrupt inne. Neben dem Wind und seinen eigenen Schritten glaubte er irgendwo in der Ferne ein Motorengeräusch zu hören. Er versuchte, den Ursprung einzugrenzen, konnte sich aber nur auf Norden festlegen, windwärts von seinem Standpunkt. Und obwohl er sogar mit angehaltenem Atem lauschte, während er den Horizont absuchte, hörte und sah er nichts weiter.

Am besten einfach weitermachen. Er öffnete die Tür des Lautlosen, stieg ein und legte seinen Beutel vorsichtig auf den freien Sitz. Dann zog er die Tür hinter sich zu und leitete zum zweiten Mal in dieser Nacht den Helikopterstart ein.

Diesmal war es nur ein Katzensprung, gerade mal fünf Kilometer direkt nach Osten, zum größten der verbliebenen Gebäude auf den Jackass Flats. Im Vorgespräch hatte man ihm gesagt, dieses Gebäude trage die Bezeichnung R-MAD: *Reactor Maintenance, Assembly, and Disassembly Building.* Man hatte ihm außerdem erklärt, dass »mad« im Englischen für »verrückt« oder »wütend« stünde, und dabei lachend festgestellt, dass in diesem Fall wahrscheinlich beides passend sei.

Grief drehte das Höhensteuer mit der Linken und hielt mit der Rechten vorsichtig den Steuerknüppel umfasst, dann erhob sich der Lautlose gleitend wieder in die Luft.

*

Was ist das? Isaac nahm den Fuß vom Gas, falls er abrupt bremsen musste. Noch allerdings rührte er das Pedal nicht an, da er das Wild nicht durch das grelle Rot der Bremslichter verscheuchen wollte.

Als er langsam näher heranrollte, huschte vor ihm der vertraute, hellbraun-weiße Umriss eines Gabelbocks über die Straße, gefolgt von einem zweiten. Dann sprangen gleich mehrere Tiere vor seinem Wagen vorbei. Vermutlich hatte das Motorengeräusch seines Wagens sie dazu getrieben, über die schmale Straße zu flüchten. Ihr Instinkt trieb sie dazu, allem Neuen und möglicherweise Schädlichen aus dem Weg zu gehen, und für sie war Isaacs Wagen wie ein weiteres Raubtier, das nachts Jagd auf sie machte.

Isaac starrte durch die Windschutzscheibe und wartete, ob noch mehr Tiere kamen. Dann entschied er, dass es wohl vorbei war, und gab wieder Gas auf seinem Weg zu Testzelle A.

*

Das R-MAD war kaum mehr als ein wuchtiger, kantiger Schatten in der Dunkelheit, mit glatten Außenwänden und Flachdächern auf mehreren Ebenen; als hätte ein Riese willkürlich Betonklötze aufeinandergestapelt. Grief stellte den Hubschrauber auf dem Parkplatz ab, direkt vor einigen großen Toren. Nachdem er die Kamera aus seinem Beutel gezogen und in einer Tasche seines Fliegeranzugs verstaut hatte, holte er das Gewehr von der Rückbank, das er aus dem Regal in den Ställen von Groom Lake mitgenommen hatte – nur für den Fall, dass sich aus diesem Motorengeräusch noch irgendetwas entwickelte. Für diese Nacht hatte er bereits genug Überraschungen erlebt. Außer den Kaliber .22-Gewehren wurde im Stall auch eine Stevens-Vorderschaftrepetierflinte Kaliber .12 aufbewahrt, die er sich auf dem Weg zum Hubschrauber geschnappt hatte.

Sollte er eine Waffe brauchen, wollte er etwas haben, das auf nahe Distanz absolut tödlich war.

Wie erwartet waren die beiden Türen neben den großen Toren nicht verschlossen. Warum sollte man auch den Zugang zu einem aufgegebenen Gebäude in einem Hochsicherheitsbereich verriegeln? Grief nahm sich einen Moment Zeit, um sich draußen noch einmal gründlich umzusehen, dann drehte er den Knauf und ging hinein. Die Tür ließ er angelehnt.

Drinnen war es stockfinster, weshalb er seine Taschenlampe einschaltete. Ihr Licht zeigte ihm das unverkennbare Chaos eines Raums, in dem früher einmal Betriebsamkeit und Sorgfalt geherrscht hatten, wovon aber nichts mehr geblieben war. Auf den Bodenfliesen hatte sich so viel Staub angesammelt, dass er an der Wand bereits kleine Häufchen bildete. Kabelhaufen, Tische, Stühle und sogar eine Schubkarre standen herum. Auf den Tischen fanden sich leere Wasserkrüge, an einer

Pinnwand an der Wand wellten sich längst vergessene Notizzettel. Es roch muffig und schal.

Grief war nicht sicher, wo sich die gesuchten Objekte befanden. Seine Instrukteure in Moskau waren davon ausgegangen, dass die größeren, schwereren Sachen im Erdgeschoss gelagert wurden, die kleineren im Obergeschoss: minimaler Aufwand, um den Anforderungen der langfristigen Lagerung von gering verstrahlten Hinterlassenschaften nachzukommen. Als er hinter einer offenen Tür am Ende des Korridors eine Treppe entdeckte, ging er schnell darauf zu – Gewehr in der linken Hand, Taschenlampe in der rechten.

Die Treppe endete in einem offenen Raum, dessen Unordnung wohl einem improvisierten System folgte. Der Strahl der Taschenlampe glitt über simple Regalkonstruktionen, die an drei von vier Wänden errichtet und mit losen Papieren, Ordnern und Büchern vollgestopft worden waren. An der vierten Wand zog sich eine dicht gestellte Reihe von Aktenschränken in verschiedenen Farben und Größen entlang. Auf einigen Schubladen waren kleine Schilder zu erkennen.

Gereizt runzelte Grief die Stirn. Das alles zu durchsuchen, noch dazu nur im Licht einer Taschenlampe, würde mehr Zeit kosten, als er zur Verfügung hatte. Allerdings hatte der Raum keine Fenster. Also schloss er die Tür hinter sich und machte sich auf die Suche nach einem Lichtschalter. Er fand gleich mehrere, die er alle umlegte. Als die Leuchtstoffröhren an der Decke summend aufflammten, blinzelte er gegen die plötzliche Helligkeit an. Schnell schützte er seine Augen vor dem Licht, ging zum nächsten Regal hinüber und lehnte das Gewehr in einer Ecke an die Wand, bevor er anfing, hastig die Papierstapel durchzublättern.

Er suchte nach Schaubildern, Fotos oder persönlichen Notizbüchern mit handgeschriebenen Skizzen oder Gleichungen. Man hatte ihm einige Bilder gezeigt, die er sich nun geistig vor Augen hielt, während er die Stapel durchforstete. Wann immer er auf etwas Interessantes stieß, hielt er es ins Licht und fotografierte es. Seine Kamera war mit einem extra großen Film ausgerüstet, den er nach jedem Bild schnell weiterdrehte.

Einige Minuten später sah Grief auf seine Armbanduhr und ließ dann seinen Blick über die Regale schweifen, um abzuschätzen, wie schnell er vorankam.

Alles dasselbe, entschied er; Texte und Berichte ohne erkennbare Ordnung. *Mal sehen, was sie versteckt halten.*

Er ging zu einem der Aktenschränke und zog eine Schublade auf.

Leer. Frustriert schloss er die Lade und öffnete die darunter. Ebenfalls leer. Er klopfte mit den Knöcheln gegen die Außenseite, merkte sich den hohlen Klang und klopfte dann die anderen Schubladen ab, bis er auf einen dumpferen Ton stieß. Als er diese Schublade öffnete, konnte er sich ein Lächeln nicht verkneifen – Glück gehabt.

Notizbücher, ein ganzer Stapel, einfach in die Schublade geworfen.

Er holte das erste heraus und blätterte es durch. Der Inhalt schien eher verwaltungsbezogen als technisch zu sein. Beim nächsten und übernächsten sah es ähnlich aus. Erst beim vierten hielt Grief inne, um es sich genauer anzusehen. Seitenweise krakelige Gleichungen, versehen mit den typischen Sternchen, Kreisen und Pfeilen eines Menschen, der seine Gedanken weiterentwickelt, indem er sie aufschreibt. Er fing an, es abzufotografieren, entschied sich dann aber anders. Das Büchlein war nicht sehr dick – er ließ es einfach hinter sich auf den Boden fallen, um es später mitzunehmen.

Dann klopfte er weiter, blätterte noch einige Notizbücher und zwei Ordner aus anderen Schubladen durch, in denen sich interessante Fotos fanden. Schnell entschied er, was er mit dem Rest seines Films fotografieren und was er mitnehmen würde. Dann schaute er wieder auf die Uhr. Inzwischen war er seit zwanzig Minuten in diesem Raum und hatte so viel eingesammelt, wie er tragen konnte. Rechnete er noch die Teile dazu, die er bereits im Hubschrauber hatte, musste das reichen.

Also setzte er wieder den Rotlichtfilter auf seine Taschenlampe, schob sie sich zwischen die Zähne und klemmte sich die Notizbücher und Ordner unter den Arm. Dann holte er sein Gewehr und löschte das Licht.

Grief stand mit weit geöffneten Augen in der Dunkelheit und zählte langsam bis sechzig, damit seine Nachtsicht zumindest teilweise zurückkehren konnte. Bis zu einer kompletten Umstellung würden zwanzig Minuten vergehen, aber seiner Schätzung nach würde er sie auch erst dann wirklich brauchen. Sobald er im trüben roten Licht seiner Taschenlampe die Details am Türrahmen und den Knauf erkennen konnte, stellte er kurz das Gewehr beiseite, öffnete die Tür, nahm die Waffe wieder auf und ging nach unten.

Es wurde Zeit, wieder abzuheben.

*

»Was zum …?«, dachte Isaac laut.

Zu Beginn seiner Runde um die Gebäude – erst Testzelle A, dann C und jetzt das R-MAD – hatte er die Scheinwerfer wieder eingeschaltet. Oft lagen auf dem Asphalt lose Metallteile oder anderer Schrott herum, und er wollte sich keinen Platten holen. Außerdem hatte er in der Nähe der Gebäude nie andere Tiere gesehen als Ratten, und denen wollte er ganz sicher nicht im Dunkeln begegnen.

Am Rand des großen umzäunten Bereichs standen die kleineren Bauten, die für die Lagerung leicht entflammbarer oder stark strahlender Materialien gedacht waren. Sie alle waren durch eine Ringstraße miteinander verbunden, der Isaac aus reiner Gewohnheit gefolgt war. Hier gab es nie irgendetwas zu sehen, aber er wusste, dass dieser Teil seines Jobs explizit in den Sicherheitsvorschriften von EG&G festgehalten war, da das R-MAD als Lager für den Großteil des als schwach strahlend eingestuften Materials genutzt wurde.

Indem er das Lenkrad immer wieder ein wenig einschlug, konnte er die Scheinwerfer auf jedes der Gebäude richten, die kaum größer waren als ein Geräteschuppen. Während er langsam an ihnen vorbeifuhr, achtete er darauf, ob alle Türen geschlossen waren und es vielleicht durch die Witterung zu irgendwelchen Schäden gekommen war. Doch wie immer fand er nichts außer langsam verrottenden Einzelteilen und rostigem Metall.

Dann aber bog er um die Ecke des R-MAD, und wo eigentlich nichts hätte sein sollen außer rissigem Asphalt und Gestrüpp, stand ein Helikopter.

Ruckartig trat er auf die Bremse.

Was macht denn ein verfluchter Hubschrauber hier?

Am Mercury-Wachposten hatte niemand etwas davon gesagt. Sein Blick huschte zu dem Funkgerät, das am Armaturenbrett befestigt war. Da ihn die Erfahrung gelehrt hatte, wie schlecht der Empfang zwischen all den Hügeln war, hatte er das Gerät ausgeschaltet. Außerdem gab es ja sowieso nie irgendetwas zu melden.

Ohne den dunklen Umriss im Licht seiner Scheinwerfer aus den Augen zu lassen, schaltete er den Motor aus und versuchte, sich einen Reim auf die Sache zu machen. Der Helikopter war komplett schwarz und ohne jede Kennzeichnung. Sein

Aussehen verriet, dass es sich um einen Militärhubschrauber handelte, nicht um eines der zivilen Modelle, mit denen Touristen Rundflüge machten. Doch hier draußen rührte sich nichts, er konnte auch nirgendwo Licht entdecken.

Isaac löste das Funkgerät aus seiner Verankerung und schaltete es ein. Kurz darauf rauschte es kurz, wie immer, wenn das Gerät sich einrichtete. Er überprüfte die Frequenz, dann drückte er mit dem Daumen den Übertragungsknopf.

»Mercury, hier ist Isaac, könnt ihr mich hören?«

Nichts. Er drehte den obersten Knopf, bis er statisches Rauschen hörte, dann stellte er die Lautstärke ein und versuchte es noch einmal.

»Mercury, hört ihr mich?«

Nur ein leises Rauschen antwortete ihm. Frustriert verzog er das Gesicht. *Verdammte Scheißfirma, gibt uns nicht einmal funktionsfähige Funkgeräte!*

Da aber immerhin die Möglichkeit bestand, dass die Basis ihn hörte, gab er eine kurze Zusammenfassung durch, bevor er das Gerät wieder abschaltete und in seine Halterung zurückschob.

Dann atmete Isaac einmal tief durch. Er würde wohl nachsehen müssen. Aber zuerst holte er sich das M14. Nachdem er sich vergewissert hatte, dass das Magazin komplett mit fünfzehn Schuss geladen war, setzte er es wieder ein, lud einmal durch, löste mit dem Zeigefinger den Sicherungshebel und stieg dann aus dem Wagen.

*

Heftige Windböen erfassten Griefs Kleidung und überlagerten mit ihrem Pfeifen einen Großteil der Geräusche. Die Scheinwerfer des Pick-ups vor dem Betonbau tauchten den

Helikopter in helles Licht und zeichneten einen langen, schwarzen Schatten auf den Boden, der sich bis zu den weißen Mauern des nächsten Gebäudes zog.

Um nicht gesehen zu werden, hielt sich Grief in der Dunkelheit, das Gewehr fest in der linken Hand. Dicht an die Außenmauer des Gebäudes gedrückt, schob er sich links an dem Hubschrauber vorbei, dann ging er hinter einigen verrosteten Fässern in Deckung.

Wartete, schätzte die Lage ein.

Wie viele waren es? Das war die entscheidende Frage. Als er eine Bewegung wahrnahm, unterdrückte er den Impuls, einfach aufzustehen und zu schießen. Stattdessen beobachtete er, wie ein Mann sich langsam vorwärtspirschte. Obwohl er ebenfalls die Lichtkegel der Scheinwerfer mied, bemerkte Grief die Waffe in seiner Hand.

Langsam lief ihm die Zeit davon, aber er musste sichergehen. Deshalb schob er sich nun an den Fässern vorbei und näherte sich unbemerkt der offenen Fahrertür des Pick-ups. Ein kurzer Blick hinein zeigte ihm einige lose Gegenstände auf dem Beifahrersitz und ein Funkgerät am Armaturenbrett. Rücksitze gab es keine, und es war sicher niemand auf der Ladefläche mitgefahren.

Griefs Widersacher war also allein. Das würde die Sache vereinfachen.

*

Während Isaac an dem Hubschrauber vorbeischlich, bemerkte er, dass eine Tür des R-MAD nur angelehnt war. Da er die Bedrohung damit lokalisiert hatte, ging er schützend in die Hocke. Wer auch immer hier eingeflogen war, war in das Gebäude hineingegangen. In der Tür war eine Glasscheibe eingelassen, daher wusste er, dass drinnen kein Licht brannte. Der Gedanke, ganz allein in diese Dunkelheit gehen zu müssen, machte ihm Angst. Von seinen Tagschichten wusste er, dass dieser Eingang in einen Korridor mit vielen Türen führte, also auch mit vielen Versteckmöglichkeiten. Dadurch lief er quasi automatisch in eine Falle.

Noch einmal huschte sein Blick zum Helikopter, und er überlegte, wie er die Eindringlinge daran hindern konnte, zu fliehen, während er selbst gleichzeitig sicher zu seinem Wagen zurückkäme, um abzuhauen und Hilfe zu holen.

Wie legt man einen Helikopter lahm? Haben die auch Zündschlüssel?

Vorsichtig ging er näher heran und starrte durch die Plexiglasscheibe. Nein, da war kein Schlüssel.

Vielleicht kann ich einfach die Instrumententafel zerschießen?

Er überlegte, was wohl der anfälligste Teil der Maschinerie war, und sein Blick wanderte zu den Rotorblättern hinauf. Zwar würde der Lärm des M14 jeden warnen, der sich in dem Gebäude versteckte, aber mit zerschossenen Rotorblättern kämen sie dann ja nicht weit. Also hob er sein Gewehr und zielte sorgfältig auf den dickeren Teil des Blattes nahe der Mitte, wo die Kugeln Kaliber .30 den meisten Schaden anrichten würden. Sein Finger wanderte an den Abzug.

Der Schuss kam völlig überraschend.

Grief war näher herangeschlichen, damit seine breit streuende Munition nicht den Helikopter traf. Dann hatte er auf Oberkörper und Kopf gezielt, hatte den Kolben fest gegen seine Schulter gedrückt und schnell abgedrückt, bevor der Mann seinen Hubschrauber sabotieren konnte.

Auf diese kurze Distanz war die Wirkung verheerend. Die acht schweren Bleikugeln aus der Schrotpatrone drangen mit einem Abstand von ungefähr zwölf Zentimetern in Isaacs Brustkorb ein, zerfetzten sein Herz, zersplitterten Rippen und Wirbelsäule und schleuderten den gesamten Körper nach hinten. Das M14 entglitt ihm und fiel klappernd auf den Asphalt. Für den Fall, dass der Mann noch lebte, rückte Grief einen Schritt vor, hob das Gewehr auf, prüfte, ob es entsichert war, und schoss Isaac damit in den Kopf.

Er wusste nicht genau, wie viele Patronen er noch in seinem Gewehr hatte, wollte sie sich aber vorsichtshalber für später aufheben. Hastig legte er seine Waffe auf die Rückbank des Helikopters, lud das M14 durch und legte es daneben.

Ohne dem Toten einen weiteren Blick zu schenken, holte Grief seine Beute aus dem Gebäude, wo er sie hatte liegen lassen, nachdem er den Wagen entdeckt hatte. Er band Papiere und Fotos auf dem freien Vordersitz des Helikopters fest und schnallte sich selbst an. Zwar war seine Nachtsicht noch immer eingeschränkt, doch er verließ sich darauf, dass sie sich auf dem Rückweg zur Area 51 wieder voll entfalten würde. Zum dritten und letzten Mal in dieser Nacht startete er den Motor des Lautlosen. Mit einem zufriedenen Nicken prüfte er die Treibstoffanzeige und hob dann zügig ab, wendete und stieg auf – diesmal etwas höher und mehr auf den Radarhöhenmesser konzentriert, bis er in der Dunkelheit wieder Details ausmachen konnte.

Die Lichtkegel der Autoscheinwerfer und der kurze Schatten des toten Körpers, unter dem sich eine dunkle Blutlache ausbreitete, blieben hinter ihm in der Nacht zurück.

Die Uhr in der Instrumententafel zeigte genau 05:00 an.

67

Groom Lake

Kaz trat direkt vor dem Hauptgebäude hart auf die Bremse, ließ Motor und Scheinwerfer an, sprang aus dem Wagen und hetzte die Stufen hoch. Als er sich der Basis genähert hatte, war nirgendwo ein Licht zu sehen gewesen, und die Sonne war kaum mehr als ein sanftes Glühen hinter dem Horizont. Er öffnete die Tür und schaltete seine Taschenlampe ein.

Am Tisch des Kommandopostens war niemand, nur ein tragbares Funkgerät stand auf dem Tresen. Kaz schnappte es sich, um Irv anzufunken. Das Gerät fühlte sich merkwürdig feucht an, und als er die Lampe darauf richtete, sah er, dass es voller Blut war.

Was ist hier los? Aus einem Reflex heraus wischte Kaz sich die Nase und musterte danach seine Hand, um sicherzugehen, dass er nicht auch plötzlich angefangen hatte zu bluten. *Wo kommt das Blut her?*

Er drückte den Sendeknopf. »Wachhäuschen, hier ist Kaz am Kommandoposten. Irv, kannst du mich hören?«

Nach einer kurzen Pause meldete sich rauschend einer der Sanitäter.

»Laut und deutlich. Wir brauchen Hilfe. Der Puls des Wachmannes wird immer schwächer, Colonel Williams' Nase hört nicht auf zu bluten, und jetzt hat er auch noch starke Bauchschmerzen bekommen.«

Stirnrunzelnd drückte Kaz erneut den Funkknopf. »Roger.«

Weiter hinten im Korridor ertönte ein gedämpfter Schrei. Als Kaz seine Taschenlampe in die Richtung hielt, sah er ein Toilettenschild. Schnell lief er den Flur hinunter.

»Hier drin!«, meldete sich eine angestrengte Stimme. Kaz schob die Tür auf und leuchtete in den Raum.

Auf dem Boden der Toilette lag eine der Air Force-Offiziere, denen Kaz bei den morgendlichen Besprechungen begegnet war. Das Gesicht der Frau war voller Blut, und sie presste stöhnend die Hände auf den Bauch.

»Was ist passiert?«, fragte Kaz sie drängend.

Anscheinend hatte sie starke Schmerzen, denn ihre Antwort kam in atemlosen, abgehackten Stößen: »Ich weiß es nicht! Meine Nase hat plötzlich angefangen zu bluten, und es hat nicht mehr aufgehört.« Wieder stöhnte sie gequält. »Jetzt habe ich diese brutalen Krämpfe, und ich glaube, ich habe mir in die Hose gemacht. Ich habe versucht, den Arzt zu erreichen, aber er antwortet nicht.« Verzweifelt blickte sie zu Kaz hoch. »Ich brauche Hilfe!« Noch immer floss das Blut in einem steten Strom aus ihrer Nase und tropfte auf den sowieso schon rot verschmierten Boden. Kaz holte sich eine Rolle Toilettenpapier, wickelte zwei Stücke davon ab und half der Frau, sie sich in die Nasenlöcher zu stecken.

»Ich hole den Arzt!«, versprach er ihr, doch im selben Moment wurde ihm klar, dass er ja gar nicht wusste, wo er ihn suchen sollte. »In welchem Wohnwagen finde ich ihn?«

»Nummer siebzehn«, keuchte sie. »Aber es kann auch sein, dass er die Feuerwehr unterstützt.« Ihr entkam ein langgezogenes Stöhnen.

Kaz nickte. »Bleiben Sie einfach hier, ich hole Hilfe für Sie!« Damit lief er den Flur wieder hinunter und raus zum Jeep. Seine Gedanken rasten.

Irv und diese Frau waren mit irgendetwas vergiftet worden,

und vielleicht auch dieser Mann, den er bei den Wohnwagen gesehen hatte. Was vermutlich bedeutete, dass noch mehr Menschen auf dem Stützpunkt betroffen waren. Aber auch nicht alle, denn den Feuerwehrleuten und den beiden Sanitätern fehlte ja nichts. Und ihm ebenfalls nicht.

Was war also die Ursache?

Während er hastig den Jeep wendete und in Richtung der Wohnwagen fuhr, fügte er den Angriff auf das Wachhäuschen und den Brand im Süden der Basis in das Gesamtbild ein. Das war doch niemals ein Zufall.

Irgendetwas – oder vielmehr irgendjemand – musste hinter all dem stecken.

Jemand, der sich in Groom Lake aufhielt und dem man nicht hundertprozentig vertrauen konnte.

Kaz erreichte die Wohnwagen und fing an, die Nummern abzuzählen. Gleichzeitig kam ihm ein neuer Gedanke.

Diente das alles nur dazu, möglichst viel Unruhe zu stiften? Das ergab doch keinen Sinn. Es musste ein Ziel dahinterstecken, eine konkrete Absicht.

Im Scheinwerferlicht tauchte eine schwarze 17 auf der silbernen Metallwand eines Wohnwagens auf, also bremste er abrupt ab. Wieder sprang er über die Tür aus dem offenen Wagen, hielt dann aber so abrupt inne, dass er beinahe das Gleichgewicht verloren hätte. Sein Blick wanderte kurz zum Parkbereich der Flugzeuge am anderen Ende des weiten Flugfeldes hinüber.

Heilige Scheiße, dachte er. *Könnte das der Grund sein?*

Ohne anzuklopfen, riss er die Wohnwagentür auf und ging hinein. Während er den Strahl seiner Taschenlampe herumwandern ließ, rief er: »Hey, Doc, sind Sie hier?«

Stille.

Da die Schlafzimmertür am nächsten war, ging Kaz zunächst dorthin und spähte hindurch – nur ein zerwühltes leeres Bett. Also durchquerte er den Wohnbereich, um sich das zweite Schlafzimmer vorzunehmen, doch hier war das Bett nicht einmal bezogen. Als Nächstes überprüfte er das Badezimmer. Leer, allerdings entdeckte er mithilfe seiner Taschenlampe einige Blutspritzer im Waschbecken.

Verdammt. Er auch?

Einen Moment lang blieb Kaz reglos stehen und wog seine Optionen ab. Sicher hatte der Arzt auf das Sirenengeheul reagiert, und falls er dabei festgestellt haben sollte, dass seine Nase blutete … was hätte er sich dabei schon denken sollen? Wahrscheinlich war er irgendwo bei den Feuerwehrleuten und bereits geschwächt durch das, was auch Irv und diese Frau erwischt hatte. Und damit für niemanden mehr eine Hilfe.

Hastig verließ Kaz den Wohnwagen und sprang in den Jeep.

Nun hielt er auf das Rollfeld zu, auf dem die F-15 geparkt war.

68

Groom Lake, nördliches Rollfeld

Während er mit dem Lautlosen den langgezogenen Felsvorsprung umflog, hinter dem sich Groom Lake verbarg, spähte Grief angestrengt nach vorne. Der Rest seines Plans hing nun davon ab, wie gründlich das Feuer bei den Tanks gewütet hatte und ob die Basis noch immer ohne Strom war. Als das weiße Salzbecken in Sicht kam, dann das dunkle Vorfeld und die Hangars, konnte er nirgendwo Licht sehen. Also flog er noch einige Sekunden weiter – auf diese Entfernung und bei seiner geringen Flughöhe würde man ihn von der Basis aus wohl kaum bemerken. Auch hinter den Hangars und darüber hinaus war alles dunkel.

Hervorragend, dachte Grief. *Also muss ich nicht draußen in der Wüste landen und zu Fuß zurückgehen.*

Er lenkte den Hubschrauber fast bis an den nördlichen Rand des Vorfeldes heran. Inzwischen war es 05:20 Uhr, und vor ihm im Osten verfärbten die ersten Sonnenstrahlen den Horizont. Bald würde das Licht für die nächste Phase seines Planes ausreichen, noch aber konnte er den Schutz der Dunkelheit für sich nutzen.

Geschickt ließ er den Lautlosen über seinem üblichen Stellplatz schweben, landete, schaltete den Motor aus und legte alle nötigen Schalter um. Während die Rotoren über ihm langsam zum Stillstand kamen, schnallte er sich ab, sammelte seine Sachen ein, öffnete die Tür und stieg aus.

Angespannt hielt er nach jeder noch so kleinen Regung Ausschau, lauschte auf jedes Geräusch, nur für den Fall, dass die Warfarin-Vergiftungen und das Ablenkungsmanöver am Tor, das er per Funk angefordert hatte, nicht ausgereicht hatten.

Nichts.

Mit dem M14 und dem Schrotgewehr in der Rechten und dem nun mit Metall und Papier gefüllten Beutel in der Linken lief er hastig auf den zweiten Hangar zu, der rechts von ihm in der Dunkelheit aufragte.

Normalweise öffnete das Bodenpersonal die schweren Hangartore mit einem elektrischen Mechanismus, aber wie auf allen Militärflughäfen musste es auch hier einen Notfallplan geben, um die Flugzeuge im Ernstfall nach draußen schaffen zu können. Doch zunächst betrat Grief den Hangar durch eine der kleineren Türen, ging zu dem Jet hinüber, der in der kalten Dämmerung undeutlich vor ihm aufragte, legte die beiden Waffen ab und stieg die mobile Leiter hinauf, die bereits an dem offenen Cockpit bereitstand. Er legte seinen prall gefüllten Beutel auf dem kahlen Metallboden direkt vor dem Schleudersitz ab und schob ihn unter das Steuerpult. Hier verstauten Piloten oft verbotenerweise kleinere Gepäckstücke. Verboten deshalb, weil ja immer das Risiko bestand, dass sie den Schleudersitz nutzen mussten; aber üblicherweise sah niemand allzu genau hin. Und es blieb noch genug Platz, damit er mit dem linken Bein an das Ruderpedal herankam.

Nun stieg er die Leiter wieder hinunter, hob die Waffen auf und ging zu der Stelle hinüber, an der sich das Hangartor normalerweise öffnen würde, direkt vor dem Bug des Jets. Dort legte er die Waffen wieder auf den Boden, löste die Verriegelung des Tores und packte mit beiden Händen das Metall, um die Torflügel auseinanderzuschieben.

Da die Tore oben in einer Rollschiene liefen, musste er sowohl die Trägheit der hohen Metalltore als auch den Widerstand der kleinen Metallrollen in der Schiene überwinden. Im ersten Moment rührte sich nichts, dann aber glitt das Tor langsam nach links. Nach und nach gewann es an Fahrt, dann prallte es gegen seinen Nachbarn, und Grief stemmte sich mit aller Kraft dagegen, damit beide sich rumpelnd öffneten. Nachdem er mit einem Blick in den Hangar abgeschätzt hatte, wann die Öffnung groß genug für die gesamte linke Flügelweite des Jets war, schob er noch ein wenig weiter. Anschließend wechselte er die Seiten und wiederholte das Ganze mit dem rechten Torflügel; nun war er dankbar für die kalten Windböen, die den Schweiß auf seinem Gesicht trockneten.

Da die Tore sich nur mit ihrem typischen Quietschen und Scheppern hatten bewegen lassen, hielt er noch einmal inne, um zu lauschen und sich auf dem Vorfeld umzusehen. Schließlich musste er sichergehen, dass er niemanden aufgescheucht hatte. Anschließend warf er einen Blick auf seine Uhr und musterte den Horizont. Es war 05:25 Uhr, und der deutliche Farbwechsel im Osten zeigte an, dass die Sonne bald aufgehen würde.

Genau im Zeitplan. Blieb nur noch eines zu tun.

Mit den Gewehren in der Hand verließ er zügig den Hangar und lief zielstrebig auf die schlanke graue F-15 zu.

*

Es gab mehrere Möglichkeiten, einen Hochleistungskampfjet außer Gefecht zu setzen. Grief hatte überlegt, einfach auf die Instrumententafel oder die Cockpithaube zu schießen oder vielleicht auch einige Kugeln in die Luftansaugung des Triebwerks zu feuern, doch er war sich nicht ganz sicher, welche

Folgen das hätte. Deshalb hatte er sich für etwas viel Simpleres entschieden, das ihm wesentlich vertrauter war.

Die F-15 hatte ein einfaches, schweres Fahrwerk mit einem einzelnen hohen Reifen auf jeder Seite. Das Gewehr, mit dem er den Mann erschossen hatte, war noch immer entsichert, und Grief ging davon aus, dass vom Magazin eine neue Kugel in die Kammer geschoben worden war. Er kniete sich neben den linken Reifen des amerikanischen Flugzeugs, zielte sorgfältig, vergewisserte sich noch einmal, dass niemand zu sehen war, drückte die Waffe an die Schulter und schoss.

Das 0,8-Millimeter-Geschoss durschlug beide Seiten des Gummimantels und hinterließ zwei saubere Löcher in dem Radialreifen. Grief hatte darauf geachtet, keines der Metallteile zu treffen, von denen die Kugel hätte abprallen und ihn treffen können. Und auch wenn Flugzeugreifen unter sehr hohem Druck standen, glaubte er nicht, dass sie explodieren würden. Nun hörte er zufrieden, wie das auf knapp vierundzwanzig bar zusammengepresste Stickstoffgemisch zischend austrat, während sich der Flügel über ihm deutlich nach links neigte.

Aber Grief wollte ganz sicher sein. Also drückte er den Lauf zwischen die vernieteten Stützstreben an der Flügelunterseite und schoss noch einmal. Zwar war die Unterseite des Flügels vermutlich aus Titan gefertigt, aber das große Kaliber der Waffe sorgte dafür, dass auch hier das Geschoss mühelos alles durchschlug. Wenige Sekunden später beobachtete er zufrieden, wie die ersten Treibstofftropfen aus dem Loch quollen.

Wollte man diese Maschine fliegen, musste man jetzt zunächst einmal den Reifen wechseln. Tat man das nicht, würde er beim Start zerreißen, die Gummifetzen würden wahrscheinlich ins Triebwerk gesaugt, und die Maschine bekäme so viel Widerstand, dass sie nicht abheben konnte.

Das Loch im Flügel war so klein, dass es bei einer flüchtigen Kontrolle bestimmt übersehen wurde, wenn aber nach dem Start der Druck in den Treibstoffleitungen zunahm, entstand so ein irreparables Leck.

Einfache Vorsichtsmaßnahmen für den unwahrscheinlichen Fall, dass jemand versuchen sollte, ihn mit der einzigen Maschine dieses Stützpunktes einholen zu wollen, die schnell genug war. Grief stand auf und lief eilig zurück in den dunklen Hangar.

In einiger Entfernung waren Scheinwerfer aufgetaucht, die langsam näher kamen.

*

Kaz parkte den Jeep direkt am ersten Hangar. Kaum war er herausgesprungen, zog er seine Pistole und lief zur F-15 hinüber. Als er um die Ecke bog, blieb er stehen und schätzte kurz die Lage ein.

An dem Jet rührte sich nichts. Es war nichts zu hören außer dem Wind, der über den Asphalt peitschte.

Nachdem sein Auge sich an die Dämmerung gewöhnt hatte, fiel ihm auf, dass die Nordseite des zweiten Hangars merkwürdig dunkel war. Dann wurde ihm klar, dass das Tor teilweise geöffnet war, was eindeutig nicht der Fall sein sollte.

Seine Sinne arbeiteten auf Hochtouren, während er hastig überlegte, was Grief wohl gerade tat.

Vorsichtig schob er sich durch den tiefen Schatten des ersten Hangars, wartete ein paar Sekunden und huschte dann über den freien Streifen zwischen den beiden Gebäuden. Angestrengt lauschend schlich er zu dem geöffneten Hangartor.

Drinnen waren Schritte zu hören, dann ein metallisches Schaben und ein leises Quietschen – als wäre eine Leiter an einem Flugzeug positioniert worden und anschließend jemand ins Cockpit geklettert. Schnell schob Kaz sich um die Ecke und betrat geduckt den Hangar.

Grief schoss auf die Gestalt am Tor.

*

Die plötzlich einsetzende Taubheit in Bein und Fuß verriet Kaz, dass er getroffen worden war. Er fuhr herum und rannte los. *Wenigstens lässt sich das Bein noch bewegen*, dachte er, während er um die Ecke des Hangars bog und hinter einem wuchtigen Transformator in Deckung ging. Mit gezückter Pistole spähte er aus seinem Versteck.

Er ärgerte sich darüber, dass es ihn erwischt hatte. Wartete darauf, dass Grief die Aufgabe zu Ende brachte.

Als er nach hinten tastete, trafen seine Finger auf Kies. Er packte einen der größeren Steine und warf ihn ungeschickt auf den angrenzenden Hangar. Zufrieden hörte er, wie das Metall schepperte. Wieder nahm er sich einen Stein, dann wartete er. Hoffte, den Russen damit aus der Reserve gelockt zu haben.

Plötzlich wurde er von einem stechenden Schmerz überfallen, und während er weiter nach dem Russen Ausschau hielt, betastete er vorsichtig sein Bein. Mit ein wenig Blut hatte er gerechnet, aber der Stoff seiner Hose war völlig durchnässt, und auch sein Stiefel fühlte sich warm und feucht an. Ihm wurde übel.

Scheiße. Der Schuss muss eine Arterie verletzt haben. Ungeschickt löste er seinen Gürtel und zog ihn aus der Hose. Dann musste er seine Pistole für einen Moment weglegen, da er beide Hände brauchte, um den Gürtel knapp unterhalb des Knies um seinen Unterschenkel zu schlingen und festzuziehen. Zum Glück war der Gürtel aus geflochtenen Jeansstreifen gefertigt, sodass er mit etwas Mühe den Stift der Schnalle hindurchbohren und seine improvisierte Aderpresse befestigen konnte. Dann zog er noch einmal an und schob das lose Ende des Gürtels unter der Schlinge hindurch, um den Druck weiter zu erhöhen, bis er schließlich der Meinung war, das Maximum erreicht zu haben. Auf Dauer würde die fehlende Blutzufuhr ernste Schäden in Unterschenkel und Fuß hervorrufen, aber vorerst ging es eben nicht anders. Nachdem er sich die blutigen Hände an der Hose abgewischt hatte, griff er wieder zur Pistole und wagte es, um die Ecke des Transformators herumzuspähen.

Da er nichts Neues entdecken konnte, ging er seine Möglichkeiten durch: Grief wusste nicht, wie gut er bewaffnet und ob er allein gekommen war, deshalb würde er wohl nicht einfach blind angreifen. Die Waffe, mit der Grief auf ihn geschossen hatte, war eindeutig größer gewesen als eine Pistole, eher ein Gewehr. Woraus sich schließen ließ, dass er sicher mehr als nur die eine Patrone schussbereit hatte.

Aber warum stand das Tor des Hangars offen? Er war davon ausgegangen, dass Grief die F-15 stehlen wollte. Aber in diesem Hangar standen nur MiGs. Warum sollte Grief sich all die Mühe machen, nur um eine MiG zu klauen? Und wohin wollte er dann damit?

Vielleicht gibt es etwas an der MiG-25, das wir übersehen haben?

Und noch ein Gedanke kam ihm: *Vielleicht zerstört er die ganzen MiGs?* Aber das ergab auch keinen Sinn.

Wieder schob Kaz seinen Kopf um die Ecke des Transformators, und wieder sah er nichts. Was auch immer Grief vorhatte, er war dabei, seinen Plan in die Tat umzusetzen. Kaz entschied, dass er einen anderen Zugang zum Hangar finden musste, einen mit mehr Deckung. Also hielt er nach dem nächsten Eingang Ausschau. Er musste etwas unternehmen. Doch als er aufstehen und loslaufen wollte, brach das verletzte Bein unter ihm weg, er stürzte und rollte sich ab. Der Schmerz war so überwältigend, dass grelle Funken vor seinen Augen tanzten.

Scheiße! Ist es etwa gebrochen?

Vorsichtig tastete er sein Schienbein vom Knie bis zum Knöchel ab, doch es war alles so fest wie immer. Beim tiefer im Fleisch liegenden Wadenbein konnte er nicht sicher sein, und der obere Bereich der Wadenmuskulatur brannte wie Feuer, wenn er ihn auch nur berührte. Er atmete ein paarmal tief durch, dann rollte er sich keuchend herum, stand vorsichtig auf und humpelte Richtung Tür, wohl wissend, dass er Grief schutzlos ausgeliefert wäre, wenn er jetzt um die Ecke kam.

Als er seine blutverschmierte Hand nach dem Türknauf ausstreckte, hörte er das unverkennbare Heulen eines startenden Düsentriebwerks – aus dem Inneren des Hangars.

Dann flammte die Lampe über der Tür auf.

Instinktiv schloss Kaz die Augen, um sie vor der plötzlichen Helligkeit zu schützen. Als er sich schließlich in den Hangar schleppte, konnte er kaum etwas erkennen. Die Nachtsicht seines gesunden Auges war gestört, und drinnen brannte keinerlei Licht. Offenbar war es den Feuerwehrleuten gelungen, den Generator wieder anzustellen, denn sämtliche Lichter, die nachts eingeschaltet blieben – wie etwa die an den Hangarzugängen –, brannten nun wieder. Aber hier im Inneren des Hangars war es noch immer dunkel.

Aus dem kreischenden Startgeräusch wurde das satte Dröhnen eines Triebwerks, das in den normalen Betriebsmodus wechselt. Ihm blieben also nur noch wenige Sekunden, bis Grief mit der Maschine aus dem Hangar rollen würde.

Kaz tastete neben der Tür herum, bis er die Lichtschalter fand. Er drückte sie und humpelte dann so schnell er konnte den Flur hinunter. Als er die Tür dahinter aufriss, drang zumindest ein wenig Licht in die Schwärze der riesigen Halle. Da Griefs Maschine bereits startbereit war, blieb ihm keine Zeit mehr, sich zusätzliches Licht zu verschaffen. Kaz betrat die Halle, suchte sich trotz Verletzung einen möglichst festen Stand und hob seine Waffe.

Im Bug der Maschine blitzte Mündungsfeuer auf, dann hörte er, wie das Geschoss scheppernd neben ihm in der Wand einschlug. Ein zweiter Schuss folgte. Mit einem schmerzerfüllten Stöhnen warf er sich zu Boden, rollte sich nach rechts ab und lehnte sich gegen ein geparktes Starter Cart. Blind streckte er mit der linken Hand die Pistole aus und feuerte ein paarmal in Richtung des Jets. Inzwischen hatte sich der Lärm der Maschine deutlich verstärkt, und nun kamen das Rumpeln und Klappern loser Teile hinzu, die durch den Triebwerksausstoß herumgeschleudert wurden.

Grief rollte aus dem Hangar.

Kaz begriff, dass ihm keine Zeit mehr blieb – jetzt oder nie. Er zog sich an dem Starter Cart in die Höhe, lehnte sich gegen die Oberkante, um besser zielen zu können, und feuerte seine letzten fünf Kugeln auf die Punkte des sowjetischen Jets ab, die er für die verwundbarsten hielt.

Während der Verschluss seiner Pistole auf das leere Magazin traf, glitt die MiG-25 aus dem Hangar heraus. Ihre Triebwerke liefen mit voller Kraft, als sie scharf rechts abbog und sich dann Richtung Osten wandte, hin zur Startbahn und dem See von Groom Lake.

Genau der aufgehenden Sonne entgegen.

69

F-15 Eagle

Halb hüpfend, halb laufend humpelte Kaz zur F-15 hinüber – der einzigen Maschine in Groom Lake, die einigermaßen bewaffnet war. Claw hatte erwähnt, dass vom Testteam zurzeit Schießübungen während des Fluges durchgeführt wurden, also sollte ihre Vulcan-Bordkanone mit den passenden 20-mm-Geschossen geladen sein.

Die MiG-25 hatte das Vorfeld bereits verlassen und rollte in hohem Tempo auf die Startbahn zu. Als Kaz die F-15 erreichte, fiel ihm selbst im Halbdunkel auf, wie schief die Maschine stand; der linke Reifen war platt.

Scheiße. Da ihm aber nichts anderes übrig blieb, bückte er sich vorsichtig und zog die schweren Gummikeile unter beiden Rädern heraus.

Dann entfernte er hastig die Abdeckungen von den Lufteinlässen und Pitotrohren und warf sie einfach beiseite. Unter dem Cockpit drückte er gegen die Luke, hinter der sich die eingebaute Leiter verbarg. Sobald sie herabgelassen wurde, öffnete er die Klappe zur Cockpitentriegelung, drehte sie hart herum, bis sie auf UP stand, und wartete ab, bis sich die Cockpithaube geöffnet hatte. Dann ließ er den Griff wieder unter der Klappe verschwinden.

Die eingebaute Leiter der F-15 bestand lediglich aus einer schmalen Stange mit wenigen Halte- und Fußgriffen und diente eigentlich nur körperlich fitten Männern dazu, ihr

Cockpit zu erreichen, wenn einmal keine Bodencrew mit einer robusteren Leiter verfügbar war. Kaz packte sie nun mit beiden Händen, verlagerte das Gewicht auf sein gesundes Bein und platzierte den verletzten Fuß auf der untersten Sprosse.

Das wird wehtun.

Stöhnend zog er sich hoch und drehte sich dabei auf dem verletzten Bein, während er hastig versuchte, mit dem gesunden die nächste Sprosse zu erreichen. Im nächsten Schritt packte er den Rand des Cockpits und zog sich in einem Klimmzug daran hoch, bis sein belastbares Bein es wieder eine Sprosse weiter schaffte. Da sein Oberkörper nun weit genug oben war, beugte er sich in das Cockpit hinein und ließ sich mit einer unbeholfenen Drehung auf den Sitz fallen. Dabei schlug seine verletzte Wade gegen den unteren Teil des Instrumentenbretts und hinterließ einen verschmierten Blutfleck.

Aber er war drin.

Mit einem schnellen Blick versuchte er, sich im Cockpit zu orientieren. Er hatte noch nie eine F-15 geflogen, aber sie war von denselben Leuten gebaut worden wie die F-4, und als Testpilot hatte er gelernt, dass alle Flugzeuge im Grunde gleich aufgebaut waren. Man musste nur herausfinden, wie man sie startete. Also legte er den Hauptschalter um und drückte die Knöpfe, die den Start einleiten sollten. Gerade als er einen schwarzen Hebel mit der Aufschrift JET FUEL STARTER ziehen wollte, fiel ihm ein, dass direkt vor der linken Luftansaugung ja noch die Leiter hing. Wieder packte er mit beiden Händen den Rand des Cockpiteinstiegs, beugte sich vor und streckte sich hinunter, bis er die oberste Sprosse zu fassen bekam. Durch kräftigen Zug schaffte er es, die Teleskopstange zusammenzuschieben und das letzte Element einrasten zu lassen.

Dann drückte er die Abdeckluke zu. Kraftlos ließ er sich wieder auf den Schleudersitz fallen; Schmerz und Anstrengung waren so groß, dass ihm schlecht wurde. *Was auch vom Blutverlust kommen kann.*

Aber er musste sich konzentrieren. Er zog den JFS, startete erst das linke, dann das rechte Triebwerk, indem er die Abdeckung von den Schaltern schob und den Gasgriff in den Leerlauf schob. Anschließend schloss er die Cockpithaube, um den Triebwerkslärm zu dämpfen. Ihm fehlten Helm und Sauerstoffmaske, aber Grief war ebenfalls ohne gestartet. Ohne den zusätzlichen Sauerstoff würden sie beide nicht besonders hoch fliegen können, außerdem konnten sie ohne Helm nicht auf den Funk zugreifen.

Unwichtig. Jetzt musste er diese Maschine in die Luft bringen, und zwar so schnell wie möglich und trotz platten Reifens.

In einiger Entfernung spiegelte sich in grellem Orange der Nachbrenner der MiG-25 auf der Salzkruste des Seebetts. Grief hatte die verlängerte Startbahn erreicht und würde gleich abheben. Obwohl es noch recht dunkel war, hatte Kaz genau vor Augen, was sich vor ihm befand: ein Abbremsfeld und eine Straße, die auf den ausgetrockneten See hinausführte. Er durfte den kaputten Reifen so wenig wie möglich belasten, damit die harten Reifenflanken so lange wie möglich hielten. Ein kurzer Blick zeigte ihm, dass die Anzeigen vor ihm inzwischen hochgefahren waren; die Frontscheibenanzeige – das HUD – leuchtete grün. Dahinter sah er, wie sich die MiG-25 nach links wandte, immer weiter beschleunigte und nun mit vollem Nachbrenner über das Salzbett schoss.

Er musste sich beeilen. Ohne sich um das übliche Vorgehen zu scheren, schob er beide Gashebel bis zum Nachbrenner durch. Während die Eagle sich durch den ungebremsten

Schub mit einem Satz in Bewegung setzte, nutzte Kaz die Pedale, um sie nach rechts zu lenken, was brennende Schmerzen durch sein Bein schießen und die Muskeln in seiner Wade sich verkrampfen ließ. Er hielt auf das Abbremsfeld und die Straße zu. Er hatte beschlossen, direkt von der nackten Salzkruste zu starten.

Voll betankt und mit Munition versorgt, aber ohne Raketen oder zusätzliche Tanks wog die F-15 ungefähr 20 000 Kilogramm, verteilt auf die beiden Haupträder und das kleinere Bugrad. Kaz setzte die Landeklappen ein und schob den Knüppel nach rechts vorne, um den kaputten Reifen weitestgehend zu entlasten, aber bis er die nötige Fluggeschwindigkeit erreichte, würden beinahe zehn Tonnen auf die Reifenflanken drücken und das harte Gummi immer weiter verformen. Je mehr er beschleunigte, desto mehr versuchten die ausgebeulten Überreste, sich der Rotation des Rades anzupassen, wodurch der Reifen umso stärker belastet wurde. Als die Maschine den dunklen Asphalt der Straße verließ und auf die harte weiße Salzkruste rollte, gab der Reifen den Kampf auf und fing an zu reißen. Die Selbstzerstörung nahm sofort ihren Lauf: Die Zentrifugalkräfte der schnellen Drehbewegung zerfetzten ihn, und schwere, stahlverstärkte Gummistücke flogen unter dem linken Flügelansatz hervor.

Ein Großteil der Trümmer prallte gegen den Rumpf oder die Flügelunterseite und hüpfte dann über das Salz, was kaum mehr hervorrief als schwarze Abriebspuren und kleinere Dellen in der aus Aluminium und Titan bestehenden Außenhaut der Maschine. Ein paar Bruchstücke wurden direkt nach hinten geschleudert, wobei eines das horizontale Höhenleitwerk traf und eine tiefe, schartige Kerbe hineinriss, bevor es in der Dämmerung davonflog. Die größte Gefahr ging allerdings von den Stücken aus, die nach vorne geschleudert wurden.

Nur knappe fünf Meter vor dem Rad befand sich die große, rechteckige Ansaugöffnung des F100-PW-100-Triebwerks, die im Prinzip nichts anderes war als ein riesiger Staubsaugerkopf, da durch sie genügend Luft eingesogen werden musste, um den Turbofan des Nachbrenners zu versorgen.

Gleich mehrere Reifenteile wurden in das Triebwerk gesogen.

Gefangen in der Wucht des Luftstroms, prallten die Fragmente gegen die erste Ventilatorenreihe des Kompressors, in dem die Luft so weit verdichtet wurde, dass der Antrieb funktionierte. Zwar waren die Titaniumrotorblätter sehr robust und darauf ausgelegt, mit Regen in Überschallgeschwindigkeit, Staub und sogar kleineren Vögeln fertigzuwerden. Allerdings war es reine Glückssache, ob sie auch mit so unberechenbaren Hindernissen wie Reifenteilen zurechtkamen.

Aber Kaz hatte Glück. Keines der Blätter wurde so getroffen, dass es brach, was einen Totalausfall zur Folge gehabt hätte. Stattdessen hackten die scharfen Kanten die Gummiteile in verdauliche Häppchen; nur die Farbe des Abgasstrahls änderte sich leicht, als das Triebwerk nicht mehr nur JP-4 und Luft verbrannte, sondern auch Gummi und Metall.

Der Verlust des Reifens sorgte allerdings für neue Probleme. Nachdem sich der Gummireifen gelöst hatte, blieb nur die Metallfelge übrig, der ohne Ummantelung ungefähr fünfzehn Zentimeter an Höhe fehlten, außerdem war der Widerstand auf dem harten Salz-Sand-Gemisch des Groom Lake so um einiges höher. Kaz hielt den Steuerknüppel hart nach rechts gedrückt und richtete ihn nur langsam wieder auf, als die Maschine weiter beschleunigte. Das linke Querruder und das Höhenleitwerk drückten auf die vorbeiströmende Luft, um den abgesenkten Flügel anzuheben. Stur kämpfte Kaz gegen die Schmerzen in seinem verletzten Bein an und trat auf das rechte Ruderpedal, damit der Bug nicht zur Seite ausbrach. Dann zwang er sich, ein paarmal die Zehendruckbremse anzutippen, bis die Eigengeschwindigkeit der Maschine hoch genug war.

Und plötzlich ging es. Die mächtigen Triebwerke hatten dem störrischen Flugzeug so viel Tempo verliehen, dass der Auftrieb unter den Flügeln höher wurde als das Gewicht der Maschine, und der Bug der F-15 hob sich, der Jet löste sich vom weißen, salzverkrusteten Boden. Kaz kippte die Landeklappen, um aufzusteigen, schickte ein leises Stoßgebet aus und schob dann den Fahrwerkshebel nach oben. Um möglichst schnell zu wenden, ließ er die Maschine hart nach links rollen und konzentrierte sich dann auf das rote Glühen des Nachbrenners der MiG-25, die nun Richtung Süden flog.

Unten am Rumpf schob sich das Fahrwerk zusammen. Der lange weiße Schaft des Ölfederbeins schwenkte nach vorne, und der Mechanismus drehte die Räder um neunzig Grad, damit sie nirgendwo hängen blieben, während die Hochdruckhydraulik im Rumpf der F-15 alles an Ort und Stelle schob. Eine Sekunde später rastete die Verschlussklappe ein. Der Mechanismus wurde nicht durch Gummifetzen blockiert, und das durch den Verlust des Reifens deutlich kleinere Rad hatte keinerlei Platzprobleme. Nun war die Unterseite der Eagle vollkommen glatt und bereit für hohe Geschwindigkeiten.

Sobald das Fahrwerk von Gewicht befreit war, legten sich kleine Schalter um und schickten ein Signal an die Treibstofftanks, die daraufhin die Druckeinstellung änderten, um mehr JP-4 in die Triebwerke zu schicken, während die Maschine in dünnere Luftschichten aufstieg. Was anfangs noch ein langsames Tröpfeln gewesen war, wurde nun zu zwei kleinen Fontänen, als der Treibstoff durch die Einschusslöcher im Flügel gepresst wurde. Die Eagle hatte insgesamt über elftausend Liter

Treibstoff an Bord, der nun nicht nur in den Triebwerken verbrannte, sondern auch in der Morgendämmerung versprüht wurde.

Der Kampf hatte begonnen.

*

Alle fünf Schüsse, die Kaz im Hangar auf die MiG-25 abgefeuert hatte, hatten getroffen. Allerdings war der Colt 1911 mit seinen Kaliber-.45-Patronen nicht darauf ausgelegt, aus dreißig Metern Entfernung schwere Maschinenteile zu zerstören.

Kaz hatte erst auf Grief im Cockpit gezielt, dann auf die Treibstofftanks und die Triebwerke, als die MiG sich in Bewegung setzte. Die rotierenden fünfzehn Gramm schweren Kugeln waren von der Nickel-Stahl-Verkleidung entweder zerdrückt worden oder einfach abgeprallt. Eine hatte sich hinten am Heck in der Nähe des Triebwerks in das heiße Titan gebohrt. Wirklichen Schaden hatte allerdings nur die eine Kugel angerichtet, die das hitzeresistente Plexiglas der Cockpithaube durchschlagen und auf Griefs rechter Seite ein rissiges Loch hinterlassen hatte, um anschließend so dicht an seinem Gesicht vorbeizufliegen, dass kleine Plastiksplitter seine Haut gestreift hatten. Bei ihrem Austritt hatte sie dann auf der linken Seite ein zweites Loch geschlagen, direkt hinter der Metallverstrebung. Eine kleine Wunde, aber eine entscheidende, denn nun konnte das Cockpit den Luftdruck nicht mehr aufrechterhalten. Und Grief hatte weder Helm noch Sauerstoffmaske.

Der Russe würde seinen auf extreme Höhen ausgelegten Abfangjäger also sogar noch niedriger fliegen müssen als geplant.

*

Die Entwickler der F-15 hatten die Maschine extra für den Luftkampf gebaut. Ihr spitz zulaufender grauer Bug barg eine leistungsstarke Radarschüssel in sich, und die wichtigsten Bedienelemente waren alle in den Gashebeln und dem Steuerknüppel eingebaut, damit der Pilot sie blind ertasten konnte, während er den Luftraum nach möglichen Bedrohungen absuchte. Als Kaz die Maschine nun hart wendete, um der MiG-25 zu folgen, spielte er an den Schaltern herum, musterte das HUD und behielt die verschiedenen Anzeigen im Auge, um sich mit der Maschine vertraut zu machen. Er ging mehrere Radareinstellungen durch, bis er das Gewünschte fand und ein kleiner, grüner Kasten im Display aufleuchtete, der sich sofort über den orange-roten Nachbrennerstrahl des Gegners legte.

Zielerfassung.

Der Bordcomputer begann zu rechnen und zeigte ihm wenig später Entfernung, Zielpunkt und mögliche Einsatzwaffen an. Da er weder wärmesuchende noch radargesteuerte Raketen an Bord hatte, blieben Kaz nur die Kanonen, und er musste ziemlich nah an den Gegner herankommen, um sie einsetzen zu können. Durch Griefs Befragungen auf der Spring Mountain Ranch und von den Red-Hat-Testpiloten, die sie geflogen waren, hatte Kaz erfahren, dass die MiG-25 schwer zu manövrieren war, vor allem kurz nach dem Start, wenn die Tanks noch voll waren. Offiziell lag ihr Limit bei etwas mehr als 2 *g*, aber Grief würde alles aus dem Jet herausholen, um zu entkommen, und sich dabei nicht darum scheren, ob ihm das die Flügel verbog.

Kaz hatte sich die weite Linkskurve gespart, die Grief flog, um seine F-15 so in Schussweite zu bringen. Da er nicht davon ausging, mit seinen Pistolenschüssen irgendwelchen Schaden angerichtet zu haben, musste er ihn einholen, bevor Grief weiter aufsteigen und die Tumansky-R-15-Triebwerke den russischen Abfangjäger auf seine Höchstgeschwindigkeit von Mach 3 bringen konnten. Was eindeutig schneller war als das Maximum der F-15, das bei Mach 2,5 lag.

Kaz brauchte mehr Schub. Plötzlich fiel ihm etwas ein, das ihm ein großspuriger Eagle-Testpilot – nicht umsonst hatten diese Kollegen von den übrigen Piloten den Spitznamen Ego Driver verpasst bekommen – eines Abends an der Bar erzählt hatte. Anscheinend gab es im Cockpit einen Schalter, mit dem man die Triebwerke stärker anheizen konnte, wenn man dringend einen taktischen Vorteil herausholen musste. Zwar wurde dadurch der Verschleiß der Triebwerke drastisch erhöht, doch man hatte ihn trotzdem eingebaut für den Fall, dass bei einem entscheidenden Flug zusätzliche Power gebraucht wurde. Nun sah sich Kaz hektisch im Cockpit um und suchte nach einem gesicherten Schalter, der vermutlich auch eine besondere Farbe hatte. Sein Blick glitt über die schwarzen und gelben Hebel für den Cockpithaubenabwurf und den Schleudersitz hinweg und blieb endlich an einem kleinen roten, mit einer Abdeckung versehenen Schalter ganz links am Cockpitrand hängen. Darauf stand: V-MAX.

Bingo!

Er schob einen Finger unter die Abdeckung und zog daran, bis der Sicherungsdraht riss, der verhindern sollte, dass der Pilot den Schalter aus Versehen betätigte. Dann hob er die Abdeckung an und legte den Schalter um.

Nichts. Kaz spürte keinerlei Veränderung.

Vielleicht bedeutet V-Max, dass es sich erst bei höheren Geschwindigkeiten zuschaltet? Egal, kann nicht schaden, nur hilfreich sein. Konzentration!

Luftkampf bedeutet immer, abzuwägen: Wie bringt man sich in Schussposition, ohne dabei Geschwindigkeit oder

Energie einzubüßen? Und wie schafft man das, ohne vorher vom Feind abgeschossen zu werden oder ihn zu seinem taktischen Ziel durchbrechen zu lassen? Und ohne dass einem der Treibstoff ausgeht? Kaz zog kontrolliert am Steuerknüppel, um seinen Bug wieder auf die vor ihm fliegende MiG-25 auszurichten; die Zahlen in seinem HUD zeigten, dass er sich seinem Ziel schnell näherte.

Jenseits des grünen Kästchens, das seinen Gegner anzeigte, sah Kaz in weiter Ferne die Lichter von Las Vegas schimmern. Grief hatte einen Kurs eingeschlagen, der ihn westlich an der Stadt vorbeiführen würde. Was hatte er vor? Wollte er mit einer Art Kamikaze-Manöver irgendetwas auf dem Atomtestgelände zerstören? *Oder etwa den Hoover-Staudamm?* Irritiert schüttelte Kaz den Kopf. Selbst wenn eine MiG-25 mit Höchstgeschwindigkeit in den Damm krachte, würde das die Beton-Stahl-Konstruktion wohl nur geringfügig beschädigen. Und warum sollte er das überhaupt tun? Es wäre vollkommen sinnlos.

Er ist auf der Flucht, begriff Kaz. Er flüchtet sich an einen Ort irgendwo südlich von Groom Lake. Kaz ging im Kopf die Landkarten durch und versuchte sich vorzustellen, wo genau Vegas in Bezug zu San Diego, dem Saltonsee, Yuma und Phoenix lag.

Mexiko!

Grief floh, um die MiG-25 – den aktuell schnellsten Jet überhaupt – über die Grenze nach Mexiko zu schaffen, zusammen mit den Geheimnissen, die der schlaue Doppelagent gesammelt hatte. Zurück bliebe nur das Chaos, das er in Groom Lake inszeniert hatte.

Der Nachbrenner der MiG-25 wurde im HUD der F-15 größer und größer, während Kaz sich ihm von links hinten näherte. Ein Blick auf die Anzeigen der Waffensysteme zeigte

Kaz, dass die Bordkanone auf HIGH eingestellt war, der digitale Zähler daneben stand auf 940 Schuss. Mithilfe eines Schalters in der Mitte der Konsole machte er die Waffe schussbereit. Nun erschien auf dem HUD ein großer Kreis mit kleinen Markierungsstrichen auf den Stundenpositionen und einer geraden, auf ein Kreuz in der Mitte zuführenden Linie. Während er seine Maschine immer dichter an die MiG heranbrachte, bemerkte er, dass diese Linie die voraussichtliche Flugbahn der Geschosse anzeigte. Er hatte alle Hände voll damit zu tun, sein Ziel in die Mitte des Kreises zu manövrieren. Sein rechtes Bein war inzwischen taub geworden, als wäre es unterhalb des Knies bereits abgestorben.

*

Als Grief bei einem Blick über die Schulter merkte, dass sich die F-15 in Schussposition brachte, reagierte er sofort. Er presste den Steuerknüppel zur Seite, ließ die MiG um hundertachtzig Grad herumrollen und schob ihren Bug Richtung Boden, hinab in die schützenden, verschlungenen Täler der Shoshone Mountains. Das zunehmende Licht half ihm dabei, sich eine schmale Schlucht auszusuchen und die Entfernung abzuschätzen. Er trieb die MiG an ihre Belastungsgrenze, als er sie erst zwanzig Meter über dem Boden wieder aufrichtete. Konzentriert nach vorne blickend rollte er mal nach links, mal nach rechts und folgte den sich windenden Felswänden. Mal sehen, ob der Amerikaner sich traute, ihm hier hinein zu folgen.

*

Kaz fluchte verbittert, als seine Flugbahn ihn plötzlich über das Ziel hinaustrug. Schnell rollte er die F-15 herum und ließ sie absinken, um die MiG wieder einzufangen. Noch konnte er den glühenden Nachbrenner erkennen, der allerdings wenig später in einem der tiefen, schmalen Täler verschwand. Kaz riss den Steuerknüppel zurück, um den Sinkflug abzubrechen, und versuchte mit gerecktem Hals herauszufinden, wo die MiG wieder auftauchen könnte.

Da! Als er kurz etwas Rotes aufblitzen sah, folgte er der dunklen Linie der Schlucht bis zu einem Punkt, wo sie sich zu freiem Gelände hin öffnete. Er ließ seine Maschine herumrollen und beschleunigte, um sich möglichst schnell wieder in Schussreichweite bringen zu können.

Die MiG-25 Foxbat schoss mit voller Geschwindigkeit direkt vor Kaz aus der Deckung hervor; da der Boden hier ebener war, flog sie sogar noch tiefer als zuvor. Zu tief, um einen ordentlichen Schuss abgeben zu können, begriff Kaz. Also brachte er seine F-15 auf die gleiche Höhe, nur wenige Meter über dem Wüstenboden. Um die Maschine mit seinem tauben Fuß gieren zu können, musste er in seinem Sitz herumrutschen und das gesamte Bein durchstrecken. Nur so gelang es ihm, das Pedal zu drücken und die Maschine auf das Ziel auszurichten.

Zwei Zwanzigtonnenmaschinen rasten nahe der Schallgeschwindigkeit mit glühenden Abgasstrahlen über die hügelige Wüste von Nevada, jede darauf erpicht, sich einen Vorteil zu erkämpfen. Ohne Helm herrschte im Cockpit ein ohrenbetäubender Lärm, ein unaufhörliches schrilles Pfeifen. Da er nicht ordnungsgemäß an den Schleudersitz geschnallt war, kam Kaz sich vor, als würde er einen durchgedrehten Bullen reiten.

Immer wieder rollte die MiG vor ihm hin und her, wich nach rechts und links aus, sodass Kaz nicht wirklich zielen konnte. Die Welt vor seinen Augen begann zu verschwimmen und wurde grau. *Der Blutverlust*, begriff er. Er kämpfte dagegen an, indem er heftig den Kopf schüttelte und Bauch- und Beinmuskulatur anspannte, um das Blut zum Gehirn hinaufzutreiben. Mit aller Kraft versuchte er, sich zu konzentrieren.

Ohne Waffen und mit der F-15 im Nacken blieb Grief nur noch eine Möglichkeit. Während er über dem Wüstenboden dahinraste, brachte er die MiG behutsam in den richtigen Rollwinkel, dann zog er den Steuerknüppel mit voller Kraft nach hinten. Die Maschine wurde aus der Achse gerissen und direkt auf den anderen Jet zugeschleudert – so riskierte er zwar eine Kollision, konnte aber darauf hoffen, dass die MiG dank ihres titanverstärkten Rumpfes überlebte. Ein letztes Manöver blieb ihm noch, das den Aufprall garantierte.

Kaz sah, wie die Foxbat plötzlich direkt vor ihm nach oben ausbrach und nach rechts gierte. Um einem Zusammenstoß zu entgehen, rammte er sein gesundes Bein auf das linke Seitenruder, während eine Stimme in seinem Hinterkopf schrie: *Das hast du doch schon einmal gesehen!* Gegen die instinktive Reaktion ankämpfend, stieß er nach vorne statt zur Seite, scheinbar unaufhaltsam auf seinen Gegner zu.

Doch die MiG gierte plötzlich in die andere Richtung, drehte sich und richtete sich in einem wilden, scheinbar vollkommen unkontrollierten Manöver direkt auf Kaz aus. Genau das hatte Kaz acht Jahre zuvor über Nordvietnam beobachtet.

»Du Mistkerl!«, schrie Kaz.

Aber heute flog er keine alte, schwerfällige F-4. Nach dieser brutalen Drehung konnte der MiG nicht mehr viel Energie geblieben sein, also zog er seine F-15 hart nach links, riss mit beiden Armen an seinem Steuerknüppel und zwang das Flugzeug mit über 8 *g* herum. Keuchend versuchte er, nicht das Bewusstsein zu verlieren. Indem er den Rücken gegen die Sitzlehne presste, versuchte er, die erstickenden Kräfte über die Wirbelsäule abzulenken. Die Farben vor seinen Augen verblassten, dann wurde kurz alles schwarz, doch er konnte noch hören und denken. Er zählte die Sekunden, bis beide Maschinen gleichgerichtet sein mussten. Dann ließ er den schweren Knüppel los, und sofort konnte er wieder sehen. Die MiG war noch immer vor ihm, rollte, fiel, versuchte zu beschleunigen.

Jetzt! Kaz legte den rechten Zeigefinger um den Schalter am Steuerknüppel und setzte noch einmal sein verletztes Bein ein, um das Ziel sauber ins Visier nehmen zu können. Als es in der Mitte des Kästchens war, presste er seine rechte Hand zusammen, und die Maschine fing an zu vibrieren. Ein raues, metallisches Brummen erfüllte das Cockpit, als die sechs rotierenden Läufe der M61-Vulcan-Bordkanone hundert Schuss pro Sekunde abgaben.

Die Geschosse flogen unter Kaz' rechtem Flügel hervor, in der Morgendämmerung blitzte gelblich-weißes Mündungsfeuer auf. Während er schoss, bewegte er die Steuerung, sodass seine Zielerfassungsanzeige vor und zurück glitt, nach links und nach rechts. Dann sah er, wie an der MiG etwas explodierte und dichter schwarzer Rauch aufstieg. Sofort beschleunigte Kaz und rollte seitlich weg, um den Trümmerteilen zu entgehen, die von dem sowjetischen Jet in die Tiefe stürzten.

Als die Triebwerke auseinanderbrachen, verlor die MiG-25 sofort an Schub; Teile der Hochleistungsströmungsmaschine zerfetzten das Heck des Flugzeugs. Während sie haltlos auf den Wüstenboden zuraste, zog Kaz scharf nach links, um ihr so weit wie möglich zu folgen.

*

Die unkontrolliert trudelnde MiG-25 hatte nichts mehr von einer eleganten Flugmaschine an sich. Im Cockpit war der Beutel mit den Unterlagen und Metallteilen erst vom Boden an die Haube und dann nach hinten in den Schleudersitz katapultiert worden, ein wild gewordenes Geschoss in einem engen Raum. Da er es so eilig gehabt hatte, wegzukommen, hatte Grief sich nicht die Zeit genommen, sich richtig anzuziehen und im Sitz festzuschnallen, und so wurde er bei dem schlingernden Sturz brutal herumgeschleudert. Metall und Plastik bohrten sich in sein Fleisch und zertrümmerten seine Knochen.

Doch als Testpilot hatte er in unzähligen Maschinen gesessen, die außer Kontrolle geraten waren, dadurch hatte er schon früh gelernt, sich von dem Chaos ringsum zu lösen. Und so sah er selbst in diesem tödlich verwundeten Vogel genau, wie der Boden rasend schnell näher kam, sah, wie der Höhenmesser gegen null strebte. Irgendwie gelang es ihm, seine Arme durch die herumfliegenden Schultergurte zu schieben und sich einigermaßen auf dem Sitz zu platzieren. Dann zog er an dem großen, halbrunden roten Griff, der den Schleudersitz auslöste.

Der konturlose braune Wüstensand glitt heran, dann bohrte die MiG-25 Foxbat einen weiteren Krater in das Atomtestgelände von Nevada.

*

Der Tod eines Piloten erschütterte Kaz jedes Mal aufs Neue, selbst wenn es sein Gegner war, der im Kampf fiel. Als er sah, wie die MiG in einem Feuerball auf dem Boden zerschellte, schloss er für einen Moment die Augen und zwang sich, nicht daran zu denken, wie dieser letzte, brutale, von Flammen verzehrte Moment wohl gewesen sein mochte. Sein persönlicher Albtraum.

Dann wurde er von der Realität eingeholt, von seiner eigenen verzwickten Situation: Er flog eine schwere Maschine, die er noch nie gelandet hatte und der ein Rad fehlte, außerdem hatte er ein blutendes, taubes Bein und keinerlei Möglichkeit, den Funk zu benutzen. Nach kurzem Suchen fand er rechts auf dem Instrumentenbrett die Treibstoffanzeige. Entsetzt stellte er fest, dass die Nadel sich schon ein ganzes Stück gegen den Uhrzeigersinn bewegt hatte – der Tank war fast leer. Bei den Warnleuchten war in grellem Orange die Anzeige FUEL LOW angegangen.

Scheiße! Wo ist mein ganzer Treibstoff hin?

Er nahm sofort Kurs auf Groom Lake und war erleichtert, als der Stützpunkt trotz des ausgedehnten Luftkampfes direkt hinter der Hügelkette im Nordosten erschien. Er musste die Maschine runterbringen, und zwar so schnell wie möglich.

Während er Gas wegnahm, um Treibstoff zu sparen, horchte er in sich hinein. Ihm war schwindelig, und das verletzte Bein schwankte zwischen Taubheit und Schmerz, eine Art brennendes Kribbeln hatte seine Wade erfasst. Kaz war nicht sicher, ob er die Maschine nach dem Aufsetzen noch präzise steuern konnte. Allerdings wusste er, dass die F-15, auch wenn sie kein Navy-Jet war, mit einem Fanghaken ausgerüstet war, der sich zwischen den Triebwerken im Heck befand. In der linken unteren Ecke der Instrumententafel fand er schließlich einen mit HOOK markierten Schalter und drückte ihn nach unten. Zwar folgte kein spürbares, beruhigendes Knirschen wie in den Navy-Maschinen mit dem schwereren Equipment, aber zumindest leuchtete ein kleines, mit HOOK beschriftetes Lämpchen auf. *So weit, so gut*, dachte Kaz. Als Nächstes musste er irgendwie die Rettungskräfte des Stützpunktes alarmieren, bevor ihm der Treibstoff ausging, damit die das Notfallfangseil auf der Landebahn auslegen konnten.

Er flog in Süd-Nord-Richtung über die Basis hinweg und ließ dabei die Flügel auf und ab schaukeln; dabei behielt er ständig die Treibstoffanzeige im Auge. Nun sah er, dass die Feuerwehrfahrzeuge nicht mehr am Treibstofflager standen, sondern gerade auf dem Rückweg zur Feuerwache waren. Sofort zog er nach rechts und flog direkt über sie hinweg. Dabei ging er auf eine Höhe von 50 Fuß hinunter, damit sie den ausgeklappten Fanghaken sehen konnten. Nach dem Überflug schaute er sich sofort um und stellte erleichtert fest, dass die Fahrzeuge kehrtmachten und querfeldein auf die Landebahn zusteuerten. Während er die nächste Schleife zog, merkte er, dass der Blutverlust ihn immer schläfriger werden ließ. Krampfhaft dagegen ankämpfend, beobachtete er, wie die Rettungskräfte die Bahn räumten und ihm mit gerecktem Daumen das Okay gaben. Kaz nutzte den Rückenwind, um sich in Position zu bringen, wie er es auch beim langen, flachen Anflug auf einen Flugzeugträger getan hätte. Inzwischen war die Treibstoffanzeige quasi bei null angelangt, aber er durfte das Kabel dort unten auf keinen Fall verfehlen.

Erst als ihm das Kinn auf die Brust sank, merkte er, dass er kurz ohnmächtig geworden war. Mit einem heftigen Kopfschütteln hielt er sich wach und zog die Maschine ein letztes Mal nach rechts. Da sich der Luftwiderstand mit abgesenktem Fahrwerk deutlich erhöhte, hatte Kaz damit so lange wie möglich gewartet. Jetzt – korrekt ausgerichtet und kurz vor der Landebahn – legte er seine zitternde linke Hand an den Fahrwerkshebel und schob ihn nach unten. Erleichtert beobachtete er, wie die drei Anzeigen NOSE, LEFT und RIGHT aufleuchteten.

Alle drei Räder waren ausgefahren und eingerastet. Allerdings hatten nur zwei davon Reifen.

Er drückte den Schalter für die Landeklappen und schloss beide Hände um den Steuerknüppel, um ihn stabil zu halten. Die F-15 war in Landeanflug zwar schwerfällig, ließ sich aber noch steuern. Ein Flugzeugsymbol im HUD zeigte an, wo er bei dieser Geschwindigkeit aufsetzen würde. Kaz behielt Fluggeschwindigkeit und Anstellwinkel im Auge und versuchte, konstant bei hundertdreißig Knoten zu bleiben. Da er nicht festgeschnallt war, stemmte er beide Beine in den Boden und drückte den Rücken in den Sitz, um sich für den bevorstehenden Aufprall zu wappnen.

Wumms!

Genau vor dem Kabel setzte die Maschine auf. Das reifenlose Rad löste einen Funkenregen aus, bevor es griff, und Kaz schaffte es gerade noch, sich schützend am Instrumentenbrett abzustützen, bevor der Fanghaken sein Ziel fand. Er wurde in seinem Sitz nach vorne geschleudert und spürte ebenso wie die Maschine den heftigen Ruck, als sie abrupt zum Stehen kam. Dann war plötzlich alles still. Kaz löste die Handsicherung und zog beide Gashebel in die OFF-Position. Dann sank er kraftlos in sich zusammen. Plötzlich kam er sich in dem harten Schleudersitz sehr klein vor, ihm war schwindelig, und er war vollkommen erschöpft. Als der Adrenalinschub abklang, wurde ihm übel, und er begann vor Kälte zu zittern. Dann wurde alles schwarz.

Hinter ihm kamen die Feuerwehrfahrzeuge heran; ihre rotgelben Lichter hoben sich grell vor der aufgehenden Sonne ab.

EPILOG

Krankenhaus der Nellis Air Force Base, Las Vegas

Kaz rannte.

Zwischen den Bäumen, die rechts und links von dem gewundenen Trampelpfad wuchsen, sah er immer wieder seine Beute; sie floh vor ihm, ohne sich umzusehen. Kaz trieb sich noch härter an, legte sich ganz in den Sprint hinein, um aufzuholen. Seine Zehen gruben sich in den Boden, sein Atem ging keuchend.

Mit jedem Schritt verkürzte sich der Abstand zwischen ihm und seiner Beute, dann sah er ihre starken Beine, pumpenden Arme. Als ihn nur noch eine Körperlänge von ihr trennte, streckte Kaz den linken Arm aus, katapultierte sich nach vorne und packte sie an der Schulter. Mit einer abrupten Drehung zwang er den anderen Läufer, stehen zu bleiben und sein Gesicht zu zeigen.

Als der andere den Kopf drehte und sich aus seinem Griff befreite, erkannte Kaz, wen er da verfolgt hatte. Er war schockiert, denn damit hatte er nicht gerechnet.

Svetlana. Mit einem Ruck riss sie sich von ihm los, fuhr herum und rannte davon.

Verblüfft sah Kaz ihr hinterher; wie hatte sie so plötzlich

verschwinden können? Nur langsam dämmerte ihm, dass all das nicht real war, dass er sich in einem Traum befand und sein Bewusstsein versuchte, sich wieder einzuschalten. Er holte sich selbst aus dem Schlaf.

*

Kaz versuchte, die Augen zu öffnen. Seine Lider waren wie Gummi, das linke klebte an der trockenen Oberfläche seines Glasauges. Nachdem er ein paarmal geblinzelt hatte, um es zu befeuchten, riss er beide Augen mit einem Ruck auf, indem er die Brauen hochzog; bei den Unterlidern half er mit den Fingerspitzen nach. An seinem gesunden Auge spürte er einen kühlen Luftzug, als er sich im Raum umsah. Die scharfen Konturen der Realität wirkten beruhigend auf ihn.

Die Lampen waren ausgeschaltet, und die Helligkeit vor dem großen Fenster, das fast die gesamte Wand zu seiner Linken einnahm, wurde durch die herabgelassenen Jalousien gedämpft. Aus einem an einem Metallgestell befestigten Beutel tropfte eine klare Flüssigkeit in seinen linken Unterarm. Er lag in einem Bett mit blanken Schutzgittern an den Seiten, und zu seiner Rechten entdeckte er zwei Türen, beide geschlossen. Es war sehr ruhig hier, nur hin und wieder zeigte ein gedämpftes Brummen, dass irgendwo in der Nähe wohl Flugzeuge starteten.

Ich bin in einem Militärkrankenhaus. Sein Gehirn arbeitete nur träge. *Was ist passiert? Und was war das für ein Traum?*

Drei kurze Klopfschläge an der Tür und eine unverständliche Männerstimme rissen ihn aus seinen Überlegungen.

»Herein!«, rief Kaz. Oder zumindest versuchte er es. Nachdem er sich geräuspert hatte, wiederholte er etwas lauter: »Herein!«

Die Tür öffnete sich, und vom Flur schien helles Licht in das Zimmer. Der Mann, dessen Umriss sich darin abzeichnete, zögerte kurz, bevor er den Raum betrat. »Ist es okay, wenn ich das Licht einschalte, Kaz?«

»Klar doch, nur zu.« Er kniff die Augen zusammen, als ein leises Klicken anzeigte, dass ein Lichtschalter umgelegt wurde, und die Leuchtstoffröhren summend aufflammten. Trotzdem war das Licht noch so grell, dass Kaz das Gesicht verzog. Diesmal öffnete er die Augen nur langsam.

Inzwischen war die hochgewachsene, schlanke und beinahe kahle Gestalt an das Fußende seines Bettes getreten. Der Mann trug ein hellblaues Hemd und eine dunkelblaue Hose, über seiner linken Brusttasche hingen ein Namensschild und eine Bandschnalle. Die blaue Dienstmütze hatte er unter den Arm geklemmt. Er schenkte Kaz ein besorgtes Lächeln.

»Wie geht es Ihnen, Cowboy?«, fragte Sam Phillips, Kampfpilot im Zweiten Weltkrieg, Leiter des Apollo-Weltraumprogramms der NASA und nun Herr über das Air Force Systems Command. Er war Kaz' Mentor und hatte ihn überhaupt erst zur NASA geholt und zum Aufpasser der MiG-25 ernannt. Und deren Piloten.

Noch einmal versuchte Kaz, seine Stimme zu benutzen: »Ein wenig angeschlagen, wenn ich ehrlich sein soll, General.« Um sein Gehirn zur Arbeit zu zwingen, fügte er hinzu: »Sind wir in Nellis?«

Sam Phillips antwortete lächelnd: »Jawohl, in deren Krankenhaus.« Er deutete mit dem Kinn auf die hochgestellte Bettdecke über Kaz' rechtem Bein. »Sie haben eine Menge Blut verloren. Der Stützpunkt von Nellis war die nächstgelegene Möglichkeit, an Konserven zu kommen.«

Verwirrt runzelte Kaz die Stirn. »Von Washington hierher

fliegt man mindestens fünf Stunden. Wie lange war ich bewusstlos?«

Nun nahm Phillips auf dem Stuhl neben dem Bett Platz und legte seine Mütze in den Schoß. »Lange genug, um von einem Rettungshubschrauber hierhergeflogen zu werden, wo die Ärzte Sie mit den notwendigen Körperflüssigkeiten versorgt und sich um Ihre kaputte Wade gekümmert haben. Ich habe schon mit dem Chirurgen gesprochen, und er meinte, es sei nicht weiter kompliziert gewesen. Er geht davon aus, dass kein bleibender Schaden entstanden ist, auch wenn Sie ein paar interessante Narben zurückbehalten werden.«

Kaz nickte langsam und versuchte, mit den Zehen zu wackeln. Unterschenkel und Fuß fühlten sich noch immer taub an, aber er beobachtete erleichtert, wie sich unter der Decke etwas bewegte. »Also … wie lange war es nun?«

»Sechsundzwanzig Stunden. Man hat Ihnen Schmerzmittel verabreicht, damit Sie schlafen konnten.« Da Kaz ihn noch immer fragend ansah, fügte Phillips hinzu: »Es ist Samstagvormittag.«

Aus Kaz' gedanklichem Nebel trat etwas hervor, das ihn die ganze Zeit beunruhigt hatte. »Irv Williams und diese Frau im Kommandoposten haben aus der Nase geblutet. Der Arzt von Groom Lake könnte ebenfalls betroffen sein.« Noch während er dem General davon berichtete, fiel ihm auch wieder ein, welchen Verdacht er gehabt hatte. »War es Warfarin?«

Phillips nickte. »Jawohl. Ein Großteil des Personals von Groom Lake hatte diese Symptome, vor allem Nasenbluten und Bauchkrämpfe. Wie sich herausgestellt hat, war der Kaffee im Besprechungsraum und im Bereitschaftsraum der Piloten damit versetzt. In Kaffee schmeckt man das Gift wohl nicht heraus, und nach ein paar Tagen hat sich so viel davon im Körper angesammelt, dass es seine Wirkung entfaltet.« Er unterbrach sich kurz. »Das war nicht das erste Mal, dass sowjetische Agenten Warfarin als Waffe eingesetzt haben.« Phillips war auch Direktor der National Security Agency gewesen und hatte viel mit dem Auslandsgeheimdienst zu tun gehabt.

Kaz war erst am Donnerstagabend nach Groom Lake zurückgekehrt und hatte deshalb nichts von dem Kaffee getrunken. Nun stellte er die eigentlich wichtige Frage: »Wie geht es Irv und den anderen?«

Mit einem bedächtigen Nicken erklärte der General: »Irv und alle anderen Vergiftungsopfer sind über den Berg. Die Sanitäter aus Nellis, die Sie eingesammelt haben, haben per Funk Hilfe angefordert. Zum Glück lässt sich eine Warfarin-Vergiftung gut behandeln. Alle haben rechtzeitig frisches Blut und Vitamin K für die Gerinnung bekommen und werden sich vollständig davon erholen. Einige von ihnen sind auch hier in der Klinik, genau wie der Wachmann, der den Anschlag mit der Granate überlebt hat. Die Ärzte sagen, dass er durchkommen wird, aber es wird lange dauern.«

Phillips sah Kaz durchdringend an. »Bill Thompson von der CIA ist tot. Er wurde erwürgt, wohl mit einer Art Garrotte. Seine Leiche wurde unter seinem Wohnwagen gefunden.«

Schockiert schüttelte Kaz den Kopf. »Verdammt, General, das ist furchtbar.« Nach einer kurzen Pause stellte er ausdruckslos fest: »Dann war Grief also ein sowjetischer Doppelagent.« Fragend neigte er den Kopf. »Wohin wollte er mit der MiG-25? Nach Mexiko?«

Wieder nickte General Phillips. »Direkt hinter der Grenze, in Mexicali, stand eine Antonov-22 für den Transport bereit, die sie über Kuba eingeflogen hatten. Wir hatten sie im internationalen Luftraum über dem Golf sogar auf dem Schirm. Wenige Stunden, nachdem Sie die MiG abgeschossen hatten, ist sie nach Kuba zurückgeflogen. Die An-22 ist eindeutig groß genug, um eine MiG-25 zu transportieren. Wir gehen davon aus, dass sie damit die Maschine und den Piloten nach Russland zurückbringen wollten.«

Noch immer verwirrt runzelte Kaz die Stirn. »Das verstehe ich nicht. Wozu diese ganze Show, bei der sie uns angeblich die MiG-25 ausliefern wollten? Nur für die paar Informationen, die Grief über Groom Lake sammeln konnte? Warum hat er nicht stattdessen die F-15 gestohlen?«

»Wir nehmen an, dass die Sowjets befürchtet haben, damit einen zu ernsten Zwischenfall heraufzubeschwören. Ein Überläufer, der fast schon veraltete Technologien ausliefert, ist eine Sache. Aber der gezielte und von oben abgesegnete Diebstahl unseres neuesten Kampfjets hätte inakzeptable Folgen nach sich gezogen.« Phillips fügte hinzu: »Außerdem hat sich herausgestellt, dass sie eigentlich hinter etwas anderem her waren.«

Kaz wartete schweigend.

»Gestern wurde auf dem Atomtestgelände ein erschossener Wachmann gefunden, direkt bei einem der Lagerhäuser. Fügt man die einzelnen Puzzleteile zusammen, ergibt sich folgendes Bild: Während in Groom Lake alle mit dem Brand am Treibstofflager und dem Attentat am Wachhäuschen beschäftigt waren, ist der Russe mit dem Penetrator dort rübergeflogen und hat sich geheime Informationen besorgt.« Sein Blick wanderte zur Tür. »Ich werde Ihnen später noch sagen, was genau das war, jedenfalls haben wir bei der ersten Untersuchung der Absturzstelle der MiG die Überreste einiger sehr spezieller, streng geheimer Bauteile entdeckt.«

Einen Moment lang sah er Kaz schweigend an. »Dafür wurde er hergeschickt. Ihr beherztes Eingreifen hat also verhindert, dass amerikanische Schlüsseltechnologien außer Landes geschafft wurden.«

Frustriert schüttelte Kaz den Kopf. »Aber es hat nicht verhindert, dass man uns reingelegt hat. Oder dass er Menschen getötet hat.« Er atmete einmal tief durch, um sich zu beruhigen. Nachdem er kurz nachgedacht hatte, fragte er: »Gibt es schon eine Spur zu dem Attentäter am Wachhäuschen?«

Nun schüttelte der General den Kopf. »Noch nicht. Aber da wir jetzt wissen, dass es einen Schläferagenten in der Gegend rund um Las Vegas gibt, werden wir Jagd auf ihn machen. Wir haben an der Absturzstelle auch Teile gefunden, die vermutlich zu einem Satellitenkommunikationsgerät und einer Kamera gehören. Anscheinend hat dieser Schläfer diese Dinge irgendwie dem Sowjet zugespielt.« Stirnrunzelnd stellte er fest: »Groom Lake wird das gesamte Sicherheitssystem auf den Prüfstand stellen müssen.« Phillips lehnte sich zurück. »Eines ist allerdings seltsam: Bislang haben wir an der Absturzstelle der MiG noch keine Leiche gefunden. Haben Sie irgendetwas gesehen?«

Kaz schloss die Augen, um sich die letzten Momente des Luftkampfes und den Anblick der brennenden MiG ins Gedächtnis zu rufen, den Moment, als sie auf der Erde aufschlug und explodierte. Dann schüttelte er den Kopf. »Ich habe nicht gesehen, dass er ausgestiegen wäre. Aber die Sonne war noch nicht wirklich aufgegangen, es kann also sein, dass ich es einfach nicht bemerkt habe.«

Achselzuckend erklärte Sam Phillips: »Da ist sowieso kaum mehr als ein qualmender Krater übrig geblieben. Wir gehen deshalb davon aus, dass der Körper beim Absturz vollständig verbrannt ist. Trotzdem nehmen unsere Jungs die Gegend momentan gründlich unter die Lupe.«

Kaz fragte: »Was wird Washington in dieser Angelegenheit unternehmen?«

Phillips musterte ihn einen Moment lang schweigend, dann

antwortete er: »Zum Glück wurde nichts davon öffentlich gemacht, deshalb werden beide Seiten einfach abstreiten, dass die MiG-25 jemals hier war. Die CIA wird den Verlust ihres Agenten mit der üblichen Geheimhaltung abwickeln, Thompsons Familie wird nicht erfahren, wo oder unter welchen Umständen er gestorben ist. Die anderen Todesfälle vor Ort werden wir als Unfälle deklarieren, wir werden die Sicherheitsmaßnahmen verschärfen und dankbar sein für alles, was wir über den sowjetischen Jet in Erfahrung bringen konnten.« Nach einer kurzen Pause fügte er hinzu: »Den Israelis werden wir es natürlich sagen. Immerhin hat deren Geheimdienst ebenfalls Mist gebaut.«

Nickend ließ Kaz seinen Blick zu seinem verletzten Bein wandern. »Denken Sie, das wird sich irgendwie auf die Apollo-Sojus-Mission auswirken?« Kurz flackerte in seinem Kopf ein Bild aus seinem Traum auf, verschwand aber sofort wieder.

Der General neigte abwägend den Kopf. »Das glaube ich nicht. Schließlich will Nixon sich immer noch als großen Staatsmann präsentieren. Verdammt, nach dieser Watergate-Sache sogar noch mehr als vorher.« Ein schmales Lächeln huschte über sein Gesicht. »Nach dieser Geschichte hier werden Sie die Kosmonauten noch genauer im Auge behalten müssen.«

Kaz spürte, wie die Erschöpfung zurückkehrte; müde ließ er den Kopf auf das Kissen sinken. Der General verstand den Wink und stand auf.

»Diese Medikamente scheinen ja ziemlich reinzuhauen, Kaz. Ruhen Sie sich aus. Zukunftspläne können warten, bis Sie wieder in Houston sind.«

Kaz nickte kraftlos, aber noch immer nachdenklich. »Vielen Dank, dass Sie extra hergekommen sind, Sir.«

Ernst erwiderte der General sein Nicken. »Was Sie gestern

getan haben, war einfach nur großartig, Kaz. Ihre Nation dankt Ihnen, und ich danke Ihnen.« Die beiden Männer sahen sich stumm an, dann wandte Phillips sich ab und ging hinaus. Leise zog er die Tür hinter sich zu.

Voller Erleichterung schloss Kaz die Augen und ließ sich in sein hartes, aber tröstliches Krankenbett zurückfallen. Während er langsam wegdämmerte, erfüllten grelle Bilder des gestrigen Luftkampfes seine Gedanken, aber auch die tiefe Befriedigung darüber, endlich wieder richtig geflogen zu sein, vermischt mit leiser Trauer im Gedenken an die Getöteten.

Als Kaz dann endlich schlief, träumte er.

ANMERKUNG DES AUTORS

Ein Großteil der Personen, Ereignisse und Dinge, die in ›The Defector‹ beschrieben werden, sind real. Dadurch wurde die Arbeit an dieser Geschichte zu einem spannenden Puzzle, aber auch zu einer endlosen Herausforderung, um Fakten und Historie gerecht werden zu können. Damit sich der werte Leser nicht mit ChatGPT herumschlagen muss, folgt nun eine kurze Zusammenfassung.

Historische Persönlichkeiten

Andropow, Juri: Vorsitzender des KGB von 1967 bis 1982; später Generalsekretär der Sowjetunion

Beregowoi, Georgi: Kosmonaut; Leiter der Sternenstadt von 1972 bis 1987, wurde 1969 bei einem Attentat auf Breschnew verletzt

Brand, Vance: Kampfpilot des US Marine Corps; Testpilot bei Lockheed; Astronaut; Mitglied der Apollo-Sojus-Besatzung

Breschnew, Leonid: Generalsekretär der KPdSU von 1964 bis 1982

Carmi, Eitan: Israelischer Kampfpilot; schaffte es, zu Beginn des Jom-Kippur-Krieges eine Kelt-Rakete abzuschießen

Dajan, Mosche: Israelischer Verteidigungsminister von 1967 bis 1974; verlor 1941 sein linkes Auge, als ein Scharfschütze sein Fernglas traf

Echeverría Álvarez, Luis: Präsident von Mexiko von 1970 bis 1976

Elazar, Dado: Generalstabschef der israelischen Streitkräfte von 1972 bis 1974

Forsman, Billy: Colonel der US Air Force; Luftwaffenattaché in Israel während des Jom-Kippur-Krieges; spielte eine Schlüsselrolle bei Operation Nickel Grass

Gretschko, Andrei: Marschall der Roten Armee; sowjetischer Verteidigungsminister von 1967 bis 1976

Keating, Ken: Amerikanischer Politiker; US-Botschafter in Israel von 1973 bis 1975

Kissinger, Henry: US-Staatssekretär von 1973 bis 1977

Krjutschkow, Wladimir: Leiter der Ersten Hauptverwaltung des KGB von 1971 bis 1978

Kubassow, Waleri: Kosmonaut; Flugingenieur der Sojus-Apollo-Mission

Kutachow, Pawel: Flugmarschall; Kommandant der sowjetischen Streitkräfte von 1969 bis 1984; Veteran der Schlacht von Stalingrad

Leonow, Alexei: Kosmonaut; erster Mensch, der frei im Weltraum schwebte; Sojus-Kommandant während der Sojus-Apollo-Mission

Marwan, Ashraf: Ägyptischer Geschäftsmann und Spion, beim Mossad unter dem Namen »der Engel« geführt

Meir, Golda: Israels erste und bislang einzige weibliche Premierministerin (1969–1974), spielte eine entscheidende Rolle bei der Gestaltung des Landes. Geboren in der Ukraine, aufgewachsen in Wisconsin, starb 1978 an Lymphdrüsenkrebs

Nixon, Richard: Präsident der Vereinigten Staaten von 1969 bis 1974

Phillips, Sam: General der US Air Force; Leiter des Apollo-Programms von 1964 bis 1969; Direktor der National Security Agency von 1972 bis 1973; Chef des USAF Systems Command von 1973 bis 1975

as-Sadat, Anwar: Präsident von Ägypten von 1970 bis 1981; wurde bei einem Attentat getötet
Shepard, Al: Admiral der US Navy; Testpilot; erster amerikanischer Astronaut, Kommandant von Apollo 14; Chefastronaut der NASA
Slawski, Jefim: Direktor des Sredmash von 1957 bis 1986
Slayton, Deke: USAF-Testpilot; Astronaut; Flugdirektor der NASA; Besatzungsmitglied von Apollo-Sojus
Stafford, Tom: Lieutenant General der US Air Force; Testpilot; Astronaut; Apollo-Kommandant während der Apollo-Sojus-Mission
Tindall, Bill: Flugdirektor der NASA im Johnson Space Center
Veliotes, Nicholas: US-Diplomat im Mittleren Osten; Deputy Chief of Mission unter Botschafter Keating

*

Apollo-Sojus A 1975: Gemeinschaftsprojekt der USA und der UdSSR, bei dem Astronauten und Kosmonauten im All zusammentrafen und ein Andockmanöver durchführten, um eine friedliche Zusammenarbeit zu demonstrieren. Die Sojus hatte hierbei nur zwei Besatzungsmitglieder, war zuvor aber auch schon mit dreien geflogen.

Area 51/Groom Lake: Streng geheimer CIA-/USAF-Stützpunkt in der Wüste von Nevada, auf dem Luftfahrzeugtechnologie entwickelt und getestet wird, darunter das Aufklärungsflugzeug U-2 und gekaperte sowjetische Kampfjets. Es ranken sich diverse Verschwörungstheorien um den Stützpunkt, da viele Menschen glauben, dort werde an Außerirdischen geforscht. Die amerikanische Regierung hat die Existenz von Area 51 bis 2013 offiziell geleugnet.

Baikal-1: Geheime sowjetische Entwicklungseinrichtung für Nuklearraketenantriebe innerhalb des Testgebiets von Semipalatinsk (wo von 1949 bis 1989 Atomwaffen getestet wurden), gelegen im Osten des heutigen Kasachstan.

Caesars Palace: Casinohotel am Strip von Las Vegas, eröffnet 1966, verfügt über mehrere Restaurants, darunter auch das *Noshorium*. Frank Sinatra ist regelmäßig dort aufgetreten.

EG&G: Edgerton, Germeshausen and Grier, Dienstleister der amerikanischen Verteidigungsbehörden, zuständig für technische und verwaltungsbezogene Dienste auf dem Testgelände in Nevada.

Einäugige Piloten: Wiley Post stellte bei seinem Alleinflug um die Erde einen Geschwindigkeitsrekord auf und war der erste Mensch, der in einer Höhe von fünfzigtausend Fuß flog. Adolf Galland war Jagdflieger der deutschen Luftwaffe im Zweiten Weltkrieg mit 705 Kampfeinsätzen. Saburō Sakai war japanischer Marineflieger und ein Fliegerass. Flying Officer Syd Burrows war während seiner gesamten Militärkarriere für die Royal Canadian Air Force im Einsatz.

F-15 Eagle: Luftüberlegenheitsjäger der amerikanischen Luftwaffe, entwickelt von McDonnell Douglas, um der sowjetischen MiG-25 etwas entgegensetzen zu können. Erster Flug im Juli 1972. Brach 1975 acht Weltrekorde im Steigflug, darunter eine Flughöhe von einhunderttausend Fuß nur dreieinhalb Minuten nach dem Start.

Jom-Kippur-Krieg: Der drei Wochen andauernde Krieg (6.–25. Oktober 1973) begann mit einem von Ägypten und Syrien angeführten Überraschungsangriff gegen Israel am höchsten jüdischen Feiertag Jom Kippur und sollte Gebietsverluste aus dem Sechstagekrieg von 1967 rückgängig machen. Er forderte mehr als fünfzehntausend Todesopfer und half dabei, das ägyptisch-israelische Friedensabkommen von 1979 auf den Weg zu bringen.

KGB und Warfarin: Gerüchten zufolge wurde Stalin 1953 vom sowjetischen Geheimdienst mithilfe von Warfarin ermordet.

Krasny Krim: Sowjetischer Zerstörer, eingesetzt vor der israelischen Küste während des Jom-Kippur-Krieges.

Der Lautlose: Tarnhubschrauber basierend auf dem Hughes OH-6, entwickelt von ARPA für verdeckte Operationen von CIA und Air America in Vietnam. Nach dem Krieg außer Dienst gestellt, wird er heute vielleicht noch von den Rettungskräften des Snohomish County im Staat Washington geflogen.

MiG-25 Foxbat: Sowjetischer Überschallabfangjäger und Aufklärer, gebaut, um mit der U-2 und der A-12 mithalten zu können, beide in Groom Lake entwickelt. Die Maschine, die ihren ersten Flug 1964 absolvierte, wurde vom Westen fälschlicherweise für ein extrem wendiges Jagdflugzeug gehalten. Stellte mehrere Höhen- und Geschwindigkeitsrekorde auf. Flog während des Jom-Kippur-Krieges gegen Israel. 1976 setzte sich Leutnant Viktor Belenko von der sowjetischen Luftwaffe in einer MiG-25 nach Japan ab.

NERVA: *Nuclear Engine for Rocket Vehicle Applications*, von 1961 bis 1973 erfolgreich von der Atomenergiekommission und der NASA auf dem Testgelände Jackass Flats in Nevada getestet. Ursprünglich als nuklear-thermischer Raketenantrieb gedacht, wird NERVA inzwischen als mögliche Energiequelle für Zivil- und Militärfahrzeuge wie Raumschiffe, Raketengeschosse, Kampfbomber oder auch U-Boote betrachtet.

Ninfa's: Das Restaurant in Houston wurde 1973 von Mama Ninfa Laurenzo eröffnet, die dort die Fajitas erfand.

Operation Nickel Grass: Luftbrücke der Amerikaner, durch die während des Jom-Kippur-Krieges schnell militärische Ausrüstung nach Israel gebracht werden konnte. Angeordnet von Präsident Nixon in Reaktion auf Golda Meirs dringliches Hilfegesuch.

Der Sechs-Millionen-Dollar-Mann: Amerikanische Fernsehserie (1973–1978) über einen ehemaligen Militärastronauten, der bei einem Flug als Testpilot verletzt wurde.

Spionagesatellit Zenit: Diese sowjetischen Aufklärungssatelliten, eingesetzt von 1961 bis 1984, waren mit hochauflösenden Kameras und Filmkapseln ausgestattet, die nach dem Wiedereintritt in die Erdatmosphäre geborgen werden konnten.

Spring Mountain Ranch: Ungefähr zweihundert Hektar großes Anwesen westlich von Las Vegas, das Howard Hughes 1967 der Schauspielerin Vera Krupp abkaufte. Heute ein Naturschutzgebiet.

Sredmash: Übliche Abkürzung für *Srednevo Mashinostroyeniya*, das Ministerium für mittelschweren Maschinenbau, dem die gesamte sowjetische Nuklearindustrie unterstellt war, also auch die Vorgänge auf dem Testgelände von Semipalatinsk.

Sternenstadt: Das »Gagarin Schulungszentrum für Kosmonauten«, dreißig Kilometer östlich von Moskau gelegen. Dort wurden seit 1960 sämtliche Kosmonauten ausgebildet, darunter auch der Autor dieses Buches, der dort als *Director of Operations* der NASA tätig war.

UFO-Gruppen: Es gibt viele Organisationen, die sich der Untersuchung angeblicher UFO-Sichtungen verschrieben haben, darunter MUFON, CUFOS und NUFORC. Sie schicken Feldforscher und speziell geschulte Teams los, um physische Beweise für die Existenz außerirdischer Technologien zu finden.

DANKSAGUNG

Um dieses Buch zu schreiben, bedurfte es jahrelanger Recherchen und einer Menge Fachwissen, über das ich nicht verfüge. Deshalb danke ich all den unten genannten Freunden für ihre Ratschläge, Ideen und Korrekturen und dafür, dass sie mir so geduldig dabei geholfen haben, alles richtig hinzubekommen. Sämtliche Fehler, die sich trotzdem noch eingeschlichen haben mögen, gehen auf mein Konto.

Aaron Murphy – Finanzen und Erledigungen aller Art
Alex Shifrin – Leser meines Vertrauens
Alla Jiguirej – Fachwissen Sternenstadt
Anatoly Zak – Russian Space Web
Andre Leblanc – NORAD Flugüberwachung
Aviv Bushinsky – Hilfe und Einblicke Israel
Barb Harris – Zeitplan und Unterstützung
Bob Civilikas – USNRIO
Cass Graham – NERVA-Experte
Charles R. »Chuck« Louie Jr. – USAF-Schwerlast-/Testpilot
Cheryl-Ann Horrocks – täglicher Beistand und Stabschef
Dave Hadfield – Luftfahrtexperte und geliebter Bruder
George Abbey – NASA-Leiter
Haim Divon – Israelischer Botschafter in den Niederlanden
Heather Reisman – Recherche und Hintergrundwissen zu Israel
JD Polk – Medizinische Fachberatung
Jeff »Canman« Canclini – F-4RIO

Jeff Peer – Kampf-/Testpilot Israel/USA; ägyptischer Kriegsgefangener
John Webb – NERVA-Videos/-Bildmaterial
Kristin Hadfield – geliebte Tochter und entscheidende Hilfe
Larissa Okhrimovich – Geschichte Sternenstadt
Madison Doucette – Zeitplan und Unterstützung
Mike Bloomfield – F-15-Kampf-/Testpilot; Astronaut
Rob Wilson – Waffenexperte
Roger Hadfield – Pilot/Waffenexperte und geliebter Vater
Russ Wilson – Feuerwehrmann
Scott Berg – F-4-Kampf-/Testpilot
Shaun Kennedy – Leser meines Vertrauens
Ty Greenlees – MiG-25-Berater, National Museum of the USAF
Winston Scott – VF-84-Kampfpilot; Astronaut

Außerdem gilt mein ewiger, grenzenloser Dank Jon Butler für seine vielen Ideen und seine rückhaltlose Unterstützung, Rock Broadhead für seine hartnäckige Liebe zum Detail und Anne Collins für ihre gut gelaunte Klarheit, ihren unerschütterlichen, oft benötigten Einsatz und ihren großartigen Rückhalt.

Vor allem aber danke ich meiner geliebten Helene – für alles. Gemeinsam meistern wir das große Abenteuer.